TU M'AIMES TOUJOURS ?

Emily Giffin

TU M'AIMES TOUJOURS ?

Traduit de l'américain (États-Unis)
par Maud Godoc

DU MÊME AUTEUR :

Duo à trois, J'ai lu, 2004
Un bébé ? Non merci…, Presses de la Cité, 2008, J'ai lu, 2009
L'autre homme de ma vie, Presses de la Cité, 2009,
J'ai lu, 2011
Duo à quatre, J'ai lu, 2009
Prête-moi ton homme, Michel Lafon, 2011

Titre original : *Heart of the Matter*

© Éditions Michel Lafon, 2012, pour la traduction française.
7-13, boulevard Paul-Émile-Victor – Île de la Jatte
92521 Neuilly-sur-Seine Cedex

www.michel-lafon.com

Pour Sarah, ma sœur et amie de toujours.

1
Tessa

À chaque tragédie dont j'entends parler, je ne m'appesantis pas sur l'accident ni le diagnostic en lui-même, pas davantage sur le choc initial ni les séquelles du drame. Non, je me surprends toujours à reconstituer les ultimes moments ordinaires. Ces petites tranches de vie banales et routinières que nous nous serions sans doute empressés d'oublier sans la suite des événements. Les instantanés d'avant.

Je visualise avec netteté la femme de trente-quatre ans sous sa douche un samedi soir, qui se saisit de son exfoliant corporel préféré, celui à l'abricot. Elle réfléchit à la tenue qu'elle portera pour la soirée, espérant que le type mignon du coffee shop y fera une apparition, lorsqu'elle tombe soudain sur une inquiétante grosseur à son sein gauche.

Ou ce jeune père dévoué qui emmène sa fille acheter une nouvelle paire de mary jane pour la rentrée des classes. Il pousse le volume de l'autoradio qui diffuse *Here Comes the Sun*, affirmant pour la énième fois que les Beatles sont « le groupe le plus génial de tous les temps », à l'instant même où l'adolescent, le cerveau embrumé après une nuit trop arrosée à la Budweiser, traverse au rouge.

Ou ce receveur plein de promesses, fier et fonceur dans la moiteur étouffante du terrain d'entraînement de son lycée la veille du grand match, qui salue sa petite amie à sa place habituelle près du grillage, juste avant de bondir pour réussir un arrêt d'anthologie dont personne d'autre n'aurait été capable – avant de retomber la tête la première dans une brusque contorsion, la nuque à un angle improbable qui glace les sangs.

Je songe à la frontière ténue qui sépare tout un chacun du malheur, un peu comme si je glissais quelques pièces dans mon compteur à gratitude personnel. C'est ma façon de me prémunir contre un après qui pourrait m'arriver. Ou plutôt à nous. Ruby et Frank, Nick et moi, la famille que nous formons tous les quatre : à la fois la source de mes plus grandes joies et de mes préoccupations les plus dévorantes.

Alors, quand le pager de mon mari bipe pendant le dîner, je ne m'autorise pas le moindre agacement, pas même une pointe de déception. Il ne s'agit que d'un repas, je me console. D'une seule petite soirée. Même si c'est notre anniversaire de mariage et notre première vraie sortie à deux en presque un mois, peut-être deux. Je n'ai aucune raison d'être contrariée, aucune, en comparaison de ce qu'endure quelqu'un d'autre en cet instant même. Il ne s'agira pas de l'heure que je serai condamnée à me repasser en boucle jusqu'à la fin de mes jours. Je suis toujours dans le camp des chanceux.

– La barbe. Désolé, Tess, bougonne Nick, qui éteint son pager avec le pouce, puis plonge les doigts dans ses cheveux bruns. Je reviens tout de suite.

D'un hochement de tête, j'assure mon mari de ma compréhension et le regarde s'éloigner à grands pas, de sa démarche virile et assurée, vers l'accueil du restaurant d'où il passera son appel. À la seule vue de son dos bien redressé et de ses épaules solides, qui naviguent avec adresse entre les tables, je sais qu'il se prépare déjà à la nouvelle qui l'attend : une intervention en urgence, peut-être une vie à sauver. C'est dans ce rôle qu'il donne le meilleur de lui-même. Voilà pourquoi je suis tombée amoureuse de lui, sept ans et deux enfants plus tôt.

Tandis que Nick disparaît à l'angle, je prends une grande inspiration et m'intéresse d'un peu plus près à mon environnement, remarquant certains détails pour la première fois. Le tableau abstrait vert céladon au-dessus de la cheminée. Le doux scintillement des chandelles. Les rires enthousiastes à la table voisine où un homme aux cheveux argentés tient sa cour, entouré de sa femme et ses quatre grands enfants. La consistance veloutée du cabernet que je bois seule.

Quelques minutes plus tard, Nick revient. Avec une grimace, il s'excuse pour la deuxième fois – et certainement pas la dernière.

– Ce n'est pas grave, je lui assure, cherchant du regard notre serveur.

– Tout est arrangé, m'informe Nick. Il s'occupe de faire emballer nos plats.

Je tends la main par-dessus la table et presse gentiment la sienne. Il me rend la pareille et, tandis que nous attendons l'arrivée de nos tournedos dans leur boîte en polystyrène, je vais pour lui demander ce qui est arrivé, comme j'en ai presque toujours l'habitude. Mais je m'en abstiens et me contente d'une rapide prière pour ces gens que je ne connais pas, suivie d'une autre pour mes propres enfants, au chaud et en sécurité dans leur lit.

J'imagine le ronflement discret de Ruby, entortillée dans ses draps, sauvageonne jusque dans son sommeil. Ruby, notre aînée précoce et fonceuse, quatre ans et déjà en pleine cris d'adolescence, avec son sourire envoûtant, ses boucles brunes qu'elle dessine encore plus serrées sur ses autoportraits – trop jeune encore pour savoir qu'une fille est censée convoiter la chevelure qu'elle n'a pas –, et ses yeux d'un extraordinaire bleu aigue-marine pâle, un exploit génétique pour ses parents aux yeux marron. Elle règne sur notre foyer et nos cœurs depuis le jour de sa naissance, avec une énergie qui tout à la fois m'épuise et m'emplit d'admiration.

11

Elle est le portrait craché de son père : obstinée, passionnée, d'une beauté à couper le souffle. Une fille à son papa jusqu'à la moelle.

Et puis il y a Frank, notre amour de petit garçon, bien plus adorable et gentil qu'un bébé lambda, au point qu'au supermarché des inconnus s'arrêtent sur notre passage et en font la remarque. À presque deux ans, il adore encore me faire des câlins, nichant sa joue ronde et douce dans le creux de mon cou, dévoué corps et âme à sa maman. « Il n'est pas mon chouchou », suis-je obligée de jurer à Nick en privé quand il m'accuse de cette transgression parentale avec un sourire entendu. Je n'ai pas de favori, à part peut-être Nick lui-même. Mais il s'agit là d'un amour différent, bien sûr. Celui que je porte à mes enfants est sans condition ou contrepartie : il va sans dire que je les sauverais en priorité si, disons, un serpent à sonnette les mordait tous les trois en camping et que je n'avais que deux doses d'anti-venin dans mon sac à dos. Pourtant, il n'y a personne au monde avec qui j'aie plus envie d'être ou de parler que mon mari, un sentiment inouï qui m'a submergée dès notre première rencontre.

Notre dîner et l'addition arrivent quelques instants plus tard. Nick et moi nous levons et sortons du restaurant dans la nuit étoilée. Octobre est presque là, mais on se croirait davantage en hiver qu'en automne tant le froid est déjà vif – même pour Boston – et je frissonne dans mon long manteau en cachemire tandis que Nick tend notre ticket au voiturier. Après nous être engouffrés dans notre voiture, nous quittons la ville et reprenons la route de Wellesley sans guère ouvrir la bouche, avec en fond sonore un des nombreux CD de jazz de Nick.

Une demi-heure plus tard, nous nous engageons dans notre allée bordée d'arbres.

– Tu vas rentrer tard, tu crois ?

– Difficile à dire, répond Nick, qui gare la voiture et se penche par-dessus le levier de vitesses pour m'embrasser sur la joue.

Je tourne la tête vers lui et nos lèvres closes se joignent en douceur.

– Joyeux anniversaire... murmure-t-il.

– Joyeux anniversaire.

Il s'écarte et nos regards se croisent.

– Pour une prochaine fois ?

– Quand tu veux, réponds-je avec un sourire forcé en me glissant au-dehors.

Avant que j'aie le temps de claquer la portière, Nick pousse le volume de l'autoradio, ponctuant avec éclat la fin d'une soirée et le début d'une autre. J'entre dans la maison avec *Lullaby of the Leaves* de Vince Guaraldi en tête. Et je la chante encore bien après avoir payé la baby-sitter, jeté un coup d'œil aux enfants, ôté ma robe noire à dos nu et mangé un tournedos froid sur le comptoir de la cuisine.

Beaucoup plus tard, après avoir rabattu les draps du côté de Nick, je me glisse à ma place dans le lit. Seule dans le noir, je me remémore l'appel au restaurant. Les paupières closes, je me demande si le malheur nous frappe vraiment toujours au dépourvu. Ou si, d'une certaine façon, sous une forme ou une autre, nous n'en avons pas le pressentiment.

Je m'endors sans avoir trouvé la réponse. Sans me douter que cette soirée, fatidique entre toutes, sera celle qui, au bout du compte, reviendra me hanter.

2

Valerie

Valerie savait qu'elle aurait dû dire non, ou plus précisément s'en tenir au refus qu'elle avait déjà opposé à Charlie la première douzaine de fois qu'il l'avait suppliée de le laisser aller à la fête. Il avait tenté tous les angles d'attaque, y compris le culpabilisant « Je n'ai pas de papa ou de chien », et comme cette stratégie ne le menait nulle part, il s'était assuré le soutien de son oncle Jason : plus facile à embobiner que lui, elle ne connaissait pas.

— Voyons, Val, laisse donc cet enfant s'amuser un peu.

Valerie intima le silence à son frère jumeau, désignant le séjour, où Charlie construisait un donjon élaboré en Lego. Jason se répéta mot pour mot dans un murmure exagéré. Elle fit non de la tête, affirmant qu'un enfant de six ans était trop jeune pour dormir chez un camarade de classe, surtout à l'extérieur sous une tente. La conversation n'avait rien de nouveau : Jason reprochait régulièrement à sa sœur de couver son fils unique et d'être trop sévère dans son éducation.

— C'est vrai, fit-il mine d'approuver avec un sourire narquois. J'ai entendu dire que les attaques d'ours sont en recrudescence à Boston.

— Très drôle, bougonna Valerie, qui expliqua qu'elle ne connaissait pas assez bien la famille du garçon et que les

14

informations qu'elle avait glanées sur ces gens ne lui plaisaient guère.

– Laisse-moi deviner… c'est le genre plein aux as ? demanda Jason, taquin, en remontant son jean, qui avait la fâcheuse manie de glisser sur ses hanches longilignes, révélant l'élastique de son caleçon. Et tu ne veux pas qu'il fraie avec ce monde-là ?

Valerie haussa les épaules et capitula devant son sourire. Comment avait-il deviné ? Était-elle donc si prévisible ? Et comment, se demanda-t-elle pour la énième fois, son frère jumeau et elle pouvaient-ils être si différents, alors qu'ils avaient grandi dans la même maison à bardeaux bruns au cœur du quartier catholique irlandais de Southbridge, Massachusetts ? Meilleurs amis du monde, ils avaient partagé la même chambre jusqu'à leurs douze ans, quand Jason avait emménagé dans le grenier plein de courants d'air, afin de laisser davantage d'espace à sa sœur. Avec leurs cheveux bruns, leurs yeux bleus en amande et leur teint clair, il existait même une ressemblance physique si frappante entre eux que, bébés, on les avait souvent pris pour de vrais jumeaux. Pourtant, selon leur mère, Jason avait vu le jour le sourire aux lèvres, tandis que Valerie était née renfrognée et soucieuse – une constante qui avait persisté tout au long de leur enfance. Elle était la solitaire timide, dans le sillage de son frère populaire et extraverti, son aîné de quatre minutes.

Et aujourd'hui, trente ans plus tard, Jason était plus heureux que jamais, éternel optimiste d'un naturel accommodant, tout à fait bien dans sa peau, surtout depuis qu'il avait fait son coming out, juste après le décès de leur père, l'année de leur terminale. Après des études médiocres, il papillonnait d'un petit boulot à l'autre et travaillait en ce moment comme serveur dans un coffee shop à Beacon Hill. Il se liait d'amitié avec tous ceux qui franchissaient le seuil – il se faisait des amis partout où il passait, et c'était ainsi depuis toujours.

Malgré ses brillantes réussites, Valerie, elle, s'était toujours sentie sur la défensive et le plus souvent en décalage à Southbridge. Elle avait travaillé d'autant plus dur pour échapper à sa ville natale : sortie première de sa promotion au lycée, elle avait été admise à Amherst College avec une bourse complète, avant de devenir assistante juridique dans un grand cabinet de Boston. En parallèle, elle avait bûché son concours d'entrée en faculté de droit, économisant chaque sou pour ses études. Elle était aussi douée que n'importe qui, avait-elle coutume de s'encourager, et pas plus bête que la moyenne. Pourtant, depuis son départ, elle n'avait jamais réussi à s'intégrer davantage qu'auparavant. Et plus elle progressait dans la vie, plus le fossé s'était creusé entre elle et son ancien cercle d'amis à Southbridge, surtout sa meilleure copine, Laurel, qui avait grandi dans la même rue qu'elle, trois maisons plus loin. Diffus et difficile à cerner dans un premier temps, le malaise avait culminé en brouille définitive un été à l'occasion d'un barbecue chez Laurel.

Après quelques verres, Valerie avait lâché de but en blanc une remarque acerbe sur la monotonie sclérosante de Southbridge, et osé déclarer que le fiancé de Laurel était à l'avenant. Serviable, elle suggéra même à son amie d'emménager comme colocataire dans son petit appartement de Cambridge. Aussitôt sorties de sa bouche, elle avait regretté ses paroles, s'employant de son mieux à faire son *mea culpa* les jours suivants. Mais Laurel, qui avait toujours été soupe au lait, tourna le dos à Valerie sans autre forme de procès et s'employa à répandre des rumeurs sur son compte, la taxant de snob auprès de leurs amies communes – des filles qui, comme Laurel, avaient épousé leur petit copain du lycée, vivaient dans le quartier où elles avaient grandi, fréquentaient les bars du coin le week-end et s'abrutissaient de 9 à 17 heures dans les mêmes emplois ennuyeux que leurs parents.

Valerie contra de son mieux ces accusations et parvint apparemment à rétablir la situation ; mais à moins de revenir s'installer à Southbridge, elle n'avait trouvé aucun moyen d'effacer ce passif.

Durant cette période de solitude, elle commença à avoir des comportements irrationnels, à tomber dans tous les pièges qu'elle s'était toujours juré d'éviter, à savoir : s'amouracher d'un garçon qui ne lui convenait pas et être enceinte juste avant qu'il la quitte au risque de mettre en péril ses ambitieux projets d'études. Aujourd'hui, presque sept ans plus tard, il lui arrivait de se demander si ce n'avait pas été une stratégie inconsciente destinée à saboter ses efforts pour couper définitivement les ponts avec Southbridge et se créer une autre vie – ou peut-être ne s'était-elle tout simplement pas sentie à la hauteur de la lettre d'admission à la faculté de droit d'Harvard qu'elle avait placardée à l'époque sur son réfrigérateur à côté des clichés de son échographie.

Quelle que fût l'explication, Valerie se sentait coincée entre deux mondes, trop fière pour ramper devant Laurel et consorts et trop gênée par sa grossesse pour entretenir ses amitiés d'université ou s'en faire de nouvelles à Harvard. Elle souffrait plus que jamais de la solitude, se débattant pour réussir ses études tout en se consacrant aux soins d'un nourrisson. Jason comprenait combien la vie était dure pour elle durant ces premiers mois de maternité – et même les premières années. Il la voyait en permanence accablée d'épuisement et éprouvait un respect sans bornes envers sa sœur, qui ne ménageait jamais ses efforts pour subvenir à ses besoins et ceux de son fils. Toutefois, il ne comprenait pas pourquoi elle persistait à se couper du monde, sacrifiant le moindre semblant de vie sociale à l'exception de quelques amitiés occasionnelles. Elle prétextait le manque de temps, ainsi que l'attention aussi dévouée qu'exclusive qu'elle portait à Charlie ; mais Jason se refusait à entrer dans son jeu et invitait sans cesse sa sœur à sortir, affirmant qu'elle se

17

servait de son fils comme d'un bouclier, un alibi bien pratique pour éviter les risques, s'épargner un nouveau rejet.

Méditant la théorie de son frère, Valerie se tourna vers la cuisinière et versa la pâte sur une plaque à pâtisserie pour former une douzaine de pancakes de la taille d'un dollar en argent d'une symétrie parfaite. Loin d'être une cuisinière émérite, elle maîtrisait néanmoins les recettes du petit déjeuner grâce à son premier emploi – serveuse dans un petit restaurant – et son béguin obsessionnel pour un des cuistots dont c'était le travail. Ce temps était déjà loin, mais Jason prétendait qu'elle avait encore aujourd'hui davantage d'affinités avec cette fille qui servait le café qu'avec la brillante avocate qu'elle était devenue.

– Tu es une vraie snob à l'envers, dit celui-ci, qui déchira trois feuilles d'essuie-tout comme serviettes, puis mit la table.

– Faux, rétorqua Valerie sans conviction.

Combien de fois, en effet, passant devant les propriétés cossues de Cliff Road, n'avait-elle pas classé d'emblée leurs habitants au mieux dans la catégorie des frimeurs superficiels, au pire dans celle des menteurs patentés ? Comme si, dans son subconscient, elle mettait sur un pied d'égalité l'aisance financière et une certaine faiblesse de caractère, à charge pour ces gens de lui prouver le contraire. C'était injuste, elle le savait, mais la vie ne l'était-elle pas souvent ?

En tout cas, Daniel et Romy Croft n'avaient rien fait pour l'en détromper, lorsqu'elle les avait rencontrés à la soirée portes ouvertes de l'école. Comme la plupart des familles à Longmere Country Day, l'école primaire privée que fréquentait Charlie à Wellesley, les Croft étaient des gens cultivés, ouverts et affables. Cependant, alors qu'ils échangeaient avec elle les banalités d'usage après un vague regard à son badge, Valerie avait eu la désagréable impression d'être transparente à leurs yeux, comme si, tout en conversant avec aisance, ils cherchaient quelqu'un d'autre dans la salle – quelqu'un de mieux.

Et quand Romy parlait de Charlie, sa voix sonnait faux, trahissant une pointe de condescendance.

– Grayson adore littéralement Charlie, affirma-t-elle, se coinçant avec autorité une mèche blond platine derrière l'oreille, puis elle s'immobilisa, une main en l'air, comme pour exhiber mine de rien l'imposant diamant à son annulaire.

Dans une ville où les gros cailloux étaient légion, Valerie n'avait jamais vu un bijou aussi impressionnant.

– Charlie aime beaucoup Grayson aussi, répondit-elle, croisant les bras sur son chemisier rose flamant.

Elle regrettait de ne pas avoir plutôt mis son tailleur anthracite. En dépit de tous ses efforts et de l'argent investi dans sa garde-robe, elle semblait toujours faire le mauvais choix.

À cet instant, les deux garçonnets traversèrent la classe, main dans la main, Charlie menant la course jusqu'à la cage du hamster. Même pour un simple observateur, ils étaient à l'évidence les meilleurs copains du monde et leur amitié faisait plaisir à voir. Alors pourquoi Valerie ne pouvait-elle s'empêcher de taxer cette Romy d'hypocrisie ? Pourquoi ne pouvait-elle s'accorder – pas plus à elle-même qu'à son propre fils – davantage de mérite ? Elle s'interrogeait ainsi, quand Daniel Croft rejoignit son épouse. Un gobelet de punch à la main, il posa l'autre dans le creux de ses reins – un geste discret qu'elle avait appris à identifier dans son observation méthodique des couples mariés. Un geste qui suscitait chez elle jalousie et regret à parts égales.

– Chéri, voici Valerie Anderson… la mère de Charlie, précisa Romy, baissant involontairement le ton.

L'intéressée en déduisit aussitôt qu'ils avaient déjà parlé d'elle auparavant ce soir – et du fait qu'il n'y avait pas de père inscrit dans l'annuaire de l'école au nom de Charlie.

– Oh oui, bien sûr… Bonsoir, la salua Daniel Croft avec

un hochement de tête ponctué d'une vigoureuse poignée de main, style réunion d'affaires, qui contrastait avec le bref regard indifférent dont il la gratifia.

Valerie lui rendit son salut et quelques instants de bavardage creux s'ensuivirent, puis Romy joignit les mains d'une mine affairée :

— Au fait, Valerie, avez-vous reçu l'invitation pour la fête de Grayson ? Je l'ai postée il y a une quinzaine de jours.

Valerie sentit le rouge lui monter aux joues.

— Oui, bien sûr. Merci beaucoup.

Elle s'en voulait de ne pas y avoir répondu, certaine qu'il s'agissait aux yeux de Romy, même pour une simple fête enfantine, d'un véritable crime de lèse-majesté.

— Alors ? insista Romy. Charlie y assistera-t-il ?

Valerie hésita, agacée de se sentir céder devant cette femme à la présentation impeccable et à l'assurance sans bornes, comme si elle était revenue à l'époque du lycée et que Kristy Mettelman venait de lui proposer une bouffée de sa cigarette avant une balade dans sa Mustang rouge cerise.

— Je ne sais pas encore. Je dois… consulter mon agenda… C'est vendredi prochain, n'est-ce pas ? bredouilla-t-elle, comme si elle avait des centaines d'engagements mondains à gérer.

—Tout à fait, confirma Romy dont les yeux s'agrandirent soudain et qui fit un large sourire et un salut de la main à un autre couple qui arrivait avec sa fille. Regarde, chéri, April et Rob sont là, murmura-t-elle à son mari, puis elle posa la main sur le bras de Valerie et lui décocha un ultime sourire plaqué. C'était un vrai plaisir de vous rencontrer. Nous espérons voir Charlie vendredi prochain.

Deux jours plus tard, l'invitation à la main, un carton en forme de tente, Valerie composa le numéro des Croft. Au fil des sonneries qui s'égrenaient, elle sentit monter une inexplicable bouffée de nervosité – angoisse sociale, selon son médecin – et ce fut avec soulagement qu'elle entendit le répondeur l'inviter à laisser un message. Pourtant, en dépit de tous ses efforts pour se gendarmer, sa voix grimpa soudain de plusieurs octaves :

– Charlie serait ravi d'assister à la fête de Grayson.

Ravi.

C'est le mot qui lui revient quand elle reçoit l'appel, trois heures à peine après avoir déposé Charlie avec son sac de couchage à motif dinosaure et son pyjama imprimé d'une fusée. Pas accident, brûlure, urgences ni aucun des autres mots qu'elle entend distinctement Romy Croft prononcer sans être capable de les analyser, tandis qu'elle enfile en hâte sa veste de jogging, attrape son sac et fonce en direction du Massachusetts General Hospital. Elle ne peut même pas se résoudre à les prononcer à voix haute lorsqu'elle contacte son frère depuis sa voiture, avec le sentiment irrationnel que le drame en deviendrait plus réel.

– Viens tout de suite, se contente-t-elle de dire. Vite !

– Où ça ? crie Jason à cause du volume de la chaîne stéréo.

Elle ne répond pas. La musique s'arrête.

– Valerie ? Où dois-je venir ? insiste-t-il d'une voix inquiète.

– Au Mass General… C'est Charlie, parvient-elle à répondre.

Son pied écrase encore un peu plus l'accélérateur. Elle roule presque à cinquante kilomètres heures au-dessus de la limite de vitesse. Ses mains crispées sur le volant sont moites, mais à l'intérieur elle ressent un calme étrange, même lorsqu'elle grille un feu rouge puis un autre. Elle a presque l'impression de se regarder en dehors de son corps, ou d'observer une inconnue. *C'est comme ça que les gens réagissent*, se dit-elle. *Ils préviennent les proches, ils foncent à l'hôpital, ils grillent les feux rouges.*

21

Charlie serait ravi d'assister à la fête, se répète-t-elle encore lorsqu'elle arrive à l'hôpital et suit la signalisation jusqu'aux urgences. Comment a-t-elle pu être si insouciante, assise sur son canapé, en survêtement, avec un sachet de pop-corn micro-ondes, devant un film avec Denzel Washington ? Pourquoi n'a-t-elle pas suivi son instinct, qui lui soufflait de refuser cette invitation ? Elle lâche un juron, le cœur serré de culpabilité et d'angoisse, puis lève les yeux vers le bâtiment de verre et de brique qui se dresse devant elle.

Après, la nuit devient floue : une suite de moments kaléidoscopiques plutôt qu'une chronologie régulière. Elle se souviendra avoir laissé sa voiture contre le trottoir en dépit du panneau INTERDICTION DE STATIONNER et rejoint Jason, blême, derrière la double porte en verre. Elle se rappellera l'infirmière de triage, tapant le nom de Charlie dans l'ordinateur avec calme et efficacité avant qu'une autre les entraîne dans un labyrinthe de longs couloirs aux relents d'eau de Javel jusqu'au service des grands brûlés. Daniel Croft, qu'ils croisent dans le couloir et à qui Jason demande ce qui s'est passé. La réponse évasive de celui-ci, lourde de mauvaise conscience – « Ils faisaient griller des chamallows, je n'ai rien vu » – et l'image qu'elle lui inspire : l'homme occupé à tapoter négligemment sur son BlackBerry ou à admirer son parc paysager, tournant le dos au feu de camp fatal et à son fils unique.

Jamais elle n'oubliera la première vision terrifiante du petit corps inanimé de Charlie, intubé et sous calmants. Ses lèvres bleuies, son pyjama découpé et les bandages d'un blanc austère couvrant sa main droite et le côté gauche de son visage. Le bip des moniteurs, le ronronnement sinistre du respirateur, les infirmières affairées aux visages impassibles. Elle se rappellera sa supplication maladroite à un Dieu qu'elle avait presque oublié, durant l'interminable attente, la main valide de son fils dans la sienne.

Mais l'image qui la marquera pour toujours, c'est cet homme venu examiner Charlie – au milieu de la nuit, lui semble-t-il, une fois ses pires craintes quelque peu apaisées. La douceur avec laquelle il découvre le visage de son fils, révélant la peau brûlée sous les bandages. Puis il la fait sortir dans le couloir, se tourne vers elle et lui parle.

– Je suis le Dr Nick Russo, lui dit-il d'une voix de basse. Et je dirige le service de chirurgie plastique pédiatrique, un des meilleurs au monde.

Valerie plonge son regard dans ses yeux sombres et relâche l'air emprisonné dans ses poumons, tandis que son ventre se dénoue comme par enchantement. On ne lui enverrait pas un spécialiste en chirurgie plastique si la vie de son fils était en danger. Il va s'en sortir. Il ne va pas mourir. Elle regarde le médecin au fond des yeux et elle sait. Puis, pour la première fois, elle réalise que la vie de Charlie a basculé. Que cette soirée le marquera à plus d'un titre. Mue par une farouche détermination à le protéger coûte que coûte, elle s'entend demander au Dr Russo s'il peut réparer la main et le visage de Charlie, s'il peut rendre sa beauté à son fils.

– Je ferai tout mon possible pour votre fils, répond-il, mais je veux que vous gardiez une chose à l'esprit. Pouvez-vous, s'il vous plaît, le faire pour moi ?

Elle hoche la tête, persuadée qu'il va lui demander de ne pas espérer un miracle. Comme si elle s'était déjà permis cette audace, même une seule fois dans sa vie.

Le Dr Russo soutient son regard et c'est alors qu'il prononce les mots qu'elle n'oubliera jamais.

– Votre fils est toujours beau, lui dit-il. Même maintenant.

Nouveau hochement de tête. Elle le croit sur parole. Puis à cet instant seulement, pour la première fois depuis très longtemps, les yeux de Valerie s'emplissent de larmes.

3
Tessa

Parfois, au milieu de la nuit, je me réveille avec la chaleur rassurante de Nick à côté de moi. Sans ouvrir les yeux, je passe la main sur son épaule puis le long de son dos nu. Sa peau sent le savon, comme toujours après la douche qu'il prend à son retour, et je ressens une vague de désir, vite refoulée par une fatigue plus grande encore. Typique depuis la naissance de Ruby – une tendance confirmée avec l'arrivée de Frank. J'adore toujours faire l'amour avec mon mari ; autant qu'avant quand nous sommes dans le feu de l'action. C'est juste que maintenant je préfère dormir à presque tout autre plaisir : le chocolat, le vin rouge, HBO et le sexe.

– Salut, murmure-t-il, la voix assourdie par l'oreiller.

– Je ne t'ai pas entendu rentrer... Quelle heure est-il ? je lui demande, espérant qu'il est plus près de minuit que de sept heures, horaire immuable des enfants, plus impitoyables que n'importe quel réveil – et sans option d'arrêt momentané.

– Deux heures et demie.

– L'heure de la petite souris.

C'est une comptine adorable qu'ils ont inventée avec Ruby pour lui apprendre les heures.

– Hum, hum... répond Nick, distrait.

À l'évidence, il n'est pas d'humeur à faire la conversation.

Mais quand j'ouvre les paupières et le regarde se tourner sur le dos, les yeux rivés au plafond avec intensité, la curiosité l'emporte sur ma retenue. Aussi négligemment que possible étant donné la nature de la question, je lui demande s'il s'agit d'une malformation de naissance – une part importante du travail de Nick.

Il soupire et répond par la négative.

J'hésite et avance timidement une nouvelle hypothèse.

– Un accident de voiture ?

– Non, Tess, répond-il d'un ton si patient qu'il trahit son impatience. C'était une brûlure. Un accident.

Il ajoute cette dernière précision comme un démenti. En d'autres termes, il ne s'agit pas de maltraitance infantile. Les cas sont malheureusement fréquents : Nick m'a appris un jour qu'environ dix pour cent des brûlures pédiatriques sont la conséquence de mauvais traitements.

Je me mords la lèvre inférieure, passant en revue les causes classiques d'accident : une casserole sur le feu, un bain bouillant, un incendie domestique, une brûlure chimique… et je suis incapable de résister à l'inévitable question qui en découle. Comment ? La question à laquelle Nick rechigne le plus à répondre. En général, il me sort un discours du genre : quelle différence cela fait-il ? C'était un accident. C'est justement le propre des accidents : ils arrivent, voilà tout.

Ce soir, il s'éclaircit la gorge et m'expose les faits avec résignation. Un garçon de six ans faisait griller des chamallows quand, pour une raison encore inconnue, il est tombé dans le feu de camp et s'est brûlé la main et la joue. Le côté gauche de son visage.

Le débit de Nick est rapide et détaché, comme s'il m'informait simplement de la météo. Mais ce n'est qu'une façade, je le sais. Un numéro bien rodé destiné à brouiller les pistes. Je sais aussi qu'il ne va sans doute pas fermer l'œil de la nuit, incapable de trouver le sommeil, l'organisme saturé d'adrénaline. Et demain matin, ou plus probablement l'après-midi, il dévalera l'escalier avec une expression distante, feignant de se consacrer à sa famille, alors que son esprit sera tout entier absorbé par son nouveau patient.

La médecine est une maîtresse jalouse, me dis-je. Cette maxime, je l'ai entendue pour la première fois au début de l'internat de Nick, de la bouche d'une épouse de médecin aigrie qui, ai-je appris plus tard, a fini par quitter son mari pour son coach personnel. Je m'étais alors juré de me prémunir contre ce genre de sentiments. De ne voir que la noblesse dans la profession de mon mari, même au prix d'une certaine solitude.

– C'est grave ? m'enquiers-je.

– L'état de ce garçon pourrait être pire, répond Nick. Mais ce n'est guère brillant.

Je ferme les yeux, cherchant les points positifs, consciente que ce rôle tacite m'incombe dans notre couple. Nick est peut-être un éternel optimiste à l'hôpital, débordant de confiance, à la limite parfois de la bravade. Mais ici, à la maison, dans notre lit, il compte sur moi pour insuffler un peu d'espoir – même quand il garde le silence et semble parfaitement maître de lui.

– Ses yeux sont indemnes ? je finis par demander, me souvenant que Nick m'a un jour confié l'incroyable complexité de la chirurgie réparatrice de ce que d'aucuns considèrent comme le miroir de l'âme.

– Oui, soupire-t-il, roulant vers moi sur le flanc. Ses yeux sont parfaits. De grands yeux bleus… comme ceux de Ruby.

Sa voix un peu rêveuse est déjà éloquente, mais sa réponse le trahit sans l'ombre d'un doute : quand Nick compare un patient à Ruby ou à Frank, je sais que l'obsession est déjà déclarée.

– Il a de la chance d'avoir un médecin à peu près correct, ajouté-je après un silence.

Je devine sur son visage une ébauche de sourire, tandis que sa main se pose sur ma hanche.

– Il a cette chance, oui.

Le lendemain matin, juste après le retour de Nick de l'hôpital, je prépare le petit déjeuner tout en supportant l'habituel concert de geignements que m'inflige mon aînée à l'heure des repas. Ruby n'est pas du matin, c'est le moins qu'on puisse dire – un autre trait de caractère hérité de son père. En un quart d'heure, elle s'est déjà plainte que Frank la « regarde », que sa banane est trop mûre et qu'elle préfère les toasts de papa sur la plaque du four plutôt que les miens version grille-pain.

Alors, quand le téléphone sonne, je décroche avec joie, soulagée à l'idée de la compagnie d'un adulte civilisé – l'autre jour, j'étais toute contente de l'appel d'un sondeur – et davantage encore quand je vois le nom de Cate s'afficher à l'écran. J'ai rencontré Cate Hoffman il y a presque seize ans lors d'une fête hors campus, la première semaine de nos débuts à Cornell, année où nous avons découvert officiellement l'univers estudiantin du bière-pong, de la vie en résidence et des affirmatifs « Moi, jamais ! » Quelques verres plus tard, après qu'on nous eut demandé plusieurs fois si nous étions sœurs, nous reconnûmes une certaine ressemblance entre nous – lèvres pleines, nez affirmé, mèches blondes – et fîmes le serment de nous serrer les coudes. Un pacte que j'eus l'occasion de mettre en pratique le soir même : je la sauvai des griffes d'un étudiant débauché puis la raccompagnai jusqu'à sa résidence et dégageai les cheveux de son visage, tandis qu'elle vomissait dans un massif de lierre. L'expérience créa des liens, et nous restâmes très proches durant les quatre années suivantes, puis après nos diplômes. Depuis nos vingt-cinq ans, nos vies ont divergé – ou plus précisément la mienne a changé, tandis qu'elle continuait sur sa lancée. Elle vit toujours à New York, dans l'appartement que nous partagions à l'époque, enchaîne les aventures sans lendemain et travaille encore pour la télévision. À la différence près qu'aujourd'hui elle officie devant la caméra comme présentatrice d'un talk-show sur le câble intitulé *Le Coin de Cate*, une émission qui, depuis peu, lui vaut une certaine célébrité dans la région de New York.

— Ruby, c'est Tatie Cate ! je m'exclame avec un entrain forcé, espérant que mon enthousiasme déteindra sur ma fille, qui boude maintenant parce que je refuse de verser du sirop au chocolat dans son lait.

Je prends la communication et demande à mon amie ce qui me vaut cet appel matinal.

— Je suis en route pour mon club de sport… un nouveau régime fitness, répond Cate. J'ai vraiment quelques kilos à perdre.

Je lève les yeux au ciel.

— Tu rigoles ? Bien sûr que non !

Cate a une des silhouettes les plus sublimes que je connaisse, même parmi les femmes sans enfants ou adeptes du bistouri. Malheureusement pour moi, on ne nous prend plus pour deux sœurs.

— D'accord, peut-être pas dans la vraie vie. Mais tu sais bien que la caméra grossit d'au moins cinq kilos.

Puis, avec son goût coutumier pour le coq-à-l'âne, elle change brusquement de sujet.

— Alors, qu'est-ce que tu as eu ?

— Qu'est-ce que j'ai eu ? je répète, perplexe, tandis que Ruby récrimine de plus belle.

Maintenant, elle veut son pain perdu « entier », un changement radical par rapport à son exigence habituelle stipulant qu'il lui soit présenté « en petits carrés, tous de la même taille exacte, sans croûte ». Je couvre le téléphone d'une main.

— Ma chérie, il me semble que quelqu'un a oublié le mot magique.

Ruby me signifie d'un regard éloquent qu'elle ne croit pas à la magie. Jusqu'à présent, elle est la seule élève de maternelle que je connaisse qui a déjà mis en doute l'existence du Père Noël, ou tout au moins sa logistique de transport.

Magie ou non, je tiens bon jusqu'à ce qu'elle corrige sa requête.

– Je le veux entier. S'il te plaît.

Je hoche la tête, tandis que Cate insiste avec empressement.

– Pour votre anniversaire de mariage. Que t'a offert Nick ?

Les cadeaux de Nick constituent un des sujets de discussion favoris de Cate, peut-être parce qu'elle n'a jamais droit à mieux qu'un arrangement floral « en souvenir de la nuit dernière ». Du coup, elle prétend aimer vivre par procuration à travers moi. À l'entendre, je mène la vie parfaite – ce qu'elle énonce d'un ton parfois mélancolique, parfois accusateur, selon ses derniers déboires en date.

J'ai beau lui répéter que l'herbe est toujours plus verte ailleurs et que j'envie sa vie sociale trépidante, ses rendez-vous fascinants (notamment un dîner récent avec un joueur des Yankees) et sa liberté sans entrave – un bonheur qui va de soi jusqu'au jour où on devient parent –, j'ai beau lui confier mes sempiternelles récriminations au sujet de mon statut de mère au foyer – à savoir la frustration de finir une journée au même point que je l'ai commencée, et le fait de passer parfois plus de temps avec Elmo, Dora et Barney qu'avec l'homme que j'ai épousé –, aucun argument ne parvient à la convaincre : elle troquerait encore sa vie contre la mienne sans une hésitation.

Je m'apprête à répondre à Cate, quand Ruby pousse un hurlement à glacer le sang.

– Noooon ! Maman ! J'ai dit entieeeer !

J'immobilise mon couteau en l'air, réalisant que je viens de commettre l'erreur fatale de couper son toast par quatre fois à la verticale. Je jure intérieurement, tandis que Ruby exige que je recolle la tartine, courant même dans un élan mélodramatique jusqu'au placard où nous rangeons les fournitures d'arts plastiques. Elle en sort un flacon de colle blanche qu'elle me tend avec un air de défi. J'envisage un instant de la prendre au mot et de verser un filet de colle sur son toast – en forme de R cursif comme le fait papa. R comme Ruby.

Je me ravise.

– Voyons, Ruby, tu sais bien qu'on ne peut pas recoller la nourriture, réponds-je avec tout le calme dont je suis capable.

Elle me dévisage comme si je parlais le swahili et je me sens obligée de lui traduire :

– Tu vas devoir te contenter des morceaux.

Face à cette fermeté affectueuse, elle décide d'arborer une mine de pleureuse outragée. Il me vient à l'esprit que je pourrais aisément mettre fin au drame en mangeant le toast moi-même avant de lui en préparer un autre, mais son expression a un je-ne-sais-quoi de si horripilant que je me surprends à réciter en silence le mantra de mon pédiatre, de plusieurs guides d'éducation et de mes amies mères au foyer : *Ne cède pas à ses caprices*. Une philosophie à l'exact opposé du principe éducatif auquel je souscris en temps ordinaire : « Choisis tes batailles » – en fait, je le confesse, un code secret qui signifie : « Tiens bon seulement si ça t'arrange, sinon préfère l'apaisement, ça te facilitera la vie. » Et puis, tout en me préparant à l'inéluctable affrontement, je décide de supprimer les féculents. À compter de ce matin.

Voilà, la cellulite a tranché. Forte de cette résolution, je pose avec détermination l'assiette de Ruby sur la table devant elle.

– C'est ça ou rien.

– C'est rien !

Je me mords la lèvre avec un haussement d'épaules, l'air de dire : « Si tu veux faire la grève de la faim, c'est ton problème » ; puis je passe dans la salle de séjour où Frank mange paisiblement ses céréales, des Apple Jacks sans lait – une à la fois –, la seule nourriture qu'il consent à avaler au petit déjeuner. Je passe une main dans ses cheveux soyeux et soupire dans le téléphone.

– Désolée, où en étions-nous ?

– Votre anniversaire de mariage, répond Cate avec impatience, pressée que je lui décrive la soirée romantique parfaite, le conte de fées auquel elle aspire.

La plupart du temps, je n'aime pas trop la décevoir. Mais, excédée par les sanglots de ma fille qui vont crescendo tandis qu'elle roule son toast en une boule de pâte à modeler, histoire de me prouver que je fais erreur et qu'en réalité on peut recoller la nourriture, je prends un malin plaisir à raconter à Cate que Nick a été appelé au milieu du dîner.

– Il n'avait pas activé le transfert d'appel ? demande-t-elle, déconfite.

– Non, il avait oublié.

– Mince, quelle poisse ! Je suis terriblement navrée.

– Oui.

– Alors vous n'avez pas échangé de cadeaux ? Après son retour à la maison peut-être ?

– Même pas. Nous étions d'accord pour ne rien nous offrir cette année. Côté budget, c'est un peu juste en ce moment.

C'est ça, ironise Cate qui refuse de croire à cette autre vérité sur ma vie : que les chirurgiens plasticiens ne sont pas pleins aux as, tout au moins ceux qui se consacrent aux enfants dans un hôpital universitaire au lieu de poser des implants mammaires à la chaîne en clinique privée.

– C'est vrai, je t'assure. Nous avons renoncé à un salaire, tu te souviens ?

– À quelle heure est-il rentré ?

– Tard. Trop tard pour le s-e-x-e, je précise en prenant la précaution d'épeler.

Ce serait bien ma veine que ma surdouée de fille mémorise ces quatre lettres et les ressorte, au hasard, à la mère de Nick, Connie, qui a récemment laissé entendre qu'à son avis les enfants regardent trop la télévision.

– Et de ton côté ? je lui demande, me souvenant qu'elle avait un rendez-vous hier soir. De l'action ?

– Tu parles, le calme plat. La traversée du désert continue.

Je ris.

– Comment ? Pour le cinquième jour d'affilée ?

– Cinq semaines, plutôt. Et il n'a même pas été question de sexe. Je me suis fait poser un lapin, figure-toi.

– Tu déconnes !

Quel homme lui poserait un lapin ? Outre sa silhouette parfaite, Cate est drôle et intelligente. C'est aussi une fan de sport avertie qui connaît sur le bout des doigts la moindre subtilité du base-ball là où la plupart des femmes excellent à débiter les potins d'Hollywood. Bref, le rêve de n'importe quel homme. Bon, d'accord, elle peut avoir ses exigences et manquer terriblement d'assurance ; mais cette facette de sa personnalité n'est pas décelable d'entrée de jeu. En d'autres termes, on peut la plaquer, mais pas lui poser un lapin dès le premier soir.

Sur le ton de la remontrance, Ruby me fait savoir de la pièce voisine que ce n'est pas joli-joli de dire « Tu déconnes ».

– Eh oui, soupire Cate. Avant hier soir, je pouvais au moins m'enorgueillir de cet exploit-là : pas un seul lapin et pas un seul rendez-vous avec un homme marié. J'avais même fini par croire que l'un était la récompense de l'autre. Tant pis pour le karma.

– Il l'était peut-être, marié.

– Non, j'en suis sûre. J'ai mené ma petite enquête.

– Laisse-moi deviner. C'est le comptable d'e-Harmony ou le pilote de ton dernier vol ?

– Ni l'un ni l'autre. Le botaniste de Starbucks.

Avec un sifflement amusé, je glisse un coup d'œil discret à côté et surprends Ruby qui mange subrepticement une bouchée de son toast. Elle déteste ne pas avoir le dessus. Presque autant que son père, qui ne supporte même pas de perdre contre elle à *Candy Land*.

– Bigre… Un lapin avec le botaniste. Impressionnant.

– Ne m'en parle pas. Et pas le moindre texto d'explication ou d'excuse. Même pas un simple « Désolé, Cate, mais je préfère passer la nuit avec une jolie fougère. »

– Hum… Il a peut-être juste… oublié, je lui suggère.

– Ou jugé que je suis trop vieille pour lui.

J'ouvre la bouche pour démentir cette dernière autocritique sarcastique, mais ne trouve rien de plus réconfortant à lui dire que mon habituel poncif : l'homme de sa vie est là, quelque part, et elle le rencontrera bientôt.

– Je ne sais pas, Tessa, reprend mon amie, mais j'ai l'impression que tu as mis le grappin sur le dernier mec bien.

Dans le silence qui suit, je devine ce qui vient. Et comme prévu, elle ajoute avec une pointe d'ironie :

– Rectification : les deux derniers. Garce, va…

– Quand vas-tu donc cesser de mettre ça sur le tapis ? je lui demande. Une date comme ça, à vue de nez ?

Nous parlons l'une et l'autre de mon ex-fiancé.

– Hum… Que dirais-tu de… jamais ? Ou, disons, quand je me marierai. Mais dis-moi, ça revient au même que jamais, non ?

Je pouffe de rire avant d'ajouter que je dois y aller, tandis que mes souvenirs me ramènent brutalement vers Ryan, mon petit copain de fac, et nos fiançailles.

Par fiançailles, je ne veux pas dire que Ryan venait juste de faire sa demande. Non, non… En réalité, nous n'étions plus qu'à quelques semaines du grand jour, plongés jusqu'au cou dans les itinéraires du voyage de noces, les derniers essayages et les cours de danse pour l'ouverture du bal. Les invitations étaient postées, les bans publiés, nos alliances gravées. Pour tous ceux qui me connaissaient, j'étais la mariée radieuse typique : les bras joliment musclés, le teint hâlé, le cheveu brillant. Radieuse au sens littéral du terme. Pour tout le monde sauf pour ma thérapeute, Cheryl, qui tous les mardis à 19 heures m'aidait à analyser la frontière floue entre l'anxiété normale d'une future mariée et mes difficultés d'engagement résultant du divorce récent et douloureux de mes parents.

Avec le recul, la réponse était évidente : le simple fait de soulever la question suggérait un problème. Mais tant de facteurs brouillaient la donne et me troublaient le cœur... Pour commencer, Ryan était mon premier et seul amour. Nous sortions ensemble depuis notre deuxième année à Cornell et n'avions jamais couché avec personne d'autre. Je ne pouvais imaginer embrasser, et encore moins aimer un autre garçon. Nous avions le même cercle d'amis avec lesquels nous partagions de précieux souvenirs d'université que je ne voulais pas ternir par une rupture. Nous avions aussi en commun une profonde passion pour la littérature, tous deux diplômés de lettres ayant choisi la voie de l'enseignement, même si je m'apprêtais à entrer en troisième cycle à Columbia avec le rêve de devenir professeur d'université. En fait, quelques mois plus tôt, j'avais convaincu Ryan de déménager avec moi à New York, de quitter son poste et sa ville adorée de Buffalo pour un destin plus excitant. Excitant, mais aussi un peu effrayant. J'avais grandi dans la ville voisine de Westchester et allais souvent à Manhattan avec mon frère et mes parents. Mais de là à y vivre il y avait un pas, et Ryan était comme mon roc, mon filet de sécurité dans le vrai monde incertain et angoissant. Ryan... Si fiable, honnête, gentil et drôle. Avec sa grande famille tapageuse et des parents mariés depuis trente ans – un bon signe, d'après ma mère.

Tu parles !

Et puis Ryan m'assurait, toujours avec sa tendresse coutumière, que nous étions faits l'un pour l'autre. Que je réflé-
chissais juste un peu trop, fidèle à ma nature névrotique. Il
croyait sincèrement en notre couple, ce qui la plupart du
temps me suffisait pour y croire aussi.

– Tu es le genre de fille qui ne sera jamais complètement
prête, me dit-il après une séance avec Cheryl dont je lui
divulguais toujours les détails avec un minimum de coupes.

Nous étions attablés dans un restaurant italien du Village,
attendant notre commande : des gnocchis, le plat du jour.
Il étendit son long bras maigre par-dessus la table et me
tapota la main.

– C'est une de tes facettes qui me plaisent le plus.

Je me rappelle avoir médité sa phrase, analysant son prag-
matisme, et avoir conclu avec une certaine dose de tristesse
et comme une impression de vide qu'il avait sans doute
raison. Que je n'étais peut-être pas formatée pour le genre
de passions dévorantes et inconditionnelles que j'avais rencontrées dans mes lectures, au cinéma, ou même entendu
certaines de mes amies – dont Cate – décrire. Peut-être
étais-je condamnée à me contenter des pierres angulaires de
notre relation : réconfort, compatibilité et compassion. Peut-
être cette trinité suffisait-elle au bonheur et j'aurais beau
chercher toute ma vie, je ne trouverais jamais mieux.

– Je suis complètement prête, répondis-je, finissant par
me convaincre que telle était la vérité.

Je n'étais toujours pas sûre d'être capable de me ranger,
mais dans mon esprit au moins le problème était réglé. Ma
décision était prise : j'allais épouser Ryan, point final.

Jusqu'à trois jours plus tard, quand mon regard se posa
pour la première fois sur Nick.

C'était le matin. J'étais dans un métro bondé, sur le chemin de l'université, quand il monta dans la rame deux stations après moi, vêtu d'une blouse de médecin gris-bleu, un

35

grand thermos à la main. Ses cheveux bruns ondulés étaient plus longs qu'aujourd'hui et je me suis fait la remarque qu'il ressemblait davantage à un acteur qu'à un médecin – peut-être d'ailleurs était-il un acteur jouant un rôle de docteur en route vers un plateau de tournage, me suis-je même dit. Je me rappelle l'avoir regardé dans les yeux – les yeux brun chocolat les plus chaleureux qu'il m'ait jamais été donné de voir – et avoir été submergée par une réaction viscérale incroyable que l'on ne peut décrire que par le fameux « coup de foudre ». Je me souviens avoir pensé que je devais mon salut, à cet instant, à une personne que je ne connaissais pas et ne connaîtrais sans doute jamais.

– Bonjour, me dit-il avec un sourire sympathique, agrippant la barre à laquelle je me tenais.

– Bonjour.

Je retins mon souffle quand nos mains se frôlèrent, et tandis que la rame nous emportait à vive allure vers les beaux quartiers nous échangeâmes de menus propos dont, fait étonnant, nous avons oublié l'un et l'autre la teneur.

Au bout d'un moment, après avoir approfondi quelques sujets d'ordre personnel, dont le programme de mon doctorat et son internat, il désigna ma bague de fiançailles en diamant d'un geste du menton.

– Alors, c'est quand, le grand jour ?

– Dans vingt-neuf jours, lui répondis-je.

Et je devais faire une tête d'enterrement parce qu'il me dévisagea d'un air entendu et me demanda si tout allait bien. C'était comme s'il pouvait lire en moi à cœur ouvert. Et lorsque je plongeai mon regard dans le sien, je ne pus empêcher les larmes de me monter aux yeux. Je n'arrivais pas à croire que je pleurais devant un parfait inconnu, alors que je n'avais même pas craqué sur le canapé en tweed de Cheryl.

– Je sais, dit-il avec douceur.

Je lui demandai comment il pouvait savoir.

– Je suis passé par là. Enfin, bien sûr, je n'étais pas sur le point de me marier, mais quand même…

Je ris à travers un sanglot inélégant.

– Ça va peut-être s'arranger, dit-il, détournant le regard comme pour respecter mon intimité.

– Peut-être, répondis-je sans conviction.

J'exhumai un mouchoir en papier de mon sac et m'efforçai de prendre sur moi.

Un instant plus tard, nous descendîmes à la station de la 116e Rue – qui, je l'apprendrais plus tard, n'était pas la véritable destination de Nick – et la foule se dispersa autour de nous. Je me souviens encore de la chaleur moite dans les couloirs du métro, de l'odeur de cacahuète grillée, de la chanteuse folk qui poussait la chansonnette dans la rue au-dessus. Le temps semblait s'être arrêté quand je le regardai tirer un stylo de la poche de sa blouse et écrire ses coordonnées sur une carte que je garde aujourd'hui encore comme une relique dans mon portefeuille.

Il la pressa dans ma paume.

– Tiens.

Je jetai un coup d'œil à la carte. Nicholas Russo. Ce nom lui allait bien, décidai-je. Une vigueur délicieuse. Sexy en diable. Trop beau pour être vrai.

Je fis un essai.

– Merci, Nicholas Russo.

– Nick, me corrigea-t-il. Et toi, tu es… ?

– Tessa, répondis-je, les jambes en coton tant j'étais sous le charme.

– Eh bien, Tessa, appelle-moi si jamais tu as envie de parler. C'est parfois utile, tu sais, de se confier à quelqu'un qui n'est pas… investi.

J'ai plongé mon regard au fond du sien et j'y ai lu la vérité. Investi, il l'était tout autant que moi.

Le lendemain, j'annonçai à Ryan que je ne pouvais pas l'épouser. Le jour le plus affreux de ma vie à ce jour. J'avais eu le cœur brisé une fois avant lui – bon, d'accord, à un niveau beaucoup plus, disons, adolescent – mais là, c'était mille fois pire. L'horreur pure. C'était le désespoir de la rupture plus le remords et la culpabilité – et même la honte du scandale que ne manquerait pas de provoquer l'annulation du mariage.

– Pourquoi ? demanda-t-il, le visage baigné de larmes.

Une image sur laquelle je préfère ne pas trop m'appesantir encore aujourd'hui. J'avais déjà vu Ryan pleurer, mais jamais à cause de moi.

Même si c'était pénible, j'avais le sentiment de lui devoir la vérité. Si brutale fût-elle.

– Je t'aime, Ryan. Mais je ne suis pas amoureuse de toi. Et je ne peux pas épouser un homme dont je ne suis pas amoureuse, expliquai-je, consciente que mon argument de rupture sonnait comme une réplique toute faite. Le genre d'excuse creuse et superficielle que les quadragénaires en proie au démon de midi sortent à leur femme avant de demander le divorce.

– Qu'en sais-tu ? protesta Ryan. Et qu'est-ce que ça veut dire, d'abord ?

Je ne pus que secouer la tête en pensant à ce moment dans le train avec l'inconnu en blouse d'hôpital prénommé Nick et répéter en boucle à Ryan que j'étais désolée.

Cate fut la seule à connaître le fin mot de l'histoire. La seule à savoir la vérité aujourd'hui encore. Que j'avais rencontré Nick avant ma rupture avec Ryan. Que sans Nick, j'aurais épousé Ryan. Que je serais sans doute encore sa femme aujourd'hui, dans une autre ville, avec d'autres enfants. Une vie tout à fait différente. Une version édulcorée, anémique, de ma vie actuelle. Avec l'éventail similaire des inconvénients de la maternité sans les avantages de l'amour véritable.

Bien sûr, il y eut des soupçons d'infidélité parmi certains de nos amis les plus partisans, quand Nick et moi commençâmes à nous fréquenter sérieusement, à peine quelques mois plus tard. Même Ryan – qui à l'époque me connaissait mieux que quiconque, Nick inclus – exprima des doutes quant à l'enchaînement des événements, un peu trop rapide à son goût.

– Je ne demande qu'à croire que tu es une fille bien, m'écrivit-il dans une lettre que je conserve encore quelque part. Je ne demande qu'à croire que tu t'es montrée honnête avec moi et ne m'aurais jamais trompé. Mais j'ai du mal à ne pas m'interroger sur la date réelle de ta rencontre avec ton nouveau copain.

Je lui répondis, bien qu'il m'ait demandé de m'en abstenir, protestant de mon innocence et réitérant mes excuses pour tout le mal que je lui avais fait. Je lui assurai que je lui garderais toujours une place à part dans mon cœur et que j'espérais qu'avec le temps il finirait par me pardonner et trouverait quelqu'un qui l'aimerait comme il méritait d'être aimé. Le message était clair : moi, j'avais trouvé. J'étais amoureuse de Nick.

Mes sentiments pour lui n'ont jamais faibli. *La vie n'est pas toujours drôle, et presque jamais facile*, me dis-je, regagnant la cuisine telle une experte en gestion de crise, prête pour ma deuxième tasse de café, *mais je suis amoureuse de mon mari comme il est amoureux de moi. C'est la constante de ma vie. Une constante immuable, au fur et à mesure que les enfants grandissent, que ma carrière évolue, que les amis vont et viennent. J'en ai la conviction.*

N'empêche, je me surprends à toucher par précaution le bois de notre planche à découper. Parce que, avec les choses qui comptent le plus, on n'est jamais trop prudent.

4

Valerie

Le lendemain matin, Charlie est transféré des urgences du Massachusetts Hospital à l'hôpital pédiatrique Shriners, de l'autre côté de la rue, dans l'une des meilleures unités de soins pour grands brûlés du pays, lui a-t-on assuré à plusieurs reprises. Elle a conscience que c'est le début d'un long et pénible combat, mais se sent aussi soulagée que l'état de Charlie ne soit plus une urgence vitale, sentiment renforcé par la vue du Dr Russo, qui les attend dans leur nouvelle chambre.

Il ne s'est même pas écoulé une journée entière depuis leur première conversation, mais elle lui a déjà accordé sa confiance comme à personne auparavant. Quand il s'avance vers elle, son écritoire à pince en main, Valerie remarque la beauté de ses traits : la courbe de sa lèvre inférieure, son nez aquilin élégant, ses yeux d'un brun chocolat liquide.

— Bonjour, lui dit-il avec une politesse et une attitude quelque peu formelles.

Pourtant, il y a chez lui un je-ne-sais-quoi de familier, et même de réconfortant, si bien que Valerie se demande un bref instant si leurs chemins ne se sont pas déjà croisés auparavant, dans un tout autre contexte.

— Bonjour, répond-elle, un peu gênée d'avoir craqué la nuit précédente.

40

Elle aurait préféré se montrer plus forte, mais il a sûrement déjà assisté à ce genre de scène bien des fois, se console-t-elle, et aura sans doute encore l'occasion de la voir en larmes.

— Comment allez-vous ? demande-t-il avec une sollici-tude sincère. Avez-vous dormi un peu ?

— Un peu, répond-elle, alors qu'elle a passé la majeure partie de la nuit debout au chevet de Charlie.

Pourquoi ce mensonge ? se demande-t-elle. De toute façon, quelle mère pourrait trouver le sommeil dans un moment pareil ?

— Bien, bien, dit le médecin, soutenant son regard plu-sieurs secondes avant de baisser les yeux vers Charlie qui est réveillé mais encore sous sédatif.

Elle le regarde examiner la joue et l'oreille de son fils avec l'aide efficace d'une infirmière. Tous deux s'affairent avec les instruments, la pommade, la gaze, échangeant des com-mentaires à voix basse. Puis le Dr Russo passe à la main de Charlie. À l'aide d'une pince à épiler, il décolle avec pré-caution le pansement de la peau carbonisée et boursouflée. D'instinct, Valerie veut détourner les yeux, mais elle se force à regarder. Refoulant la nausée qui lui tord l'estomac, elle mémorise l'image de la peau marbrée de taches rouges et roses par endroits, noires à d'autres. Elle essaie de la com-parer à ce qu'elle a vu quelques heures plus tôt, lors du dernier changement de bandage, et scrute la réaction du médecin.

— Alors, docteur ? demande-t-elle avec nervosité, inca-pable de déchiffrer son expression impénétrable.

Le débit du Dr Russo est rapide, mais non dénué de gentillesse.

— Nous sommes assurément à un point critique… Sa main est un peu plus enflée à cause des liquides qu'il absorbe… La circulation sanguine me préoccupe un peu.

Une escarrotomie sera peut-être nécessaire, mais il est encore trop tôt pour se prononcer.

Sans lui laisser le temps de poser la question, il entreprend d'expliquer dans un vocabulaire simple le terme médical qui, dans l'esprit de Valerie, ne présage rien de bon.

– Une escarrotomie est une intervention chirurgicale pratiquée sur les brûlures au troisième degré, c'est-à-dire concernant toute l'épaisseur du derme, quand un œdème entrave la circulation sanguine.

Valerie s'efforce d'intégrer ces explications, tandis que le Dr Russo poursuit plus lentement.

– Les brûlures ont rigidifié la peau et, à mesure que Charlie se réhydrate, les tissus brûlés enflent et durcissent davantage encore. Ce phénomène provoque une pression, et si celle-ci augmente la circulation peut être compromise. Lorsque c'est le cas, nous devons intervenir en pratiquant une série d'incisions dites de décharge qui permettent de faire baisser la pression.

– Cette intervention comporte-t-elle un risque ? demande-t-elle, sachant d'instinct qu'il y a toujours un risque lors d'une opération.

Le médecin hoche la tête.

– Il est toujours souhaitable d'éviter la chirurgie dans la mesure du possible, répond-il d'un ton empreint de patience prudente. Il existerait un faible risque d'hémorragie et d'infection, mais nous avons l'habitude de gérer ces désagréments. L'un dans l'autre, je ne suis pas trop inquiet.

L'esprit de Valerie se focalise sur le mot « trop », analysant les nuances et gradations de son inquiétude, la signification précise de ses paroles. Comme s'il l'avait senti, le Dr Russo esquisse un sourire rassurant et presse le pied gauche de Charlie à travers les deux couvertures.

– Je suis très satisfait de ses progrès et j'ai bon espoir que son rétablissement prenne une excellente tournure… Ce garçon est un battant, je m'en rends compte.

Valerie hoche la tête, la gorge nouée. Elle aurait préféré que son fils n'ait pas à l'être. Qu'elle n'ait pas à se battre pour lui. Elle était déjà fatiguée de se battre avant même l'accident.

– Et son visage ? s'inquiète-t-elle.

– C'est difficile, je sais… Mais nous devons attendre et voir l'évolution… Il faudra quelques jours pour déterminer si ces brûlures sont du deuxième ou troisième degré… Ensuite, il sera possible d'établir une stratégie.

Valerie se mord la lèvre inférieure et hoche à nouveau la tête. Durant les quelques secondes de silence qui suivent, elle remarque que les joues et les mâchoires du médecin se sont ombrées d'un voile de barbe brune depuis la nuit dernière. Est-il rentré chez lui dans l'intervalle ? A-t-il des enfants ?

– Pour l'instant, il suffit de maintenir la peau propre sous les pansements et de le surveiller de près.

Nouveau hochement de tête.

– D'accord.

– Nous allons le surveiller de près, précise le Dr Russo en lui touchant le coude. Quant à vous, vous allez essayer de vous reposer un peu.

Valerie s'arrache un pâle sourire.

– J'essaierai, ment-elle à nouveau.

Plus tard cette nuit-là, tout à fait éveillée dans son fauteuil, elle pense au père de Charlie et au soir de leur rencontre dans un bar de Cambridge, quelques jours à peine après sa dispute avec Laurel. Elle était venue seule, consciente que c'était une mauvaise idée avant même de l'apercevoir assis dans un angle, seul lui aussi, fumant cigarette sur cigarette, si beau, si ténébreux, auréolé d'un envoûtant halo d'angoisse existentielle. Elle décida qu'une aventure sans lendemain lui ferait le plus grand bien et que si l'occasion se présentait elle partirait avec lui en toute insouciance. Ce fut exactement ce qui arriva, quatre verres de vin et trois heures plus tard.

Son prénom était Lionel, mais tout le monde l'appelait Lion, un détail qui aurait dû lui mettre la puce à l'oreille. Pour commencer, il ressemblait physiquement à un lion avec ses sublimes yeux verts, son teint hâlé, son épaisse crinière bouclée et ses larges mains calleuses. Et puis il y avait son tempérament : distant et languissant, sujet à de brusques sautes d'humeur. Et comme le roi des animaux, il se satisfaisait parfaitement que la lionne de sa vie se tape tout le travail : la lessive, la cuisine ou le paiement des factures. Valerie mettait cette attitude sur le compte de son art et des préoccupations qui en découlaient ; mais d'après Jason, cette paresse était plutôt l'expression de l'état d'esprit d'assisté typique chez les beaux gosses. Elle comprenait le point de vue de son frère, même en proie à l'aveuglement de la passion, mais s'en moquait éperdument. En réalité, elle trouvait les défauts de Lionel fascinants, romantiques, en phase avec le brillant sculpteur et peintre qu'il était.

– C'est un artiste, ne cessait-elle de répéter à Jason, comme si ce blanc-seing pouvait excuser tous ses défauts.

Valerie se rendait compte de l'image qu'elle renvoyait, consciente que Lion était une sorte de cliché, l'artiste lunatique, capricieux, égocentrique, et elle, la pauvre fille naïve éblouie par le maître. Il lui avait montré son atelier et ses œuvres, mais elle ne l'avait pas encore vu au travail. Pourtant, elle l'imaginait parfaitement projetant de la peinture rouge d'une torsion du poignet sur des toiles surdimensionnées. Elle se voyait rejouer avec lui la scène de la poterie entre Demi Moore et Patrick Swayze dans *Ghost*, avec *Unchained Melody* en fond sonore.

– Puisque tu le dis, répondait invariablement son frère, les yeux au ciel. Méfie-toi, c'est tout.

Elle lui en fit la promesse. Mais Lion avait le don de lui faire oublier toute prudence – tout comme les préservatifs, d'ailleurs. Il faisait l'amour partout : dans tous les coins de son atelier, dans son appartement, dans le cottage de

Vineyard où il gardait le chien – qui se révéla appartenir, tout comme la maison, à son ex-petite amie, cause de leur première dispute sérieuse – et même à l'arrière d'un taxi. Jamais elle n'avait connu des ébats aussi débridés : le genre de lien charnel qui lui donnait l'impression d'être invincible, comme si tout était possible. Malheureusement, l'euphorie fut de courte durée, vite remplacée par la jalousie et la paranoïa quand elle découvrit d'inquiétants indices : parfum sur ses draps, cheveux blonds dans sa douche, rouge à lèvres sur un verre à vin qu'il n'avait même pas pris la peine de ranger dans le lave-vaisselle. À chaque fois, dans un accès de colère, elle le soumettait à un interrogatoire en règle, mais au bout du compte se laissait convaincre par ses histoires de cousine en visite, de professeur des Beaux-Arts, de cette fille qu'il avait rencontrée à la galerie et dont il jurait ses grands dieux qu'elle était lesbienne.

Durant tout ce temps, Jason faisait de son mieux pour la convaincre que Lion ne valait pas tant de tourments. Il n'était qu'un artiste perturbé comme il en existait à la pelle, pas franchement doué de surcroît. Elle feignait d'approuver, voulait approuver, mais ne parvenait jamais vraiment à s'en persuader. D'abord, Lion n'était pas si perturbé que ça : il ne souffrait pas d'addiction à la drogue ni à l'alcool et n'avait jamais eu le moindre souci avec la justice. Autre détail fâcheux : il était vraiment doué – brillant –, clairvoyant et provocateur, selon le critique du *Boston Phoenix*, qui avait fait le compte-rendu de sa première exposition à la galerie de Newbury Street, propriété, entre parenthèses, d'une jeune mondaine enjouée et impertinente prénommée Méditation, qui deviendrait la prochaine conquête de Lion.

– Méditation ? Quel prénom ridiculement prétentieux ! s'exclama Jason quand Valerie se précipita chez lui, effondrée, pour lui apprendre qu'elle venait de voir Lion embrasser cette fille dans la rue, au pied de son immeuble.

45

– Lion et Méditation, reprit-il. Ils se sont trouvés, ces deux zozos, avec des prénoms de clowns pareils.

– Je sais, dit-elle, trouvant une certaine consolation dans le mépris de son frère.

– Médite donc ça, ajouta-t-il, faisant sauter le couple d'une double chiquenaude.

Valerie sourit, mais ne trouva pas le courage d'annoncer à Jason le véritable malheur de cette rupture. Elle avait fait un test de grossesse la veille et était enceinte de Lion. Pourquoi le cacha-t-elle à son frère ? Elle n'en avait aucune idée. La honte, le chagrin, ou peut-être l'espoir que ce n'était qu'un mauvais rêve – qu'elle aurait le premier faux résultat positif dans l'histoire des tests de grossesse. Quelques jours plus tard, après qu'une prise de sang eut confirmé qu'un fœtus grandissait en elle, Valerie pleura toutes les larmes de son corps dans sa chambre, priant pour faire une fausse couche – ou avoir la force de se rendre à la clinique de Commonwealth Avenue, que plusieurs de ses amies avaient fréquentée à l'époque de leurs études. Mais au fond d'elle-même, elle savait qu'elle ne pourrait sauter le pas. Peut-être à cause de son éducation catholique ; mais plus probablement désirait-elle vraiment ce bébé. L'enfant de Lion. Elle avait beau nier avec véhémence qu'il y eût là un rapport avec une quelconque volonté de le récupérer, elle n'en continuait pas moins de l'appeler sans cesse, imaginant un revirement de sentiments, un changement de caractère.

Il ne décrochait jamais, la forçant à laisser de vagues messages implorants qui restèrent sans réponse, même lorsqu'elle l'informa qu'elle avait une nouvelle « vraiment importante » à lui annoncer.

– Il ne mérite pas de savoir, dit Jason, affirmant que Lion était la première personne qu'il haïssait de sa vie.

– Cet enfant ne mérite-t-il pas pourtant d'avoir un père ? demanda Valerie.

– À choisir entre les deux, Lion ou rien, il sera mieux loti sans rien.

Valerie comprenait le point de vue de son frère, reconnaissant qu'il y avait plus de douleur dans la déception permanente que dans le vide ; mais elle avait aussi le sentiment que c'était mal de le couper de Lion tout autant que de mettre un terme à sa grossesse. Un soir de solitude, au troisième trimestre, elle décida donc de l'appeler une dernière fois, de lui donner une ultime chance. Mais lorsqu'elle composa le numéro, une inconnue avec un accent du Moyen-Orient l'informa que Lion avait déménagé en Californie sans laisser d'adresse. Elle ne savait si elle devait croire cette fille ou si elle était complice ; mais dans l'un comme l'autre cas elle renonça officiellement, tout comme elle avait fait une croix définitive sur Laurel et ses amis dans sa ville natale. Elle ne pouvait rien faire de plus, décida-t-elle, et puisa un réconfort surprenant dans la vanité de cette conviction qu'elle ne manqua jamais de se remémorer dans chaque moment difficile qui suivit : pendant l'accouchement, à son retour de la maternité avec Charlie, quand il la réveillait la nuit avec des coliques, lorsqu'il avait des otites, des poussées de fièvre, faisait une mauvaise chute. Elle se rappela aussi ce mantra quand Charlie fut assez grand pour poser des questions sur son père, un moment déchirant qu'elle avait redouté chaque jour depuis sa naissance. Elle lui livra une vérité édulcorée, un scénario écrit depuis longtemps : son père était un artiste talentueux, qui avait dû partir avant sa naissance et elle ignorait où il se trouvait maintenant. Elle avait sorti le seul tableau de Lion qu'elle possédait, une petite œuvre abstraite couverte de cercles, dans tous les tons de vert, et l'avait cérémonieusement accroché au-dessus du lit de Charlie. Puis elle lui montra l'unique photo qu'elle possédait de son père : un instantané flou qu'elle conservait dans un vieux carton à chapeau au fond de sa penderie. Elle demanda à Charlie s'il la voulait, lui proposant de l'encadrer pour lui, mais il secoua la tête et reposa le cliché dans le carton.

– Il ne t'a jamais rencontré, dit Valerie, refoulant ses larmes. S'il te connaissait, il t'aimerait autant que moi.

– Il reviendra un jour ? demanda Charlie, les yeux ronds et tristes, mais secs.

Valerie secoua la tête.

– Non, chéri. Il ne reviendra pas.

Charlie accepta la dure vérité avec un hochement de tête courageux, tandis que Valerie se répétait à nouveau qu'elle ne pouvait faire plus – à part être une bonne mère, la meilleure possible.

Mais aujourd'hui, des années plus tard, les yeux rivés au plafond de cette chambre d'hôpital, elle se prend à douter de cette vérité. D'elle-même. Elle se prend à regretter de ne pas avoir fait davantage d'effort pour localiser Lion. À souhaiter que son fils ait un père. Qu'ils ne soient pas si seuls, tous les deux.

5

Tessa

Dimanche après-midi, Nick, Ruby, Frank et moi faisons des courses chez Target en quête de costumes d'Halloween pour les enfants – notre conception d'un bon moment en famille – quand je réalise que je suis officiellement devenue ma mère. Ce n'est assurément pas la première fois que je me surprends à commettre un « Barbarisme », comme mon frère qualifie ces moments – ma mère s'appelle Barbara. Je sais que je lui ressemble quand, par exemple, je préviens Ruby qu'elle s'aventure « sur un terrain glissant » ou déclare que « seuls les gens ennuyeux s'ennuient ». Et je vois son double en moi lorsque j'achète quelque chose dont je n'ai pas vraiment envie, qu'il s'agisse d'une robe ou d'un lot de six paquets de pâtes asiatiques instantanées, pour l'unique raison que c'est en promotion. Et quand je critique quelqu'un qui a oublié d'écrire une carte de remerciement, ou qui conduit une voiture avec une plaque personnalisée ou, Dieu m'en préserve, mastique un chewing-gum en public avec trop de vigueur.

Mais alors que je me trouve au rayon déguisements et réponds à Ruby que non, elle ne peut pas avoir le costume de Sharpay dans *High School Musical*, avec son haut à paillettes au décolleté plongeant sur un corsaire moulant en lamé doré, j'ai conscience d'être au bord du Barbarisme aigu.

Non pas tant à cause de la fibre féministe que nous partageons, ma mère et moi, mais parce que j'avais promis à ma fille que cette année elle aurait le droit de choisir elle-même son costume. Qu'elle pourrait être « qui elle voulait » : mot pour mot le baratin que ma mère me servait quand j'étais enfant, et même plus tard à l'aube de l'âge adulte, alors qu'en réalité elle voulait dire, tout comme moi apparemment dans le cas présent : « Sois qui tu veux, tant que j'approuve ton choix. »

J'ai envie de rentrer sous terre, en pensant à toutes les conversations que j'ai eues avec ma mère l'année dernière après lui avoir annoncé que je démissionnais de mon poste à l'université de Wellesley – un poste de maître de conférences avec possibilité de titularisation. Je savais qu'elle trouverait – beaucoup – à y redire, habituée que j'étais à ce qu'elle mette son grain de sel dans ma vie à tout bout de champ. En fait, mon frère et moi rions souvent de ses visites et du nombre de fois où elle commence ses phrases par « si vous me permettez une suggestion... », une entrée en matière délicate qui l'autorise ensuite à nous balancer à la figure tout ce qu'à son avis nous faisons de travers. « Si tu me permets une suggestion, peut-être devrais-tu préparer les vêtements de Ruby la veille au soir – cette précaution éviterait bien des conflits le matin. » Ou : « Si tu me permets une suggestion, tu devrais rassembler le courrier et les papiers importants dans un même endroit. D'expérience, je sais que ça réduit considérablement le désordre. » Ou, ma tirade favorite : « Si tu me permets une suggestion, essaie de te détendre et de créer un environnement apaisant quand tu allaites le bébé. À mon avis, Frankie ressent ton stress. »

Oui, maman, il ressent très certainement mon stress. Comme tout le monde dans cette maison, et le monde entier. Voilà pourquoi je démissionne.

Cette explication ne l'avait, bien sûr, pas satisfaite. Et les « suggestions » ne manquèrent pas. Du genre : « Oublie cette idée. Tu vas le regretter. Ton couple en souffrira. » Et de me citer Betty Friedan, pour qui rester à la maison était « le problème qui n'a pas de nom », et Alix Kate Shulman, qui suggérait qu'au lieu de quitter leur emploi les femmes devraient tout bonnement refuser d'assumer soixante-dix pour cent des tâches ménagères.

– Je ne comprends pas du tout comment tu peux renoncer à tous tes rêves, me dit-elle un jour avec cette ferveur qui rappelait son époque hippie où elle brûlait son soutien-gorge. Tout ce pour quoi tu as travaillé si dur. Tout ça pour te balader en jogging dans la maison, plier du linge ou t'affairer à tes fourneaux.

– Là n'est pas la question, répondis-je, me demandant presque quand même si elle pouvait me voir devant la cuisinière, occupée à préparer un gratin de macaronis au bacon et à la truffe noire, une recette que je venais de découper dans un magazine. C'est pour passer plus de temps avec Ruby et Frank.

– Je sais, chérie. C'est ce que tu crois. Mais au bout du compte, tu auras sacrifié ton âme.

– Par pitié, maman, soupirai-je, les yeux au ciel. Ne sois donc pas si mélodramatique.

Mais elle poursuivit sur sa lancée avec la même fougue.

– Avant que tu t'en rendes compte, les enfants seront à l'école toute la journée. Et toi, tu traîneras à la maison à attendre leur retour. Tu les bombarderas de questions sur leur journée, vivant ta vie par procuration. Et un jour, quand tu feras le bilan, tu regretteras ta décision.

– Comment peux-tu savoir ce que je ressentirai ? protestai-je avec indignation, comme au lycée, à chaque fois qu'elle essayait, avec ses mots, d'éveiller ma conscience.

Comme la fois où, alors que j'essayais d'entrer dans l'équipe des pom-pom girls, elle s'était moquée de moi devant toutes mes amies qui en faisaient partie, rien de moins, affirmant que je ferais mieux d'opter pour « un sport digne de ce nom » au lieu de « me trémousser pour une bande de mecs ».

– Parce que je te connais… Je sais que cette vie ne te suffira pas. Ni à Nick. Souviens-toi, il est tombé amoureux d'une jeune femme qui cherchait à réaliser ses rêves. Qui écoutait son cœur. Tu adores ton travail !

– J'adore ma famille davantage, maman.

– L'un n'exclut pas l'autre.

– Parfois, c'est pourtant le sentiment que j'ai, répondis-je, pensant à la fois où, à mon retour, j'avais trouvé notre assistante maternelle s'extasiant à grand renfort de gazouillis ravis devant les premiers pas de Ruby.

Sans parler de tous les autres moments ratés, petits événements ou grandes étapes charnières.

– Qu'en dit Nick ? demanda-t-elle.

Je réalisai que c'était une question piège. Un test sans véritable bonne réponse.

– Il me soutient dans ma décision, affirmai-je.

– Voilà qui ne me surprend pas.

Il y avait dans sa voix une infime pointe de causticité qui me fit me demander pour la centième fois ce qu'elle avait contre mon mari – ou peut-être contre tous les hommes à l'exception de mon frère.

– Qu'entends-tu donc par là ? la défiai-je, consciente qu'elle jugeait ma situation comme tout le reste : à travers le prisme de son divorce et de la haine féroce qu'elle vouait à mon coureur de père.

– Eh bien, disons juste que, d'une certaine façon, je trouve très noble de la part de Nick de te soutenir de la sorte, commença-t-elle d'un ton soudain calme et condescendant, à peine moins agaçant que le véhément perché dans l'aigu. Il veut que tu sois heureuse… et pense que tu le seras ainsi. Il donne aussi la priorité au temps libre sur un revenu complémentaire, ce qui peut être une preuve de sagesse…

Je plongeai une cuiller en bois dans ma sauce au fromage bouillonnante et la goûtai. *Parfaite*, me dis-je, tandis qu'elle continuait son sermon.

– Mais Nick ne mettra pas ses rêves en veilleuse, lui. Et au fil des ans, un mur pourrait se dresser entre vous. Il aura une vie stimulante, riche, gratifiante, complètement déconnectée de toi, Ruby et Frank. Et dans le même temps, toutes les corvées, les soucis domestiques seront pour toi...

– J'aurai encore une vie, maman. J'aurai encore des centres d'intérêt, des amis, et davantage de temps à y consacrer... Et je peux toujours donner des cours si l'enseignement me manque tant que ça.

– Ce ne serait pas pareil. Il s'agirait d'une simple occupation, pas d'un vrai métier. Le respect que te porte Nick pourrait s'éroder. Et pire, tu pourrais perdre ton amour-propre, ajouta-t-elle, histoire d'enfoncer le clou, tandis que j'inspirai un grand coup et m'armai pour la conclusion que je savais inévitable.

Sans surprise, elle termina sur une insinuation grave et amère.

– Et si tu en arrives là, je te préviens, ton couple sera en péril.

– Comment ça, en péril ? demandai-je, jouant l'innocente, bien décidée à la pousser dans ses retranchements.

– La crise de la quarantaine, le démon de midi. Les sirènes des voitures de sport rutilantes, des bimbos à gros seins et aux rêves plus surdimensionnés encore.

– Je n'aime ni les voitures de sport rutilantes ni les gros seins, répondis-je en riant, amusée par le langage fleuri de ma mère.

– Je parlais de Nick.

– Je sais.

Je résistai à l'envie de lui faire remarquer les incohérences de son argument : le fait que les liaisons de papa avaient commencé quand elle avait ouvert son agence de décoration d'intérieur. En fait, elle venait de finir l'aménagement d'un luxueux appartement dans un immeuble cossu en grès brun de Murray Hill et le résultat était paru dans une célèbre revue de décoration la semaine même où elle avait découvert la dernière aventure en date de mon père, le surprenant dans les bras d'une femme sans emploi et sans autre rêve particulier que celui de parfaire l'art de l'oisiveté. David et Diane, et leurs chiens, Dottie et Dalilah. Des D monogrammés partout dans leur intérieur. Le bonheur incarné du remariage. Fervents adeptes de l'hédonisme, ils jouissaient sans compter des fruits du fonds en fidéicommis de Diane et de la confortable retraite de mon père, ainsi que de la vente des parts du grand cabinet d'avocats qu'il avait fondé trente ans plus tôt.

Mais je me retins de lui dire que le travail n'était pas une police d'assurance infaillible, parce que je ne voulais ni la blesser ni insinuer que je puisse éprouver autre chose que le plus grand respect pour elle. Peut-être n'avait-elle pas géré son divorce avec un sang-froid modèle – le jour où elle avait appris l'existence de Diane, par exemple, elle s'était acharnée avec une batte de base-ball sur la Mercedes décapotable de mon père –, mais elle avait fait de son mieux. Et malgré tous les revers, elle avait toujours émergé victorieuse, plus forte et même foncièrement heureuse. Elle avait veillé à notre éducation, à mon frère et moi, mené un combat bref mais intense contre le cancer du sein – qu'elle avait miraculeusement réussi à nous cacher à l'école primaire, affirmant qu'elle se rasait la tête à cause de la canicule qui régnait alors à New York – et bâti sa carrière de zéro. Barbara était une jolie fleur coriace et j'éprouvais une fierté inconditionnelle à l'avoir pour mère, même dans ses moments les plus dominateurs.

Je me contentai donc de serrer les dents et de tenir bon.

– Écoute, maman, je sais que c'est ton cœur qui parle. Mais c'est le bon choix pour nous. Pour notre famille.

– D'accord, d'accord… J'espère me tromper, Tessa, je l'espère sincèrement.

Je repense à cette conversation et à la promesse que je me suis faite d'essayer de soutenir Ruby dans ses choix, même quand je ne les approuve pas. Mais devant la photo de Sharpay avec son rouge à lèvres qui claque, ses talons hauts et sa pose provocante, je sens ma détermination fléchir et tente de négocier une clause d'exclusion exceptionnelle contre les tenues vulgaires. Juste pour cette fois.

– Ruby, ma chérie, je crois que tu es un peu trop jeune pour ce déguisement, dis-je, l'air de ne pas y toucher, soucieuse de ne pas la pousser d'emblée dans ses retranchements.

Mais Ruby secoue la tête avec vigueur.

– Moi, je ne crois pas.

Je tente le tout pour le tout sans grand espoir.

– Tu vas être frigorifiée à faire la tournée des bonbons dans cette tenue.

– J'ai le sang chaud, rétorque-t-elle, se méprenant à l'évidence sur l'exposé de biologie de son père le matin même.

Pendant ce temps, j'observe du coin de l'œil un autre couple mère-fille, vêtues de joggings en velours pourpre coordonnés, qui s'accordent joyeusement sur un costume charmant de Dorothy, du *Magicien d'Oz*. La mère me sourit alors avec suffisance, fière de me montrer comment on s'y prend, et lance d'une voix suggestive, clairement à l'intention de Ruby :

– Regarde cet adorable costume de Blanche-Neige. Il serait parfait pour une petite brune.

Je joue le jeu, histoire de lui montrer que ses stratagèmes à deux balles ne marcheraient jamais dans mon foyer.

– Oui ! C'est vrai, Ruby, tu es brune. Tu ne voudrais pas être Blanche-Neige ? Tu pourrais porter une jolie pomme rouge !

– Non. Je ne moque pas mal de Blanche-Neige. Et puis d'abord je n'aime pas les pommes, bougonne l'intéressée, la mine revêche.

L'autre mère me décoche un sourire plaqué avec un haussement d'épaules qui semble dire « J'ai essayé, mais mes prouesses de mère de l'année ont leurs limites ! »

Je riposte avec un sourire faux de mon cru, me retenant de lui livrer le fond de ma pensée : sur le plan du karma, il est déconseillé d'étaler ainsi son sentiment de supériorité face aux autres mères. Parce que, avant qu'elle ait eu le temps de dire ouf, son petit ange pourrait devenir une ado tatouée qui planque des joints dans son sac de marque et taille des pipes à l'arrière de sa BMW.

Un instant plus tard, tandis que les duettistes poursuivent leur chemin sur la voie du succès, Nick apparaît à l'angle du rayon, portant Frank sur un bras, un costume d'Elmo à la main, prouvant une fois de plus que, tout au moins dans notre famille, les garçons font moins d'histoires. Les yeux de Ruby s'illuminent à la vue de son père et, sans perdre une seconde, elle lance contre moi une charge en règle qui s'entend dans tout le magasin.

– Maman avait dit que je pouvais choisir ce que je voulais pour Halloween et maintenant elle ne veut pas m'acheter Sharpay ! s'égosille-t-elle sans retenue.

Nick hausse les sourcils.

– Maman ne reviendrait pas sur sa promesse, voyons.

– Oh, si ! crie Ruby, la lippe boudeuse. Elle l'a fait, je te jure !

Nick me lance un regard interrogateur et je confirme à contrecœur d'un hochement de tête.

– Regarde par toi-même.

Je lui désigne la photo pimpante et déchiffre ses pensées avec une secrète satisfaction. D'un côté, je connais son besoin irrépressible de gâter sa fille, de vouloir lui faire plaisir à, pour ainsi dire, n'importe quel prix. De l'autre, c'est un père protecteur autant qu'on peut l'être, qui a à cœur d'éviter que son enfant chérie se promène dans le quartier déguisée en victime de la prostitution infantile.

Pleine d'espoir, je regarde Nick s'agenouiller près de Ruby. Le pauvre fait de son mieux.

– Je crois que c'est un peu trop... grand pour toi, Ruby. Peut-être l'année prochaine ?

Ruby secoue la tête avec vigueur.

– Ce n'est pas trop grand, papa. C'est à ma taille ! proteste-t-elle, montrant l'étiquette « 4 ans » dans l'angle supérieur de l'emballage.

Dès ce premier signe de résistance, Nick capitule en rase campagne et se redresse avec un regard impuissant.

– Bon, dit-il à Ruby, je crois que c'est une affaire entre maman et toi.

Je repense à ma mère et tente d'imaginer le discours qu'elle tiendrait à ma fille et, plus important peut-être, ce qu'elle dirait du laisser-faire paternel de Nick. « À toi les corvées »... Ces mots résonnent encore à mes oreilles. Puis, avec le soupir accablé que toutes les mères connaissent, je cède à mon tour :

– Une promesse est une promesse. Va pour Sharpay.

– Super ! s'écrie Ruby, qui détale joyeusement vers les caisses.

– Super ! répète Frank, qui s'élance à sa suite avec Nick.

– Mais pas de rouge à lèvres, marmonné-je entre mes dents, comme ma mère en a l'habitude. Et que ça te plaise ou non, tu porteras un col roulé, jeune fille.

Plus tard ce soir-là, une fois les enfants couchés, je jette un coup d'œil à notre calendrier pour découvrir avec horreur que, demain, c'est au tour de ma fille d'être « assistante spéciale » dans sa classe. C'est une nouvelle fantastique pour Ruby qui, selon le polycopié distribué aux parents, aura le droit de nourrir le poisson rouge, de choisir l'histoire du jour qui sera lue par la maîtresse et d'être la première dans le rang pour sortir en récréation. Malheureusement, cela signifie aussi que c'est à mon tour de fournir une collation saine et néanmoins savoureuse pour seize enfants. Une collation ne contenant aucun produit à base d'arachide ou autres fruits à coque, parce qu'il y a un cas d'allergie grave dans la classe – ce qui exclut à peu près tout ce que nous avons sous la main.

– La barbe… marmonné-je avec agacement.

Comment ai-je fait mon compte pour rater la mention « assistante spéciale » surlignée d'un trait orange fluo que j'ai pris soin d'inscrire en capitales il y a deux semaines tout juste ?

– Napa ou côtes-du-rhône ? me demande Nick, une bouteille dans chaque main.

Je désigne le côtes-du-rhône et continue de ronchonner devant le calendrier, tandis que Nick range le napa dans le casier à bouteilles et fouille dans le tiroir en quête d'un tire-bouchon.

– Que se passe-t-il ?

– Ruby est « assistante spéciale » demain à l'école.

– Et alors ?

– Alors, c'est à nous de fournir le goûter.

Je dis « nous » même si cette tâche m'incombe – et quand je travaillais, c'était pareil. Malheureusement, je n'ai plus l'excuse du travail qui, dans mon esprit, atténuait quelque peu les attentes.

– Où est le problème ? demande Nick qui tombe des nues.

– Les placards sont vides.

– Arrête de mettre la situation au pire, proteste-t-il avec son flegme coutumier. Je suis sûr qu'on a bien quelque chose.

Je pense au déjeuner et au dîner que j'ai bricolés aujourd'hui avec des restes de la semaine.

– En fait, non.

Il débouche la bouteille, sert deux verres, puis va se planter devant le garde-manger.

– Aha ! s'exclame-t-il, sortant d'un geste triomphant un paquet non entamé d'Oreo – un de mes inavouables péchés mignons.

Je lui souris.

– Des Oreo ?

– Oui, des Oreo. Tu sais, le goûter classique de la vieille école : des biscuits et du lait.

Je secoue la tête d'un air navré, enviant l'exaltante liberté d'être un homme. Un papa. Comment peut-il envisager un seul instant qu'il soit possible d'apporter des Oreo comme collation à l'école, *a fortiori* pour la classe entière ?

– Faux sur toute la ligne. Tu es médecin pourtant, j'ironise. Mais ne dit-on pas que les enfants du cordonnier sont les plus mal chaussés.

– Cordonnier ? répète Nick, hilare. Voyons, tente-t-il de me convaincre, les enfants adorent les Oreo. Et puis ton analogie ne tient pas debout : je ne suis pas dentiste ou nutritionniste, mais chirurgien plasticien.

– D'accord. Mais les Oreo n'en sont pas moins inacceptables.

– Pourquoi ?

– Pour commencer, je suis sûr qu'ils contiennent de l'arachide, dis-je, parcourant la liste des ingrédients. Ensuite, ils sont bourrés de sucre. Troisièmement, ils ne sont pas faits maison, et ne donnent même pas l'impression de pouvoir l'être. As-tu idée de ce que les autres mères diraient dans mon dos si j'apportais des Oreo ?

Nick me tend mon verre, tandis que je continue ma diatribe sur le ton de la plaisanterie.

– Je serais mise à l'index pour le reste de l'année. Et les années à venir. C'est vrai, autant y aller clope au bec et balancer en pleine classe « Putain, les jeunes, ces Oreo déchirent grave ! » En représailles, j'aurais droit à une offensive généralisée de commérages injurieux. La guerre totale.

Nick esquisse un sourire.

– Ces mères sont-elles vraiment si critiques ?

– Certaines, oui. Plus que tu ne l'imagines.

– Ça te dérange ? ajoute-t-il.

En guise de réponse, je hausse les épaules, consciente que c'est là le cœur du problème. Je ne veux pas que ce genre de futilité m'atteigne. Je ne veux pas me préoccuper de l'avis des autres. Pourtant, c'est le cas. Surtout ces derniers temps.

Comme par un fait exprès, le téléphone sonne. C'est April, ma meilleure amie après Cate, et assurément ma plus proche copine de tous les jours dans le cercle des mamans, même si à côté d'elle je me sens le plus souvent incompétente. Mais ce n'est pas de sa faute : elle est juste d'une perfection insupportable. Sa maison est impeccable, ses enfants sont bien élevés et bien habillés, ses albums photo et scrapbooks à jour renferment une moisson de superbes photographies en noir et blanc – réalisées par ses soins, bien entendu. Chez elle, tout est fait dans les règles de l'art, surtout quand il s'agit de ses enfants : de l'alimentation au choix de la meilleure école privée – où elle exige le meilleur enseignant, cela va de soi. Elle lit et s'informe sur tous les problèmes imaginables, puis fait part à qui veut l'écouter du résultat de ses recherches, en particulier s'il existe un danger potentiel. Un biberon contient un taux excessif de plomb ? Un type louche roule en camionnette blanche dans le quartier ? Une étude récente lie la vaccination à l'autisme ? Elle sera la première à vous révéler le scoop. Par malheur pour moi, sa fille, Olivia, a un an de plus que Ruby et fréquente maintenant une autre école – Longmere Country Day, la meilleure de la ville, il va sans dire. Sinon, elle m'aurait rappelée à mes devoirs pour la collation.

– C'est April, dis-je à Nick. Posons-lui la question pour les Oreo.

60

Il lève les yeux au ciel, tandis que je décroche.

April commence par s'excuser d'appeler si tard – c'est son entrée en matière pour ainsi dire systématique. En règle générale, j'ai droit à un « Je sais, le moment est vraiment mal choisi » – une remarque surprenante parce que chez elle, point de chaos. Même au moment du coucher, du bain ou des repas, rituels éreintants qui usent les mères moins aguerries. Déjà, elle a appris à ses enfants à ne pas pleurnicher ou interrompre la conversation quand elle est au téléphone. Côté politesse, elle fait fort : Olivia est la seule enfant que j'aie jamais entendue dire « Veuillez me pardonner. »

– Tu sais, nous n'avons pas de couvre-feu téléphonique, je plaisante, sachant qu'elle a pour règle stricte de ne jamais appeler après 20 heures et qu'il est 19 h 55. Petite question pour toi, ajouté-je sans lui laisser le temps d'ouvrir la bouche. C'est au tour de Ruby pour la collation demain. Or, nous n'avons que des Oreo. Crois-tu que ça fera l'affaire ?

Je mets le téléphone sur haut-parleur. Long silence à l'autre bout de la ligne.

Je souris.

– April ? Tu es là ?

– Des Oreo ? Tess, tu es sérieuse ?

– Non… mais Nick, si.

Elle en reste sidérée, comme si je venais de lui avouer que mon mari m'avait éclaté l'arcade sourcilière d'un crochet du gauche lors d'une dispute, puis demande d'une voix inquiète :

– Tessa, tu as mis le haut-parleur ?

– Oui, réponds-je, consciente qu'elle m'écharpera plus tard pour cette odieuse traîtrise.

– Et Nick… est là ? murmure-t-elle.

Mon sourire s'élargit.

– Oui, il est là.

– Bonsoir, April, lance-t-il avant de lever à nouveau les yeux au ciel.

Nick aime bien April, mais ne comprend pas pourquoi nous sommes si proches. Il lui reproche son côté névrosé et excessif – indéniable, je l'avoue. Mais quand on vit dans le même quartier résidentiel avec des enfants du même âge (son fils, Henry, a six mois de plus que Frank), il n'en faut pas davantage pour que des liens se créent, lui ai-je expliqué. Même si, à mon avis, notre amitié est plus profonde. Pour commencer, c'est le genre d'amie qui ferait absolument n'importe quoi pour vous – et il ne s'agit pas de propositions en l'air. Elle adore prendre des initiatives et les met toujours en pratique. Elle vous apporte de la soupe quand vous êtes malade. Elle vous prête une robe si vous n'avez rien de convenable à mettre et pas le temps de faire du shopping. Elle garde les enfants quand vous avez un empêchement de dernière minute. De plus, c'est une organisatrice hors pair qui nous concocte sans cesse plein de projets amusants, avec les enfants, en couple ou juste à deux. Enfin, elle est un peu portée sur la bouteille et devient d'une franchise aussi irrévérencieuse qu'hilarante après quelques verres de vin. Une excentricité surprenante chez une personne habituellement disciplinée à l'extrême. Et l'assurance de passer un agréable moment.

Mais en cet instant, April est tout entière concentrée sur son rôle de perfectionniste sérieuse et serviable que j'adore, parfois en dépit d'elle-même.

– C'est une idée, commente-t-elle d'un ton condescendant qu'à mon avis elle ne remarque même pas. Mais je suis sûre que nous pouvons trouver mieux.

Je l'imagine qui arpente sa cuisine, ses membres minces et hâlés sur les courts de tennis s'activant en surrégime comme toujours.

– Oh, je sais ! Je viens juste de faire de succulents muffins aux carottes. Ce serait parfait.

Nick ne peut réprimer une grimace. Il déteste les adjectifs alimentaires tels que « succulent » ou « savoureux » – la combinaison la plus insupportable étant, à ses yeux, « délicieusement moelleux et fondant ».

– Hum, oui. Je ne suis pas sûre d'avoir le temps de préparer des muffins, fais-je remarquer.

– C'est une recette extra simple, Tessa. Un jeu d'enfant.

Pour April, tout est un jeu d'enfant. Comme la recette du bœuf Wellington, l'année dernière, quand je lui ai confié mes soucis pour le menu du réveillon de Noël. Entre parenthèses, j'ai fini par commander le repas complet et me suis fait démasquer lorsque ma belle-mère m'a demandé la recette de ma sauce. Un ange est passé : j'étais bien en peine d'expliquer comment préparer la moindre sauce, *a fortiori* celle sur ma table.

– D'accord. Je crois que, pour cette fois, je vais devoir me contenter d'un goûter acheté, dis-je, coupant le haut-parleur pour épargner à Nick d'en entendre davantage.

– Hum. Sinon, il y a toujours les brochettes de fruits. Il te suffit d'acheter de petites brochettes en plastique et d'y enfiler des morceaux de fraise, ananas, melon et des grains de raisin. Tu ajoutes quelques sachets de pop-corn bio… le Pirate's Booty est plutôt savoureux… quoique, d'après une étude récente d'une association de consommateurs, le pop-corn comporte un risque majeur d'étouffement, tout comme le raisin d'ailleurs, les hot-dogs, le chewing-gum et les bonbons… Alors ce n'est peut-être pas une si bonne idée pour finir… l'étouffement, ça m'effraie toujours. Ça et la noyade. Et aussi… mon Dieu, c'est vrai… loin de moi l'idée de te démoraliser davantage, mais en fait, c'est un peu la raison de mon appel…

– Tu veux me mettre en garde contre les risques d'étouffement ? lui demandé-je, consciente qu'elle en serait tout à fait capable.

– Non… Nick ne t'a rien dit ? murmure-t-elle.

– Tu n'es plus sur haut-parleur. Quoi donc ?

– À propos de l'accident ?

– Quel accident ?

À ce mot, Nick tourne les yeux vers moi : l'un comme l'autre, nous devinons ce qui va suivre.

– Le petit garçon dans la classe de Grayson Croft… Charlie Anderson ?

– Eh bien ?

– Il a été victime de brûlures chez Romy. À cause d'un feu de camp.

Je reste sans voix, tout en analysant la proximité des protagonistes, une situation typique à Wellesley : Romy Croft est une des plus proches amies d'April dans son équipe de tennis. Le fils de Romy et la fille d'April sont dans la même classe de CP à Longmere Country Day, tout comme le petit patient de Nick apparemment.

Sans surprise, April demande :

– Nick n'est pas son médecin ? C'est le bruit qui court…

Je m'émerveille que la machine à rumeurs fonctionne avec tant d'efficacité le week-end.

– Si.

– Que se passe-t-il ? veut savoir Nick.

Je plaque une main sur le combiné.

– Ton patient de vendredi soir. Il était chez Romy Croft quand c'est arrivé…

– Qui ?

Une fois de plus, il prouve son incapacité à retenir les noms et son indifférence envers toute forme de réseau social. Si nul, en fait, que j'ai parfois l'impression qu'il le fait exprès, presque par fierté. Surtout quand il s'agit d'une personnalité en vue comme Romy, qui organise de somptueux dîners renommés, est membre de presque toutes les associations de bienfaisance de la ville et fait partie du conseil d'administration de Longmere – prestigieux établissement que, je l'espère, Ruby fréquentera l'année prochaine.

Je lève l'index, indiquant qu'il va devoir patienter un

instant pour la réponse. Dans l'intervalle, April m'apprend que Romy se ronge les sangs.

– Comment est-ce arrivé ?

– Elle a été incapable de me le dire. À croire qu'elle souffre d'un syndrome de stress post-traumatique tant elle semble avoir refoulé les détails.

– Elle ne se souvient de rien ?

– Pas vraiment… Rien de précis, alors qu'elle exerçait une surveillance attentive dehors avec Daniel. Mais à un moment, il est allé chercher d'autres friandises à l'inté-rieur… et Romy est restée seule avec les garçons. J'imagine que certains se sont mis à chahuter… et d'une façon ou d'une autre, Charlie a dû trébucher et tomber. Après, c'est le trou noir. Elle se rappelle juste avoir hurlé à Daniel d'appeler les secours… Mon Dieu, c'est tellement épouvan-table.

– C'est horrible.

Malgré moi, je visualise la scène terrifiante.

– C'est vrai. Jamais je n'ai vu Romy aussi bouleversée. Elle qui d'habitude est toujours d'un calme olympien… Mais là… Elle s'inquiète surtout pour Charlie, bien sûr, mais aussi pour Grayson. À ce qu'elle m'a raconté, il n'arrêtait pas de pleurer. Il a fini par s'endormir d'épuisement, puis s'est réveillé en sursaut avec des cauchemars. Elle va prendre rendez-vous chez un pédopsychiatre pour s'assurer qu'il ne gardera pas de séquelles.

– Oui, je suppose que c'est mieux.

– Et, bien sûr, ceci reste strictement entre nous, mais Romy et Daniel paniquent à l'idée de poursuites judiciaires.

– Crois-tu vraiment qu'ils vont porter plainte ? je lui demande, pensant au drame qui s'ensuivrait si des parents d'une même classe s'affrontaient en justice.

Moi qui trouvais que c'était déjà grave qu'un garçon de la classe de Ruby en morde un autre la semaine dernière…

– Elle, précise April. Il n'y a pas de père. C'est une mère

célibataire... Et personne ne la connaît plus que ça... Bien évidemment, j'ai prévenu les autres mères et les professeurs par mail, afin que tout le monde soit au courant... Mais jusqu'à présent, personne ne lui a parlé... enfin, autant que je sache... Bref, personne n'a la moindre idée de ses intentions.

– Je suis sûre qu'elle a d'autres soucis en tête pour l'instant, lui réponds-je avec une crispation indéfinissable.

– Sans aucun doute, approuve April, réalisant qu'elle pourrait se faire taxer d'indélicatesse. Comment va Charlie ? s'empresse-t-elle d'ajouter, dans l'espoir de redresser la barre.

– Euh... je n'en sais trop rien. Nick et moi n'en avons pas vraiment parlé... Je n'avais pas réalisé qu'il y avait... un lien.

– Ah... Tu peux lui demander des nouvelles ?

– Euh... oui... un instant.

Je me tourne vers Nick, qui secoue la tête avec véhémence, devinant sans peine la direction qu'a prise la conversation. Ce n'est pas une surprise : lorsqu'il s'agit d'éthique médicale, il est intraitable.

– Voyons, Tess, murmure-t-il avec agacement, tu sais bien que je ne peux pas parler de mes patients comme ça à n'importe qui...

– C'est ce que je dois lui dire ?

– Je ne sais pas, moi... Contente-toi d'une généralité. Que les brûlures sont sérieuses, mais que je n'ai pas encore déterminé leur degré. Qu'il est encore trop tôt pour un pronostic.

– Déterminé leur degré ? je répète, peu familiarisée avec la terminologie médicale.

– S'il s'agit de brûlures du deuxième ou troisième degré. Si une intervention sera nécessaire, répond-il, une pointe d'impatience dans la voix.

Je hoche la tête puis me rends dans le salon, hors de portée de voix.

– Allô ?

– Alors ? Qu'a-t-il dit ?

Je m'éclaircis la gorge.

– Eh bien, d'après Nick, les brûlures sont sérieuses, mais il faut encore attendre pour le pronostic. Surtout, que ça reste entre nous. Tu comprends, le secret médical...

– Oh, mais je comprends tout à fait, m'assure-t-elle, vaguement sur la défensive. J'espère juste qu'il aille mieux. Je me sens si mal pour toutes les personnes impliquées...

– Oui, c'est vraiment affreux. Les drames arrivent quand on s'y attend le moins.

Comment se fait-il que je me sente comme tiraillée ? Je tente de me convaincre que je n'ai pas à prendre parti.

– Je crois que Romy va à l'hôpital demain, continue April. Pour apporter un cadeau et tenter de parler à la mère... Je vais l'aider à préparer un joli panier. Et aussi faire passer une feuille à l'école pour réunir les bonnes volontés. Tout le monde voudra témoigner de sa solidarité. Nous formons une communauté tellement soudée.

– Tu as déjà rencontré la mère de Charlie ?

Pour une raison qui m'échappe, je m'identifie davantage à elle qu'à Romy.

– Non. Enfin, je me souviens l'avoir aperçue l'autre jour à la soirée portes ouvertes, explique April, qui se lance dans une description physique. Une femme très menue... plutôt jolie, quoique quelconque. Brune, des cheveux raides... tu sais, sans volume, style wash and go. Et elle a l'air jeune... si jeune qu'on se demande si elle n'a pas eu son fils à l'adolescence, tu vois ce que je veux dire... Enfin, je peux me tromper. Si ça se trouve, elle est veuve.

– Si ça se trouve, dis-je, certaine qu'April connaîtra d'ici peu le fin mot de l'affaire.

– Je ne veux pas trop m'impliquer, ajoute-t-elle, comme si elle lisait dans mes pensées, mais que je le veuille ou non je le suis... Tu sais, comme amie de Romy et parent d'élève de l'école… Et d'une certaine façon, comme ton amie et celle de Nick. Mon Dieu, le monde est petit…

– Oui, dis-je, retournant à la cuisine boire une gorgée de vin dont j'ai bien besoin.

– Enfin, bref ! s'exclame April d'un ton soudain guilleret. As-tu besoin d'aide avec ces brochettes ? Je viens juste de faire les courses et notre coupe de fruits est bien garnie. Veux-tu que je passe t'en apporter ?

– Merci, réponds-je, mais ce sera trop d'effort. J'achèterai une bricole demain matin.

– Tu es sûre ?

– Je suis sûre.

– D'accord, cède April. Mais pas d'Oreo.

– Pas d'Oreo.

Quand je raccroche, je ne peux m'empêcher de me demander comment j'ai pu me prendre autant la tête, ne serait-ce qu'un instant, pour un détail aussi futile qu'un goûter de maternelle.

6
Valerie

La vue de la chambre de Charlie au deuxième étage de l'hôpital Shriners est agréable, avec le jardin planté d'hydrangeas blancs et roses en contrebas, mais Valerie préfère garder les stores fermés. Avec l'exposition au nord, les lattes de plastique laissent à peine passer la lumière. En conséquence, elle perd vite toute notion de l'alternance du jour et de la nuit, comme un rappel doux-amer des premiers mois de Charlie, quand son unique désir était de rester auprès de lui et de satisfaire ses moindres besoins. Sauf qu'aujourd'hui elle ne peut que le regarder avec impuissance endurer les changements de pansement, tandis que, poche après poche, la perfusion diffuse goutte à goutte dans ses veines nutriments, électrolytes et analgésiques. Les heures s'écoulent avec lenteur, ponctuées seulement par les visites du Dr Russo deux fois par jour et le ballet incessant des infirmières, aides-soignants et personnel de l'hôpital dont la plupart viennent pour Charlie, parfois pour voir comment elle va, ou tout simplement pour vider la poubelle, apporter les repas ou laver le sol.

Valerie refuse de dormir sur le lit d'appoint en inox qu'une des nombreuses infirmières anonymes et sans visage lui a installé, avec ses draps immaculés et une fine couverture bleue bordés avec soin sur les côtés. Elle préfère rester dans le rocking-chair en bois au chevet de Charlie d'où elle regarde son torse étroit se soulever et s'abaisser, ses paupières papillonner, le sourire qui apparaît parfois dans son sommeil. De temps en temps, en dépit de tous ses efforts pour rester éveillée, elle s'assoupit quelques minutes, parfois plus longtemps, et se réveille toujours en sursaut, revivant l'appel de Romy Croft, réalisant à nouveau que son cauchemar est bien réel. Charlie est encore sous sédatifs trop puissants pour comprendre vraiment ce qui lui est arrivé. Et Valerie redoute, tout en l'espérant, l'instant où elle devra tout lui expliquer.

Le quatrième ou cinquième jour, la mère de Valerie, Rosemary, revient de Sarasota où elle rendait visite à sa cousine. C'est un autre moment que Valerie appréhende, taraudée par une culpabilité irrationnelle à l'idée d'avoir écourté le voyage de sa mère alors qu'elle ne quitte presque jamais Southbridge, et plus encore à celle d'ajouter un nouveau chapitre tragique à sa vie. Deux fois veuve, Rosemary a perdu ses maris – le père de Valerie et le représentant de commerce qui l'avait remplacé – à cause d'une crise cardiaque.

Refusant avec obstination de payer l'adolescent d'à côté pour une tâche qu'il pouvait effectuer lui-même, le père de Valerie déblayait l'allée du garage après de fortes chutes de neige quand il avait été terrassé par un infarctus. Et, sans en avoir jamais eu la confirmation, Valerie était presque sûre que le deuxième mari de sa mère avait rendu l'âme pendant leurs ébats. Lors des obsèques, Jason s'était penché vers elle, s'interrogeant sur le nombre de Je vous salue Marie nécessaires à l'absolution d'un péché aussi grave que les relations charnelles non procréatives et létales.

C'est un des nombreux talents que Valerie apprécie chez son frère : sa capacité à la faire rire dans les circonstances les plus improbables. Même aujourd'hui il tente de bons mots désinvoltes, souvent aux dépens des infirmières les plus zélées ou bavardes, et Valerie se force à sourire pour remercier Jason de son soutien. Son plus ancien souvenir avec son frère lui revient en mémoire : dans un chariot rouge, ils dévalent la pente herbeuse escarpée près de leur maison. Ils rient si fort qu'ils en mouillent tous les deux leur pantalon et inondent le fond du chariot, forfait dont ils accuseront ensuite le teckel des voisins.

Des années plus tard, il était encore là pour lui tenir la main à la première échographie de Charlie ; pour la conduire à l'hôpital lorsqu'elle perdit les eaux ; pour prendre le relais la nuit quand elle se sentait incapable de tenir une seconde de plus ; et même pour la soutenir tout au long de ses études de droit et de sa préparation à l'examen du barreau, lui répétant sans relâche qu'elle allait y arriver, qu'il croyait en elle. Il est son frère jumeau, son meilleur ami et, depuis sa brouille avec Laurel, son unique véritable confident.

Ce n'est donc pas une surprise qu'il prenne les choses en main aujourd'hui encore : c'est lui qui apporte à Valerie ses affaires de toilette et des vêtements propres, téléphone à l'école de Charlie et explique au patron de sa sœur qu'elle doit prendre un congé à durée indéterminée. Lui encore qui, ce matin-là, va chercher leur mère à Logan Airport. Elle l'imagine mettant Rosemary au courant, lui suggérant en douceur les choses à dire ou à éviter. Non que cela puisse se révéler très utile parce que, en dépit de ses meilleures intentions, leur mère a un don troublant pour dire exactement ce qu'il ne faut pas, surtout à sa fille.

À leur arrivée de l'aéroport, lorsque Jason et Rosemary la trouvent à la cafétéria, le regard perdu dans le vide devant un soda, un hamburger encore entier et une assiette de frites crantées à laquelle elle n'a pas touché, les premières paroles de sa mère ne choquent donc pas Valerie.

– Je n'arrive pas à croire qu'un hôpital puisse servir de telles cochonneries, lance celle-ci sans s'adresser à quiconque en particulier.

C'est un point de vue compréhensible après avoir perdu deux maris d'une maladie cardio-vasculaire, mais Valerie n'est pas d'humeur à entendre ce refrain, d'autant qu'elle n'avait aucune intention de manger de toute façon. Elle repousse le plateau en plastique rouge et se lève pour saluer sa mère.

– Bonjour, maman. Merci pour ta visite, dit-elle, épuisée à l'avance par la conversation qu'elles n'ont pas encore eue.

– Val chérie, se récrie Rosemary, inutile de me remercier parce que je viens voir mon petit-fils unique.

C'est toujours ainsi qu'elle fait référence à Charlie. Du coup, Valerie repense à une plaisanterie qu'a faite Jason un jour : Charlie a beau être un bâtard, avait-il dit, c'est quand même lui qui perpétuera le nom de la famille. Elle avait ri, consciente que jamais elle n'aurait accepté ces paroles de quiconque. Mais Jason dispose d'un abonnement illimité, valable à vie. Elle pourrait compter sur les doigts d'une main les fois où il l'a mise en colère. Ces derniers temps, c'est plutôt le contraire avec sa mère. Elle la serre dans ses bras sans conviction, accolade timide que Rosemary lui rend avec gaucherie. Avec leurs silhouettes longilignes, les deux femmes sont le reflet l'une de l'autre, toutes deux raides et sur la défensive.

Jason lève les yeux au ciel. Comment deux êtres qui s'aiment peuvent-ils avoir tant de difficulté à exprimer leurs sentiments ? s'est-il étonné récemment. Valerie ressent un pincement de jalousie envers son frère, au souvenir de la première fois où il a amené un petit ami à la maison – un séduisant courtier prénommé Levi. Elle était interloquée de les voir se toucher, se tenir par la main et même une fois s'enlacer. Sa surprise n'avait rien à voir avec l'homosexualité de son frère : elle était au courant depuis des années, peut-être même avant que Jason la découvre. Ce qui l'étonnait chez lui, c'était son aptitude à exprimer son affection avec tant de naturel et de spontanéité.

Elle se souvient qu'à ces moments Rosemary détournait le regard, niant à l'évidence la nature de leur « amitié ». Leur mère avait accepté avec stoïcisme la nouvelle quand Jason la lui avait annoncée – elle l'avait d'ailleurs mieux prise que la grossesse de Valerie –, mais n'avait plus évoqué le sujet par la suite, à l'exception d'une remarque peu délicate : il n'a « certainement pas l'air gay » avait-elle dit un jour, comme si elle espérait encore une erreur. Valerie avait dû admettre qu'elle avait raison : Jason ne collait pas aux stéréotypes habituels. Il parlait et marchait comme un hétérosexuel, était un supporter acharné des Red Sox et des Patriots. Doté d'un goût limité pour la mode, il s'habillait presque exclusivement en jeans et chemises de flanelle.

– Pourtant, il l'est, maman, avait-elle répondu, consciente qu'aimer, c'est aussi accepter – et qu'elle ne changerait rien chez son frère.

Valerie appréhende la réaction de sa mère aux blessures de Charlie, anticipant un déni enjoué, une bonne dose de culpabilité ou des « si seulement » à n'en plus finir.

Elle prend son plateau, vide le repas dans une poubelle à proximité, puis conduit sa mère et son frère vers la sortie de la cafétéria. Le temps qu'ils arrivent à l'ascenseur, Rosemary a déjà mis les pieds dans le plat.

– Dis-moi, je suis encore un peu dans le flou… Tu sais comment c'est arrivé ?

Jason lui lance un regard incrédule, tandis que Valerie soupire.

– Je n'en sais rien, maman. Je n'étais pas là… et tu imagines bien que je n'ai pas encore pu en parler à Charlie.

– Et les autres petits invités ? Ou les parents ? Que t'ont-ils dit ? demande Rosemary dont le visage anguleux se balance d'avant en arrière tel un vieux jouet à remontoir.

Valerie pense à Romy Croft, qui a laissé de nombreux messages sur sa boîte vocale et s'est rendue par deux fois à l'accueil de l'hôpital, où elle a déposé des cartes dessinées par Grayson. Malgré son désir de connaître chaque détail de cette soirée, elle ne peut se résoudre à voir cette femme, ni même à la rappeler. Elle n'est pas prête à entendre ses excuses ou ses justifications et sait avec certitude que jamais elle ne lui pardonnera. Valerie partage aussi ce trait de caractère avec sa mère : elle ne connaît personne qui ait la rancune aussi tenace que Rosemary.

– Eh bien, allons le voir, dit celle-ci avec un long soupir lugubre.

Valerie hoche la tête, tandis que l'ascenseur les emporte au deuxième étage. Ils marchent en silence jusqu'au bout du couloir.

– J'aurais vraiment préféré que tu me préviennes tout de suite, entend-elle sa mère marmonner, comme ils approchent de la chambre de Charlie.

– Je sais, maman, désolée… Je voulais laisser passer les premières heures… De toute façon, tu n'aurais rien pu faire de loin.

– Si, prier, répond Rosemary avec un haussement de sourcils. J'aurais pu prier pour lui. Et si jamais le pauvre petit, Dieu l'en garde…

Elle laissa sa phrase en suspens, une expression douloureuse sur son visage aux rides marquées.

– Je suis désolée, maman, répète Valerie qui tient mentalement le compte de ses excuses.

– Tu es ici maintenant, c'est ce qui compte, intervient Jason, qui décoche à Rosemary son sourire le plus désarmant.

En dépit de son homosexualité, Jason est son favori. Ce n'est pas un secret de famille.

– Quant à toi, tu es beaucoup trop maigre, mon chéri, fait remarquer Rosemary à son fils, qu'elle toise de la tête aux pieds, comme si, plaisantera-t-il ensuite avec sa sœur, elle cherchait à identifier les symptômes du sida.

74

Toujours aussi charmeur, Jason enveloppe d'un bras les épaules de sa mère.

– Voyons, maman, regarde-moi cette gueule d'ange. Ton fils est beau quand même.

Valerie se crispe. Non pas tant à cause de la remarque de Jason sur la beauté de son visage, exempt de toute cicatrice disgracieuse, mais du regard coupable et compatissant qu'il lui lance après coup, conscient que lui aussi vient de commettre un faux pas. Cette pitié, Valerie la connaît bien et son cœur se serre à la pensée que son fils est maintenant condamné à la subir, lui aussi.

Le lendemain matin, tandis que Charlie somnole, le Dr Russo vient examiner sa main. Valerie comprend tout de suite qu'il y a un souci malgré l'expression impassible du médecin, ses gestes lents et mesurés.

– Quel est le problème ? Je vous en prie, dites-le moi.

Il dodeline de la tête.

– C'est sa main. Elle est beaucoup trop enflée…

– Il faut l'opérer ? s'inquiète-t-elle, se cuirassant contre la mauvaise nouvelle.

Le Dr Russo hoche la tête.

– Oui. À mon avis, nous devons l'emmener au bloc.

La gorge de Valerie se noue au seul mot de « bloc » et de ce qu'il implique.

– Ne vous inquiétez pas. Tout va bien se passer. Il faut simplement réduire la pression et pratiquer une greffe.

– Une greffe ?

– Une greffe de peau, oui. Ou plus précisément une autogreffe.

– C'est-à-dire ?

– Dans un premier temps, nous allons lui prélever une fine bandelette de peau à la cuisse. Cette peau sera ensuite mise en culture, ce qui permettra d'obtenir une surface plus grande, que nous appliquerons ensuite sur la zone touchée à l'aide de quelques agrafes chirurgicales.

Crispée, Valerie écoute la suite de ses explications. Il lui décrit la phase d'imbibation plasmatique, lors de laquelle le greffon absorbe le plasma qui permet dans une deuxième étape sa revascularisation.

– À vous écouter, l'opération paraît simple, fait-elle remarquer.

Il approuve d'un hochement de tête.

– C'est plutôt simple, en effet. J'ai pratiqué cette intervention des milliers de fois.

– Il n'y a pas de risque ? s'enquiert Valerie, qui se demande si elle peut s'en remettre à son jugement personnel ou doit demander un deuxième avis.

– Pas vraiment. Le souci principal, c'est l'accumulation de fluides sous le greffon, continue le chirurgien. En prévention, nous procéderons à ce qu'on appelle des incisions de décharge, c'est-à-dire une série de fines entailles décalées, comme les briques d'un mur. Non seulement cette technique facilite le drainage, mais elle permet aussi au greffon de mieux s'étendre et d'épouser plus naturellement les contours de la main.

Valerie hoche la tête, mal à l'aise, mais rassurée par la précision scientifique de la procédure.

– J'utiliserai également la thérapie VAC, une technique non invasive destinée à protéger la greffe sous vide. Une mousse sera posée sur la blessure, puis une tubulure perforée reliée à une pompe créera une pression négative et scellera les bords de la plaie à la mousse. Ce processus contribue à maintenir la propreté de la zone greffée, minimise les risques d'infection et favorise le développement de la nouvelle peau tout en assurant le drainage.

– D'accord, dit Valerie, qui s'efforce d'intégrer toutes ces informations.

– C'est clair pour vous ?

– Oui.

Valerie ne souhaite pas de deuxième avis. Elle fait confiance à cent pour cent au Dr Russo.

– Et ensuite ?

– Nous maintiendrons la main de Charlie immobilisée dans une attelle quatre ou cinq jours tout en poursuivant la thérapie et la rééducation fonctionnelle.

– À votre avis, pourra-t-il s'en servir à nouveau ?

– De sa main ? Absolument. Je suis très optimiste. Vous devez l'être aussi.

Valerie regarde le médecin et se demande s'il peut deviner que l'optimisme n'a jamais été son fort.

– D'accord, dit-elle, bien décidée à changer.

– Êtes-vous prête ?

– Vous l'emmenez au bloc maintenant ? demande-t-elle, nerveuse.

– Si vous êtes prête.

– Oui, assure-t-elle. Je le suis.

7
Tessa

L'accident semble être dans toutes les bouches, au moins celles des mères au foyer de la ville dont j'infiltre peu à peu les rangs. Le sujet est évoqué à la garderie de Frank, au cours de danse classique de Ruby, sur les courts de tennis, et même au supermarché. Certaines femmes connaissent le lien entre Nick et le garçon, et me demandent ouvertement de transmettre leur sympathie. Parfois, elles ne sont pas au courant et me racontent l'histoire comme si je ne la connaissais pas, exagérant les blessures au point que j'en discute avec Nick ensuite. Dans d'autres, les cas les plus agaçants, elles savent mais feignent l'ignorance, espérant à l'évidence que je divulgue quelque pépite confidentielle.

Dans presque tous les cas, elles s'expriment à voix basse, le visage grave, comme si, d'une certaine manière, elles se délectaient du drame. Du voyeurisme émotionnel : c'est ainsi que Nick décrit cette attitude, méprisant au plus haut point tout ce qui ressemble à du commérage.

– Ces femmes n'ont-elles donc rien à faire de mieux ? s'énerve-t-il, quand je lui apprends que le téléphone arabe fonctionne à plein régime, un sentiment que je tends à partager, même si je participe avec mauvaise conscience aux bavardages, conjectures et analyses.

Cependant, ce qui me frappe encore plus, c'est l'impres-

sion évidente que la plupart de ces femmes semblent s'identifier davantage à Romy qu'à la mère du petit garçon avec
des arguments du genre : « Elle ne devrait pas s'en vouloir
autant. Ce genre d'accident peut arriver à n'importe qui. »
Là, j'opine du chef et murmure mon assentiment, à la fois
parce que je ne veux pas faire de vagues et qu'en théorie je
pense que c'est la vérité – ça pourrait arriver à n'importe qui.

Mais plus j'entends dire que la pauvre Romy n'a pas fermé
l'œil ou mangé depuis des jours, que le drame qui s'est
produit dans son jardin n'est pas vraiment de sa faute, plus
je commence à penser que c'est bel et bien de sa faute et
qu'elle et son mari sont responsables. C'est vrai, quand
même, qui laisse une bande de gamins de six ans jouer avec
le feu ? Et si on est capable de commettre une erreur de
jugement aussi monumentale, de manquer à ce point de bon
sens élémentaire, eh bien, je suis désolée, mais oui, c'est
normal de culpabiliser.

Bien sûr, je minimise ces sentiments face à April qui, à
juste titre, est obsédée par les tourments de Romy et me les
raconte par le menu comme c'est l'habitude entre amies. Je
fais de mon mieux pour me montrer compatissante, mais un
midi, lorsque je retrouve April pour déjeuner dans un petit
bistrot à Westwood, je sens soudain ma patience s'envoler.

– Valerie Anderson refuse toujours de parler à Romy,
figure-toi ! commence-t-elle d'un ton indigné dans les
secondes qui suivent l'arrivée de nos plats.

Je baisse les yeux sur ma salade, que je nappe allégrement
de vinaigrette au bleu, ce qui, comme je m'en rends compte
aussitôt, réduit à néant ma bonne résolution de commander
une salade – en tout cas avec la sauce à part.

April continue d'un ton de plus en plus passionné.

– Pourtant, Romy est allée à l'hôpital avec des dessins
de Grayson. Elle a aussi envoyé plusieurs mails et laissé des
messages sur sa boîte vocale.

– Et ?

– Rien. Elle lui bat froid. Silence radio total.

– Hum… fais-je, piquant un croûton avec ma fourchette.

April avale une minuscule bouchée de sa salade, assaisonnée d'un trait de vinaigre balsamique sans matières grasses, qu'elle rince d'une généreuse gorgée de chardonnay. Elle a une prédilection pour les déjeuners « liquides ». En fait, l'idée de la salade ne lui est venue qu'après coup.

– Quelle attitude grossière, tu ne trouves pas ?

– Grossière ? je répète, croisant son regard.

– Oui, insiste April d'un ton catégorique. Grossière.

Je veille à choisir mes mots avec soin.

– Je ne sais pas. J'imagine que oui, mais… en même temps…

Distraitement, elle lève la main et fait passer sa longue queue-de-cheval d'une épaule sur l'autre. Son physique, ai-je toujours pensé, ne correspond pas à sa personnalité profonde. Ses boucles auburn conjuguées à ses quelques taches de rousseur, son nez mutin et sa silhouette sportive évoquent une personne décontractée, aimant le grand air et la nature – le style ancienne joueuse de hockey sur gazon reconvertie en maman qui court de tous côtés pour conduire ses enfants à une foule d'activités. Alors qu'en réalité je ne connais pas plus collet monté qu'April et le grand air, très peu pour elle : sa conception du camping, c'est un hôtel quatre étoiles au lieu de cinq, et à ses yeux les séjours aux sports d'hiver se résument aux manteaux de fourrure et aux soirées fondue.

– Mais en même temps quoi ? insiste-t-elle, me forçant à formuler ce que j'aurais préféré garder au stade du sous-entendu.

– Son fils est à l'hôpital, quand même, je lâche tout de go.

– Je le sais, ça, répond April, qui me dévisage d'un regard vide.

Je fais un geste qui peut s'interpréter comme « Où veux-tu en venir alors ? »

— Je ne dis pas que Valerie devrait devenir grande copine avec Romy ou quoi que ce soit... mais est-ce que ça la tuerait de répondre à un simple appel téléphonique ?

— Je suppose que ce serait l'attitude appropriée, ou tout au moins attendue, réponds-je à contrecœur. Mais à mon avis, elle ne doit guère avoir le temps de penser à Romy. Et nous n'avons pas vraiment idée de l'épreuve que traverse cette femme.

April lève les yeux au ciel.

— Nous avons toutes eu des enfants malades. Nous sommes toutes passées par les urgences. Nous savons toutes ce que c'est d'avoir peur.

— Arrête ! je proteste, effarée. Son fils est hospitalisé depuis des jours. Il a des brûlures au troisième degré sur le visage. Sa main droite, celle qu'il utilise pour écrire et lancer un ballon, est gravement atteinte. Et il est à craindre qu'il garde des séquelles fonctionnelles, sans oublier les cicatrices, pour le restant de ses jours.

Je manque en rester là, mais ne peux m'empêcher d'enfoncer le clou.

— Alors, tu sais ce que c'est ? Tu connais ce genre d'angoisse ? Vraiment ?

April prend finalement un air penaud.

— Il va garder des cicatrices pour le restant de ses jours ?

— Évidemment.

— Je l'ignorais.

— Arrête, c'est un grand brûlé. Qu'imaginais-tu donc ?

— Je ne pensais pas que son état était si grave. Tu ne m'as rien dit.

— Si, plus ou moins, réponds-je, consciente que mes nombreux comptes-rendus sont toujours restés vagues.

— Mais j'ai entendu Nick affirmer qu'il sait faire des

greffes... indécelables. Qu'aujourd'hui la chirurgie réparatrice est d'une grande sophistication.

– Pas à ce point. C'est vrai, des progrès ont été réalisés au fil des années... et oui, je suis sûre que tu l'as entendu se vanter de ses talents de grand chirurgien qui réussit des greffes très discrètes... N'empêche, malgré tout son talent, Nick ne peut pas faire de miracle. Par endroits, les brûlures sont si graves qu'il n'y a plus de peau.

Je me retiens de mettre cette situation en parallèle avec la chute d'Olivia sur la terrasse l'année dernière, lorsqu'elle s'est ébréché une dent de lait. April en a pleuré des semaines durant, se lamentant du nombre de photos qui seraient gâchées avant la pousse de sa dent définitive et tapant sur Google *ad nauseam* « dent morte grise et décolorée ». Un ridicule petit bobo d'ordre cosmétique sur l'échelle de gravité des blessures.

– Je l'ignorais, répète-t-elle.

Je choisis mes mots avec soin.

– Eh bien, maintenant tu sais. Et tu pourrais passer le message à Romy, lui dire que, peut-être... cette femme a juste besoin d'un peu de temps... En plus, elle élève son fils toute seule. Peux-tu t'imaginer assumer ce genre de drame sans Rob ?

– Non, pas du tout.

April pince les lèvres et détourne les yeux vers la fenêtre près de notre table. Dehors, une femme enceinte jusqu'aux yeux passe sur le trottoir. Je suis le regard d'April et ressens le pincement d'envie qui me prend toujours devant une femme sur le point de mettre un enfant au monde.

Je me concentre à nouveau sur notre conversation.

– C'est juste qu'à mon avis nous n'avons pas le droit de juger cette femme, à moins d'avoir vécu une situation comparable. Et encore moins de la vilipender...

– C'est bon, c'est bon, bougonne April. J'ai compris.

Je m'arrache un sourire.

– Sans rancune ?

– Bien sûr que non, m'assure April, qui se tamponne machinalement les lèvres avec la serviette blanche.

Tout en sirotant mon café, j'observe mon amie et je me demande si je peux la croire.

8

Valerie

Les jours passant, Charlie commence peu à peu à comprendre pourquoi il se trouve à l'hôpital. Il sait qu'il a été victime d'un accident chez son ami Grayson, que son visage et sa main ont été brûlés par le feu. Il sait que sa main a été opérée et que ce sera bientôt au tour de sa joue. Il sait que sa peau a besoin de temps pour guérir, puis d'une longue rééducation, mais qu'un jour il retrouvera son lit, son école, ses amis. De nombreuses personnes lui ont tenu ce discours : infirmières, psychiatres, kinésithérapeutes, ergothérapeutes, un chirurgien qu'il appelle Dr Nick, son oncle, sa grand-mère, et surtout sa mère, qui reste constamment à son chevet, jour et nuit. Il a vu son visage dans le miroir, examiné sa main nue avec inquiétude, peur ou simple curiosité, selon son humeur. Il a senti la douleur monter et refluer au rythme des doses de morphine et autres analgésiques, et pleuré de frustration pendant la rééducation.

Pourtant, Valerie a toujours l'impression confuse que son fils ne saisit pas complètement ce qui lui est arrivé : ni la gravité de ses blessures, ni les implications pour les mois, peut-être les années, à venir. Il n'est pas encore entré en contact avec quiconque en dehors de la bulle de l'hôpital et devra bientôt affronter les regards ou les questions. Elle s'en inquiète et dépense beaucoup d'énergie mentale à se cuirasser pour ce qui l'attend, cet instant de vérité où Charlie lui posera l'inévitable question qu'elle ne cesse de se répéter en boucle : pourquoi ?

Cet instant se produit tôt un jeudi matin, presque deux semaines après l'accident. Debout à la fenêtre, Valerie observe les premières nuées neigeuses de la saison et imagine l'enthousiasme de Charlie quand il se réveillera. Elle ne se souvient pas avoir vu de neige, pas même quelques flocons, au mois d'octobre. Mais peut-être est-ce le genre de détail qu'on ne remarque pas quand on s'affaire dans le vrai monde. Elle laisse échapper un long soupir, se demande si elle va prendre une douche ou au moins boire un café. Pour finir, elle réintègre d'un pas traînant son fauteuil à bascule. Ses pantoufles font comme un murmure sur le sol froid et dur. Immobile, elle regarde les images défiler sur l'écran du téléviseur muet fixé au mur au-dessus du lit de Charlie. Al Roker déclenche les acclamations sur Rockefeller Plaza et interpelle les touristes exubérants qui brandissent leurs pancartes devant les caméras. « Bon anniversaire pour tes seize ans, Jennifer… » « Bonjour aux élèves de l'école primaire de Lionville… » « Bravo les Écureuils dorés ».

À l'instant où Valerie se demande quand elle sera de nouveau capable d'apprécier un bonheur aussi simple que celui de ces gens agitant une pancarte à la télévision, Charlie l'appelle doucement. Elle détourne en hâte le regard de l'écran et le découvre souriant. Elle lui rend son sourire et franchit les quelques pas qui la séparent du lit. Elle abaisse la barrière de sécurité, s'assoit au bord du matelas et caresse les cheveux de son fils.

— Bonjour, mon chéri.

Il se passe la langue sur les lèvres, comme lorsqu'il est enthousiaste.

— J'ai fait un rêve de baleines, lui dit-il, repoussant le drap et la couverture à coups de pied avant de remonter les genoux sous son menton.

Sa voix est encore ensommeillée et un peu rauque, mais il ne semble plus sous l'effet des calmants.

– Je nageais avec elles.

– Donne-moi plus de détails, dit Valerie, qui aimerait bien faire des rêves aussi paisibles.

Charlie s'humecte à nouveau la bouche et elle remarque que la lèvre inférieure est un peu gercée. Elle se penche pour prendre le tube de baume dans le tiroir de la table de chevet.

– Il y en avait deux. Elles étaient énormes ! La mer avait l'air glacée comme sur les photos de mon livre sur les baleines. Tu vois lequel ?

Valerie hoche la tête et lui applique une couche de baume rose pâle sur la bouche qu'il avance vers elle.

– Mais dans mon rêve, reprend-il, l'eau était vraiment chaude. Comme dans une baignoire. Et j'en ai même chevauché une. J'étais carrément sur son dos.

– Quelle histoire merveilleuse, mon ange, fait Valerie, qui savoure le bonheur de la normalité alors qu'ils sont tous les deux dans cette chambre d'hôpital.

Mais un battement de cils plus tard, l'expression de Charlie se trouble.

– J'ai soif.

Soulagée qu'il ne se plaigne pas d'avoir mal, elle s'empresse de prendre une briquette de jus de fruits dans le petit réfrigérateur à l'angle de la pièce. Le carton ciré dans une main, elle dirige la paille vers la bouche de son fils.

– Je peux le faire, dit Charlie avec un froncement de sourcils et Valerie se souvient du conseil du Dr Russo, la veille : le laisser se débrouiller seul, même quand c'est difficile.

Elle relâche sa prise et voit la mine de son fils s'assombrir tandis qu'il saisit maladroitement la briquette de sa main gauche. La droite est immobilisée dans une attelle médicale surélevée sur un oreiller.

Valerie se sent hésiter, mais ne peut se retenir :

– Veux-tu que j'aille te chercher autre chose ? s'enquiert-elle avec un nœud d'angoisse qui grandit dans sa poitrine. Tu as faim ?

– Non, mais ma main me démange vraiment fort.

– Le pansement va bientôt être changé, répond-elle. Mets un peu de ta lotion. Ça te fera du bien.

– Pourquoi ça démange autant ?

Choisissant ses mots avec soin, Valerie lui répète ce qu'on a déjà expliqué plusieurs fois à Charlie : les glandes qui assurent la lubrification de sa peau ont été endommagées.

Il regarde sa main et se renfrogne à nouveau.

– Elle est horrible, maman.

– Je sais, chéri. Mais il y a déjà beaucoup de progrès. Ta peau a juste besoin d'un peu de temps pour guérir.

Valerie envisage d'annoncer à Charlie sa prochaine greffe – la première sur le visage – prévue le lundi matin, quand il pose la question qui lui brise le cœur :

– C'était de ma faute, maman ? murmure-t-il.

Les pensées se bousculent dans l'esprit de Valerie, tandis qu'elle s'efforce de se rappeler les articles spécifiques qu'elle a lus sur la psychologie des grands brûlés, ainsi que les mises en garde du psychothérapeute de Charlie : « Il ressentira de la peur, de la confusion, même de la culpabilité. » Mais elle repousse tous les mots, tous les conseils, réalisant qu'elle n'a besoin de rien d'autre que son propre instinct maternel.

– Oh ! chéri, bien sûr que non, ce n'était pas de ta faute. Ce n'était de la faute de personne, assure-t-elle, pensant à Romy et Daniel et combien elle leur en veut, un sentiment qu'elle espère ne jamais trahir devant Charlie. C'était juste un accident.

– Mais pourquoi ? demande-t-il sans ciller, les yeux écarquillés. Pourquoi j'ai eu cet accident ?

Elle étudie chaque courbe de son visage parfait qui évoque la forme d'un cœur. Son large front, ses joues rondes, son petit menton en pointe. Une tristesse infinie la submerge, mais elle ne flanche pas et ne se dérobe pas davantage.

– Je ne sais pas, répond-elle. Les accidents arrivent parfois, même aux meilleurs d'entre nous.

Réalisant que cette explication ne le satisfait pas plus qu'elle, elle s'éclaircit la gorge avec émotion.

– Mais tu sais quoi ?

Elle a conscience de parler haut perché, avec cette gaieté forcée qu'elle affiche lorsque, par exemple, elle promet une glace en échange d'un bon comportement. Elle voudrait avoir quelque chose à lui offrir en cet instant – n'importe quoi… – qui puisse compenser ses souffrances.

– Quoi ? demande Charlie, plein d'espoir.

– Nous gagnerons cette bataille à deux, assure-t-elle. Nous formons une équipe formidable, invincible. Ne l'oublie pas.

Comme elle ravale ses larmes, Charlie boit une autre gorgée de jus de fruits et arbore un sourire courageux.

– D'accord, maman. Je n'oublierai pas.

Le lendemain, après une séance d'ergothérapie doulou-reuse, Charlie est au bord des larmes de frustration quand il entend à la porte les deux coups caractéristiques du Dr Russo. Valerie voit le visage de son fils s'illuminer. Son propre moral remonte aussi en flèche. Difficile de dire lequel se réjouit le plus de ces visites.

– Entrez ! lance Charlie, qui sourit lorsque son médecin s'exécute d'un pas tranquille.

Valerie s'étonne de le voir non pas avec sa blouse et ses tennis habituelles, mais vêtu d'une chemise bleu ciel au col ouvert sur un jean foncé et d'une veste bleu marine. Décon-tracté mais élégant, jusqu'aux mocassins noirs et boutons de manchette en argent.

Elle se rappelle soudain que c'est vendredi soir, et suppose qu'il a des projets de sortie avec sa femme. Valerie a remarqué depuis longtemps l'alliance en or à sa main gauche, et peu à peu glané des détails sur sa vie lors des nombreuses conversations qu'il a eues avec Charlie. Elle sait qu'il a deux jeunes enfants, une fille et un garçon. Elle sait que la fille a un sacré tempérament : les histoires de Ruby la Rebelle sont parmi les préférées de Charlie.

— Comment te sens-tu aujourd'hui, mon grand ? demande le Dr Russo, ébouriffant ses boucles blondes qui ont besoin d'une bonne coupe.

Valerie se souvient avoir pensé le jour de la fête chez Grayson qu'un rafraîchissement ne lui ferait pas de mal.

— Très bien. Regarde, Dr Nick, mon oncle Jason m'a offert un iPod, annonce Charlie, qui brandit l'appareil argenté extra-plat.

C'est le genre de cadeau onéreux que Valerie n'aurait jamais permis avant l'accident. Elle sait que désormais beaucoup de choses se mesureront et se catalogueront à cette aune : avant l'accident, après l'accident.

Charlie tend son iPod au Dr Russo, qui le tourne dans sa main.

— Très cool, dit-il, admiratif. Il est beaucoup plus petit que le mien.

— Et il contient un millier de morceaux ! répond Charlie, qui regarde avec fierté le médecin faire défiler sa playlist.

— Beethoven, Tchaïkovski, Mozart, lit-il, puis il laisse échapper un sifflement. Dis donc, mon grand, tu as des goûts musicaux plutôt sophistiqués.

— Mon oncle Jason m'a téléchargé tous mes morceaux favoris. Je les trouve relaxants, explique Charlie qui, par son langage et son expression, fait soudain beaucoup plus mûr que son âge.

— Tout à fait d'accord. Moi aussi, j'adore écouter de la musique classique, surtout quand quelque chose me préoccupe, répond le Dr Russo, qui continue de parcourir la liste.

À un moment, il s'arrête, lève les yeux vers Valerie pour la première fois depuis son arrivée et articule un « bonjour » muet. Elle lui rend son sourire, espérant qu'il sait combien elle apprécie qu'il s'adresse d'abord à son fils. Et, plus important, combien elle apprécie ses efforts pour établir avec Charlie une relation qui lui fasse oublier ses blessures, qui lui donne le sentiment d'être important, et dont l'effet se prolonge longtemps après son départ.

– Je viens juste d'écouter la *Symphonie Jupiter* en venant ici, dit le Dr Russo. Tu connais ?

Charlie fait signe que non.

– Mozart, explique le Dr Russo.

– C'est ton compositeur favori ?

– Aïe ! Dure question. Mozart est génial, mais je suis aussi fan de Brahms, Beethoven, Bach. Les trois B, répond le Dr Russo, qui s'assoit de l'autre côté du lit, tournant le dos à Valerie.

Elle les observe, penchés tous les deux sur l'iPod, et un douloureux pincement de tristesse lui serre le cœur, tant elle aurait voulu que Charlie ait un père. Elle a depuis longtemps accepté sa situation, mais dans des moments comme celui-ci elle trouve encore sidérant que le père de Charlie ne sache absolument rien de son fils. Ni son amour pour la musique classique, *La Guerre des étoiles*, les baleines bleues ou les Lego, ni cette façon amusante qu'il a de courir un bras tendu sur le côté, ni ces plis joyeux qui se forment au coin de ses yeux quand il sourit – le seul enfant qu'elle ait jamais vu avec des pattes d'oie. Ni le fait qu'il soit hospitalisé et parle en ce moment même compositeurs avec son chirurgien.

– Tu aimes *Jésus, que ma joie demeure* ? demande Charlie avec animation, tandis que Valerie refoule des larmes inattendues.

– Bien sûr.

Et le Dr Russo chante quelques notes à tue-tête en staccato, bientôt accompagné par Charlie, qui ajoute les paroles de sa voix claire et haut perchée.

– « Et ma force vient de sa grandeur ! Dans l'espoir puis la lumière, il éclaire mon cœur et mon âme ! »

Le Dr Russo se tourne pour sourire de nouveau à Valerie avant de demander :

– Qui t'a appris tout ça ? Ta maman ?

– Oui. Et mon oncle Jason.

Valerie se dit qu'elle n'a aucun mérite sur ce plan-là : c'est l'œuvre de Jason, même si elle se souvient avoir passé de la musique classique quand elle était enceinte, plaquant le baladeur CD sur son ventre.

Le Dr Russo hoche la tête et rend l'iPod à Charlie, qui tend sa main valide par-dessus le corps pour le récupérer, puis le pose sur sa cuisse et fait défiler le menu de son pouce gauche.

– Essaie avec la main droite, mon bonhomme, dit le médecin avec douceur.

Charlie se renfrogne, mais s'exécute. La bride de peau pourpre marbrée entre le pouce et l'index s'étire à l'extrême, tandis qu'il parcourt les titres.

– Et voilà, finit-il par dire.

Il clique sur la touche play et augmente un peu le volume. Gardant un écouteur à la main, il tend l'autre au Dr Russo et ils écoutent ensemble.

– J'aime bien celui-là.

– Ah oui, j'adore !

– Génial, hein ? demande Charlie, absorbé.

– Oui, répond le médecin après quelques secondes de silence. C'est magnifique… Et ces cors, ils ont l'air heureux, non ?

– Oui, approuve Charlie, radieux. Très, très heureux.

Un instant plus tard, Rosemary débarque à l'improviste avec un sac de gadgets à un dollar pour Charlie et une barquette hermétique de son fameux poulet Tetrazzini. Valerie a conscience des efforts louables de sa mère, qui tient tant à être là pour eux deux. Pourtant, elle aurait préféré qu'elle ne vienne pas, se surprend-elle à penser. Tout au moins, pas maintenant. Et elle s'émerveille de voir comme sa mère réussit à détruire l'atmosphère paisible de la chambre par sa seule présence.

– Oh ! Eh bien, bonjour, dit Rosemary lorsqu'elle aperçoit le Dr Russo.

Ils ne se sont pas encore rencontrés, mais elle a beaucoup entendu parler de lui, surtout par Charlie.

Le médecin se tourne brusquement et se lève avec un sourire poli, tandis que Valerie fait les présentations avec une gaucherie révélatrice. Depuis leur arrivée à l'hôpital, Charlie et elle se sont fait quelques amis, mais elle veille avec la vigilance d'un cerbère sur toute information personnelle. De temps à autre, un détail a pu lui échapper, parfois involontairement, parfois par nécessité. Le Dr Russo sait, par exemple, qu'il n'y a qu'une signature parentale sur les formulaires d'autorisation, et n'importe qui peut constater l'absence d'un quelconque visiteur masculin à l'exception de Jason.

– Très heureux de vous rencontrer, Mme Anderson, dit le Dr Russo, qui tend la main à Rosemary.

– J'en suis enchantée moi-même, répond-elle en la serrant avec cette mine d'admiration béate un peu empressée qu'elle arbore après la messe quand elle parle au prêtre, surtout s'il est jeune et séduisant. Je ne vous remercierai jamais assez, Dr Russo, de tout ce que vous avez fait pour mon petit-fils.

La phrase en soi n'a rien de déplacé. Pourtant, Valerie est agacée, gênée même, par le léger trémolo dans la voix de sa mère. Pire, elle a conscience que Charlie suit l'échange, tout ouïe, et en veut à Rosemary de rappeler d'un ton mélodramatique la raison de leur présence ici. Le Dr Russo semble se rendre compte aussi du malaise.

– Je vous en prie, s'empresse-t-il de murmurer avant de se retourner vers Charlie. Bon, mon grand, je vais te laisser avec ta grand-mère…

Charlie se rembrunit.

– Oh, Dr Nick, tu ne peux pas rester encore un peu ? S'il te plaît ?

Valerie voit le médecin hésiter, et se précipite à sa rescousse.

– Charlie, chéri, le Dr Russo doit partir. Il a beaucoup d'autres patients à voir.

– En fait, mon grand, il faut que je parle quelques minutes à ta maman. Si elle est d'accord… ajoute le médecin, portant son regard sur Valerie. Vous avez un moment ?

Elle hoche la tête, songeant combien sa vie s'est ralentie depuis leur arrivée ici. Avant, elle courait toujours en tous sens. Maintenant, elle a tout son temps.

Le Dr Russo presse le pied de Charlie.

– Je te vois demain. D'accord, mon grand ?

– D'accord, acquiesce le garçon à contrecœur.

Valerie réalise que Rosemary est vexée de son statut de second violon, ce qu'elle compense par une exubérance forcée.

– Regarde ! Je t'ai apporté un livre de mots mêlés ! lance-t-elle d'une voix perçante. Comme on va bien s'amuser !

Valerie a toujours considéré que chercher des mots dans une grille de lettres est un des jeux les plus barbants au monde, et elle voit à la mine maussade de son fils qu'il partage son avis. Sa grand-mère aurait pu tout aussi bien lui proposer de compter les alvéoles sur une balle de golf.

– J'imagine… répond-il avec un haussement d'épaules.

Le Dr Russo salue Rosemary d'un signe de tête avant de quitter la chambre. Valerie lui emboîte le pas, se remémorant le soir de leur rencontre, et leur première conversation dans un couloir stérile semblable à celui-ci. Elle pense au chemin qu'ils ont parcouru, Charlie et elle, combien sa peur et son horreur ont reflué, remplacées par une grande dose de résignation stoïque avec un soupçon d'espoir.

Maintenant seuls, ils se tiennent face à face quelques secondes en silence.

– Voudriez-vous boire un café ? propose le médecin. À la cafétéria ?

Le pouls de Valerie s'emballe d'une façon qui la surprend et la perturbe à la fois. Elle ressent une nervosité qu'elle ne peut s'expliquer et espère qu'il ne perçoit pas son trouble.

– Oui.

– Parfait, dit-il, et les voilà partis vers les ascenseurs.

En chemin, ils restent silencieux, à part un bonjour occasionnel aux infirmières qu'ils croisent. Valerie scrute leurs visages avec soin, leurs réactions face à elle, comme elle s'y emploie depuis plusieurs semaines maintenant. Elle a établi depuis longtemps que le Dr Russo est admiré, presque vénéré – une différence nette avec bon nombre de ses confrères au sujet desquels elle a entendu des récriminations, des accusations de condescendance, d'arrogance, voire de grossièreté pure et simple. Il n'est pas exagérément amical ou bavard, mais ses manières chaleureuses et respectueuses, combinées à sa réputation de rock star, font de lui le médecin le plus populaire de l'hôpital. « C'est le meilleur de tout le pays, ne cesse-t-elle d'entendre. Pourtant, il est si gentil. Et plutôt craquant aussi. »

Tout ceci n'en rend l'invitation que plus flatteuse aux yeux de Valerie. Elle est certaine qu'il veut seulement discuter de la prochaine greffe de Charlie ou de ses progrès en général. Toutefois, elle pressent qu'il le fait rarement devant un café, en particulier un vendredi soir.

Quelques secondes plus tard, ils parviennent à l'ascenseur, et quand les portes s'ouvrent le Dr Russo s'efface pour la laisser entrer la première. À l'intérieur, ils regardent droit

94

devant eux en silence. Jusqu'à ce que le médecin s'éclaircisse la gorge.

– Charlie est un enfant formidable.

– Merci, dit Valerie, qui approuve sans restriction.

C'est l'unique cas de figure où elle est capable d'accepter un compliment.

Ils sortent de l'ascenseur et tournent à l'angle vers la cafétéria.

– Quand a-t-il commencé à s'intéresser autant à la musique classique ? demande le Dr Russo, tandis que la vue de Valerie s'adapte à l'éclairage agressif des néons fluorescents.

– Depuis un an environ. Mon frère joue du piano et de la guitare. Il lui apprend beaucoup.

Le médecin hoche la tête, comme s'il digérait l'information, puis demande si Charlie joue d'un instrument.

– Il prend des leçons de piano, répond-elle, suivant l'itinéraire familier devant le grill et le distributeur de boissons jusqu'à la machine à café.

Valerie sait qu'il pense à la main de Charlie.

– Il est plutôt doué. Il écoute une chanson et arrive à reproduire les notes, juste comme ça, à l'oreille. C'est de famille, poursuit-elle, un peu hésitante, se demandant si elle ne se vante pas trop. Apparemment, Jason a l'oreille absolue. D'après lui, notre sonnette correspond à un *la* 3, au-dessus du *do* central.

– Dites donc ! s'exclame le Dr Russo qui paraît légitimement impressionné. C'est rare, non ?

Valerie confirme d'un hochement de tête, prenant un gobelet de la pile renversée avant de parcourir la liste des options.

– Un sur dix mille, je crois.

Le Dr Russo laisse échapper un sifflement admiratif.

– Charlie aussi a l'oreille absolue ?

– Non, non. Il est juste un peu précoce, c'est tout.

Le médecin hoche la tête et remplit son gobelet du

95

mélange classique. Valerie, elle, choisit le café à la noisette et y verse un sachet de sucre roux.

– Vous avez faim ? s'enquiert-il, comme ils passent devant un buffet de pâtisseries et autres en-cas.

Elle fait non de la tête. Elle a depuis longtemps oublié la sensation de faim. En deux semaines, elle a perdu au moins deux kilos et demi, passant de maigre à très maigre au point que les os de ses hanches sont devenus saillants.

Ils se dirigent vers la caisse, mais quand Valerie sort son portefeuille le Dr Russo l'arrête :

– C'est pour moi.

Elle ne proteste pas, ne voulant pas faire tout un plat pour un café à quatre-vingts cents, et le remercie, tandis qu'il récupère sa monnaie et l'entraîne vers un box dans l'angle du fond de la cafétéria, un endroit où elle s'est assise de nombreuses fois. Toujours seule.

Il se glisse sur sa banquette et sirote une gorgée de café.

– Alors, comment tenez-vous le coup ?

Valerie prend place juste en face de lui. Elle lui assure que ça va. Sur le moment, elle en est elle-même convaincue.

– Ce n'est pas facile, je sais. Mais je dois vous dire… Je pense vraiment que Charlie progresse très bien. Et à mon avis, dans une large mesure grâce à vous.

Elle se sent rougir en le remerciant.

– Tout le monde dans cet hôpital est formidable.

Cette phrase est celle qui se rapproche le plus d'un remerciement personnel, ce à quoi elle ne peut tout à fait se résoudre, de peur de craquer. Il hoche la tête, et c'est à son tour d'arborer un air modeste.

– Je vous en prie, répond-il d'un ton énergique, bien différent de celui qu'il a employé envers Rosemary lorsqu'elle l'a remercié tout à l'heure.

Valerie sourit au médecin de son fils ; il lui rend son sourire. Puis ils sirotent leur café à l'unisson sans se quitter des yeux. Incontestablement, il se passe quelque chose entre eux, comprend-elle. Ils s'en rendent compte tous les deux, alors leur silence se prolonge d'autant plus.

Elle réfléchit à toute allure. Que va-t-elle bien pouvoir dire ? Elle résiste à la tentation de le bombarder de questions d'ordre médical. Elle en pose déjà trop. Cependant, elle ne se sent pas assez à l'aise pour aborder des sujets du monde extérieur, comme si tout semblait soit trop banal, soit trop personnel.

C'est lui qui finit par rompre le silence.

– Alors, voilà… Je voulais vous parler de lundi. La greffe de Charlie.

– D'accord.

Elle se redresse, regrettant de ne pas avoir emporté son carnet à spirale et son stylo afin de prendre des notes, ce qui l'aide à évacuer sa nervosité.

– Je tiens à m'assurer que vous comprenez le protocole et suis prêt à répondre à toute question que vous pourriez vous poser.

– Je vous en suis reconnaissante.

Elle se remémore de son mieux les détails de leurs conversations précédentes ainsi que les bribes recueillies auprès des infirmières, plus tout ce qu'elle a lu sur Internet.

Il s'éclaircit la gorge.

– Je vous explique. Tôt lundi matin, un anesthésiste endormira Charlie.

Elle se crispe, tandis qu'il poursuit.

– Puis je lui raserai le crâne et enlèverai la peau brûlée de son visage.

Elle déglutit et hoche la tête.

– Ensuite, à l'aide d'un dermatome électrique, une sorte de grand rasoir, je prélèverai sur son crâne un lambeau de peau mince en filet.

– En filet ? répète-t-elle avec appréhension.

Il la rassure d'un signe de tête.

– Un lambeau de peau en couche mince qui contient l'épiderme et une partie du derme, explique-t-il.

– Et la peau va repousser ? Sur son crâne ?

– Oui. Les follicules pileux et glandes sébacées présents dans le reste du derme proliféreront pour former une nouvelle couche d'épiderme. Nous protégerons la zone par une gaze imprégnée d'antibiotique, afin de prévenir toute infection.

La gorge serrée, Valerie hoche à nouveau la tête.

– D'accord. Et ensuite ? Comment faites-vous pour greffer la peau ?

– Nous allons juste la déposer sur la zone lésée de la joue et y percer de petits trous avec un scalpel afin de l'étirer, d'où le terme de filet, et de permettre le drainage des fluides. La greffe sera maintenue à l'aide de sutures fines et d'un peu de colle biologique. Puis elle sera couverte d'un pansement humide non adhérent.

– Est-ce que ça réussit toujours à… prendre ?

– En règle générale, oui. Le greffon se fixe et se revascularise. De plus, la peau du crâne est très semblable à celle de la joue.

Elle hoche la tête à nouveau, un peu nauséeuse, mais rassurée, tandis qu'il lui explique qu'après l'opération Charlie portera un masque sur mesure destiné à contrôler la cicatrisation.

– En fait, nous voulons nous assurer que les cicatrices du visage restent bien aplaties, lisses et souples.

– Un masque ? dit-elle, essayant de l'imaginer, inquiète, une fois de plus, de ce stigmate social que son fils devra endurer.

– Oui. Un ergothérapeute viendra lundi après-midi faire un scanner du visage de Charlie. Les données seront transmises à une entreprise qui fabrique des masques en silicone transparent sur mesure. Le masque couvrira le visage entier, à l'exception d'orifices pour les yeux, le nez et la bouche. Il s'attache avec du Velcro.

– Transparent, vous dites ?

– Oui, afin de surveiller le blanchiment des cicatrices et de voir où la pression s'exerce. Au bout d'un moment, le thérapeute ajustera le masque, qui sera remoulé en fonction des modifications. Ça vous paraît clair ? s'enquiert-il, scrutant son visage.

Elle hoche la tête, un peu rassurée.

– D'autres questions ?

– Non, pas pour l'instant, répond-elle doucement.

Le médecin hoche la tête à son tour.

– Bien. Appelez-moi si vous en avez. N'importe quand. Vous avez mon numéro de portable.

– Merci, Dr Russo.

– Nick.

C'est au moins la quatrième fois qu'il la reprend.

– Nick, répète-t-elle, tandis que leurs regards se croisent à nouveau.

S'ensuit un nouveau silence, un peu comme le précédent, mais cette fois Valerie se sent un peu plus à l'aise et apprécie presque ce sentiment de camaraderie tranquille.

Nick semble sur la même longueur d'onde parce qu'il sourit et change de sujet avec décontraction.

– Charlie a mentionné que vous êtes avocate.

Valerie opine du chef, se demandant quand et dans quel contexte Charlie a évoqué sa profession.

– Quel genre d'avocate ?

– Je suis spécialisée en litiges d'entreprises.

Comme le cabinet et ses politiques internes lui semblent lointains et insignifiants ! Excepté quelques appels à son directeur de service, qui lui a assuré que ses dossiers étaient pris en charge et qu'elle n'avait à se préoccuper de rien, Valerie n'a pas pensé un seul instant à son travail depuis l'accident de Charlie et ne parvient pas à comprendre pourquoi il la stressait à ce point.

– Avez-vous fait vos études de droit dans la région ? demande le médecin.

– Oui, je suis allée à Harvard, répond-elle au lieu d'éviter ce nom comme à son habitude, non par fausse modestie à l'instar de nombreux camarades de promotion qui se contentent de citer la ville, Cambridge, mais parce qu'elle ne se sent toujours pas tout à fait digne de ce nom prestigieux.

Avec Nick, cependant, c'est différent, peut-être parce qu'elle sait que c'est là qu'il a étudié, lui aussi. Sans surprise, il ne se laisse pas impressionner.

– Avez-vous toujours su que vous vouliez être juriste ?

La vérité, c'est qu'elle n'a jamais eu de véritable passion pour le droit ; elle tenait simplement à réussir pour réussir. Surtout après la naissance de Charlie, quand elle voulait désespérément bien gagner sa vie pour subvenir aux besoins de son fils. Faire quelque chose dont Charlie serait fier, afin qu'elle puisse d'une certaine façon compenser l'absence de son père.

Bien entendu, elle n'en dit rien.

– Non, pas vraiment, répond-elle. J'ai été assistante juridique pendant deux ans et me suis rendu compte que j'étais aussi intelligente que les avocats du cabinet…

Puis elle sourit et risque une boutade, la première depuis une éternité.

– C'est sans doute ce que les infirmières ici disent de vous.

Le Dr Russo lui sourit avec modestie.

– Sans doute.

– Voyons, vous n'en pensez pas un mot. Vous m'avez dit vous-même que votre service était un des meilleurs au monde.

– Ah bon ? fait-il, étonné. Quand ?

– Lors de notre première rencontre.

Le sourire de Valerie s'évanouit à ce souvenir.

Il fixe l'air au-dessus de sa tête, comme si lui aussi revivait le soir de l'accident.

— Oui, je suppose que j'ai dû vous dire ça.

Valerie confirme d'un hochement de tête.

— Et jusqu'à présent... je suis plutôt d'accord, je dois dire.

Elle le regarde et il se penche par-dessus la table.

— Attendez, vous verrez. Accordez-moi encore quelques mois et deux ou trois interventions...

À cela, Valerie ne répond rien, mais son cœur s'emballe de gratitude... et d'un autre sentiment qu'elle ne parvient pas tout à fait à identifier. Et en réponse muette à sa requête, elle lui accorde tout le temps du monde.

9
Tessa

C'est vendredi soir et je suis assise au salon en compagnie de ma mère, mon frère et ma belle-sœur, tous venus en visite de Manhattan pour le week-end. Habillés pour le dîner réservé à 20 heures, nous savourons une bouteille de vin, tandis que les quatre cousins, baignés et nourris, jouent à l'étage sous la surveillance d'une baby-sitter. Une seule personne manque au tableau, Nick : il a maintenant vingt minutes de retard, un fait que ne manque pas de souligner ma mère.

– Nick travaille-t-il toujours aussi tard le week-end ? demande-t-elle, croisant les jambes avec un regard appuyé à la Timex qu'elle porte maintenant à la place de la Cartier offerte par mon père pour leur dernier anniversaire de mariage.

– D'habitude, non, réponds-je, sur la défensive.

Je sais que sa question tient davantage à son agitation permanente et à son incapacité à rester assise tranquille plus de cinq minutes, mais je ne peux m'empêcher de la prendre comme un affront déguisé.

– Il devait juste passer voir un patient, un petit garçon, expliqué-je, ressentant le besoin de lui rappeler combien la profession de Nick est noble. Il a sa première greffe de peau lundi matin.

– Bon sang ! dit mon frère, qui secoue la tête avec une grimace. Je ne sais pas comment il fait.

– Je sais, approuve ma belle-sœur, le regard admiratif.

Ma mère n'est pas impressionnée. Elle prend un air sceptique, puis plie sa serviette à cocktail en carré.

– Pour quelle heure est notre réservation ? Nous pourrions peut-être le retrouver au restaurant ?

– Pas avant 20 heures. Nous avons encore une trentaine de minutes. Et le restaurant est tout près, ajouté-je, un peu brusque. Tout va bien, maman. Détends-toi.

– C'est vrai, relax, maman, dit mon frère d'un ton taquin.

– Désolée, désolée ! s'excuse ma mère, qui lève les mains, paumes en avant, puis fredonne entre ses dents.

Je bois une longue gorgée de vin, aussi tendue que ma mère en a l'air. En temps normal, je me moque des retards de Nick, tout comme je suis bonne joueuse quand il se fait biper sur son pager. J'ai accepté ces désagréments comme les à-côtés inévitables de son métier et de notre vie ensemble. Mais il en va autrement quand ma famille est en visite. En fait, ma dernière phrase à Nick cet après-midi, lorsqu'il m'a annoncé qu'il devait « passer à l'hôpital quelques minutes », a été mot pour mot : « Je t'en prie, ne sois pas en retard. »

Il a opiné du chef, semblant saisir toutes les implications de ma demande : pour commencer, nous ne voulons pas donner à ma mère de munitions pour étayer son point de vue, selon lequel la vie de Nick passe avant la mienne. Ensuite, bien que j'adore mon frère aîné, Dex, et que je sois très proche de Rachel, ma belle-sœur, je suis parfois un peu jalouse, voire dégoûtée, du couple parfait qu'ils forment à mes yeux et ne peux m'empêcher de m'y référer pour évaluer notre propre relation.

Sur le papier, nous avons tous les quatre beaucoup en commun. Comme Nick, Dex exerce un métier stressant avec un emploi du temps très prenant comme banquier d'affaires chez Goldman Sachs, tandis que Rachel a, comme moi, renoncé à sa carrière de juriste à l'arrivée des enfants, travaillant tout d'abord à mi-temps avant d'arrêter complètement. Comme nous, ils ont deux enfants – Julia et Sarah, sept et quatre ans – et, dans la même dynamique que celle de notre foyer, Dex se décharge sur Rachel des questions d'éducation et de discipline – ce qui, détail intéressant, ne semble pas agacer ma mère comme c'est le cas avec Nick ; au contraire, il lui est déjà arrivé de reprocher à Rachel de trop compter sur Dex.

Mais le point commun le plus frappant entre mon frère et moi, c'est notre parcours amoureux, car lui aussi a rompu ses fiançailles quelques jours à peine avant la cérémonie. C'est fou, vraiment : un frère et une sœur nés avec deux ans d'écart qui annulent leur mariage, là encore avec deux ans d'écart – une « coïncidence » que n'importe quel psychiatre analyserait avec gourmandise et imputerait sans doute à la rupture de nos parents. Dex est persuadé que c'est la raison de leur soutien incroyable les deux fois ; ils ont perdu des milliers de dollars en frais et acomptes divers, sans compter l'embarras qu'ils ont dû ressentir envers leurs amis les plus conservateurs, mais ils semblaient croire que ce n'était pas cher payé pour s'assurer que leurs enfants fassent le bon choix dès la première tentative. Cependant, ces scandales conjugués nous valurent quelques taquineries assez impitoyables de la part de notre mère : par exemple, elle ne pouvait s'empêcher de nous offrir à tous deux les chaussettes les plus moelleuses et confortables pour Noël – clin d'œil à nos pieds froids qui avaient bien besoin d'être réchauffés. En outre, nous dûmes endurer son conseil incessant : ne jamais, au grand jamais, nous marier sous le coup d'une rupture. Ce à quoi Dex, fort de son esprit analytique, objectait qu'il lui était plus aisé d'identifier « la bonne » juste après « la mauvaise », et qu'il éprouvait une certitude absolue à propos de Rachel. Quant à moi, j'envoyais promener ma mère d'un « Mêle-toi de ce qui te regarde » franc et direct.

Entre parenthèses, la situation de Dex était bien plus scandaleuse, car Rachel était amie avec l'ancienne fiancée de mon frère – son amie d'enfance, en fait. De plus, je suis presque sûre qu'il y a eu tromperie. Ce soupçon n'a jamais été confirmé, mais de temps à autre Dex et Rachel laissent échapper un détail sur les débuts de leur relation ; Nick et moi échangeons alors un regard entendu. Non que ces circonstances aient une réelle importance aujourd'hui, après des années de mariage, mais à mon avis une genèse trouble peut peser dangereusement sur une relation. En d'autres termes, si deux personnes ont une liaison, mieux vaut qu'elles restent ensemble. Elles bénéficient alors d'une histoire romantique – « Nous étions faits l'un pour l'autre – et d'un certain degré de disculpation pour le péché commis ; sinon, ce ne sont que deux traîtres.

Jusqu'à présent, Dex et Rachel se situent sans aucun doute dans le premier camp, toujours si amoureux l'un de l'autre après toutes ces années que c'en est presque écœurant. De plus, ce sont les meilleurs amis du monde, à un niveau que Nick et moi sommes tout bonnement incapables de concurrencer. Pour commencer, ils font absolument tout ensemble : ils font du sport, lisent le journal, regardent les mêmes films et émissions de télévision, prennent leur petit déjeuner, le dîner et parfois même le déjeuner ensemble et, encore plus étonnant, se couchent tous les soirs à la même heure. En fait, j'ai entendu Dex dire une fois qu'il a du mal à s'endormir sans Rachel, et qu'ils ne se couchent jamais fâchés l'un contre l'autre.

Je ne veux pas dire par là que Nick et moi n'apprécions pas le temps que nous passons ensemble, parce que c'est vraiment le cas. Mais nous ne sommes pas comme des siamois attachés par la hanche et ne l'avons jamais été, même à nos débuts. Nos heures de sport – inexistantes en ce qui me concerne ces derniers temps –, de coucher et même de repas varient grandement. Le soir, je me satisfais pleinement de lire un roman seule au lit et n'ai absolument aucun problème pour m'endormir sans Nick à mes côtés.

Cela ne signifie pas pour autant que leur couple soit supérieur au nôtre, mais parfois j'ai quand même le sentiment un peu troublant que nous avons une grande marge potentielle de progrès. Cate et April, à qui j'ai confié mes interrogations, assurent que Nick et moi sommes normaux, et que Dex et Rachel sont atypiques, voire d'une bizarrerie tout à fait inquiétante. April surtout, dont le couple se situe à l'autre extrémité du spectre, soutient que Dex et Rachel sont « codépendants » et ont un comportement « malsain ». Et quand j'aborde le sujet avec Nick, que ce soit sur un ton nostalgique ou inquiet, il se braque à juste titre.

– Ma meilleure amie, c'est toi, affirme-t-il alors, ce qui est sans doute vrai pour l'unique raison que Nick n'a pas d'amis proches.

C'est une constante chez la plupart des chirurgiens de notre connaissance. Il en avait autrefois – au lycée, à l'université et même quelques-uns à la faculté de médecine – mais n'a guère fait l'effort de garder le contact au fil des années.

Plus important, même si je suis la meilleure amie de Nick par défaut, et même s'il est mon meilleur ami en théorie, j'ai parfois le sentiment de partager davantage ma vie avec Cate et April, et même Rachel – tout au moins quand il s'agit de mon quotidien – de la tranche de cheese-cake que je regrette d'avoir mangée aux lunettes de soleil que j'ai trouvées en solde, en passant par le truc adorable que Ruby a dit ou que Frank a fait. Au bout du compte, je finis par raconter ces petites histoires aussi à Nick quand nous nous retrouvons le soir, si c'est encore d'actualité. Mais bien souvent je me limite à l'essentiel et lui évite les futilités, ou tout au moins ce qu'à mon avis lui jugerait futile.

Et puis il y a la question de la vie sexuelle de Dex et Rachel, dont je suis au courant par le plus grand hasard, sincèrement. Il y a peu, Rachel commença par me confier qu'ils essayaient depuis plus d'un an d'avoir un troisième enfant. J'accueillis cette nouvelle avec un pincement au cœur, car Nick avait depuis longtemps exclu un troisième en des termes on ne peut plus clairs ; et bien que je sois d'accord sur le fond, je rêve parfois d'une famille moins prévisible que le schéma classique deux enfants, un garçon une fille.

Quoi qu'il en soit, je demandai à Rachel s'ils s'y employaient avec assiduité ou essayaient juste comme ça, m'attendant à ce qu'elle se lance dans les stratégies et méthodologies si peu romantiques des couples qui tentent de concevoir : kits d'ovulation, courbes de température, coïts programmés, et j'en passe.

Je me trompais.

– Non, rien d'extraordinaire, répondit-elle. Nous faisons juste l'amour trois ou quatre fois par semaine, et toujours rien... Un an, ce n'est pas si long, je sais, mais avec les filles, ça avait marché tout de suite...

– Trois ou quatre fois par semaine en période d'ovulation ? demandai-je.

– En fait, je ne suis jamais vraiment sûre de la période exacte. Alors nous faisons l'amour quatre fois par semaine... tout le temps.

Sur quoi, elle laissa échapper un rire nerveux, signe qu'elle ne se sentait pas tout à fait à l'aise de parler ainsi de sa vie sexuelle.

– Tout le temps ? répétai-je, pensant au vieil adage japonais qui dit que si un couple de jeunes mariés met un haricot dans une jarre à chaque fois qu'il fait l'amour la première année et en enlève un ensuite selon le même principe, il ne videra jamais la jarre.

– Oui. Pourquoi ? Nous devrions le faire… moins ? Peut-être nous réserver pour les jours les plus favorables du cycle ? Se pourrait-il que le problème vienne de là ?

J'étais incapable de cacher ma surprise.

– Vous faites l'amour quatre fois par semaine ? Tu veux dire, un jour sur deux ?

– Eh bien… oui.

Elle retrouva soudain son côté emprunté, redevenant la petite souris que je m'étais employée avec tant d'efforts à sortir de sa coquille quand elle avait épousé mon frère, dans l'espoir que nous nous sentions un jour comme deux sœurs, un bonheur que nous n'avions connu ni l'une dans nos familles respectives.

– Pourquoi ? s'inquiéta-t-elle. Combien de fois… Nick et toi ?

Je me sentis hésiter et faillis lui avouer la vérité : que nous faisons l'amour trois ou quatre fois par mois, et encore. Mais un sursaut d'orgueil m'en empêcha, peut-être aussi un brin d'esprit de compétition.

– Oh ! je ne sais pas. Peut-être une ou deux fois par semaine, répondis-je, me sentant complètement inadaptée – comme ces vieilles épouses sur lesquelles j'avais l'habitude de lire des articles dans les magazines, bien loin d'imaginer que je puisse en devenir une un jour.

Rachel hocha la tête et enchaîna, déplorant le déclin de sa fertilité, avant de me demander si je pensais que Dex serait déçu de ne jamais avoir de fils, presque comme si elle savait que je mentais et voulait me remonter le moral en détournant mon attention sur ses propres inquiétudes.

Plus tard, je soulevai la question avec April, qui s'appliqua à apaiser mes craintes, et sans doute les siennes avec.

– Quatre fois par semaine ! s'écria-t-elle presque comme si je venais de lui apprendre qu'ils se masturbaient à l'église, ou pratiquaient l'échangisme avec leurs voisins du dessus. Cette fille ment.

— Je ne crois pas.

— Bien sûr que si. Tout le monde ment sur les performances sexuelles de son couple. Une fois, j'ai lu qu'il s'agit des statistiques les plus faussées parce que personne ne dit la vérité… même dans les sondages confidentiels.

— Je ne pense pas qu'elle mente, insistai-je, soulagée de savoir que je n'étais pas seule, plus encore quand Cate, qui adore le sexe davantage que la plupart des garçons adolescents, me donna son avis sur la question.

— Rachel veut tellement toujours faire plaisir. Et elle a une âme de martyr, décréta-t-elle. Elle se choisissait toujours la plus petite chambre durant nos escapades entre filles avant les enfants, tu te souviens ? Et elle s'en remet aux autres dès qu'il y a une décision à prendre pour un dîner. Je l'imagine tout à fait se dévouer sans être vraiment d'humeur. D'un autre côté… ton frère est tellement craquant.

— Oh, arrête ! dis-je.

C'est ma réponse systématique quand mes amies entament leur couplet sur mon Apollon de frère. J'y ai eu droit toute ma vie, ou tout au moins depuis le lycée, avec l'apparition de ses groupies. À l'époque, j'ai même dû couper les ponts avec quelques-unes de mes copines que je soupçonnais de se servir de moi sans vergogne dans le seul but de l'approcher.

Je lui exposai ma théorie selon laquelle la beauté a peu de rapport avec le désir qu'on éprouve pour son conjoint. Moi, par exemple, je trouve Nick très séduisant, mais la plupart des soirs cela ne me suffit pas pour surmonter mon épuisement. La beauté et le désir, c'est bien joli quand on tombe amoureux, mais à la longue l'effet s'érode.

Quoi qu'il en soit, voilà ce que je rumine quand Nick fait enfin son entrée dans le salon et salue tout le monde en s'excusant pour son retard.

— Pas de problème, lui assure ma mère.

Elle a parlé la première, comme si c'était son rôle d'absoudre mon mari.

Nick la gratifie d'un sourire indulgent, puis se penche pour l'embrasser sur la joue.

— Bonsoir, Barbara. Vous nous avez manqué, dit-il avec une pointe de sarcasme que je suis seule à pouvoir détecter.

— Vous nous avez manqué aussi, réplique ma mère avec un regard appuyé à sa montre, les sourcils en accents circonflexes.

Ignorant la pique, Nick se penche vers moi et me plante un baiser sur les lèvres dans les règles de l'art. Je le lui rends et m'attarde une milliseconde de plus que d'habitude, me demandant ce que j'essaie de prouver – et à qui ?

Puis mon frère se lève et donne une accolade virile à Nick. Et comme à chaque fois qu'ils se tiennent côte-à-côte, je me fais la réflexion qu'ils pourraient passer pour des frères, bien que Dex soit mince avec des yeux verts style BCBG, et Nick plus musclé, avec des yeux noirs qui lui confèrent un charme latin.

— C'est sympa de te voir, lui dit Nick avec un sourire.

— Toi aussi, lui assure Dex. Comment ça va ? Et le travail ?

— Le travail va bien... très bien.

C'est toujours à peu près l'étendue de leurs conversations professionnelles, car la compréhension qu'a Dex de la médecine vaut celle que Nick a des marchés financiers.

— Tessa m'a parlé de ton dernier patient, dit Rachel. Le petit garçon qui faisait griller des chamallows.

Le sourire de Nick s'évanouit.

— Ah bon ?

— Comment va-t-il ? s'enquiert-elle.

— Mieux. C'est un garçon solide.

— C'est lui dont la mère est célibataire ?

Nick me décoche un regard irrité que j'interprète, au choix, par a) *De quel droit discutes-tu de mes patients ?* ou b) *Pourquoi te laisses-tu embringuer dans ces commérages mesquins ?*

– Quoi ? rétorqué-je, agacée, pensant à l'inoffensive conversation que j'ai eue avec Rachel juste après l'accident.

Puis je me tourne vers elle.

– Oui, c'est bien lui.

– Qu'est-il arrivé ? demande Dex, qui flaire toujours une bonne histoire.

J'ajoute mentalement sa réaction à la liste des bons points chez lui, peut-être une des raisons pour lesquelles Rachel et lui sont si proches. Sans être efféminé ou métrosexuel, Dex aime prendre part aux potins des filles. Il lui arrive même de feuilleter un exemplaire de *People* ou *Us Weekly* à l'occasion.

Je mets rapidement mon frère au courant, tandis que Nick dodeline de la tête avec agacement.

– Bon sang… marmonne-t-il, ma femme est en train de devenir une vraie commère.

– Pardon ? intervient ma mère qui semble prête à me défendre bec et ongles.

Nick répète plus clairement, presque avec défi.

– Ah bon ? s'exclame-t-elle. Depuis quand ?

C'est un test, mais il ne voit rien venir.

– Depuis qu'elle passe du temps avec toutes ces femmes au foyer désespérées, répond-il, tombant dans le panneau à pieds joints.

Ma mère me lance un regard entendu et fait briller son verre avec une application exagérée.

– Attendez, j'ai raté quelque chose ? demande Dex.

Rachel sourit et pose une main sur la sienne.

– Probablement, dit-elle sur le ton de la plaisanterie. Tu as toujours un métro de retard.

– Non, Dex, réponds-je avec énergie, tu n'as rien raté du tout.

– Ça s'est sûr, lâche Nick entre ses dents avec un nouveau regard plein de reproches à mon endroit.

– Oh, je t'en prie… riposté-je.

Il me souffle un baiser, comme pour dire que tout ceci n'est qu'une blague.

Je lui rends la pareille, feignant moi aussi le simple badinage, et faisant de mon mieux pour ignorer les premiers germes de ressentiment que ma mère, dans sa grande sagesse autoproclamée, avait annoncés.

Nous dînons dans une bonne humeur générale retrouvée, à la fois drôle et festive, tout en parlant d'une foule de sujets, de la politique à la pop culture en passant par l'éducation des enfants (et petits-enfants). Ma mère a une conduite exemplaire : pas une seule pique à quiconque, pas même contre son ex-mari – peut-être une première. Nick, lui aussi, semble se donner du mal pour participer et se montre particulièrement gentil avec moi, peut-être parce qu'il culpabilise d'être arrivé en retard ou de m'avoir traitée de commère. Et un peu de vin ne nuit pas ; au fur et à mesure que la soirée avance, je me sens de plus en plus détendue et heureuse, baignant dans une douce euphorie de bonheur familial.

Mais tôt le lendemain matin, je me réveille avec des élancements aux tempes et un regain d'inquiétude. Lorsque je descends préparer le café, je trouve ma mère à la table de la cuisine devant une tasse d'earl grey et un exemplaire tout écorné de *Mrs Dalloway*, son livre favori.

– Combien de fois l'as-tu déjà lu ? lui demandé-je en remplissant la cafetière d'eau et de mouture fraîche avant de m'asseoir avec elle sur le canapé.

– Oh, je ne sais pas. Au moins six. Peut-être plus. Je le trouve réconfortant.

– C'est drôle. Quand je pense à Mrs Dalloway, elle ne m'inspire que de l'angoisse existentielle. Que trouves-tu donc de si réconfortant ? Ses tendances lesbiennes refoulées ? Ou son désir de sens dans une vie futile passée à faire des courses, élever les enfants et organiser des soirées ?

C'est une réplique tout droit sortie du livre, qu'elle reconnaît avec un ricanement.

– Il ne s'agit pas tant du livre en lui-même que de l'époque de ma vie où je l'ai lu.

– C'était quand ? À l'université ?

Moi, c'est à cette époque-là que je suis tombée amoureuse de Virginia Woolf.

Elle fait non de la tête.

– Non. Dex était bébé, et j'étais enceinte de toi.

J'incline la tête, attendant la suite.

D'un mouvement du pied, ma mère enlève ses pantoufles en peluche rose, qui paraissent incongrues sur elle.

– Ton père et moi vivions encore à Brooklyn. Nous n'avions rien à l'époque... mais nous étions si heureux ! Je pense que c'était la période la plus heureuse de ma vie.

Je me remémore l'appartement romantique qui occupait tout un étage dans un bel immeuble de grès brun, décoré dans le plus pur style kitsch des années soixante-dix. J'y ai passé les trois premières années de ma vie, mais je ne m'en souviens que grâce aux photos, films familiaux et récits de ma mère. C'était avant que mon père fonde son cabinet et nous installe à Westchester, dans la maison de style colonial où nous avons vécu jusqu'au divorce de nos parents.

– Quand papa et toi avez-vous... cessé d'être heureux ? je lui demande.

– Oh, je ne sais pas. C'est venu graduellement... et même jusqu'à la toute fin, nous avons encore eu quelques bons moments, répond-elle avec un sourire qui peut annoncer aussi bien les larmes que le rire. Cet homme... il pouvait être si charmant et spirituel.

Je hoche la tête, songeant qu'il l'est encore, charmant et spirituel : ce sont les deux qualificatifs que les gens emploient toujours pour décrire mon père.

– Quel dommage qu'il ait aussi été un incorrigible coureur de jupons, ajoute-t-elle d'un ton neutre, comme elle aurait simplement déploré qu'il porte des costumes sport en polyester.

Je m'éclaircis la gorge et, après une hésitation, demande la confirmation de ce que j'ai toujours soupçonné :

– A-t-il eu d'autres liaisons ? Avant elle ? m'enquiers-je, me référant à l'épouse de mon père, Diane, consciente que ma mère déteste entendre son prénom.

Je suis intimement persuadée qu'elle a enfin tourné la page et surmonté la douleur de son divorce ; mais pour une raison qui lui appartient, elle affirme que jamais elle ne pardonnera à « l'autre », mue par la conviction farouche que toutes les femmes sont comme des sœurs et se doivent mutuellement l'intégrité qui, selon elle, fait défaut aux hommes par nature.

Elle me regarde longuement, avec gravité, comme si elle s'interrogeait sur l'opportunité de révéler ou non un secret.

– Oui, finit-elle par répondre. À ma connaissance, au moins deux.

J'encaisse le coup et hoche la tête.

– Celles-là, il les a avouées. Il m'a tout déballé, s'est effondré en larmes, et m'a juré de ne jamais recommencer.

– Et tu lui as pardonné ?

– La première fois, oui. Sans restriction. La deuxième, j'ai fait semblant, mais mes sentiments pour lui avaient changé. Je ne lui ai plus vraiment fait confiance. J'avais toujours une boule d'angoisse dans l'estomac quand je cherchais des traces de rouge à lèvres sur son col ou des numéros de téléphone dans son portefeuille. Je me sentais rabaissée. J'ai toujours su, je crois, qu'il recommencerait…

Son regard se perd dans le vague.

Je ressens le besoin de la serrer dans mes bras, mais à la place je lui pose une autre question pénible.

– À ton avis, est-ce que ça t'a conduite à… te méfier de tous les hommes ?

– Peut-être, dit-elle avec un regard nerveux vers l'escalier, comme si elle s'inquiétait que Nick ou Dex la surprennent à débiner la gent masculine. C'est peut-être aussi pourquoi j'étais si remontée contre ton frère, poursuit-elle dans un murmure, quand il a rompu ses premières fiançailles.

Première nouvelle. J'ignorais que ma mère soupçonnait une infidélité, ou qu'elle ait pu être remontée contre mon frère pour une quelconque raison.

— Au moins il n'était pas marié, fais-je remarquer.

— C'est vrai. C'est ce que je me suis dit. Et je ne supportais pas cette Darcy, avoue-t-elle, faisant référence à l'ancienne petite amie de mon frère. Au bout du compte, c'était positif.

J'ouvre la bouche, puis me ravise.

— Vas-y, m'encourage ma mère.

Après une hésitation, je me jette à l'eau.

— As-tu confiance en Nick ?

— As-tu confiance, toi ? rétorque-t-elle. C'est cette question qui compte.

— Oui, maman, réponds-je, le poing sur le cœur. Même si je sais qu'il n'est pas parfait.

— Personne ne l'est, déclame-t-elle à la façon d'un prédicateur de gospel qui lance un vibrant *Amen*.

— Et je sais aussi que notre couple n'est pas parfait, ajouté-je, pensant à notre petit accrochage de la veille.

Ma mère secoue la tête.

— Aucun couple ne l'est.

Amen.

— Mais jamais il ne me tromperait.

Ma mère me gratifie d'un regard que d'ordinaire j'interpréterais comme dominateur, mais que dans la lumière dorée et vaporeuse de l'aube je prends seulement pour de l'inquiétude maternelle.

Elle couvre ma main de la sienne.

— Nick est un homme bien. Vraiment. Mais si je ne dois

retenir qu'une leçon dans la vie, c'est qu'il ne faut jamais dire jamais.

J'attends qu'elle poursuive, mais à cet instant Frank m'appelle du haut de l'escalier, rompant notre moment d'intimité.

— Et au bout du compte, ajoute ma mère, ignorant les appels de son petit-fils qui vont crescendo, assise paisiblement comme si elle ne l'entendait pas, tout ce qu'on a vraiment, c'est soi-même.

10
Valerie

Le samedi, juste avant la nuit, Jason arrive à l'hôpital avec du pop-corn micro-ondes, deux paquets de bonbons à la gélatine et plusieurs DVD déconseillés aux moins de dix ans.

– J'adore ces bonbons ! s'exclame Valerie.

C'est une frappe préventive contre la menace que laisse planer son frère depuis des jours.

Jason secoue la tête.

– C'est une soirée entre garçons.

Valerie agrippe le bras du fauteuil, ce qui lui rappelle la frénésie avec laquelle elle jouait autrefois aux chaises musicales.

– Tu dis toujours que je fais partie de la bande, objecte-t-elle.

– Pas ce soir. Charlie et moi, on fait une soirée pyjama. Les filles ne sont pas acceptées. Pas vrai, Charlie ?

– Exact, répond le garçon, qui sourit à son oncle et fait rebondir son poing gauche contre le sien.

Valerie, qui à peine quelques instants plus tôt avait la bougeotte et se demandait comment Charlie et elle allaient occuper leur soirée, sent maintenant sa panique augmenter à la perspective de la séparation. Elle a quitté l'hôpital quelques heures de temps à autre, pour aller chercher un repas à emporter ou régler une course rapide. Un après-midi, elle est même retournée à la maison faire quelques lessives et récupérer son courrier. Mais elle n'a pas encore laissé Charlie la nuit, et certainement pas toute la nuit. Peut-être est-il prêt. Pas elle.

— Allez-y, mangez vos bonbons et regardez vos films, dit-elle avec toute la désinvolture dont elle est capable, soucieuse de ne pas trahir sa panique.

Après un coup d'œil à sa montre, elle marmonne qu'elle sera de retour d'ici deux ou trois heures.

Mais Jason ne veut pas en démordre.

— Non. Tu seras de retour demain matin. Et maintenant, file.

L'air interdit avec lequel Valerie le dévisage incite Jason à la tirer de son fauteuil.

— Allez hop ! du balai, ouste !

— D'accord, d'accord, finit-elle par céder.

Sans se presser, elle prend son sac et son BlackBerry, qui se recharge dans un coin de la chambre. Elle a conscience que sa peur n'est pas rationnelle : elle devrait être soulagée d'avoir une bonne nuit de sommeil dans son lit et un peu d'intimité. Plus important : elle sait que Charlie est entre de bonnes mains avec Jason. Il est hors de danger, son état est stable et en grande partie satisfaisant – au moins jusqu'à l'opération de lundi. Mais rien n'y fait : elle a une profonde réticence chevillée au corps. Elle inspire un grand coup et expire lentement. Si seulement il lui restait un Xanax de son ordonnance, quelque chose pour apaiser ses nerfs à fleur de peau.

— Vas-y maintenant, lui murmure son frère, qui l'aide à enfiler son manteau. Appelle une amie. Sors boire quelques verres. Amuse-toi un peu.

Valerie hoche la tête comme si elle envisageait cette possibilité, alors qu'elle sait pertinemment qu'elle n'en fera rien. S'amuser le samedi soir, du moins dans le sens où l'entend

Jason, c'était déjà une rareté avant – et tout à fait hors de question maintenant.

Elle s'avance jusqu'au lit, serre Charlie dans ses bras, puis effleure sa joue d'un baiser, le long de sa cicatrice.

– Je t'aime, mon chéri.

– Moi aussi, je t'aime, maman, répond-il avant de focaliser à nouveau son attention sur la sélection de DVD que Jason a étalée en éventail au pied de son lit.

– Bon, eh bien… j'y vais…

Pour gagner encore un peu de temps, Valerie parcourt la chambre du regard, feignant de chercher un objet imaginaire. Quand elle a épuisé cette comédie, elle embrasse Charlie de nouveau, sort dans le couloir et descend jusqu'au parking froid et sombre. Pendant quelques instants, alors qu'elle cherche en vain sa Volkswagen poussiéreuse bleu canard avec son autocollant des avant-dernières élections sur le pare-chocs, elle se convainc qu'elle a été volée, bizarrement préférée aux trois BMW garées au même niveau, et espère n'avoir d'autre choix que de retourner à l'intérieur. Puis elle se rappelle l'avoir casée dans un espace étroit réservé aux voitures compactes après être sortie chercher un burrito quelques jours plus tôt et la retrouve là où elle l'a laissée. Elle jette un coup d'œil à la banquette arrière avant de déverrouiller la portière, une habitude qui remonte à l'époque où une adolescente de sa ville natale avait été kidnappée dans le parking d'un centre commercial à quelques jours de Noël – un moment de pur effroi capturé par une caméra de vidéosurveillance.

Ce soir, cependant, l'angoissante vérification de la banquette arrière, Valerie l'effectue pour la forme, sans conviction. Un bon côté de sa situation, réalise-t-elle : quand une peur plus grave se concrétise, les autres s'évanouissent. Du coup, les violeurs de parking ne la terrifient plus. Avec un frisson, elle se glisse derrière le volant et met le contact. Laissé avec le volume à fond depuis son dernier trajet, l'autoradio beugle *Nightswimming,* de REM, une chanson qui a tendance à la déprimer, même dans les meilleures circonstances. Elle souffle sur ses mains pour les réchauffer, puis fait défiler les stations à la recherche d'un morceau qui lui remonte un peu le moral. Elle s'arrête sur *Sara Smile,* se disant que si Hall & Oates ne parviennent pas à la dérider, alors personne ne le peut. Puis elle prend sans se presser la direction de la maison, fredonnant un refrain de temps à autre, et s'applique de son mieux à oublier la dernière fois qu'elle a laissé son fils à une soirée pyjama réservée aux garçons.

Sauf qu'elle ne rentre pas chez elle. Pas tout de suite. Elle en a bien l'intention et prévoit même de répondre à quelques coups de fil : à ses amis au travail et à quelques anciennes copines de Southbridge, dont Laurel, qui a appris l'accident de Charlie par ses services de renseignement, alias Jason. À la dernière seconde, elle passe la sortie et prend la direction de l'adresse qu'elle a cherchée sur Internet puis localisée sur MapQuest avant de mémoriser l'itinéraire la nuit dernière, une fois Charlie endormi. Elle veut croire que ce détour n'est qu'une lubie rigolote, une tocade farfelue, mais dans la situation présente rien ne peut vraiment mériter ce nom. Il ne peut pas non plus s'agir d'ennui. Elle ne s'ennuie jamais ; elle apprécie trop la solitude pour ça. Valerie se convainc que c'est sûrement par simple curiosité, comme la fois où, au milieu des années quatre-vingt-dix, Jason et elle se sont rendus au mariage d'une cousine à Los Angeles et sont passés par South Bundy, le lieu du double homicide du procès O.J. Simpson. À une différence près : ce soir, sa curiosité a pour cause le désœuvrement et non le goût du macabre.

Alors qu'elle se dirige vers le centre de Wellesley, une pluie fine commence à tomber. Elle met en route les essuie-glaces à la vitesse minimale. La buée sur sa vitre lui donne l'impression d'un voile de protection. Elle est là incognito,

120

avec pour mission de rassembler des indices ; sur quoi, elle n'en est pas trop sûre. Elle tourne à gauche, puis deux fois à droite et s'engage dans la rue, élégamment baptisée « boulevard ». Elle est large et bordée d'arbres avec des trottoirs bien entretenus qui longent des maisons traditionnelles, plutôt anciennes. Celles-ci sont plus modestes qu'elle ne l'imaginait, mais les terrains sont de proportions généreuses. Valerie ralentit un peu et regarde défiler à rebours les numéros impairs du côté droit de la rue jusqu'à ce qu'elle trouve la maison qu'elle cherche : une tudor digne d'un conte. Son cœur s'emballe, tandis qu'elle en appréhende les détails. Les deux cheminées flanquant le toit en ardoise. Le gigantesque bouleau avec des branches basses accessibles, un peu décentré sur la pelouse de devant. Le tricycle rose et le traditionnel ballon en caoutchouc rouge abandonnés dans l'allée. La lumière dorée chaleureuse dans une des chambres à l'étage. Elle se demande si c'est la sienne – la leur – ou celle d'un des enfants et les imagine tous gentiment couchés. Tout en effectuant un demi-tour en trois manœuvres, Valerie espère qu'ils sont heureux et rentre chez elle.

Plus tard, elle prend un bain, son passe-temps favori du samedi soir. En temps normal, elle lit un magazine ou un livre de poche dans la baignoire, mais ce soir elle ferme les yeux, s'efforçant de garder l'esprit aussi vide que possible. Elle reste plongée dans la mousse jusqu'au menton avant de se sentir piquer du nez et de réaliser qu'elle pourrait être assez fatiguée pour s'assoupir et se noyer. Charlie serait orphelin, forcé à jamais de se demander si sa mort était un suicide – et si, d'une manière ou d'une autre, il en était responsable. Elle chasse cette sombre pensée et sort de la baignoire, puis s'enveloppe dans sa serviette de bain la plus grande et moelleuse – un drap de bain, plus précisément. Elle se souvient du jour où elle a commandé cet ensemble de serviettes en coton égyptien, les plus luxueuses qu'elle a

121

pu trouver, optant même pour le monogramme de ses initiales brodé en bleu roi sur chacune contre un supplément de cinq dollars pièce. C'est le jour où elle a reçu son premier chèque de prime au cabinet, une récompense pour avoir facturé deux mille heures – une petite fortune qu'elle avait décidé de dépenser en achats de confort pour tous les jours. Après les serviettes, elle a commandé des oreillers en plume d'oie d'Autriche, des draps en satinette, des jetés à torsades en cachemire, une batterie de casseroles en fonte et un service en porcelaine de Chine de douze couverts : des produits de qualité pour la maison que la plupart des femmes acquéraient à leur mariage, avant d'acheter une maison ou d'avoir un bébé. Peut-être s'y prenait-elle à l'envers, mais elle se débrouillait toute seule. *Qui a besoin d'un homme ?* se demandait-elle à chaque article ajouté à son panier.

C'était devenu son mantra. Quand elle travaillait de longues heures au cabinet pour mettre de l'argent de côté jusqu'à ce que Charlie et elle puissent enfin quitter leur déprimant appartement en sous-sol – aux murs blancs austères que le propriétaire refusait de la laisser peindre, avec l'odeur perpétuelle de curry et de marijuana des voisins d'en face – pour emménager dans la confortable maison de Cape Cod qu'ils occupaient encore aujourd'hui. Quand elle déblayait la neige dans l'allée en hiver, arrosait les semences de gazon au printemps, nettoyait leur terrasse de devant au jet haute pression en été, ratissait les feuilles mortes à l'automne. Quand elle s'employait de son mieux à créer un foyer et une vie pour Charlie. Elle était autosuffisante, autonome, indépendante. Elle s'identifiait à toutes ces chansons inspirées qu'elle entendait à la radio : *I am woman, I will survive, R.e.s.p.e.c.t.*

Ce soir pourtant, après avoir mangé un sandwich au beurre de cacahuète et à la confiture au-dessus de l'évier dans la cuisine et s'être couchée dans sa chemise de nuit en flanelle blanche préférée, avec la bordure à œillets, elle est prise au dépourvu par une brusque solitude qui lui serre le cœur, l'impression d'un manque incontestable. Dans un premier temps, elle met ce vide sur le compte de l'absence de Charlie, qui, pour la première fois de sa vie, ne dort pas dans la chambre voisine. Mais ensuite elle pense à cette lumière dorée à l'étage de la maison Tudor et réalise qu'il s'agit de tout autre chose.

Les yeux ouverts dans l'obscurité, Valerie tente d'imaginer comment ce serait d'avoir quelqu'un allongé à côté d'elle dans le lit. Elle essaie de se rappeler la sensation de deux corps enchevêtrés. Moites, essoufflés, comblés.

Elle ferme les paupières, et son visage lui apparaît. Et son cœur s'emballe, comme l'autre jour à la cafétéria de l'hôpital et tout à l'heure devant sa maison.

Elle sait que c'est mal d'avoir ce genre de pensées pour un homme marié, mais elle s'y laisse aller quand même, roulant sur le flanc, le visage enfoui dans son oreiller. *Qui a besoin d'un homme ?* tente-t-elle de se convaincre. Mais tandis que le sommeil la gagne, elle pense : *Moi.* Et plus important, *Charlie aussi.*

11
Tessa

– Comment se passe la recherche de l'école ? me demande Rachel le dimanche matin.

Assise en tailleur sur la moquette de notre chambre d'amis, elle range les affaires pour leur voyage de retour à New York. C'est la première fois que nous sommes seules depuis le début du week-end : nous le devons à ma mère, qui a repris un vol tôt ce matin, ainsi qu'à Dex et Nick, qui font une promenade avec les enfants – ou ce que Rachel a appelé « une marche forcée en extérieur » après avoir décollé ses filles du canapé.

Je fais la grimace.

– Pff ! quelle galère !…

– Vous avez donc définitivement exclu la primaire publique ?

Elle attache en queue-de-cheval ses cheveux longs jusqu'aux épaules avec l'élastique qu'elle porte toujours à son poignet gauche, apparemment en guise de montre.

– Je pense que oui. Nick est pour, sans doute parce qu'il a lui-même fréquenté des établissements publics… Ce qui n'est pas le cas de Dex et moi… Enfin, je suppose que tu connais tout ça par cœur, réponds-je, espérant que c'est la véritable raison du penchant de Nick en faveur du public – et non la simple envie d'échapper aux visites d'écoles, aux demandes d'inscription et interminables conversations sur le sujet.

– C'est vrai. J'étais à cent pour cent dans le camp de Nick ; à fond pour le public… mais à mon avis, nous ne pouvions pas nous engager dans cette voie à Manhattan, dit-elle, étalant un des petits chemisiers à fleurs de Sarah, le devant sur la moquette.

Elle lisse le tissu, rentre les manches et plie l'ensemble en un carré impeccable avec la dextérité d'une vendeuse de grand magasin. J'essaie de mémoriser sa technique, mais je sais que c'est peine perdue – tout comme je ne parviens jamais tout à fait à plier nos serviettes de table dans les formes style origami que Nick a apprises quand il travaillait comme serveur dans un country-club pendant ses études.

– Je m'étais juré de ne pas me prendre la tête avec ça, dis-je, mais maintenant que nous y sommes, je suis tout aussi stressée que les autres.

Rachel hoche la tête.

– Oui, j'étais plus stressée pour remplir les formulaires d'inscription de Julia et de Sarah que pour mon propre dossier de candidature en faculté de droit. C'est une chose de mettre en avant ses qualifications et ses références, mais faire mousser son bout de chou de cinq ans, c'est tellement vulgaire. Dex, lui, a pris la situation avec davantage de décontraction. Pour notre lettre de motivation à Spence, il a écrit de Julia qu'elle était, je cite, « notre petite merveille pétillante aux yeux chocolat ».

J'éclate de rire.

– Non ! Il a osé écrire ça ?

– Je te jure.

– Ça fait tarte, dis-je en secouant la tête, invariablement sidérée que mon banquier de frère, si posé et digne en apparence, puisse être aussi nunuche dans l'intimité de son foyer.

En même temps, je pense que c'est en partie pour cette raison que son couple fonctionne si bien. Dex est foncièrement fleur bleue. L'exact contraire de l'embobineur professionnel. Et pour avoir observé de nombreux couples au fil des années, j'ai découvert que l'embobineur professionnel ne fait pas un bon époux – mon propre père en tête.

– Franchement. Pas étonnant que notre candidature ait été rejetée, non ? dit Rachel avec un sourire narquois.

Pour un esprit brillant comme elle, Rachel semble arborer ce refus telle une distinction honorifique à la boutonnière, comme si à Spence ils ne savaient pas ce qu'ils perdaient. Et l'idée me traverse l'esprit que bien qu'elle soit modeste, et même parfois d'une timidité sans bornes, elle est en réalité une des personnes les plus sûres de soi que je connaisse – à la différence d'April et de tant d'autres mères qui semblent tendre vers la perfection comme un moyen de gérer leur vulnérabilité profonde.

– Je savais que j'aurais dû réviser les textes de Dex... Mais en mon for intérieur, je savais aussi que Spence n'était pas le bon choix pour nous de toute façon. Alors je ne m'en suis pas donné la peine.

Je lui demande pourquoi, toujours intriguée par les détails de leur vie à Manhattan – si différente de mes propres souvenirs là-bas, sans enfants.

– Oh, je ne sais pas...

Elle s'interrompt le temps de passer à un pull-over en cachemire rose avec de minuscules pompons tout autour de l'encolure. Toutes les affaires de Julia et Sarah sont ravissantes et très « fille », ce qui ne cadre pas avec la garde-robe de Rachel, essentiellement composée de jeans, de pull-overs confortables dans les tons terre et de longues écharpes style bohème chic, qu'elle s'enroule en double autour du cou même en été.

– Il suffit d'écouter les stéréotypes qui courent sur toutes ces écoles... Chapin égale petites blondes affectées, très BCBG... Spence est un repaire de filles à papa fortunées avec des relations haut placées. Ou de pétasses matérialistes pourries-gâtées, selon les détracteurs… et Dex depuis qu'ils ont rejeté notre candidature, explique-t-elle en riant. Comment ont-ils osé refuser notre petite merveille pétillante ?! l'imite-t-elle d'une voix de basse.

Je ris aux dépens de mon frère, puis m'enquiers de la réputation de Brearley, l'école de filles de l'Upper East Side que Sarah et Julia fréquentent.

— Hum… voyons voir… je dirais que c'est le style intellectuels débraillés, répond Rachel.

— Tu es loin d'être débraillée, fais-je remarquer, indiquant les piles parfaites de vêtements qu'elle range maintenant dans les sacs des filles, des L.L. Bean en toile monogrammés.

Pour toute réponse, elle éclate de rire.

— Alors, Longmere est toujours votre choix numéro un pour Ruby ? demande-t-elle.

Je confirme d'un hochement de tête, impressionnée par la mémoire qu'elle a des écoles de Boston, et encore plus quand elle ajoute :

— C'est là que va la fille d'April, n'est-ce pas ?

— Oui. Et en ce moment, ce n'est pas un atout pour Nick.

Je lui raconte toute l'histoire au sujet de son jeune patient.

— Il évite comme la peste les commères désœuvrées qui ne font que des histoires et fourrent leur nez partout, ou tout au moins celles qu'il perçoit comme telles.

— Des commères désœuvrées qui ne font que des histoires et fourrent leur nez partout, il y en a partout justement. Écoles privées ou publiques. À Manhattan ou dans le Midwest. Elles sont inévitables.

— C'est vrai, approuvé-je. Mais va le dire à Nick. En ce moment, on dirait qu'il est aigri.

À peine le mot dit, je le regrette, à la fois parce que je me sens déloyale de le prononcer devant Rachel, qui n'a jamais une parole négative envers son mari, et parce que j'ai l'impression de concrétiser les critiques qui me trottaient dans la tête à l'encontre du mien.

Elle me gratifie d'un regard compatissant qui renforce encore mon sentiment de culpabilité.

– Aigri à quel propos ?

– Oh, je ne sais pas, dis-je, essayant de faire discrètement machine arrière. Je comprends son point de vue. April, Romy et toute leur clique devraient faire preuve d'un minimum de retenue et laisser cette femme et son fils un peu tranquilles. Là-dessus, je suis entièrement d'accord. D'ailleurs, c'est ce que j'ai dit à April – et ce n'était pas facile avec une amie.

– Je veux bien le croire, approuve Rachel, qui hoche la tête.

– Mais Nick pousse la chose à l'extrême. Tu sais comment il peut être. Dogmatique n'est pas vraiment le mot.

– Carré, qui ne mâche pas ses mots ? suggère-t-elle.

– Eh bien, oui, il y a de ça. Il a toujours été du genre sérieux, dis-je, réalisant combien il est difficile de décrire les êtres les plus proches, peut-être parce qu'on a conscience de toute leur complexité. Mais c'est davantage qu'il a une tolérance zéro pour tout ce qu'il juge frivole, qu'il s'agisse de potins, de magazines people, de surconsommation d'alcool ou autre.

Nouveau hochement de tête hésitant de Rachel, qui fait de l'équilibrisme pour me soutenir sans dénigrer Nick.

– J'ai conscience de brosser de lui le portrait d'un homme dénué d'humour...

– Non, non, c'est faux..., proteste-t-elle. Écoute, je connais Nick. Je le comprends. Il a un grand sens de l'humour.

– Tu as raison. C'est juste que ces derniers temps il semble plus replié sur lui-même. Il n'a jamais envie de voir des amis... Et en ce qui concerne l'éducation, il est soit le champion du laisser-faire, soit l'avocat du diable fait père... À moins que je le remarque juste davantage ces derniers temps, dis-je, pensive.

Je pense à mes récentes conversations avec ma mère et fais part à Rachel, non sans hésitation, de quelques morceaux choisis parmi les moins glorieux.

— Barbara est une cynique, me répond-elle. Il ne faut pas prendre ce qu'elle dit au pied de la lettre. Tu sais ce qu'elle m'a sorti récemment ? Juste devant les filles ?

— Quoi donc ?

Je secoue déjà la tête par anticipation.

— Que le mariage, c'est comme aller au restaurant avec des amis. On commande ce qu'on veut et quand on voit ce que les autres ont dans leur assiette, on regrette de ne pas avoir plutôt choisi leur plat.

Je laisse tomber ma tête entre mes mains, hilare.

— Brutal.

— Je sais. À l'entendre, j'avais l'impression d'être une grosse côte de porc que Dex pourrait renvoyer en cuisine.

— Que penses-tu de celle-là ? je poursuis. Après avoir vu Nick me tenir la portière récemment, elle m'a offert cette perle : « Quand un homme tient la portière à une femme, on peut être sûr d'une chose : soit la voiture est neuve, soit c'est la femme qui l'est. »

Rachel pouffe de rire.

— Et alors ? La voiture était neuve ?

— Malheureusement, oui, réponds-je. Flambant neuve. Enfin, bref, je ne l'admettrais jamais devant elle, mais quitter mon emploi n'a pas vraiment été le bonheur que j'espérais. Je me sens tout aussi claquée qu'avant et je n'ai pas l'impression d'avoir davantage de temps pour les enfants... Pour rien, en réalité.

— C'est vrai. On en vient presque à culpabiliser encore plus, non ? Alors qu'on devrait être des mamans super pros des travaux manuels.

— Tu l'es, toi, fais-je remarquer avec un regard accusateur.

— Pas du tout. Je ne me rappelle même pas la dernière fois que j'ai sorti le matériel d'arts plastiques avec les filles. En théorie, on est censées avoir beaucoup plus de temps à la maison, mais on le perd dans toutes les menues corvées qu'on arrivait à s'épargner d'une manière ou d'une autre quand on travaillait.

— Exactement ! m'exclamé-je avec un intense soulagement, car il n'y a rien de plus désespérant que de se croire seule à penser d'une certaine façon, surtout en ce qui concerne la maternité ; et à l'inverse, rien n'est plus réconfortant que de savoir qu'on n'est pas seule. Tu as mis le doigt dessus. J'ai l'impression d'avoir besoin d'une épouse… Quelqu'un qui s'occuperait des projets scolaires et…

— Ferait toutes les courses, enchaîne Rachel.

— Achèterait les cadeaux.

— Et les emballerait, précise-t-elle.

— Écrirait les mots de remerciement.

— Et rangerait les photos dans les albums, continue Rachel, les yeux au ciel. J'ai au moins deux ans de retard… et j'en suis tout juste à la moitié de l'album de naissance de Julia.

— Des albums ? Tu rigoles. Moi, il me faudrait quelqu'un pour prendre les photos.

Récemment, j'ai dit à Nick que s'il m'arrivait malheur les enfants n'auraient aucune photo de leur mère. Il m'a répondu de ne pas être si macabre et m'a pris l'appareil des mains pour immortaliser dans le même geste mes cernes et le gros bouton enduit de Clearasil qui m'ornait le menton. Inutile de le préciser, je me suis empressée de supprimer plus tard l'odieux instantané, frémissant à l'idée qu'on puisse se souvenir de moi sous un jour si sinistre. Ou, pire, que je puisse être vue dans cet état par une autre femme, la deuxième épouse de Nick, la seule mère que mes enfants connaîtraient après moi.

Puis, juste au moment où j'ai le sentiment que nos récriminations badines dégénèrent en règlement de comptes à OK Corral, Rachel sourit et soupire :

— Eh oui, que veux-tu… Mais, en dépit de toute leur nullité, heureusement pour eux qu'ils sont si mignons.

Je souris aussi, un peu perplexe à l'idée qu'elle traite les enfants de nuls, puis je réalise qu'elle ne parle pas des enfants, mais de Dex et Nick.

Mon sourire s'élargit.

— C'est vrai. Heureusement.

Ce soir-là, bien après le départ de nos invités, une fois les enfants couchés, Nick et moi sommes dans notre chambre à nous préparer pour la nuit.

— C'était un beau week-end, dis-je en me rinçant le visage.

Je tamponne ma peau avec une serviette et applique dessus une généreuse couche de crème hydratante, jusque sur le cou.

— J'adore voir les cousins ensemble.

— Oui, on s'est bien amusés, approuve Nick, qui fouille dans son tiroir et en sort un bas de pyjama en chambray. Et ta mère a réussi à se tenir à peu près convenablement.

Je souris et me dirige vers ma propre commode. J'y choisis une chemise de nuit noire. Fabriquée dans un mélange de coton et de Spandex, elle n'est pas ouvertement sexy, mais la coupe est flatteuse et j'espère qu'elle déclenchera une étincelle entre Nick et moi. Je n'ai pas tant envie de faire l'amour que du moment d'intimité qui suit.

— C'est vrai. Mais elle n'a pas pu s'empêcher de mettre son grain de sel hier matin.

— À quel propos ?

— Oh, je ne sais pas. Elle continue de se faire du souci…

— De quoi s'inquiète-t-elle encore ?

– Les trucs habituels. Les difficultés de la vie de couple avec de jeunes enfants. Mon travail que je n'aurais pas dû quitter.

Je réalise soudain que les inquiétudes de ma mère se cristallisent dans ma tête et deviennent aussi les miennes. Ou peut-être étaient-elles déjà là à mijoter, simplement révélées par l'intuition d'une mère.

– Tu lui as dit que tout allait bien ? fait remarquer Nick, qui semble distrait.

Il consulte son BlackBerry, puis tape une réponse rapide, ses pouces agiles travaillant en tandem. À chaque fois que je vois ses mains s'activer ainsi, elles me rappellent qu'il est un chirurgien doué d'une dextérité exceptionnelle, et une attirance rassurante m'envahit. N'empêche, je n'apprécie pas son utilisation du mot « bien ». Je veux être mieux que bien.

– Oui, je le lui ai dit, réponds-je.

J'observe Nick, qui continue d'écrire son message, le front plissé, et je devine qu'il s'agit d'un échange d'ordre professionnel. Il termine brusquement, puis enfile son bas de pyjama et tire sur le cordon à la taille. « Dors-tu toujours sans le haut ? » lui avais-je demandé au début de notre relation. Sur quoi, il m'avait corrigée en riant : « Sans le haut, c'est pour les femmes ; pour les hommes, on dit torse nu. » Je le regarde lancer ses vêtements vaguement dans la direction du panier à linge, mais il manque son but de si loin qu'il n'a pas pu essayer sérieusement. Cela ne lui ressemble pas d'être si désordonné et, tandis que je contemple les vêtements en chiffon par terre, sa casquette de base-ball Harvard marron à l'envers sur la pile, quelque chose en moi s'en trouve perturbé. Je compte en silence jusqu'à dix, attendant qu'il dise quelque chose – n'importe quoi.

Mais rien, pas un mot.

– J'ai imprimé le dossier d'inscription pour Longmere, je lâche alors.

La phrase est conçue pour le faire réagir, ou au strict minimum le contraindre à engager la conversation. Un soupçon de honte m'étreint. Comment puis-je me montrer si manipulatrice ? Mais, quelque part, je me sens dans mon bon droit.

— Ah bon ? dit-il, se dirigeant vers le lavabo dans la salle de bains.

Je m'assois sur le bord de la baignoire et regarde les muscles de son dos travailler, tandis qu'il se brosse les dents avec une énergie que j'ai toujours trouvée exagérée. Il fut un temps où je lui rappelais les effets néfastes de sa technique sur ses gencives, mais j'y ai renoncé depuis des années.

— Je pense que nous devrions lancer la procédure.

— Ah oui ? fait-il d'un ton dégoulinant d'ennui, comme pour me signifier qu'il s'agit là d'un des nombreux sujets qui ne sont pas de son ressort, au même titre que les collations pour l'école ou les costumes d'Halloween.

Bon sang ! me dis-je. *Ma mère a raison.*

— Oui. Je le mettrai dans ton porte-documents. Penses-tu pouvoir faire un premier jet pour la lettre de motivation ? Peut-être cette semaine ? Rachel m'a dit que Dex a rédigé la leur.

Nick lève les yeux vers moi par miroir interposé.

— Sérieusement ? demande-t-il, la bouche pleine de dentifrice.

Je lui réponds d'un regard éloquent. Il crache dans le lavabo et se rince la bouche.

— Bon, très bien. Mais je vais avoir une semaine de folie. La greffe de Charlie est prévue pour demain.

— D'accord.

Mon agacement grimpe d'un cran à la mention du prénom de son patient.

Un instant plus tard, Nick me rejoint au lit.

— Alors c'est ce que nous avons décidé ? soupire-t-il. Nous posons notre candidature pour Longmere ?

133

– C'est une école formidable, réponds-je. C'est celle où va Charlie.

À peine le nom prononcé, je sais que je suis allée trop loin.

– Que veux-tu dire par là ?

Les yeux écarquillés avec innocence, j'arrange les couvertures autour de moi.

– Rien.

– Qu'est-ce qui t'arrive, Tess ? Quelque chose te contrarie ?

– Non, je lui assure avec aussi peu de conviction que possible.

Je veux qu'il insiste, afin de pouvoir lui déballer tout ce que j'ai sur le cœur, cette frustration qui s'approche de la colère. Une colère qui me semble justifiée la moitié du temps, paranoïaque et égoïste l'autre.

Sauf qu'il n'insiste pas et ne m'en donne pas l'occasion. En fait, il ne pose pas la moindre question.

– Bien, se contente-t-il de dire. Et maintenant, il est temps de dormir.

– Je sais. Tu as une intervention demain.

Nick jette un coup d'œil dans ma direction et hoche la tête avec un vague sourire. Puis, d'un air absent, il consulte son BlackBerry une dernière fois avant d'éteindre sa lampe de chevet, à l'évidence aussi imperméable à mon sarcasme qu'à ma petite chemise de nuit noire.

12
Valerie

Le lundi matin, tandis que le Dr Russo et une équipe de cinq médecins et infirmières opèrent Charlie, Valerie est assise dans la salle d'attente. C'est justement ce qu'elle fait. Elle attend et rien d'autre. Elle attend seule. Elle a insisté pour que sa mère et son frère ne la rejoignent que plus tard, quand tout sera fini. Valerie n'a jamais été du genre à rechercher la conversation ou une distraction dans les moments de stress et ne comprend pas la psychologie de ceux qui ont besoin d'un dérivatif, comme sa mère qui tricote quand elle est contrariée ou tracassée. Ainsi, elle ne se tourne pas une seule fois vers l'écran plat qui diffuse CNN dans un angle et ne jette qu'un vague coup d'œil aux dizaines de magazines féminins éparpillés sur les tables basses à droite et à gauche dans la pièce. Elle n'écoute même pas l'iPod de Charlie, qu'elle a promis de lui garder pendant l'intervention. Elle ne veut aucune échappatoire d'aucune sorte. Elle tient à rester sur le qui-vive, endurant chaque minute atroce, attendant que quelqu'un apparaisse sur le seuil et la conduise à son fils. Elle espère que ce quelqu'un sera Nick, car, si elle a bien une certitude, c'est qu'en voyant son visage elle sera tout de suite capable de savoir si tout s'est bien passé. Elle le connaît maintenant : c'est le genre d'homme à aller droit au but. Et elle concentre son énergie mentale pour visualiser le moment où elle découvrira son sourire rassurant, souhaitant presque qu'il s'épanouisse à sa vue.

À un seul moment, environ deux heures après le début de l'opération, Valerie se déconcentre et laisse son esprit vagabonder. Elle repense à son initiative stupide de samedi soir. Le rouge de la honte lui monte aux joues, quand bien même elle sait qu'elle est passée inaperçue, que personne ne saura jamais ce qu'elle a fait et que cette ineptie ne se reproduira pas. Pourtant, elle ne peut s'empêcher de se demander ce qu'elle espérait y gagner. Mon Dieu, et si Nick l'avait vue ? Ou, pire, si sa femme et lui l'avaient repérée ensemble ? Auraient-ils mis son manège sur le compte de la détresse d'une mère qui a perdu ses repères, la plaignant à plus d'un titre ? Ou leur réaction aurait-elle été moins bienveillante ? Peut-être l'auraient-ils accusée de harcèlement ? Et si Nick en avait été perturbé au point de se récuser et de confier Charlie à un confrère moins compétent ? À cette seule pensée, Valerie frissonne et resserre un peu plus encore son cardigan sur elle.

Pourquoi ? se demande-t-elle à nouveau. Qu'est-ce qui lui a pris d'aller là-bas ? Elle fait de son mieux pour ignorer la réponse troublante qui prend forme dans son esprit. Il y a quelque chose entre eux. Une attirance. Ou tout au moins un lien. Elle s'empresse de réfuter cette conclusion irréaliste. Comment pourrait-elle avoir des sentiments pour un homme qu'elle connaît à peine ? Et il n'en a certainement pas pour elle, excepté peut-être de la simple compassion. Elle est vulnérable, c'est tout, et il est sa planche de salut. Elle se dit que c'est sûrement un phénomène courant : la patiente qui s'entiche de son médecin, confondant la gratitude avec un sentiment plus profond. En fait, elle se souvient avoir lu un article sur la question quand elle était enceinte – comment certaines femmes s'amourachent de leurs obstétriciens. À l'époque elle trouvait l'idée inconcevable, mais elle était sans doute alors trop préoccupée avec Lion pour qu'une quelconque attirance prenne forme, même fugace.

Voilà, c'est tout, décide Valerie. Elle est un cas d'école, rien de plus. Soudain, tout est parfaitement logique, d'autant que Nick est terriblement agréable à regarder. Sa beauté saute aux yeux : ses magnifiques yeux bruns, son épaisse chevelure ondulée, ses larges épaules. Voilà pourquoi tant d'infirmières célibataires se pâment et gloussent en sa présence. Les mariées aussi d'ailleurs, même celles qui trimbalent des albums remplis de photos de leurs mari et enfants. Elles semblent toutes sous le charme.

Valerie croise les jambes et change de position dans son fauteuil, soulagée d'avoir trouvé une explication logique à son comportement fantasque. Nick est un chirurgien brillant et séduisant ; et elle est non seulement célibataire mais, ces temps derniers, coupée du reste du monde. Les yeux levés vers la pendule au-dessus de sa tête, elle regarde la grande aiguille passer devant la petite et se persuade que cet émoi ridicule aura tôt fait de lui passer. Soudain, une silhouette derrière la porte en verre dépoli rompt sa concentration. Elle se redresse sur son siège, espérant qu'on lui apporte du nouveau. Que c'est Nick.

Mais ce sont deux femmes qu'elle voit apparaître sur le seuil. Elle reconnaît l'une d'elles, sans pouvoir l'identifier tout de suite. Puis le déclic se fait et elle se raidit, tandis que la femme se présente.

– Romy… répète Valerie. Que faites-vous ici ?

Romy soulève un grand panier en osier d'où dépasse un bouquet de fleurs blanches et jaunes, cueillies, semble-t-il, à la main, mais arrangées avec art, avec des fruits si parfaits et brillants qu'ils paraissent factices.

– Je vous ai apporté ceci, dit Romy qui dépose le panier à ses pieds avec précaution.

Valerie le regarde et remarque une bouteille de vin inclinée à l'opposé du bouquet, un nœud en raphia autour du goulot. Un coup d'œil à l'étiquette lui apprend qu'il s'agit d'un cru de Provence – et une bouffée de colère la prend, tant le vin lui paraît déplacé en un pareil moment. Elle jette un regard à la ronde et se sent prise au piège lorsqu'elle se rend compte qu'il n'y a pas d'autre issue. Aucune possibilité de fuite, à part bousculer ces deux femmes et leur fausser compagnie par la porte. Mais, bien sûr, elle ne peut pas partir. Elle a dit à Nick qu'elle restait là.

Elle accuse réception d'un signe de tête, mais pas question de remercier Romy pour son cadeau. Elle choisit de tourner son regard vers l'autre femme.

– Bonjour, Valerie, lui dit celle-ci, articulant avec lenteur comme si elle communiquait avec une étrangère. Je m'appelle April. Ma fille, Olivia, est dans la classe de Charlie. Nous voulions juste vous dire que toute la classe est derrière vous. Toute l'école. Nous sommes tous terriblement navrés pour vous et Charlie. Comment va-t-il ?

– Il va bien, répond Valerie, qui regrette aussitôt sa réponse, surtout à cause de l'expression de cette April.

Elle lui trouve un côté déplaisant. Condescendant et agressif à la fois. Et puis Charlie ne va pas bien. Il ne va pas bien du tout.

– En ce moment même, il est sur la table d'opération, leur annonce-t-elle.

Les deux femmes échangent un regard surpris et embarrassé qui nourrit les soupçons de Valerie : Romy redoute des poursuites judiciaires, une exigence de dommages et intérêts. Valerie se souvient soudain des grosses boucles d'oreilles en diamant que Romy portait à la journée portes ouvertes de l'école et remarque qu'elles ont été remplacées par de petits anneaux en argent. Partie aussi, l'imposante bague de fiançailles. Tout dans son apparence est discret, simple, de bon ton. Le portrait d'une femme qui s'emploie de son mieux à montrer qu'elle n'a pas de gros moyens.

– Sur la table d'opération ? répète Romy.

– Oui. Une greffe de peau.

Romy porte la main à sa joue.

– Comment... est... son visage ?

La réponse de Valerie fuse du tac-au-tac, laconique.

– Je préfère ne pas en parler.

Nouveau regard entre les deux amies, cette fois plus ouvertement inquiet et égoïste.

– Nous nous inquiétons, c'est tout, dit Romy, la lèvre inférieure tremblante.

– Au sujet de qui ? demande Valerie d'un ton brusque.

– De Charlie, répond April, qui prend la défense de son amie.

Valerie se hérisse en entendant le prénom de son fils prononcé par cette étrangère, qui n'a d'ailleurs rien à voir dans cette affaire.

– Écoutez, je n'ai pas l'intention de porter plainte, si c'est cela qui vous inquiète. En dépit de votre négligence.

Romy semble au bord des larmes.

– Elle n'a pas été négligente, s'interpose April.

– Ah bon ? feint de s'étonner Valerie. Vous trouvez que c'est une bonne idée de faire griller des chamallows avec un groupe de jeunes garçons à une fête d'anniversaire ?

– On n'est jamais à l'abri d'un accident. Même quand on est prudent, se défend Romy dont les yeux s'embuent maintenant.

– Alors, pouvez-vous me dire ce qui est arrivé ? insiste Valerie qui hausse le ton.

Elle remarque un homme, dans un coin, plongé dans un livre, qui jette un coup d'œil dans leur direction, sentant la controverse.

– Parce que votre mari a dit qu'il n'était pas sûr. Et vous, savez-vous quelque chose ? Est-ce que quelqu'un sait quelque chose ?

Romy sèche ses larmes de crocodile sur commande, preuve supplémentaire qu'elle faisait du cinéma.

– Les garçons chahutaient.

– Des garçons de six ans, ça chahute, ajoute April.

– D'accord. Alors, à nouveau, reprend Valerie, en mode contre-interrogatoire, comment cela peut-il être une bonne idée de laisser des garçons de six ans qui ont tendance à chahuter griller des chamallows sans surveillance ?

– Je ne sais pas. Je suis... je suis... désolée, bafouille Romy, mais ses excuses sonnent faux.

– Vous auriez dû commencer par là, lâche sèchement Valerie.

– Elle a essayé, intervient April. Vous refusiez de prendre ses appels.

– J'ai été un peu occupée ici, pardonnez-moi.

Romy fait une nouvelle tentative.

– Écoutez, nous savons que votre fils est blessé et que vous...

– Vous ne savez rien de moi, l'interrompt Valerie, qui se lève et hausse encore le ton. Vous croyez me connaître, mais vous n'avez pas la moindre idée de qui je suis.

April tapote l'épaule de Romy, puis fait un signe de tête vers la porte.

– Allons-y.

– Excellente idée. Je vous en prie, allez-y, ironise Valerie. Et reprenez votre vin et vos fleurs. Vous en aurez peut-être l'usage pour votre prochaine fête.

Quelques minutes après leur départ, Nick arrive dans la salle d'attente. Il ne sourit pas, mais pourrait tout aussi bien. Valerie a appris que c'est sa version d'un visage réjoui – détendu et impavide à la fois – et elle sait aussitôt que son fils va bien. Elle se lève, pleine d'espoir, attendant la confirmation.

– Charlie s'en est très bien sorti, annonce-t-il modestement.

La nuance n'échappe pas à Valerie.

– Merci beaucoup à vous, lui dit-elle, submergée par l'émotion.

Nick hoche la tête.

– Je suis très content du résultat.

Elle le remercie encore et il la prévient qu'elle ne s'en rendra pas compte tout de suite, car il faut un peu de temps à la greffe pour prendre et se vasculariser.

– En d'autres termes, vous risquez de ne pas trouver sa joue très belle, mais pour moi elle l'est.

– C'est ce qui compte, répond-elle, pensant à toutes les photos avant/après qu'elle a regardées en boucle sur l'ordinateur ce week-end, les scénarios du pire dans lesquels elle s'est plongée en dépit des mises en garde de Nick contre Internet. Puis-je... le voir ?

– Bien sûr. Il est encore endormi, mais devrait bientôt se réveiller, dit Nick avec un regard curieux au panier qui est resté là. C'est à vous ?

– Non, dit Valerie qui l'enjambe d'un pas décidé, mais elle suit le regard du médecin posé sur la grande enveloppe blanche adressée lisiblement à « Valerie et Charlie ».

Gênée, elle prend la carte et la glisse dans son sac.

– En fait, si... il est à moi. Mais je crois que je vais le laisser ici. Il fera plaisir à d'autres familles. Ces temps-ci, je ne suis pas vraiment d'humeur à boire du vin...

Nick lui lance un regard, soupçonnant que l'histoire ne s'arrête pas là, mais il s'abstient de toute remarque et la conduit auprès de Charlie. En chemin, complètement dans son rôle de médecin, il lui donne des détails sur l'intervention. Plus volubile qu'à son habitude, il lui explique que tout s'est déroulé selon ses attentes.

Devant la salle de réveil, il s'efface pour laisser Valerie entrer la première. Elle s'arme mentalement, mais pas assez pour la première vision qu'elle a de Charlie : dans le lit, il lui semble plus petit que jamais. Son corps disparaît sous les couvertures, son crâne et son visage sont couverts de pansements ; seuls son nez, ses yeux et sa bouche sont visibles. Alors qu'elle regarde une infirmière inconnue contrôler ses signes vitaux, Valerie ressent soudain le besoin impérieux d'aller vers lui, de caresser la peau rosée de son cou, mais elle s'en abstient. Si jamais elle l'infectait ?

— Comment va-t-il ? demande Nick à l'infirmière qui, d'une voix râpeuse, lui communique des chiffres sans signification pour Valerie.

Nick hoche la tête, satisfait, tandis que l'infirmière note les résultats sur un graphique et s'éclipse.

— Venez, dit Nick à Valerie avec un signe de la main.

Les paupières de Charlie papillonnent et se relèvent. Elle se sent honteuse de son hésitation, de ne pas se montrer plus forte en cet instant. C'est lui qui vient de subir quatre heures d'opération. Lui qui a un masque sur le visage, une perfusion piquée dans le bras. Elle, tout ce qu'elle a eu à faire, c'était attendre.

— Bonjour, mon chéri, dit-elle avec un sourire forcé, feignant le courage.

— Mamma, murmure-t-il.

C'est le tout premier nom que Charlie lui a donné quand il n'était encore qu'un bébé, jusqu'à ce qu'il apprenne à parler.

Un soulagement intense envahit Valerie lorsqu'elle entend sa voix, voit le bleu de ses yeux.

— Tu t'en es sorti comme un chef, lui dit-elle, les yeux embués de larmes, en s'asseyant au bord du lit près de lui.

Elle lui frotte les jambes à travers plusieurs épaisseurs de couvertures, tandis qu'il fait des efforts pour garder les yeux ouverts. Après quelques secondes, ses paupières lourdes se baissent.

— Laissez-moi vous montrer, murmure Nick, qui se tourne pour enfiler une paire de gants en latex.

Il s'approche de Charlie puis, d'une main très sûre, enlève le masque et soulève un coin du pansement pour lui montrer son travail.

Valerie a le souffle coupé devant le visage de son fils. Des couches de peau blanchâtre et translucide couvrent sa joue, percées de minuscules orifices pour le drainage du sang et autres fluides. Un masque fantomatique sous celui de protection. Une scène de film d'horreur – de celles qu'elle ne s'autorise jamais à regarder, le visage enfoui dans ses mains. Elle tremble, mais parvient à contenir ses larmes.

– Ça va ? s'enquiert Nick.

Avec un hochement de tête, elle inspire, puis se force à exhaler l'air prisonnier de ses poumons. À se ressaisir.

– N'oubliez pas, la cicatrisation prend du temps, lui dit Nick, qui replace le pansement, puis le masque.

Valerie devrait dire quelque chose, elle en a conscience, mais pas un mot ne sort.

– En quelques jours, l'évolution sera spectaculaire. Vous n'en reviendrez pas.

Nouveau hochement de tête. Elle a le vertige, se sent faible. Elle n'a pas le droit de s'évanouir. Elle ne se pardonnerait jamais de défaillir à la vue du visage de son fils.

– La peau retrouvera sa couleur chair au fur et à mesure de la revascularisation. Et sa souplesse quand elle aura adhéré aux tissus et muscles sous-jacents.

Dis quelque chose, bon sang ! s'adjure-t-elle, toujours assise au bord du lit.

– Voilà pourquoi le masque est indispensable. Il devrait arriver aujourd'hui ou demain. Il permet d'exercer une pression constante, afin que le greffon reste bien en place quand il recommencera à ingérer des aliments solides et à parler. Il contribue aussi à atténuer la douleur…

Valerie lève un regard alarmé vers lui.

– Il va souffrir ? Je croyais que vous aviez parlé d'une utilisation massive d'antalgiques ?

– C'est le cas, la rassure Nick, désignant la perfusion. Mais il ressentira quand même un certain inconfort, et la pression du masque aidera à le soulager.

– D'accord, dit Valerie, qui sent le vertige et la panique refluer, tandis qu'elle rassemble des informations dont elle aura besoin pour aider son fils. Peut-il déjà boire ?

– Par petites gorgées. Demain ou après-demain, nous passerons aux aliments mous. Mais par-dessus tout, il lui faut du repos. Beaucoup de repos. D'accord, mon grand ? dit Nick, quand Charlie rouvre les yeux.

Le garçon cligne des paupières, encore trop somnolent pour parler.

– D'accord, répond Valerie à sa place.

Nick enlève ses gants et vise la poubelle comme au basket. Il réussit son tir.

– Parfait, dit-il, l'air satisfait. Je repasserai plus tard.

Le cœur de Valerie se serre. Elle n'a pas envie qu'il parte déjà.

– Quand ? demande-t-elle, regrettant aussitôt sa question.

– Bientôt.

Puis il lui prend la main et la serre une fois entre ses doigts, comme pour lui assurer à nouveau que tout se déroule comme il l'avait espéré. Que tout va pour le mieux.

13
Tessa

April me téléphone lundi matin.

— Je déteste dire « je te l'avais bien dit », fanfaronne-t-elle en guise d'entrée en matière, tandis que je navigue dans le rayon bondé des céréales du magasin bio Whole Foods.

— Bien tenté, dis-je en riant. Tu adores le dire !

— Pas du tout.

— Ah bon ? Et la fois où tu m'as dit que si je laissais Frank jouer dans le bac à sable du jardin public, il attraperait des oxyures ?

April pouffe de rire.

— D'accord. J'adore cette histoire-là, mais pas parce que Frank en a effectivement attrapé ! Non, parce que Nick et toi vous êtes moqués de moi en me traitant de parano.

— Mais tu es parano.

Je taquine souvent April sur sa manie incessante de se désinfecter les mains et lui rappelle à l'occasion qu'elle possède en fait quelques globules blancs.

— Mais tu avais raison, je poursuis. Alors, à quel sujet avais-tu raison cette fois ?

Elle fait durer le suspense quelques secondes.

— Valerie Anderson. J'avais raison. Quelle pétasse !

— Que s'est-il passé ?

Je m'arme mentalement pour l'histoire à venir et me

demande si April savait d'une façon ou d'une autre que Charlie se faisait opérer ce matin.

– Tu ne vas pas me croire ! dit April, qui se lance dans son récit.

Jamais avare d'anecdotes, même lorsque ses histoires concernent les détails futiles de sa vie quotidienne, April plante le décor avec soin. Elle décrit le troisième panier que Romy et elle ont composé avec le goût le plus délicat, l'attention qu'elles ont apportée au choix du vin, le meilleur cru de la cave de Romy, et du bouquet de chez Winston Flowers.

– Je croyais que vous deviez lui laisser un peu de temps et de tranquillité, fais-je remarquer, veillant à ne pas me montrer venimeuse.

– C'est ce que nous avons fait. Nous avons attendu une semaine environ, comme tu l'avais suggéré... Puis Romy s'est dit qu'elle allait tenter le coup une dernière fois.

Je jette un paquet de céréales au son et aux raisins secs dans mon chariot. Tenter le coup ? Franchement, je trouve que l'usage de cette expression devrait être réservé à certaines situations, comme draguer les filles dans les bars, négocier une remise sur une voiture d'occasion, ou battre le record du kilomètre au jogging. Pas pour contacter la mère d'un enfant hospitalisé qui, de toute évidence, n'en a aucune envie. Je pense aussi que donner un conseil à April revient au même qu'avec Ruby : il rentre par une oreille et ressort aussitôt par l'autre. À une différence près : April fait d'abord semblant d'écouter.

– Tu comprends, pour tendre le rameau d'olivier, ajoute-t-elle.

– Hum...

Voilà encore une expression pour le moins révélatrice, quelque peu en contradiction, je dois le dire, avec l'image que Romy tient à donner de ses efforts de rapprochement avec Valerie : un simple geste de compassion et de soutien envers une mère comme elle, et non une quête d'absolution aussi flagrante qu'éhontée.

– Et Valerie n'a pas apprécié le geste ?

– C'est l'euphémisme de la décennie, ricane April, qui s'empresse de me rapporter mot pour mot la teneur de la conversation. Elle était si cassante, tu ne peux pas imaginer. Une vraie pimbêche.

– C'est fâcheux, dis-je, choisissant mes mots avec soin.

Je réalise que c'est peut-être là ce qui caractérise une véritable amitié, la liberté avec laquelle on s'exprime.

– Et comment. Plus j'y réfléchis, plus je me dis que c'est plutôt triste. En fait, cette femme me fait pitié.

– Tu veux dire, à cause de ce qui est arrivé à son petit garçon ? je demande à dessein, pensant que l'euphémisme de la décennie, c'est plutôt là qu'il faut le chercher.

– Euh… oui, si on veut. Et aussi parce qu'à l'évidence elle n'a pas d'amis.

– Comment le sais-tu ?

– Eh bien, pour commencer, comment pourrait-elle en avoir avec une attitude aussi détestable ? Et ensuite, que ferait-elle seule dans la salle d'attente ? C'est vrai, je veux dire, imagine si c'était un de nos enfants. Nous serions entourées d'êtres chers.

J'entreprends de lui rappeler mon hypothèse de départ : peut-être Valerie Anderson veut-elle être seule. Mais April m'interrompt.

– Si tu veux mon avis, elle me fait plutôt l'effet d'une de ces célibataires aigries qui détestent le monde entier. C'est vrai, quoi ! Tu ne penses pas qu'elle pourrait éprouver au moins un soupçon de gratitude ? Ne serait-ce que pour Charlie ? Nos enfants sont dans la même classe, quand même !

– Je suppose… dis-je, marchant sur des œufs.

– Alors, voilà… Nous avons officiellement renoncé. Elle n'a qu'à se débrouiller seule.

147

– Il se peut qu'elle revienne à de meilleurs sentiments.

– Eh bien, elle y reviendra toute seule. De notre côté, c'est fini.

– Ça se comprend, je concède.

– Oui... Oh, et en sortant nous avons croisé ton adorable mari.

Je m'arrête net, priant pour qu'il ne se soit pas montré cassant ou froid avec elles.

– Ah bon ? dis-je. Savait-il pourquoi vous étiez là ?

– Sans doute, mais nous n'avons pas abordé la question. Je ne tenais pas à le mettre dans une position délicate... Nous avons juste bavardé. Longmere est venu dans la conversation et Romy, généreuse comme elle l'est, lui a proposé d'écrire une lettre de recommandation pour Ruby. Elle lui a dit qu'elle serait honorée de lui rendre ce service. Avec une lettre d'un membre du conseil d'administration, c'est du tout cuit.

– Dis donc, c'est vraiment gentil.

– Et je n'avais pas évoqué le sujet avec elle, je te jure. C'était son idée. N'est-elle pas géniale ?

– Oui, j'approuve, écœurée par ma duplicité. Vraiment géniale.

Quatre courses sous la pluie plus tard, je rentre à la maison pour découvrir une scène domestique démoralisante. Des assiettes sales avec des vestiges de beurre de cacahuète et de confiture traînent sur le plan de travail dans la cuisine, et notre salon a subi une explosion de poupées, puzzles et divers jouets en plastique désormais réduits à l'état de pièces détachées. Assis le nez pour ainsi dire collé à la télévision, dans un état proche du coma, Ruby et Frank regardent des dessins animés, et pas du genre sain et éducatif, non, plutôt celui bourré de batailles au laser et de sexisme : grands costauds qui sauvent la planète et femmes sans défense à la silhouette fantasmée style manga. Frank a une traînée de confiture de raisin sur la joue, dangereusement proche de l'accoudoir d'un fauteuil taupe que – je le savais – j'aurais dû commander dans un ton plus foncé. Quant à Ruby, elle arbore une tunique de plage en éponge malgré le temps pluvieux et une température qui n'excède pas les cinq degrés.

Pendant ce temps, notre baby-sitter régulière, Carolyn, vingt-quatre ans, sosie de Jessica Simpson jusqu'aux bonnets D et le reste, est étendue sur le canapé, occupée à se limer les ongles et à rire dans son iPhone. Quand je l'écoute passer en revue les boîtes de nuit pour l'anniversaire d'une copine, je m'émerveille de son apparente incapacité à travailler durant les dix malheureuses heures par semaine pour lesquelles nous l'employons – par opposition à bavarder au téléphone, se pomponner, grignoter, sans oublier « textoter » et twitter avec une frénésie qui frise l'obsession. Je sens monter dans ma poitrine une bouffée de colère familière : cette émotion m'étreint bien trop souvent depuis que je suis devenue mère au foyer. Il me vient à l'idée de choisir ma solution de facilité habituelle, consistant à monter avec nonchalance, feignant de ne rien avoir remarqué, avant d'appeler Cate ou Rachel pour me décharger sur elles de mes habituelles aigreurs au sujet de Carolyn.

Mais après ma conversation avec Nick hier soir et celle avec April plus tôt, je ne suis pas d'humeur à masquer mes véritables sentiments. Je passe donc devant Carolyn d'un pas vif et entreprends de balancer les jouets dans un panier en osier à l'angle du salon. À l'évidence saisie par mon arrivée, elle se dépêche de conclure sa conversation, glisse sa lime à ongles dans la poche arrière de son jean taille basse ultra moulant et rectifie vaguement sa position dans le canapé. Mais elle ne s'excuse pas pour le désordre et ne fait pas un geste pour m'aider dans mes efforts appuyés de rangement, encore moins pour s'asseoir correctement.

– Salut, Tessa ! me lance-t-elle gaiement. Comment ça va ?

– Bien.

Je me prends à regretter de ne pas avoir imposé un minimum de formalisme dans nos rapports quand elle a commencé à travailler pour nous il y a quatre mois ; si j'étais « Mme Russo », peut-être prendrait-elle son travail un peu plus au sérieux. J'attrape la télécommande sur la table basse et éteins le téléviseur dans un chœur de protestations.

– Je ne veux rien entendre, dis-je aux enfants de ma voix la plus sévère.

Du coup, je me sens encore plus mal. Ils n'y sont pour rien si leur baby-sitter est un tel mollusque.

Les yeux écarquillés toujours rivés sur l'écran noir, Frank fourre son pouce dans sa bouche.

– C'était presque fini, dit Roby qui renifle.

– Je m'en moque. Vous n'êtes pas censés regarder la télévision, je fais remarquer, davantage pour l'édification de Carolyn.

– Carolyn a dit qu'on avait le droit, rétorque Ruby.

Tu m'étonnes.

Je me tourne vers l'intéressée, le sourcil en accent circonflexe. Elle me décoche un sourire innocent, du style « Oups, mince alors ! »

– Ils étaient si sages. Et ils ont mangé tous leurs haricots verts dans leur assiette. Je me suis dit qu'ils méritaient bien une petite récompense, explique-t-elle, endossant le rôle du bon flic avec une mauvaise foi qui m'horripile davantage encore.

– C'est bon, c'est bon... mais la prochaine fois, tenez-vous-en à Disney Channel ou Nickelodeon.

Je la gratifie d'un sourire étincelant, consciente d'imposer deux poids deux mesures : quand je suis au téléphone, il n'est pas rare que je laisse les enfants regarder presque n'importe quoi, si cela me permet d'avoir un peu la paix. D'un autre côté, je ne finance pas les soirées en boîte et les folles dépenses de mademoiselle lors de ses virées shopping pour qu'elle en fasse autant.

– D'accord. Bien sûr.

Je repense au jour où nous lui avons fait passer un entretien ou, plus précisément, je lui ai fait passer un entretien, pendant que Nick était assis dans un coin, feignant de participer.

À la suite de quoi, il a levé les pouces en signe de victoire, déclarant qu'elle était, je cite, « gentille et plutôt futée », et m'a accusée d'être exagérément pointilleuse quand je lui ai fait remarquer les signaux d'alerte – à savoir la Rolex, les sandales Jimmy Choo, l'énorme fourre-tout Vuitton, sans oublier sa proclamation comme quoi le ménage, ce n'était « vraiment pas » son truc.

Mais je devais admettre qu'elle avait un bon rapport avec les enfants, en particulier Ruby, qui parut l'adorer au premier abord…enfin, tout au moins ses cheveux longs et le vernis magenta de ses ongles de pieds. Et Carolyn était meilleure que les trois dernières qui s'étaient présentées : la première parlait à peine l'anglais, la deuxième était une végétalienne qui refusait ne serait-ce que de toucher la viande, et la troisième, une Mary Poppins idéale avec des références manifestement fictives. En outre, Carolyn était jusqu'à présent ma seule voie vers la liberté, tout au moins dix heures par semaine. Je prononce donc son prénom avec tout le calme dont je suis capable.

– Hum, hum ? marmonne-t-elle, faisant claquer son chewing-gum, tandis que dans un coin de ma tête j'élabore mon couplet « Je te l'avais bien dit » à l'attention de Nick.

– J'ai encore plusieurs choses à faire là-haut avant que vous partiez. Pouvez-vous, s'il vous plaît, lire une histoire aux enfants ?

– D'accord, répond Carolyn d'un ton guilleret.

– Et habiller Ruby plus chaudement ?

– D'accord. Pas de problème.

– Merci mille fois, dis-je avec une patience exagérée.

Puis je gratifie mes deux enfants d'un baiser pour la forme, que seul Frank me retourne, et monte dans mon bureau qui est en fait davantage une petite alcôve près de notre chambre. C'est une des nombreuses modifications que je souhaiterais pouvoir apporter à notre maison, une Tudor de 1912 pleine de charme mais manquant cruellement d'espace fonctionnel.

Pendant une demi-heure, je réponds à quelques e-mails, commande plusieurs cadeaux de naissance en retard et télécharge plusieurs centaines de photos. Puis un besoin impérieux me pousse à ouvrir un ancien fichier, le programme d'un de mes cours intitulé « Jeux et sports dans le roman victorien ». Il remonte à deux ans seulement, mais me semble beaucoup plus lointain et j'éprouve une soudaine nostalgie de mes leçons sur les échecs et les relations entre les sexes dans *La Locataire de Wildfell Hall*, les jeux de société dans *La Foire aux vanités*, les sports d'extérieur et danses de salon dans *Le Maire de Casterbridge*.

D'en bas me parvient un cri perçant de Ruby que j'identifie à une manifestation de joie et non de douleur. Et un profond regret me submerge à la pensée de ma vie d'avant. Elle me manque tant que j'en ai le cœur serré. L'oasis de calme dans mon bureau sur le campus, les après-midi où je recevais mes étudiants, la stimulation intellectuelle et, sincèrement, l'évasion hors de ma vie de tous les jours, si banale. Face au sentiment de vide qui m'étreint, je m'efforce de me ressaisir. C'est une journée sans, rien de plus. Je suis juste contrariée par ma dispute avec Nick hier soir, la conversation perturbante avec April, le chaos au rez-de-chaussée. La vie, c'est comme ça : une discordance dans une sphère déséquilibre toutes les autres.

Je décroche le téléphone pour appeler Cate, qui saura me remonter le moral, ce dont j'ai grand besoin. Mais tout ce que Cate veut, ou tout au moins ce qu'elle pense vouloir, c'est ce que j'ai et je n'ai guère envie de l'entendre me répéter *ad nauseam* combien ma vie est géniale. Je ne suis même pas d'humeur à parler à Rachel, qui trouve pourtant toujours les mots justes… peut-être parce que, même si elle se plaint, je crois qu'au fond elle adore être femme au foyer. J'envisage même un instant de téléphoner à Nick, juste histoire d'assainir l'atmosphère entre nous et de me défouler au sujet d'April, mais je sais qu'il ne sera pas disponible pour parler. Et puis je l'entends déjà me proposer ses solutions à l'emporte-pièce, du genre « Reprends ton travail », « Trouve-toi de nouvelles amies » ou « Vire Carolyn ».

Comme si la vie était aussi simple.

14
Valerie

Nick vient voir Charlie toutes les heures jusqu'à sa dernière visite de la journée. Vêtu d'un pull-over gris à col roulé sur un Levi's, un sac noir et un manteau en laine jetés sur l'épaule, il s'apprête manifestement à rentrer chez lui.

– Comment va tout le monde ? demande-t-il à voix basse, tandis que son regard passe de Charlie endormi à Jason puis à Valerie.

– Nous allons bien, murmure-t-elle.

– Je disais justement à Valerie qu'elle devrait sortir, intervient Jason. Prendre un peu l'air. Vous n'êtes pas d'accord ?

Nick hausse les épaules, feignant l'impuissance.

– C'est vrai, répond-il. Mais elle ne m'écoute jamais.

– Bien sûr que si, se défend Valerie d'une voix trop puérile à son goût.

Elle détourne le regard, se sentant transparente, à découvert, tandis que dans son esprit s'impose l'image de la maison Tudor avec la lumière dorée dans la chambre à l'étage.

– Ah oui ? insiste Nick avec un petit sourire. Tout comme vous veillez à dormir beaucoup ? À prendre trois repas par jour ? Et à éviter les scénarios catastrophe sur Internet ?

Elle rougit.

– C'est bon… bougonne-t-elle. Je vais y aller.

Sur quoi, elle se lève, enfile son manteau et attrape son sac sur le fauteuil à bascule.

– Où vas-tu ? demande Jason.

– Je ne sais pas trop, répond-elle un peu gênée par la présence de Nick. Sans doute juste prendre un repas à emporter. Tu veux quelque chose ? Mexicain, ça te va ? suggère-t-elle à son frère.

Jason fait la grimace.

– Non, merci. Je n'aurais jamais pensé dire un truc pareil, mais j'en ai marre des burritos.

– Avez-vous essayé Chez Antonio ? leur demande Nick.

– Non, répond Valerie. C'est dans le coin ?

– Juste de l'autre côté de la rue. Dans Cambridge Street. C'est un petit restaurant qui ne paie pas de mine, mais la cuisine est sensationnelle. La meilleure de tout le North End. Leur poulet aux brocolis est le plus délicieux que j'aie jamais mangé, celui de ma mère compris, assure le médecin, qui tapote la poche avant de son jean comme pour vérifier s'il a ses clés.

– Voilà qui paraît pas mal, dit Jason qui pointe un index décidé vers lui, puis se tourne vers Valerie. Pourrais-tu me rapporter une part de lasagnes ?

– Bien sûr.

– Mais prends ton temps, ajoute-t-il. Mange sur place. Je n'ai pas si faim que ça.

– C'est une première, le taquine Valerie, réalisant qu'elle, au contraire, est affamée pour une fois.

Elle embrasse Charlie, qui ronfle maintenant, sur sa joue indemne puis sort de la chambre. Dans le couloir, elle sent la présence de Nick, quelques pas derrière elle.

– Je m'en vais aussi, dit-il, quand ils sont seuls. Je vous y emmène ?

L'offre est hésitante et Valerie pense d'abord refuser, ne voulant pas le déranger. Mais à la dernière seconde, elle se ravise.

– Pourquoi pas ?

Un instant plus tard, ils quittent l'hôpital ensemble et se retrouvent dans la nuit par un froid si vif qu'il en devient aussitôt un sujet de conversation.

– Brr... fait Valerie qui resserre son écharpe autour de son cou, tandis qu'ils pressent le pas. Il fait glacial dehors.

– C'est vrai. Nous n'avons pas eu beaucoup d'automne cette année, dit Nick.

– Je n'ai même pas le souvenir d'avoir vu les arbres prendre leurs teintes automnales.

De toute façon, se dit-elle, elle n'aurait pas été en mesure d'en apprécier la beauté.

Ils regardent à droite et à gauche, attendant que la chaussée se dégage, avant de traverser Cambridge Street d'un pas rapide en direction de l'auvent noir et blanc que Valerie a déjà vu plusieurs fois en passant sans vraiment le remarquer. Alors que Nick lui ouvre la porte, un moustachu corpulent, exactement le genre de personnage par lequel on s'attend à être accueilli dans un restaurant qui s'appelle Chez Antonio, s'exclame d'une voix de stentor :

– Dr Russo, mon ami ! Où aviez-vous disparu ?

Nick éclate de rire.

– Disparu ? Je suis venu pas plus tard que la semaine dernière.

L'homme réfléchit un instant.

– Ah oui, c'est vrai, répond-il avec un regard circonspect à Valerie.

Elle en éprouve une nervosité un brin coupable qui se dissipe quand Nick intervient :

– Je vous présente Valerie, mon amie. Valerie, voici Tony.

Elle apprécie la simplicité des présentations, l'honnêteté qui s'en dégage ; après tout, c'est la vérité, se dit-elle. Ils sont amis. Enfin, presque.

156

– Je voulais faire connaître à Valerie le meilleur italien de la ville, explique Nick.

– De la ville ?

– Du monde, se corrige-t-il.

– Je préfère ça. Une table pour deux ! s'exclame Tony qui frotte l'une contre l'autre ses mains larges comme des battoirs.

– Non, je ne peux pas rester, l'arrête Nick. Pas ce soir.

– Allez, insiste le patron – et Valerie pense comme lui. Un verre de vin ? Un peu de bruschettas ?

Nick hésita et soulève sa manche pour consulter sa montre – un modèle imposant à affichage digital avec des tas de boutons sur le côté. Elle l'a déjà remarquée à l'hôpital, l'imaginant en train de la régler avant le jogging matinal qu'il s'impose à coup sûr chaque jour, même en plein hiver.

– Voilà ce qui s'appelle me prendre par les sentiments, plaisante-t-il, jetant un coup d'œil dans la salle à l'éclairage tamisé. Et en plus, ma table est libre.

– Évidemment ! Nous l'avons gardée pour vous ! claironne Tony avec un clin d'œil à Valerie comme si elle était déjà une habituée, puis il les conduit à une table de deux couverts dans un angle.

Il tire le fauteuil pour Valerie, lui tend un grand menu plastifié et propose de prendre son manteau.

– Merci, mais je préfère le garder, dit-elle, comme elle a encore froid.

Elle regarde les lèvres de Tony bouger, tandis qu'il lui débite les offres du jour comme une mitraillette ; mais elle peine à suivre, déconcentrée par Nick, qui consulte discrètement son BlackBerry. Elle imagine les mots à l'écran : « Où es-tu ? » ou peut-être « Quand rentres-tu ? » *Ses affaires ne te concernent pas*, se réprimande-t-elle, décision bien commode, avant d'opter pour un verre de chianti sur les conseils de Tony.

– Et vous, docteur ? demande celui-ci, attendant la commande de Nick.

– La même chose.

Tony tourne les talons et Valerie pose les avant-bras sur le plateau en verre de la table, se remémorant la mise en garde pontifiante du seul avocat avec lequel elle soit jamais sortie : il ne faut jamais commander de vin dans un restaurant avec des nappes à carreaux, des serviettes en papier ou des menus plastifiés. Vingt minutes s'étaient écoulées depuis le début de leur rendez-vous lorsqu'elle avait décidé qu'il n'y en aurait pas d'autre.

– Vous voyez, vous êtes d'humeur à boire du vin finalement, fait remarquer Nick.

Elle le regarde avec perplexité.

– Quand vous avez laissé le panier, précise-t-il avec un sourire entendu, vous disiez que vous n'étiez pas d'humeur à boire du vin.

– Ah oui, dit-elle, essayant de se détendre, ou tout au moins d'en donner l'impression. Eh bien, j'imagine que je le suis maintenant.

Nick semble réfléchir à la question, se tourne dans son fauteuil pour l'observer sous un angle différent. Puis il s'éclaircit la gorge.

– Pourquoi avez-vous fait ça ? demande-t-il.

– Quoi donc ?

– Laissé le panier.

Valerie déglutit et choisit ses mots avec soin.

– Je ne fais pas vraiment… confiance aux femmes qui l'ont apporté.

Il hoche la tête, comme si cette réponse était d'une logique imparable, et la surprend un peu plus encore :

– Moi non plus, lui confie-t-il. En me rendant à la salle d'attente, je les ai croisées dans le couloir, précise-t-il devant son air interdit. J'ai eu une brève conversation avec elles.

– Alors vous les connaissez ?

– Oui, je les connais, confirme-t-il, pianotant sur la table.

Valerie manque lui demander comment mais s'en abstient, présumant que le lien doit être sa femme. Elle ne veut pas s'engager dans cette voie, craignant de l'embarrasser et de casser l'élan de leur amitié naissante, ce qui pourrait sous-entendre une intention pas vraiment pure. Elle veut croire qu'une amitié véritable est possible. Une amitié qui se poursuivrait au-delà du séjour de Charlie à l'hôpital. Cela fait longtemps qu'elle n'a pas forgé un lien sincère avec quelqu'un – si longtemps qu'elle avait renoncé à cette idée. Jason lui reproche sans cesse de ne pas faire davantage d'effort, mais à son avis ce n'est pas vraiment une question d'effort. C'est plus le fait d'être une mère célibataire qui travaille, prisonnière d'un no man's land. Jamais elle ne s'intégrerait à la communauté des mères au foyer qui peuplent Wellesley, et le temps lui manque pour se lier avec ses collègues sans enfants au cabinet. La plupart du temps, cette situation lui convient de toute façon, tout comme elle s'est accommodée de la cassure avec Laurel et ses anciennes copines de lycée. Jusqu'ici, le train-train quotidien l'a empêchée de s'appesantir sur ce qui manque à sa vie. Et maintenant qu'elle l'entrevoit – le bonheur d'une entente mutuelle sincère, la tension grisante entre le familier et l'inconnu –, elle le convoite avec un désir si intense qu'elle en a le souffle coupé.

Par chance, Nick ne semble rien remarquer et lui sourit avec un air de connivence comme s'il s'agissait d'une blague entre eux. Il continue sur sa lancée :

– Et même si je ne les connaissais pas, je connais leur genre.

Valerie se penche vers lui. Elle meurt d'envie d'avoir la confirmation qu'ils sont sur la même longueur d'onde dans leurs observations et leur vision circonspecte du monde.

– Et quel est leur genre ?

– Voyons voir, dit-il en se massant la mâchoire. Super-
ficiel. Artificiel. Mouton de Panurge. Elles se préoccupent
davantage de l'effet qu'elles produisent sur les autres que de
leur véritable personnalité. Elles s'épuisent dans la recherche
de futilités.

– Exactement, approuve-t-elle, ravie de la perfection
avec laquelle il a cerné son impression sur Romy et April.
À mon avis, lui confie-t-elle ensuite en toute franchise, elles
ont peur que je porte plainte. Surtout si elles savent que je
suis avocate.

– Oh ! je suis sûr qu'elles ont fait une enquête approfon-
die sur vous.

– Ah bon ?

– À quoi d'autre occuperaient-elles leur temps ? ironise-
t-il, son regard plongé dans le sien.

– Alors vous connaissez toute l'histoire ? demande Valerie, qui soutient son regard. Vous savez… comment c'est
arrivé ?

Il hoche la tête.

– Oui, je sais.

Elle comprend qu'il ne s'agit pas des renseignements de
base qu'il a rassemblés dans son activité de chirurgien, les
faits dont il a eu besoin lors de l'admission de Charlie. Il
parle de la négligence qui en est à l'origine, des rumeurs qui
ne manquent pas de circuler, elle en a la certitude, dans
cette communauté élitiste.

La confirmation ne se fait pas attendre.

– Boston est parfois une petite ville, vous savez, fait-il
remarquer.

Elle approuve d'un hochement de tête, le cœur débordant
d'affection pure pour son honnêteté. Pas le moindre penchant pour la compromission chez cet homme.

– Alors, vous allez le faire ? demande-t-il

– Quoi donc ?

– Porter plainte.

De la tête, elle fait signe que non, tandis que Tony revient avec le vin et la bruschetta. Il s'empresse de repartir, semblant comprendre qu'ils ont une conversation sérieuse et privée. Ils entrechoquent leurs verres et boivent la première gorgée, les yeux dans les yeux, mais sans commentaire bateau.

Nick baisse son verre.

– À votre place, j'en serais capable. Ces gens n'auraient que ce qu'ils méritent. Il faut être abruti pour laisser de jeunes enfants jouer autour d'un feu comme ça.

– Je ne vous le fais pas dire. Je l'ai envisagé, vous savez, dit-elle, les mâchoires crispées, s'efforçant de réprimer la bouffée de colère empoisonnée qu'elle a laissée remonter à la surface ce matin. Mais ça n'aiderait pas Charlie. Ça ne servirait à rien.

– Je sais.

Tous deux boivent une longue gorgée de vin.

– Et puis… ce n'est pas mon style, termine-t-elle après un silence.

– Je le sais aussi, dit Nick comme s'ils étaient amis depuis très longtemps.

Conjugué au vin sur son estomac vide, le sourire rayonnant qu'il lui décoche alors lui donne le vertige.

Sans la quitter des yeux, il désigne le plat de bruschettas.

– Allez-y, servez-vous.

Valerie lui rend son sourire et dépose deux tranches de pain grillé dans son assiette, reconnaissante de cette distraction. Pourvu qu'il n'ait pas conscience de l'effet qu'il produit sur elle.

– À mon avis, dit-elle après lui avoir passé le plat, reprenant le cours de ses pensées, le fait que je sois une mère célibataire n'arrange pas mon cas dans leur esprit.

– Que voulez-vous dire ?

Elle hausse les épaules, cherchant les mots qui décriront le mieux sa conviction qu'être célibataire – être différente

161

tout simplement – est un obstacle à l'amitié, au moins entre femmes. Depuis l'école primaire, elle est profondément consciente que les filles cherchent à se lier avec leurs exactes semblables, ou au moins celles qu'elles aspirent à devenir.

– Je ne sais pas, répond-elle, admirant l'artistique harmonie de tomate, basilic, ail et oignon, le tout doré à point. Je pense que les gens s'imaginent... vous comprenez... que les mères célibataires ont besoin d'argent... ou qu'elles pourraient être... plus opportunistes.

Valerie lève les yeux et voit la grimace de Nick, qui ne semble pas approuver sa théorie.

– Avez-vous été mariée... à un moment ?

Elle fait non de la tête en avalant sa première bouchée de bruschetta.

– Hum, c'est délicieux. Et les ingrédients sont frais.

– Désolé, dit-il avec un regard d'excuse, je n'aurais pas dû vous poser cette question. Votre vie ne me regarde pas.

Il baisse les yeux sur son assiette, comme pour lui assurer qu'il n'y aura plus d'autres questions. Valerie sait qu'elle tient sa porte de sortie et, un instant, elle obéit à son instinct habituel, qui consiste à garder le silence sur sa vie privée. Puis elle boit une longue gorgée de vin et pèse ses mots.

– Non. Je n'ai jamais été mariée. Le père de Charlie n'a jamais été présent... Il s'appelle Lion... un prénom qui devrait mettre la puce à l'oreille, n'est-ce pas ? ironise-t-elle avec un sourire qui autorise Nick à le lui rendre. C'est un artiste. Un artiste doué. Je croyais être amoureuse. Il m'avait dit qu'il l'était, et je l'ai cru. Mais pour finir, ça n'a pas marché, explique-t-elle avec un rire nerveux. Plus précisément, il a disparu de ma vie juste au moment où j'ai su que j'étais enceinte. Il n'a jamais vu son fils. Autant que je sache, il ne sait même pas qu'il en a un. Bien que parfois je trouve cela très difficile à croire. Qu'aucun de ses amis ne m'ait jamais vue avec un enfant. Un enfant qui a ses cheveux bouclés. Le même visage en forme de cœur.

162

C'est plus qu'elle n'en a jamais révélé sur sa vie et elle se sent comme vidée par tant de confidences, soulagée aussi. Elle sent les yeux de Nick posés sur elle et trouve le courage de croiser son regard.

– Savez-vous où il se trouve aujourd'hui ? demande-t-il.

Elle sirote son vin.

– J'ai entendu dire qu'il s'était installé sur la côte Ouest… mais je n'ai jamais essayé de le retrouver. Je suis sûre que j'y parviendrais pourtant… Il a sûrement des expositions… C'est juste que… je n'en vois pas l'utilité. J'ai toujours été persuadée que c'était mieux ainsi pour Charlie.

– Vous n'avez pas dû avoir la vie facile, dit Nick avec douceur.

Il y a de la chaleur et de la compréhension dans ses yeux, mais pas une once de pitié.

– C'est vrai, admet-elle.

– Encore aujourd'hui ?

Elle soutient son regard, pensant au soir de l'accident, à l'angoisse et à la solitude qu'elle a éprouvées, malgré Jason.

– Parfois. Mais pas en ce moment.

Il lui décoche un nouveau sourire radieux qui fait bondir son cœur.

– Je suis heureux de l'apprendre.

Après un coup d'œil à sa montre, il suggère de commander à dîner.

– Ne deviez-vous pas partir ? proteste-t-elle sans conviction.

– J'ai encore un peu de temps, répond-il en faisant signe à Tony. Je vous assure, vous allez adorer leurs raviolis aux épinards.

15
Tessa

Alors que j'accroche le caban bleu marine de Frank et le châle en laine rose de Ruby au portemanteau du vestiaire, Nick entre en coup de vent par la porte latérale comme s'il espérait gagner quelques secondes sur son retard de deux heures. Nous ne nous sommes rien dit de toute la journée, à l'exception de trois messages. Dans le premier, je lui demandais à quelle heure il comptait rentrer. Le deuxième, laissé sur ma boîte vocale, m'apprenait qu'il serait de retour à temps pour coucher les enfants. Et le troisième, un texto, m'informait qu'il rentrerait plus tard que prévu. Par chance, je n'avais fait aucune promesse aux enfants, sachant d'expérience que c'était là une entreprise risquée.

— Je suis vraiment désolé d'arriver si tard, m'assure-t-il ardemment en m'embrassant.

Ses lèvres atterrissent à gauche des miennes. À la deuxième tentative, nos bouches se joignent, et à cet instant, j'ai la désagréable impression qu'il n'était pas au travail lorsqu'il m'a envoyé ce dernier message.

D'aucuns appelleraient cela l'intuition féminine, telle Cate, qui utilise le terme à tort et à travers, alors qu'en réalité elle veut simplement dire qu'elle n'est pas complètement aveugle et sourde, ou inconsciente d'un ensemble d'indices évidents comme, ce soir, une odeur piquante d'ail sur la peau et les vêtements de Nick, la ferveur de ses excuses et, par-dessus tout, la culpabilité dans son regard.

Que ce soit clair : il ne s'agit pas de la culpabilité d'un homme qui a trompé sa femme, ni même l'a envisagé. Je n'ai jamais eu cette inquiétude-là. Ce n'est pas non plus la culpabilité d'un homme penaud d'être un mauvais mari ordinaire… qui manque le match de foot de son fils, ne remarque pas la nouvelle coiffure de sa femme ou reçoit un message sur son pager au beau milieu d'un dîner d'anniversaire de mariage. Non, la culpabilité que trahit le visage de Nick en cet instant est plus subtile, mais indéniable. J'essaie d'en identifier la cause et l'observe du coin de l'œil, tout en feignant la nonchalance. J'en conclus que c'est la culpabilité de quelqu'un qui souhaiterait être ailleurs.

— Ce n'est pas grave, dis-je en le regardant dans les yeux.

J'espère me tromper, avoir mal interprété les indices, tiré les mauvaises conclusions. En réalité, si Nick est arrivé en catastrophe, c'est parce que je lui manquais. Ou qu'il était pressé qu'on se rabiboche après notre petit accrochage d'hier soir – même si, selon notre technique bien rodée, ledit rabibochage consiste à faire comme si rien ne s'était passé.

J'affiche donc la plus grande désinvolture dont je suis capable, chassant de ma voix et de mon expression toute trace d'accusation.

— Qu'est-ce qui t'a retenu ?

— Oh, tu sais, les trucs habituels, répond-il, le regard fuyant, avant d'entrer dans le salon avec son manteau encore sur le dos.

— Comme quoi ?

Je lui emboîte le pas et pense aux si nombreuses scènes de films où le mari s'arrête boire un verre dans un bar avant de rentrer. Il prend sa place habituelle au comptoir et abreuve de ses soucis le barman ou toute autre âme charitable qui a la patience de l'écouter. Ou, pire, il broie du noir seul dans son coin et garde tous ses soucis pour lui.

Nick aurait-il des soucis dont il éviterait de me parler ? me demandé-je soudain. En dehors du cadre des préoccupations classiques d'un chirurgien en pédiatrie ? Un soir de la semaine dernière me revient en mémoire. J'ai regardé par la fenêtre de notre chambre en entendant sa voiture s'engager dans l'allée. Après l'avoir garée, il est resté assis au volant, le regard dans le vague droit devant lui. Je l'ai observé un moment, me demandant s'il écoutait la fin d'une chanson ou était juste perdu dans ses pensées. En tout cas, il ne semblait pas pressé de rentrer. Et lorsqu'il s'est enfin décidé, cinq bonnes minutes plus tard, et que je lui ai demandé ce qu'il restait faire dehors, il a paru perplexe, comme s'il ne connaissait pas lui-même la réponse. C'est à ce même regard que j'ai droit maintenant.

Je reformule ma question de façon plus directe, consciente du risque que je prends.

– C'était comment Chez Antonio ?

Son silence est éloquent. Je détourne le regard, repérant au passage une toile d'araignée sur notre lustre, gênée pour lui – pour nous deux. Comme la fois où je l'ai surpris au milieu de la nuit allongé sur le canapé, le jean déboutonné et la main dans son caleçon, gémissant doucement. Alors que j'essayais de m'éclipser sur la pointe des pieds, j'ai trébuché sur un jouet de Ruby et nous avons été tous deux pris en flagrant délit. Il a ouvert les yeux et s'est pétrifié à ma vue sans rien dire. Le lendemain matin, quand il est descendu pour le petit déjeuner, je m'attendais à ce qu'il en plaisante. Mais non, pas un mot. L'idée que mon mari se masturbe ne me dérangeait pas, mais son silence m'a mise mal à l'aise. Je me sentais tenue à l'écart. Comme maintenant.

– C'était bien.

– Donc tu as déjà dîné ?

– Juste un morceau, s'empresse-t-il de répondre. J'avais envie de manger italien.

– Tu m'as rapporté quelque chose ?

J'espère qu'il a juste oublié de prendre le sac à emporter sur la banquette arrière. Je suis prête à abandonner toute ma théorie si seulement il me présente ce sac.

Il claque des doigts avec regret.

– J'aurais dû, désolé. Je me suis dit que tu aurais déjà dîné avec les enfants.

– En effet, dis-je. Mais je ne suis jamais contre un plat de Chez Antonio. Je pourrais déguster leurs raviolis en dessert.

– Aucun doute là-dessus, approuve-t-il en riant.

Puis, à l'évidence pressé de changer de sujet, il me demande comment s'est passée ma journée.

– Bien, réponds-je, essayant de me rappeler à quoi j'ai occupé les douze dernières heures.

J'ai un blanc : ce peut être bon ou mauvais signe, selon votre état d'esprit, votre vie du moment. Ce soir, j'ai nettement l'impression que c'est mauvais signe, à l'avenant de tout le reste.

– Et les enfants ? Ils ont leur compte ?

Voilà qui sent la question bateau à plein nez.

– Non, ils sont partis faire la bringue en ville, lui réponds-je avec un sourire, histoire d'adoucir mon sarcasme.

Nick en rit presque. Je lui retourne sa question.

– Et toi ? Comment était ta journée ?

Je réalise que ma mère a raison. C'est lui qui a des choses intéressantes à raconter. C'est lui qui a mieux à faire que de rentrer à la maison ce soir.

– La greffe s'est bien passée.

Cinq mots pour quatre heures d'intervention. Notre conversation passe en pilotage automatique.

– C'est vrai ? j'insiste, avide de détails, non pas pour le compte-rendu médical, mais parce que je veux qu'il ait envie de se confier à moi.

– Oui, comme sur des roulettes.

J'attends plusieurs secondes jusqu'à ce qu'il soit clair qu'il n'a rien de plus à offrir.

— April m'a dit qu'elle t'avait vu à l'hôpital.

Son visage s'anime soudain, presque farouche.

— En effet. Qu'est-ce qui leur a pris ?

— Elles ignoraient que l'opération avait lieu aujourd'hui.

Qu'est-ce qui me prend de chercher une excuse à Romy et April alors que, sur le fond, je suis d'accord avec Nick ?

— Quand bien même… ricane-t-il.

J'approuve d'un hochement de tête, ma façon de prendre son parti, espérant ainsi effacer la tension qui couve entre nous.

— À ce que j'ai entendu, elles ont apporté du vin, dis-je, les yeux au ciel.

— Non, mais quelle idée d'apporter du vin dans une salle d'attente !

— Et le matin, en prime.

Nick déboutonne son manteau, fait glisser les manches.

— Tu devrais couper les ponts avec elle, déclare-t-il d'un ton catégorique.

— Avec April ?

— Oui. Tu as mieux à faire de ton temps.

Comme être avec mon mari ? ai-je envie de rétorquer, mais je me retiens.

— Elle a ses bons côtés. Je suis persuadée qu'elle essayait juste d'aider.

— Aider qui ? Son amie coupable de négligence ?

Je hausse les épaules sans conviction, tandis qu'il continue sur sa lancée.

— Ces gens mériteraient de se faire traîner en justice.

— Tu crois que c'est une possibilité ?

— Sûrement pas.

— La mère de l'enfant en a discuté avec toi ? lui demandé-je, intriguée par son implication personnelle.

— Non, pas du tout, répond-il avec brusquerie.

– Nous le ferions, nous ? Tu le ferais ?

– Peut-être.

C'est son côté vindicatif qui ressort ici, une facette de son tempérament que je n'apprécie guère mais admire pourtant, tout comme son mauvais caractère, son opiniâtreté aveugle et son esprit de compétition sans bornes – la marque d'un chirurgien hors pair, le fondement même de sa personnalité.

– Je pourrais porter plainte rien qu'à cause de cette bouteille de vin, continue-t-il. Et ce regard qu'avait cette... Comment s'appelle-t-elle déjà ? Remy ?

– Romy, je le corrige, sidérée que cet homme connaisse par cœur le nom du moindre petit muscle ou os du corps humain, sans parler d'une infinité de termes latins médicaux, sans réussir à mémoriser quelques noms.

Il continue sur sa lancée, comme pour lui-même.

– Et ce sourire hypocrite... Je sortais à peine d'une intervention éreintante et la voilà, tout sucre et tout miel, qui me branche sur les écoles privées.

– Oui... April a dit qu'elle allait écrire une lettre pour nous.

– Et puis quoi encore ? Pas question. Sa lettre, elle peut se la garder. Je ne veux même pas que Ruby fréquente ce genre de personnes.

Le sentiment d'abandon qui oppresse ma poitrine commence à céder le pas à la frustration et à la colère.

– Il ne faut pas non plus généraliser. C'est peut-être exagéré.

– Peut-être. Peut-être pas. Nous verrons.

– Nous verrons ? je répète. Tu veux dire que tu vas t'y intéresser ?

– Bien sûr, absolument. Je t'ai dit que je le ferais.

– As-tu jeté un coup d'œil au dossier d'inscription aujourd'hui ?

J'ai conscience que ce n'est pas ce fichu dossier qui

m'importe. Ce dont je parle, c'est de son implication dans notre vie familiale.

L'œil noir, Nick prononce mon prénom comme il le fait avec Ruby après lui avoir demandé pour la dixième fois de se brosser les dents. Ou, plus souvent, quand il m'a entendue lui demander pour la dixième fois de se brosser les dents.

– Quoi ?

– As-tu idée de la journée que je viens de passer ? J'ai reconstruit la joue d'un enfant, enchaîne-t-il sans attendre ma réponse. Je n'ai pas eu le temps de m'occuper d'une inscription au cours préparatoire !

– Mais tu as eu le temps de dîner Chez Antonio ? rétorqué-je du tac-au-tac, sautant les étapes intermédiaires de l'énervement pour passer directement à la colère que je sens monter en moi.

Nick se lève d'un bond.

– Je vais prendre une douche.

– C'est trop facile, lancé-je à son dos.

Il se retourne d'un bloc et me foudroie du regard.

– Pourquoi fais-tu ça, Tess ? Pourquoi crées-tu des problèmes ?

– Pourquoi ne veux-tu pas rentrer à la maison ?

Je m'attends à ce qu'il se radoucisse. Qu'il me dise que je suis ridicule.

Mais il se contente d'un haussement d'épaules.

– Ma foi, je n'en sais rien, réplique-t-il d'un ton sarcastique. Peut-être parce que tu as le chic pour rendre la vie tellement agréable ici !

– Tu es sérieux ? Je ne fais que ça, essayer de te rendre la vie agréable. La tienne, la nôtre. Tu n'as pas idée des efforts que je fais ! je crie d'une voix tremblante, tandis que ma journée me revient par flashs avec une netteté fulgurante.

Les courses. Le téléchargement des photos. La cuisine. Les enfants. Toutes ces tâches que j'accomplis pour notre famille.

– Eh bien, tu devrais peut-être essayer d'en faire moins. Parce que, quoi que tu fasses, ma pauvre Tess, ça n'a pas vraiment l'air de marcher.

Sa voix trahit sa colère, mais elle est aussi ferme et contrôlée que ses mains lors d'une opération. Avec un dernier regard dédaigneux, il tourne les talons et disparaît à l'étage. Quelques instants plus tard, j'entends le jet de la douche – où il reste réfugié très longtemps.

16
Valerie

– Vous êtes médecin, vous aussi ?

La voix forte tire Valerie de ses pensées. C'est vrai, elle se trouve toujours Chez Antonio à attendre les lasagnes de Jason, que d'ailleurs elle aurait oublié de commander sans le rappel de Nick après leur dîner, au moment de son départ.

Elle lève la tête et sourit à Tony, planté près de sa table.

– Médecin ? Non, s'empresse-t-elle de le détromper, comme si cette idée était ridicule.

En fait, elle l'est. L'unique zéro de sa vie, elle l'a eu au lycée en cours de biologie, lorsqu'elle a refusé catégoriquement de disséquer le fœtus de porc que son partenaire de laboratoire et joueur dans l'équipe de foot s'entêtait à vouloir surnommer Wilbur. Elle se souvient encore de l'odeur de formol qui lui donnait mal au cœur et des papilles duveteuses sur la langue rose pâle de l'animal.

Tony retente sa chance.

– Infirmière, alors ?

Il vient à l'esprit de Valerie qu'il lui suffirait de répondre « avocate » pour couper court à cet interrogatoire, mais elle sait que le restaurateur est curieux de son lien avec Nick et, le vin aidant, elle a baissé sa garde habituelle. Et puis il y a chez Tony un côté ouvert et affable qui l'incite à la confidence.

172

– Mon fils est hospitalisé à Shriners, dit-elle avec un signe du menton en direction de l'hôpital.

– Oh… dit-il doucement avec une soudaine gravité.

Il secoue la tête avec regret, et Valerie se demande si ce n'est pas en partie parce qu'il s'en veut de sa question qui a fait dérailler leur simple conversation de la politesse vers un terrain plus sombre.

– Comment va-t-il ?

Valerie sourit et s'emploie de son mieux à le mettre à l'aise : un bon entraînement pour une conversation qui se répétera encore et encore, elle le sait, durant les mois à venir.

– Il s'accroche. Il a déjà eu deux opérations pour l'instant…

Elle se tait, mal à l'aise, et s'arrache un sourire, ne sachant que dire d'autre.

Tony se balance d'un pied sur l'autre, puis se penche pour rectifier la position de l'ensemble salière-poivrière sur la table voisine.

– Le Dr Russo est son chirurgien ?

– Oui, répond-elle non sans une certaine fierté, comme si cela rejaillissait sur la qualité de l'éducation qu'elle donne à son fils.

Rien que le meilleur pour Charlie.

Tony attend à l'évidence qu'elle continue, alors elle entre dans les détails.

– Une greffe à la main. Et l'autre à la joue. Ce matin.

Valerie touche la sienne avec un sursaut d'angoisse, le premier depuis qu'elle a laissé Charlie voici presque deux heures. Elle jette un regard à son portable à l'endroit sur la table, le volume de la sonnerie au maximum. Est-il possible qu'elle ait manqué un appel de Jason ? Mais elle ne voit que l'écran de veille rassurant, une route déserte qui serpente dans les grands espaces sous un ciel bleu azur parsemé de nuages blancs floconneux et qui disparaît dans le lointain.

– Alors vous le savez maintenant, reprend Tony. Le Dr Russo est le meilleur. Votre fils et vous ne pouviez pas mieux tomber.

Il s'est exprimé avec tant que fougue qu'elle se demande s'il a déjà une expérience personnelle avec des patients ou leurs parents.

– Et il est si modeste, continue-t-il avec déférence. Mais les infirmières qui viennent ici m'ont toutes parlé de ses brillants états de service, de tous ces enfants qu'il a sauvés... Avez-vous entendu parler de la petite fille de l'avion ? Le crash dans le Maine ? Son père était un grand ponte de la télé. C'est passé aux informations, il y a deux ans environ.

Valerie fait non de la tête, réalisant que plus jamais elle n'aura le luxe d'ignorer cette histoire.

– C'était un de ces petits monomoteurs, voyez-vous. Ils se rendaient à un mariage... toute la famille... et l'avion s'est écrasé à peine à cinq cents mètres de la piste, juste après le décollage. Il est tombé dans un remblai et tous les passagers, sauf la petite fille, sont morts sur le coup dans les flammes, à cause des brûlures ou de l'inhalation de fumée. Le pilote, les parents et les trois grands frères. Un accident tragique, conclut-il, la mine sombre.

– Et la petite fille ?

– La pauvre s'est retrouvée orpheline. Seule au monde. Mais elle a survécu. La petite miraculée, l'appelaient les infirmières.

– Ses brûlures étaient-elles graves ?

La jambe de Valerie s'agite sous la table avec nervosité.

– Oui, vraiment très graves. Quatre-vingts pour cent de son corps, ou quelque chose d'approchant.

Une boule se forme dans la gorge de la jeune femme. *Quatre-vingts pour cent.* Charlie ne s'en tire encore pas trop mal. Son état aurait pu être bien plus grave.

– Combien de temps est-elle restée à l'hôpital ? demande-t-elle, la gorge sèche.

174

Tony hausse les épaules.

– Mon Dieu, longtemps. Des mois et des mois. Peut-être même un an.

Valerie hoche la tête, le cœur brisé à la pensée de cet accident dont l'horreur dépasse l'entendement. Alors qu'elle commence à imaginer les flammes qui dévorent la carcasse de l'avion avec tous ces gens à l'intérieur, elle ferme brusquement les yeux pour empêcher cette vision infernale de l'assaillir.

– Ça va ? s'inquiète Tony qui s'est rapproché.

Les mains jointes, la tête baissée, il émane de lui une grâce étonnante pour un homme si trapu et costaud.

– Je n'aurais pas dû… C'était indélicat de ma part.

– Ce n'est pas grave. Nous avons beaucoup de chance en comparaison, répond Valerie.

Elle boit sa dernière gorgée de vin, quand un cuisinier émerge des cuisines avec un sac à emporter.

– Lasagnes et salade maison !

– Merci, dit-elle, tendant le bras vers son sac à main.

Tony lève les mains.

– Non, non, je vous en prie, cadeau de la maison. Revenez nous voir, d'accord ?

Elle veut d'abord protester, puis se ravise et le remercie d'un signe de tête.

– D'accord, avec plaisir.

Valerie entre dans la chambre et trouve Charlie dans la même position qu'à son départ.

– Comment va-t-il ? demande-t-elle à Jason.

– Il dort encore. Il ne s'est même pas réveillé pendant le changement de pansement, répond son frère.

– Bien.

Charlie a besoin de repos et chaque minute de sommeil est une minute où il ne souffre pas, même si elle trouve parfois que ses cauchemars sont pires que tout. D'un geste du pied, elle enlève ses chaussures et enfile ses pantoufles, un de ses rituels du soir.

— Alors ? s'enquiert Jason. C'était comment ?

Elle n'en revient pas que le temps ait passé si vite. Et que ce moment avec Nick ait été si agréable et détendu.

— Sympa, répond-elle à voix basse. Nous avons bien discuté.

— Je parlais de la cuisine, fait remarquer Jason, qui hausse les sourcils. Pas de la compagnie.

— La cuisine était délicieuse. Tiens.

Elle lui tend le sac, tandis qu'il marmonne entre ses dents.

— Pardon ?

— Je disais… j'ai l'impression que quelqu'un a le béguin pour le Dr Bellissimus, répète-t-il, distinctement cette fois.

Elle se lève pour fermer les stores.

— Le Dr Bellissimus ? Serait-ce un nouveau mot d'argot que je ne connaîtrais pas ?

— Beau petit lot, si tu préfères. Un vrai canon, quoi, insiste-t-il avec un clin d'œil, amusé de son rire nerveux.

Valerie lève les yeux au ciel.

— Dis donc, j'ai l'impression que c'est plutôt toi qui as le béguin.

Jason hausse les épaules.

— C'est vrai qu'il est craquant. Mais je ne le nie pas avec autant de véhémence.

— Je ne m'intéresse pas aux hommes mariés, affirme-t-elle d'un ton catégorique.

— Je n'ai pas dit que tu t'intéressais à lui, objecte Jason. J'ai juste dit que tu avais le béguin, nuance.

— Mais pas du tout.

Elle réalise qu'elle est peut-être trop sur la défensive, qu'elle ne devrait pas protester avant tant de vigueur – d'autant que les beaux mecs sont un sujet de plaisanterie fréquent entre Jason et elle, comme son voisin d'en face qui tond parfois sa pelouse torse nu. Celui-là est célibataire, mais d'autres sont mariés.

Jason ouvre le sac, hume son contenu et hoche la tête avec approbation.

— De quoi avez-vous donc parlé tout ce temps ?

— De plein de choses.

Elle n'a pas encore raconté à Jason l'histoire du panier et s'apprête à le faire maintenant, mais elle se sent soudain vidée de toute énergie. Cela attendra demain matin.

— Le travail. Ses enfants. L'école de Charlie. Et plein d'autres trucs.

— Tu as mentionné dans la conversation qu'il était canon ?

— Ne commence pas.

— Ne commence pas, toi, riposte-t-il. Attention, sœurette, craquer pour un Baldwin comme lui, c'est s'engager sur un terrain glissant.

— Arrête de dire n'importe quoi, le gronde-t-elle gentiment, amusée par l'expression.

C'est vrai qu'il y a eu un temps où elle craquait pour William – enfin, celui des frères Baldwin qui jouait dans *L'Expérience interdite* – et que Nick a une légère ressemblance avec lui. Malheureusement pour elle, pense-t-elle, tandis que son frère attaque ses lasagnes. Nick a même de plus beaux yeux.

17
Tessa

– Tess ? murmure Nick d'une voix tendre, quand il se décide enfin à me rejoindre au lit peu après 1 heure du matin.

Une bouffée de soulagement m'envahit, de l'entendre prononcer mon prénom ainsi.

– Oui ? lui réponds-je sur le même ton.

Il prend plusieurs longues inspirations, comme s'il cherchait ses mots et je manque remplir le silence par une question sur le fond de sa pensée. Mais je me force à attendre, pressentant que ses prochaines paroles seront édifiantes.

– Je suis désolé, finit-il par dire, m'attirant contre lui au creux de ses bras.

Même sans cette étreinte, je sais qu'il est sincère cette fois. Contrairement à ses excuses pour son retard, il n'y a rien de forcé ou de mécanique dans sa voix.

– Désolé pour quoi ? demandé-je dans un souffle, les paupières toujours closes.

D'ordinaire, c'est une question passive-agressive, mais ce soir elle vient du fond du cœur. Je veux vraiment savoir.

– Pour ce que je t'ai dit. Ce n'est pas vrai, répond-il avant d'inspirer à nouveau profondément deux ou trois fois et d'expirer par le nez. Tu es une mère formidable. Une épouse formidable.

Il m'embrasse dans le cou, juste sous l'oreille, et me serre plus fort, tout son corps plaqué contre le mien. Ça a toujours été sa façon de se faire pardonner : l'action plutôt que les mots ; et bien que j'aie critiqué cette approche et m'y sois opposée par le passé, ce soir je n'y vois pas d'inconvénient. Je rentre même dans son jeu en me cambrant contre lui. Je fais de mon mieux pour le croire et chasser mes doutes sur notre relation. Je me dis que Nick a toujours été un peu soupe au lait, prompt à prononcer des paroles blessantes qu'il regrette ensuite et ne pense pas vraiment. D'un autre côté, je ne peux m'empêcher de me demander si elles ne recèleraient pas une petite part de vérité.

— Alors, pourquoi m'as-tu dit ça ? je murmure entre ses baisers et quelques-uns des miens. Pourquoi as-tu dit que ça ne marchait pas ?

Il me vient à l'esprit que l'un n'exclut pas l'autre. Je peux être une épouse et une mère formidables, et notre couple peut être en train de se fissurer.

— Je ne sais pas… J'ai juste tendance à m'énerver parfois, répond-il, baissant mon jogging avec une fébrilité grandissante.

J'essaie de résister à son assaut, ne serait-ce que pour clore notre conversation, mais je me sens céder au désir qui me submerge. Un désir irrépressible, comme au début de notre relation, quand nous rentrions de la fac en quatrième vitesse pour être ensemble et faire l'amour deux ou trois fois par nuit. Une fièvre que je n'ai pas ressentie depuis bien longtemps.

— Je veux que tu sois heureuse, dit Nick.

— Je suis heureuse.

— Alors, ne cherche pas les problèmes.

— Je ne le fais pas.

— Si, parfois.

Je médite la question et considère toutes les autres façons dont j'aurais pu l'accueillir ce soir. Peut-être est-ce de ma faute. Peut-être ai-je vraiment tendance à chercher les problèmes, comme ces femmes au foyer que j'accusais avant de faire des histoires dans le seul but d'atténuer la monotonie de leurs journées. Peut-être qu'il y a un vide dans ma vie et que je compte sur lui pour le combler. Peut-être avait-il vraiment juste envie de manger italien ce soir.

– Allez, Tess, ne sois plus fâchée contre moi...

Il fait glisser son bas de pyjama et remonte mon T-shirt sans prendre la peine de me l'enlever. Il capture mes lèvres avec fougue et entre en moi comme pour faire pénitence. J'accueille son baiser avec la même fièvre, le cœur au grand galop, les jambes enroulées autour de sa taille. Tout le temps, je me dis que je le fais parce que je l'aime. Et non parce que je veux lui prouver quoi que ce soit.

Pourtant, quelques instants plus tard, quand je chavire et le sens faire de même, je m'entends murmurer : « Tu vois, Nick ? Ça marche. Ça marche. »

18
Valerie

Valerie regarde Charlie colorier avec application le dessin d'une lanterne d'Halloween. Il alterne entre un crayon orange pour la citrouille et un vert pour la tige, avec des traits soigneux et sûrs, sans dépasser. C'est une activité ennuyeuse pour un enfant de son âge, qui ne requiert pas la moindre créativité ; mais il semble comprendre que c'est bon pour sa main et exécute avec sérieux ce travail que lui a demandé son ergothérapeute.

– Charlie ?

Sans lui prêter attention, il dessine un chat noir en arrière-plan et exagère chaque moustache d'un long trait de crayon. Puis il examine son dessin sous différents angles, bougeant le papier au lieu de la tête.

Elle répète son prénom, voulant juste lui demander ce qu'il veut pour le déjeuner. Il finit par lever les yeux, mais ne dit rien et elle se demande quel est son état d'esprit. Quelques jours se sont écoulés depuis l'intervention. Et si elle s'est un peu accoutumée au masque qui lui couvre le visage, elle a encore du mal à déchiffrer ses expressions et à savoir ce qu'il pense.

– Je ne suis pas Charlie, finit-il par dire d'une voix caverneuse et théâtrale.

– Qui êtes-vous alors ? demande-t-elle, entrant dans son jeu.

– Un soldat des Forces impériales, répond-il sur un ton sinistre, davantage celui d'un adulte que d'un garçon de six ans.

Valerie sourit et ajoute une ligne à sa liste de repères : premiers aliments solides, première promenade dans les couloirs, première blague à ses dépens.

– Je n'ai même pas besoin de déguisement d'Halloween, ajoute-t-il à l'instant où Nick entre.

Le visage de Valerie s'éclaire et celui de Charlie aussi, elle en est sûre, même s'ils connaissent tous deux la raison de sa présence : vérifier la greffe et éliminer toute accumulation de fluide à l'aide d'une seringue. Ce geste est moins douloureux qu'il n'y paraît, à la fois grâce à la morphine que Charlie reçoit encore par intraveineuse et parce que les nerfs ne se sont pas encore développés dans le greffon ; mais il n'en reste pas moins désagréable. Toutefois, Nick parvient à les distraire l'un et l'autre, comme s'il s'agissait d'un aspect secondaire de sa visite.

– Pourquoi donc, mon grand ? demande-t-il. Pourquoi n'as-tu pas besoin de déguisement ?

– Parce que je porte déjà un masque, répond Charlie qui a retrouvé sa voix pointue de soprano.

Nick pouffe de rire.

– Bien vu.

– Je peux être soldat des Forces impériales ou momie.

– À ta place, je choisirais soldat des Forces impériales, lui conseille le médecin. Et moi, je serai Dark Vador.

« Tu ne peux pas te cacher éternellement, Luke », se rappelle Valerie. Et puis : « Je suis ton père. » Les deux seules citations de *La Guerre des étoiles* qu'elle connaît par cœur, à part « Que la force soit avec toi. »

– Tu as un costume de Dark Vador ? demande Charlie,

qui glisse un doigt sous son masque pour se gratter à l'implantation des cheveux.

– Non, mais je pourrais en trouver un, j'en suis sûr… Ou on pourrait faire semblant, ajoute-t-il, brandissant une arme imaginaire.

– Oui, on pourrait faire semblant.

L'émotion réchauffe le cœur de Valerie à la vue des sourires qu'ils échangent. Puis la voix de Charlie se fait sérieuse.

– Tu vas venir à la fête ?

Il fait référence à la fête d'Halloween organisée dans la salle de jeux au rez-de-chaussée. Tous les patients et leur famille y sont invités. Bien entendu, Charlie et elle ont prévu d'y assister, avec Jason et Rosemary.

– Mon chéri, Nick a deux enfants, tu sais. Je suis sûre qu'il les emmène chercher des bonbons, s'empresse-t-elle d'intervenir, tout en déballant le déguisement de Spiderman que Jason a acheté hier à Target, le seul qui remplissait les deux critères qu'elle lui avait imposés : pas de connotation d'horreur et un masque pouvant couvrir celui de Charlie.

– Je viendrai, la détrompe Nick. À quelle heure commence-t-elle ?

– À 16 heures, répond-elle à contrecœur, avec un regard qui, tout en exprimant sa gratitude, lui fait comprendre que cela dépasse ses obligations de chirurgien.

Elle se tourne vers lui et baisse la voix.

– Sincèrement, Nick, rien ne vous oblige à…

– Je viendrai, promis, assure-t-il, passant la main sur la brosse blonde qui commence à repousser sur le crâne rose de Charlie.

Valerie imagine la femme et les enfants de Nick l'attendant à la maison et sait qu'elle devrait de nouveau protester. Mais elle n'en fait rien et savoure la chaleur dans sa poitrine qui l'envahit peu à peu tout entière.

– C'est vraiment gentil à vous, dit-elle enfin.

Et elle en reste là.

Plus tard dans l'après-midi, pendant la sieste de Charlie, Valerie commence à avoir des scrupules : elle n'aurait pas dû accepter cette promesse faite par Nick sur un coup de tête et éprouve le besoin soudain de l'en dégager. Forte d'une expérience de plusieurs années de difficultés logistiques, elle est bien consciente qu'Halloween exige une organisation à deux parents : l'un qui reste à la maison pour distribuer les friandises et l'autre qui s'occupe du porte-à-porte avec les enfants. Il est donc fort probable que la femme de Nick tique sur sa décision d'assister à la fête de l'hôpital. Elle veut lui épargner cette bisbille conjugale et éviter la conversation gênante qui s'ensuivra si jamais il n'obtient pas gain de cause. Plus important, la perspective d'une promesse non tenue ou la moindre déception dans la vie de Charlie serait trop dure pour elle à supporter. Elle décide donc de recourir à une frappe préventive – une stratégie qu'elle ne connaît que trop bien.

Elle envisage d'abord d'attendre la prochaine visite de Nick, mais ressent l'urgence de régler le problème avant de changer à nouveau d'avis. Elle sort en hâte son BlackBerry de son sac et la carte de Nick de son portefeuille. Réprimant une bouffée de nervosité inexplicable, elle compose le numéro. *Pourvu qu'il décroche.*

Après la troisième sonnerie, il répond brusquement d'un ton impatient, comme s'il venait d'être interrompu au milieu d'un travail très important – et c'est probablement le cas.

Valerie hésite, regrettant soudain cet appel. Quelle mouche l'a piquée ? Elle vient d'aggraver la situation. D'accord, il lui a donné son numéro de portable, mais ce n'est pas pour autant qu'elle a le droit de s'en servir.

– Bonjour, Nick. C'est Valerie.

– Oh ! Bonjour, Valerie, répond-il d'un ton familier et amical. Tout va bien ?

– Euh… oui, tout va très bien.

Un bruit de fond lui parvient, qui ne ressemble pas à celui de l'hôpital et elle craint de le déranger en famille.

– Je tombe mal, peut-être ?

– Non, pas du tout. Que se passe-t-il ?

– Eh bien… je voulais juste… vous parler de la fête d'Halloween demain, bredouille-t-elle.

– À quel propos ?

– Écoutez, c'était très gentil à vous de dire à Charlie que vous viendriez, mais…

– Mais quoi ?

– C'est Halloween.

– Et alors ?

– Je suis sûre que vous êtes attendu ailleurs. Avec votre famille, vos enfants… Je me sens mal à l'aise à l'idée de…

– Vous sentiriez-vous mieux de savoir que je suis de service demain de toute façon ? lui demande-t-il. Alors, à moins que vous vouliez appeler le directeur du personnel pour lui dire qu'à votre avis je devrais être en congé demain…

– C'est vrai, vous êtes de service demain ?

Valerie arpente le couloir devant la chambre de Charlie, soulagée mais se sentant idiote d'avoir donné tant d'importance à cette fête. Comment ne lui est-il pas venu à l'esprit que Nick pouvait travailler demain de toute façon ? Que sa décision pouvait n'avoir rien à voir avec eux ?

– Val…

C'est la première fois qu'il utilise le diminutif de son prénom, et ça n'a pas échappé à Valerie qui ne peut s'empêcher d'apprécier.

– J'ai envie de venir. D'accord ?

La chaleur inonde à nouveau sa poitrine.

– D'accord.

185

– Et maintenant, si vous voulez bien m'excuser. Je suis en train d'acheter un costume de Dark Vador.

– Vous êtes tout excusé.

Un sourire aussi ridicule qu'incontrôlable illumine le visage de Valerie lorsqu'elle raccroche, tentant de son mieux de se cacher à elle-même la véritable raison de son appel.

19

Tessa

Les jours suivants, les dieux du mariage semblent régner sur notre foyer et la vie commence à reprendre des couleurs. Nick est un mari modèle : il appelle du travail juste pour dire bonjour, rentre à temps pour coucher les enfants et me prépare même à dîner un soir. Et pourtant ses efforts ne paraissent pas héroïques ou forcés. Non, il a simplement l'air impliqué, comme au diapason des biorythmes de notre famille, s'absorbant jusque dans les petits moments que j'ai parfois l'impression de gérer seule. En fait, il est si attentionné que je commencer à culpabiliser pour notre dispute – d'une certaine façon, c'est toujours un soulagement, ne serait-ce que parce que vous reprenez alors le contrôle de votre vie. Rachel et Cate, mes deux confidentes, sont d'avis que je suis au moins en partie responsable de notre mauvaise passe, pointant du doigt les hormones, l'ennui et un sentiment général de paranoïa – les séquelles de la maternité, plaisante Rachel.

Notre seul revers se produit le jour d'Halloween, en milieu d'après-midi, quand Nick appelle de l'hôpital pour m'annoncer qu'il ne pourra sans doute pas être de retour pour le porte-à-porte avec les enfants, et sera de toute façon absent à la réunion des voisins prévue auparavant chez April. Je me retiens de lui rappeler que, pour les enfants, Halloween

187

est le soir le plus sacré après Noël – peut-être même le premier pour Ruby, qui a un faible légendaire pour les sucreries – et que si j'essaie de ne pas souscrire à une éducation différenciée en fonction du sexe des parents, je suis d'avis qu'il incombe au père d'accompagner ses enfants pour la quête aux bonbons. Je choisis de rester positive et me concentre sur le fait qu'il a conduit Ruby à l'école ce matin ; de plus, il est resté filmer la parade costumée dans les couloirs de la garderie, puis est revenu passer un peu de temps avec Frank avant de partir au travail.

– Tout va bien ? lui demandé-je d'une voix posée, prête à le soutenir.

– Oui, oui. Il y a juste beaucoup à faire ici, répond-il, stressé et distrait, mais aussi déçu, une attitude qui atténue ma déception.

Puis il me demande si ça va aller sans lui pour la distribution des bonbons.

– Oui, je laisserai une réserve dans un saladier sur la terrasse. Nous ne serons pas partis longtemps. Pas de problème.

Non, ce n'est vraiment pas un problème, me dis-je en gravissant à pied avec Ruby et Frank la hauteur sur laquelle est perchée la maison d'April juste avant la tombée de la nuit. Je la trouve occupée à nouer un bouquet de ballons orange et noirs à sa boîte aux lettres. Je vois au premier coup d'œil qu'elle a déjà bu plusieurs verres de vin et me sens soudain d'humeur à en boire un moi aussi. Elle me souffle un baiser, puis s'extasie avec un enthousiasme bruyant ponctué de grands gestes sur les adorables Elmo et Sharpay.

– Merci.

Bon, d'accord, ils sont mignons, mais ses compliments sont comme bien souvent exagérés. Deux déguisements achetés en magasin ne sont pas non plus si mignons que ça : le premier est complètement prévisible, l'autre un brin vulgaire.

– Où est donc Nick ? s'étonne-t-elle avec des regards curieux à la ronde comme si elle s'attendait à le voir jaillir des buissons pour la surprendre.

– Il a dû rester travailler, lui annoncé-je avec le mélange de fierté et de regret qu'éprouve toute femme de chirurgien.

– Pas de bol, compatit-elle.

– Eh oui… que faire ? soupiré-je avec un haussement d'épaules.

Je lève les yeux vers sa maison et admire ses décorations de grande envergure : la rangée de corbeaux qui borde l'allée, les petits fantômes suspendus aux arbres et les lanternes en citrouille regroupées sur sa terrasse de devant. Je la complimente dans l'espoir de changer de sujet, ne serait-ce que pour Ruby et Frank. Inutile selon moi d'attirer l'attention sur l'absence de leur père.

– Merci ! s'exclame-t-elle. Il y a une maquilleuse dans le jardin. Et je me tâte pour savoir si je dois organiser le jeu des pommes dans l'eau. Tu ne trouve pas qu'il fait trop froid ? Que c'est trop de complications ?

– C'est vrai. Fais simple.

Autant conseiller à Madonna de rester discrète ou à Britney Spears de se montrer raisonnable dans ses relations amoureuses.

Je le lui dis, ce qui la fait rire. Puis elle glisse son bras sous le mien et m'avoue que je lui ai manqué ; d'après moi, ce qui lui a manqué, en réalité, c'est de parler d'autre chose que de l'histoire de Romy.

– Toi aussi, tu m'as manqué, lui réponds-je, contente, tandis que nous remontons l'allée.

Nous regardons Ruby et Frank saluer Olivia à grand renfort d'étreintes exubérantes, et nous éprouvons un élan de satisfaction d'avoir réussi à favoriser l'amitié entre nos enfants.

Ma bonne humeur dure toute l'heure suivante, tandis que je parle à droite et à gauche avec les amis et voisins des sujets habituels : l'année qui file si vite ; les enfants qui adorent tellement l'école ; oui, ce serait une bonne idée qu'ils se retrouvent bientôt pour jouer. Je m'emploie de mon mieux à ne pas penser à l'absence notable de Nick dans le groupe des pères rassemblés avec leurs chariots rouges remplis de sacs de bonbons pour leurs enfants et de bouteilles de bière pour eux-mêmes, même quand on me demande une bonne dizaine de fois où il est ce soir. Je devine que nombreux sont ceux qui pensent à Romy, mais seule Carly Brewster a le culot d'aborder le sujet de front. L'ironie veut que Carly soit parmi les femmes qui font le plus parler d'elles dans le quartier, la plus décriée aussi. Ancienne consultante diplômée de Wharton avec un MBA, elle semble s'ennuyer à mourir dans son rôle de mère au foyer avec quatre garçons. Du coup, elle compense en fourrant son nez dans les affaires de tout le monde et déclenche des conflits inutiles au sein de l'association des parents d'élèves ou des réunions des résidents du quartier. Au printemps dernier, elle avait même osé suggérer que le port d'une laisse devrait être obligatoire pour les chats...

Comme on peut s'y attendre, elle commence son interrogatoire sans avoir l'air d'y toucher, tout en faisant sauter son petit dernier avec maestria dans son porte-bébé Baby-Björn.

– Comment va donc ce petit garçon ? demande-t-elle, comme si l'histoire n'était plus qu'un vague souvenir dans son esprit. Celui qui s'est brûlé chez les Croft ?

– Bien, réponds-je, les yeux rivés sur la ligne de démarcation entre ses cheveux blond cendré et ses racines brunes.

– Votre mari est auprès de lui ce soir ?

– Je n'en sais rien. Je n'ai pas demandé.

Ma réponse est lourde de sous-entendus, mais je sais qu'elle ne saisira pas l'allusion.

Et comme on peut s'y attendre, elle inspire avec une emphase toute théâtrale et jette un regard soupçonneux à la ronde avant de me glisser dans un murmure complice :

– Mon mari travaille avec sa mère, Valerie Anderson, dans le même cabinet d'avocats. Figurez-vous, ajoute-t-elle avec un pétillement au fond des yeux, qu'elle n'est pas venue au cabinet depuis des semaines...

– Hum... je fais sans relever, avant de m'employer de mon mieux à ramener son attention vers ses propres enfants, l'unique sujet qui la passionne davantage que des conjectures sur le fils d'une autre. Comment vont les garçons ?

– De la folie ! répond-elle, les yeux au ciel, tandis que, sous son nez, le cadet déguisé en Winnie l'Ourson arrache un à un les chrysanthèmes des plates-bandes d'April.

À l'évidence, c'est une fervente adepte du principe « Mes enfants ne font jamais rien de mal », car elle le laisse poursuivre sa cueillette sans sourciller avec pour seul commentaire : « Eh oui, ce ne sont pas des garçons pour rien. »

Tout le contraire de mon Frank, me dis-je, *qui a pour habitude de me réclamer mon brillant à lèvres, joue avec les poupées de Ruby et m'a annoncé récemment qu'il veut devenir coiffeur quand il sera grand.* Je soumets ces détails à Carly, qui me gratifie d'un mouvement de tête compatissant.

– À votre place, je ne m'inquiéterais pas trop, commente-t-elle avec une intonation chantante.

L'implication est claire : je devrais m'inquiéter sérieusement.

J'observe Winnie l'Ourson qui piétine les pétales arrachés, laissant des traînées pourpres et rosées sur le dallage de l'allée, persuadée qu'il écrabouille les insectes avec le même zèle, et me dis que je préférerais avoir un fils gay plutôt que la machine de guerre dopée à la testostérone que son fils semble destiné à devenir.

– Et voici Porcinet, je présume ? dis-je avec un sourire

au nourrisson dans ses bras, vêtu d'une grenouillère à rayures rose vif et affublé d'un petit groin en guise de nez.

Elle confirme d'un hochement de tête.

— Il est adorable, murmuré-je.

— Il ne l'est pas à 3 heures du matin, je peux vous assurer, soupire-t-elle avec lassitude, arborant sa fatigue telle la croix de guerre. J'ai une nourrice, mais je me lève quand même toutes les deux heures pour l'allaiter. Alors, franchement, c'est dur.

— Je veux bien le croire.

Elle vient de réaliser l'exploit de se faire mousser deux fois en une seule phrase : elle est assez aisée pour se permettre d'embaucher une nourrice à domicile, mais n'en est pas moins une mère dévouée qui allaite son bébé.

— Mais ça en vaut tellement la peine... Avez-vous allaité ?

De quoi tu te mêles ? Il me vient à l'esprit de mentir comme je l'ai déjà fait à de nombreuses reprises par le passé. Mais je choisis de dire la vérité et me sens libérée de ne plus la cacher tel un honteux secret.

— Quelques semaines seulement. Ça ne marchait pas très bien de mon côté, alors j'ai arrêté. Tout le monde s'en est mieux porté.

— Lactation insuffisante ? demande-t-elle dans un souffle.

— Non. J'ai repris le travail, voilà tout... et pomper mon lait était trop fastidieux.

À cet instant, j'aperçois Ruby, qui pousse son frère de toutes ses forces par la fenêtre arrière d'une voiturette Cozy Coupé bleu lavande. Comme on peut l'imaginer, Frank hurle.

— Ruby ! Arrête toute de suite ! lui ordonné-je à travers la pelouse.

— C'est à mon tour ! me crie-t-elle, au bord de l'hystérie. Il ne veut pas me la prêter !

— Il a deux ans, et toi quatre.

— Deux ans, c'est assez grand pour partager !

Malheureusement, elle n'a pas tout à fait tort.

— Il vaut mieux que j'aille m'en occuper, dis-je à Carly, trop heureuse de pouvoir me défiler.

— C'est là qu'on aimerait que leur père soit là, n'est-ce pas ? me lance celle-ci avec son plus charmant sourire.

Traduction : « Ma vie est tellement plus belle que la vôtre. »

Plus tard ce soir-là, une fois les enfants endormis et les lumières de la terrasse éteintes, le sourire suffisant de Carly Brewster me revient à l'esprit. Résistant stoïquement à la tentation d'une barre chocolatée, je me demande si c'est moi qui me fais des idées : suis-je trop susceptible ou sur la défensive au sujet du métier de Nick, comme si j'y projetais mes propres insatisfactions ?

Cette femme n'est pas un cas unique, me dis-je.

Nous comparons toutes nos vies respectives. Nous savons quel mari travaille le plus, aide le plus à la maison, gagne le plus, est le plus porté sur la chose. Nos enfants ne sont pas mieux lotis : nous prenons note de ceux qui font leur nuit, mangent leurs légumes, ont de bonnes manières, fréquentent les meilleures écoles. Entre nous, rien ne nous échappe : celle qui tient le mieux sa maison, organise les plus belles fêtes, est la meilleure cuisinière, joue le mieux au tennis. Nous savons laquelle parmi nous est la plus intelligente, a le moins de rides, la plus jolie silhouette – naturelle ou artificielle. Nous savons qui travaille à plein temps, qui reste à la maison avec les enfants, qui réussit à tout mener de front avec une déconcertante facilité, qui fait les boutiques et déjeune au restaurant pendant que la nourrice se charge de tout. Toutes ces informations sont digérées, puis discutées entre amies. Comparaisons plus confidences, c'est notre technique, à nous, les femmes.

La différence entre nous réside, selon moi, dans la motivation qui nous anime. Agissons-nous ainsi afin de mesurer notre propre existence à cet étalon et de nous rassurer sur notre normalité ? Ou par esprit de compétition, toujours prêtes à nous réjouir des faiblesses des autres dans le seul but de gagner, ne serait-ce que par défaut ?

Le téléphone me sauve de mes pensées vagabondes et d'une barre chocolatée déballée. Je vois que c'est Nick et me précipite pour répondre.

— Bonsoir !

J'ai l'impression de ne pas lui avoir parlé depuis des jours.

— Bonsoir, chérie, me dit-il. Comment ça s'est passé ce soir ?

— On s'est bien amusés.

Je lui raconte les moments forts de la soirée : Frank qui n'arrêtait pas de dire « friandise ou friandise », Ruby qui lui rappelait de dire merci, sa fierté quand des grandes la complimentaient sur son déguisement.

— Mais bien sûr, ce n'était pas pareil sans toi. Tu nous as manqué.

— Vous m'avez manqué aussi, répond-il. Tous les trois.

Je croque le bout de la barre chocolatée, consciente qu'avec cette première bouchée fatale je suis déjà perdue.

— Tu rentres maintenant ?

— Bientôt.

— Dans combien de temps ?

— Pas longtemps. Mais ne m'attends pas...

J'avale ma bouchée avec la boule de déception et d'échec qui me noue la gorge, aussitôt tempérée par le soulagement coupable de n'avoir aucun témoin pour voir ma tête en cet instant. Je raccroche, finis la barre entamée et vais me coucher seule.

20

Valerie

Valerie comprend qu'elle est dans un drôle de pétrin le jour d'Halloween. Pas parce qu'elle sait au fond que si elle a appelé Nick, c'est en partie pour le simple plaisir d'entendre sa voix, mais aussi pour qu'il ait son numéro. Pas non plus parce qu'il a insisté pour assister à la fête et est venu harnaché en Dark Vador de pied en cap. Pas même parce qu'il est resté dans leur chambre, adossé au rebord de la fenêtre, alors que Charlie s'était endormi depuis longtemps. Ils ont bavardé à voix basse au point d'en perdre tous deux la notion du temps. Bien sûr, elle a reconnu là un faisceau d'indices concordants incontestables, surtout le lendemain matin, quand elle s'est repassé le film de la soirée.

Mais la révélation se produisit lorsqu'il lui téléphona de sa voiture sur le trajet du retour pour lui dire « une dernière chose » : un prétexte professionnel qui ne pesait pas lourd en regard de l'heure tardive de l'appel, d'autant qu'après la « dernière chose », ils parlèrent encore une bonne demi-heure jusqu'à ce qu'il tourne chez lui, dans son allée.

– Joyeux Halloween, murmura-t-il dans le combiné.

– Joyeux Halloween, répondit-elle sur le même ton.

Puis elle se força à raccrocher avec une pointe de mélancolie teintée de culpabilité, imaginant sa maison et ses trois occupants à l'intérieur. Pourtant, en allant se coucher ce

195

soir-là, elle espérait quand même qu'il l'appellerait le lendemain matin.

Ce qu'il fit. Et chaque jour après celui-là, sauf ceux où
elle téléphonait la première. Leurs conversations commen-
çaient toujours par une discussion sur la greffe de Charlie,
son traitement antidouleur ou son humeur, et se terminaient
immanquablement par « une dernière chose », souvent suivie d'une autre encore.

Et six jours plus tard, le téléphone sonne à nouveau.

– Où es-tu ? demande Nick sans même s'annoncer.

– Ici, dans la chambre, répond-elle avec un regard à
Charlie qui dort.

– Comment va-t-il ?

– Bien… il est endormi. Et toi, d'où appelles-tu ?

– J'arrive dans cinq minutes.

Ils continuent de parler jusqu'à ce qu'elle entende sa voix
dans le couloir. Il apparaît à l'angle et glisse son BlackBerry
dans sa poche, arborant un large sourire comme s'il s'agissait
d'une blague entre eux.

– Salut ! lui lance-t-elle, radieuse.

Mais après une dizaine de minutes de conversation détendue, le visage de Nick s'assombrit. Au début, Valerie redoute
un problème avec la greffe, puis réalise qu'en fait c'est tout
le contraire : le moment est venu pour Charlie de rentrer à
la maison. Nick lui avait parlé d'une semaine environ pour
que le greffon prenne, se souvient-elle. Elle revoit encore
son regard rivé au sien, tel un gage de réussite. La nouvelle
lui fait pourtant un choc, comme si elle n'avait jamais vu
ce moment venir.

– Aujourd'hui ?

À cette perspective, son cœur s'emballe d'effroi et elle
réalise, honteuse, qu'elle n'a pas envie de rentrer. Elle tente
de se convaincre que c'est juste à cause de l'endroit – la

sécurité d'un hôpital ; mais au fond d'elle-même, elle sait de quoi il retourne.

– Demain, lui annonce-t-il.

À la lueur fugitive qui passe dans son regard, Valerie comprend qu'il ressent la même chose. Mais il s'empresse de passer en mode professionnel : progrès et rééducation de Charlie, planification sur le long terme des interventions à venir, soins en ambulatoire. Puis il débite d'un trait ses instructions :

– Il pourra retourner à l'école d'ici une semaine à peu près. Idéalement, il doit encore porter son masque environ dix-huit heures par jour. Mais il peut l'enlever de temps en temps… sauf, bien entendu, s'il fait du sport, ce genre de chose. Et il doit dormir avec. Cela vaut aussi pour l'attelle de sa main.

La gorge nouée, Valerie hoche la tête et se force à sourire.

– Formidable. C'est une excellente nouvelle.

Quelle mauvaise mère est-elle donc pour l'accueillir autrement qu'avec une joie irrépressible ?

– C'est angoissant, j'en ai conscience, dit Nick. Mais il est prêt.

– Je sais.

Elle se mord la lèvre si fort que c'en est douloureux.

– Et toi aussi, ajoute-t-il avec tant de conviction qu'elle le croit presque.

Le lendemain après-midi, alors qu'elle s'affaire à régler les formalités et à préparer les affaires, Valerie se remémore la première fois qu'elle a quitté l'hôpital avec Charlie : il avait tout juste trois jours. C'est la même sensation de fiasco imminent qui l'étreint aujourd'hui, la peur que, seule à la maison avec son enfant, l'imposture soit révélée. Son angoisse n'est tempérée que par l'excitation tangible de Charlie, qui sautille dans les couloirs et distribue les cartes illustrées qu'il a dessinées pour tout le monde la veille au soir. Tout le monde sauf Nick, qui n'est nulle part.

Valerie ne cesse d'espérer qu'il va arriver, ou tout au moins téléphoner. Du coup, histoire de gagner du temps, elle signe les formulaires de décharge et empile les bagages sur le chariot le plus lentement possible. Elle finit même par demander à Leta, une infirmière à la voix douce et à l'allure de matrone qui s'occupe d'eux depuis le début, s'ils doivent attendre de voir le Dr Russo avant de partir.

— Il ne travaille pas aujourd'hui, lui apprend l'infirmière avec encore plus de prévenance qu'à son habitude, comme si elle craignait que la nouvelle bouleverse Valerie. Il a signé l'autorisation de sortie hier soir.

Elle feuillette le dossier de Charlie à la recherche d'une consolation qu'elle finit par trouver avec un sourire radieux.

— Mais il veut vous revoir dans quelques jours. Appelez ce numéro-ci, indique-t-elle, entourant d'un trait de stylo les coordonnées professionnelles de Nick sur un document qu'elle lui tend.

Gênée, Valerie prend la feuille et détourne le regard, terrifiée à l'idée d'être percée à jour. Et si toutes les infirmières avaient deviné ses sentiments ou remarqué combien Nick et elle se sont rapprochés ? À moins que ce soit sa façon d'être avec tous ses patients et leur famille. Peut-être a-t-elle confondu une conception attentive et humaine du suivi médical avec de l'amitié. À la pensée qu'il fait seulement son métier, que Charlie et elle ne sont pas uniques, le soulagement l'envahit. Et son cœur se serre de déception.

Valerie ferme leur dernier bagage, le sac marin de Charlie, tandis que Leta quitte la chambre d'un air affairé. Elle revient un instant plus tard avec un fauteuil roulant et un brancardier dégingandé prénommé Horace chargé de le pousser.

— Je n'ai plus besoin de ça ! proteste joyeusement Charlie.

— C'est le règlement de l'hôpital, mon chou, lui dit Leta.

Charlie la dévisage avec perplexité.

198

– Ici, tout le monde sort en fauteuil roulant, mon petit bonhomme en sucre. Alors, monte là-dedans. Horace te fera peut-être faire une roue arrière. Que dis-tu de ça, hein ?

Le garçon pousse un cri de joie. Tandis qu'il saute dans le fauteuil avec enthousiasme, Valerie jette un dernier regard à la chambre vide, adressant du fond du cœur un merci silencieux à cet endroit qu'elle n'oubliera jamais.

Charlie ne parle pas de Nick jusqu'au soir, lorsqu'il retrouve son lit, entouré de son armée de peluches. Ses dessins ont pris place sur ses murs couleur miel, et sur sa station d'accueil son iPod passe Beethoven en sourdine.

– Je n'ai même pas pu donner ma carte à Dr Nick ! s'exclame-t-il en se redressant brusquement. Je ne lui ai même pas dit au revoir !

– Nous le reverrons dans quelques jours, dit Valerie, qui l'allonge sur son oreiller et allume la veilleuse.

– On ne peut pas l'appeler ? demande-t-il, la voix tremblante.

– Pas maintenant, mon chéri. Il est trop tard.

– S'il te plaît, pleurniche-t-il, la main tendue vers son masque pour l'enlever. J'ai envie de lui dire bonne nuit.

Valerie sait quelle doit être sa réponse. Elle sait aussi qu'elle pourrait distraire d'une dizaine de façons l'attention de son fils du Dr Nick.

Pourtant, elle sort de sa poche son portable qu'elle a gardé sur elle toute la journée et tape un rapide texto : « Sommes rentrés. Tout va bien. Appelle si tu peux. Charlie veut te dire bonsoir. »

Elle appuie sur la touche envoi en se disant qu'elle le fait pour son fils. C'est l'entière vérité, d'ailleurs.

Quelques secondes plus tard, le téléphone sonne et elle sursaute.

– C'est lui !

Elle prend la communication et plaque l'appareil contre l'oreille de Charlie.

– Bonsoir, Dr Nick, dit celui-ci. Je ne t'avais pas dit bonsoir.

Valerie tend l'oreille pour entendre la réponse :

– Pas besoin de dire bonsoir, mon grand. On se revoit bientôt.

– Quand ?

– Que dirais-tu de demain ? Demande à ta maman si tu peux, d'accord ?

– On est libres demain, maman ?

– Oui, s'empresse-t-elle de répondre.

Nick dit encore quelque chose qu'elle ne comprend pas et Charlie lui tend le portable.

– Il veut te parler, maman, dit-il avant de replacer son masque et de fermer les yeux avec un bâillement.

– Bonsoir… Désolée de te déranger si tard… un jour de congé…

– Arrête, tu sais que j'adore quand tu appelles… J'aurais vraiment voulu vous voir aujourd'hui. Vous me manquez. Tous les deux.

Valerie sort de la chambre, laissant la porte entrebâillée.

– Tu nous as manqué aussi, murmure-t-elle.

Silence au bout de la ligne, avec un grésillement, tandis qu'elle se dirige vers sa chambre.

– C'est trop tard, maintenant ? demande soudain Nick.

– Maintenant ? répète-t-elle, déconcertée.

– Oui. Je peux passer une minute ? Juste pour le voir ?

Valerie ferme les yeux et, le souffle coupé, parvient tout juste à articuler un oui timide. *Nous sommes des amis*, tente-t-elle de se convaincre pour la centième fois. *Rien que des amis.*

21
Tessa

Durant les semaines qui précèdent Thanksgiving, je me sens m'enfoncer peu à peu dans le syndrome « Les fêtes, c'est nul et moi avec. » Il se déclenche un matin alors que je suis en retard pour aller chercher Ruby à l'école. J'ai les cheveux encore mouillés et Frankie est couvert de miettes. Je l'attache en l'état dans son siège auto, passe la marche arrière de mon monospace et percute la porte du garage – fermée, je précise. Résultat : trois mille dollars de dégâts. Bien joué.

Plus tard dans l'après-midi, Larry, le réparateur moustachu et tatoué venu pour la porte – une vraie caricature –, m'apprend, apparemment soucieux de me remonter le moral, que ce genre d'incident arrive bien plus souvent que je ne l'imagine.

— Pas croyable, je vous dis, poursuit-il avec un accent de Boston à couper au couteau. Et le plus souvent, c'est les hommes les responsables.

— Ah bon ? je m'étonne, un peu intriguée.

Il opine du chef avec gravité.

— Sans doute parce qu'ils sont plus occupés, vous comprenez ?

Je lui lance un regard incrédule et sens la colère bouillonner en moi. Je me retiens d'informer Larry du nombre sidérant de choses avec lesquelles mon cerveau était occupé à jongler quand j'ai voulu prendre ma voiture – bien plus en tout cas que celui de mon mari lorsqu'il a quitté la maison ce matin avec un thermos de café sous le bras et son nouveau CD de Beck. En sifflotant...

Outre l'impression d'être idiote et le commentaire sexiste de Larry, ce qui m'a le plus dérangée dans cet incident, c'est ma réaction instinctive alors que j'évaluai les dégâts dans le garage. À savoir : *Nick va me tuer*. C'est une phrase que j'ai déjà souvent entendue, presque toujours dans la bouche de mes amies mères au foyer. Une phrase qui m'a toujours tapé sur les nerfs, tout comme ces femmes qui s'efforcent de cacher leurs achats à leur mari de peur de s'attirer leurs remontrances. Ça me donne toujours envie de leur demander « C'est ton père ou ton mari ? »

Que les choses soient bien claires : je n'avais pas peur de Nick. Je craignais juste de passer pour une gourde à ses yeux et qu'il n'en vienne à souhaiter secrètement une femme avec un peu plus de plomb dans la cervelle. Un état d'esprit que, franchement, je ne me souvenais pas avoir jamais eu.

Au bout du compte, Nick s'est montré compréhensif, et même un peu amusé, lorsque je lui ai confessé ma bourde. Un maigre réconfort qui ne change rien à la triste réalité : le rapport de force évolue entre nous, et je deviens une épouse en quête d'attention et d'approbation. Une personne que je ne connaissais pas et contre qui ma mère m'a mise en garde.

Quelques jours plus tard, je fais une rechute quand Ryan, mon ex-fiancé, me trouve sur Facebook et me demande d'être « son amie ». Je me surprends alors à espérer que Nick pourrait en être jaloux, et à penser que je veux le rendre jaloux.

Tout en contemplant la minuscule photo de Ryan, des Ray-Ban sur le nez, devant un lac scintillant, j'appelle Cate et lui apprends la nouvelle.

— Je savais bien qu'il finirait par reprendre contact, triomphe-t-elle.

Elle fait référence à notre controverse quelque temps plus tôt : j'avais affirmé que plus jamais nous ne nous reparlerions, Ryan et moi. Pour commencer, j'avais une lettre de lui qui m'en faisait la promesse en des termes plus que définitifs. Ensuite, personne dans notre cercle d'amis n'avait entendu parler de lui depuis notre réunion des cinq ans.

— Je devrais accepter, tu crois ?

— Évidemment ! Tu n'as pas envie de savoir ce qu'il devient ? S'il est marié ?

— Si, j'imagine.

— Et puis ça ne se fait pas d'ignorer quelqu'un qui te demande d'être son amie. C'est grossier, ajoute Cate. Surtout si c'est toi qui as rompu.

— Si c'était lui qui m'avait plaquée, j'aurais pu ?

— Absolument. Ce serait toujours un peu grossier, mais tu serais dans ton bon droit, explique-t-elle d'un ton catégorique, passée maître dans l'art de la nuance sur les réseaux sociaux et les stratégies à adopter envers les amants évincés.

— D'accord, j'y vais.

L'estomac noué par une appréhension mêlée de curiosité, je clique sur confirmer et arrive directement sur sa page. Je lis sa dernière mise à jour, qui date de la veille au soir : « Ryan sur le ferry du retour, fin prêt à relire *Middlesex*. »

Je marque un temps d'arrêt. Comme c'est étrange d'avoir un aperçu aussi vivant de la vie de quelqu'un après n'avoir pas eu la moindre idée de ce qu'il a fait pendant dix ans !

— Alors, raconte ? Qu'est-ce que tu lis ?

— Attends une seconde.

Je parcours sa page et apprends qu'il vit à Bainbridge Island, mais travaille à Seattle – d'où le ferry. Il enseigne toujours l'anglais au lycée. Il est marié à une certaine Anna Cordeiro, a un chien, un husky nommé Bernie. Pas d'enfants. Ses intérêts : la politique, la randonnée, le vélo, la photographie et Shakespeare. Sa musique favorite : Radiohead, Sigur Rós, Modest Mouse, Neutral Milk Hotel et Clap Your Hands Say Yeah. Ses livres préférés : trop nombreux pour tous les citer. Sa citation favorite est de Margaret Mead : « Ne doutez jamais qu'un petit groupe de citoyens sérieux et engagés peut changer le monde. »

Pas de véritable surprise. Je résume pour Cate.

— À quoi ressemble-t-il ? veut-elle savoir.

— Pareil qu'avant, sauf qu'il a des lentilles ou s'est fait opérer au laser.

À l'époque, Ryan était myope comme une taupe sans ses épais verres correcteurs.

— A-t-il encore ses cheveux ?

— Oui.

— Et sa femme ? Est-elle jolie ou pas trop ? s'enquiert Cate, surexcitée, comme si c'était son ex qu'on traquait sur Internet.

— Je ne sais pas. Plutôt jolie. Petite. Belle dentition.

— Blonde ?

— Non. Elle a l'air latino, ou elle a le teint très bronzé… Tiens, je te fais un copier-coller.

J'envoie trois photos à Cate : une de Ryan et Anna bras dessus bras dessous sur une jetée, vêtus de vestes polaires rouges Patagonia, un chien assis à leurs pieds, les oreilles dressées ; une autre d'Anna arborant un sourire triomphant sur un sommet couvert de glace ; la troisième est un gros-plan d'elle avec un rouge à lèvres éclatant, les cheveux tirés en un chignon bas.

Une nanoseconde plus tard, Cate ouvre mon mail.

— La vache, elle est drôlement jeune ! Il les prend au berceau, notre ami Ryan.

— C'est vrai qu'elle a l'air jeune.

Je réalise que je ne prête jamais vraiment attention à l'âge, tout au moins pas chez quelqu'un de plus jeune que moi, comme si mon cerveau s'était figé à trente et un ans.

– Ça te dérange ? demande Cate. Es-tu jalouse ? Ressens-tu quelque chose ?

Le feu roulant de ses questions me fait sourire et je lui conseille de passer au déca.

– Déjà fait.

– Alors tu devrais peut-être prendre un poisson, je la taquine. C'est censé avoir un effet apaisant.

Elle pouffe de rire et insiste pour savoir si je suis jalouse.

– Non, pas du tout, lui réponds-je, sincère, tout en continuant de parcourir les quatre-vingt-sept photos de Ryan, Anna et leur chien, le plus souvent dans des paysages idylliques. En fait, lui dis-je, c'est presque comme si je regardais un étranger, et non l'homme que j'ai failli épouser. Il a l'air vraiment heureux. Je suis contente pour lui.

– Vas-tu lui écrire ?

– Je devrais ?

– En principe, ce serait à lui, puisqu'il t'a ajoutée… mais vas-y, montre-toi la plus adulte.

– Que dois-je écrire ?

– Quelque chose de général.

– Comme quoi ?

– Comme… euh… « Contente de voir que tu vas bien, que tu es toujours prof et apprécies le grand air. Bien amicalement, Tess. »

Je tape la phrase mot pour mot puis clique sur poster avant de me prendre la tête avec la formulation. Aussitôt, la photo de mon profil apparaît sur son mur. À la différence des clichés artistiques de Ryan, ce portrait guindé des enfants et moi plantés devant notre sapin de Noël fait pour le moins posé, sans une once de naturel ou de spontanéité. Il faut absolument que je la change. Malheureusement, je n'ai pas de majestueux sommet enneigé à ma disposition.

– Voilà, c'est posté.

– Comment ça, posté ? Tu veux dire, sur son mur ? s'exclame Cate, horrifiée.

C'est toi-même qui m'as dit de le faire ! réponds-je, pani-
quée, me demandant ce qui a pu m'échapper.

– Non, non ! Pas du tout ! Tu devais juste lui envoyer
un e-mail. Un message privé. Pas sur son mur ! Il ne veut
peut-être pas que sa femme le lise ! Elle pourrait t'en vouloir.
Être hyper furax !

– J'en doute. Elle m'a l'air tout à fait heureuse.

– Tu n'as aucune idée des problèmes qu'elle peut avoir.

– Bon, je dois l'effacer alors ?

– Oui ! Tout de suite... Oups ! désolée, il faut que je te
laisse. Je dois me coiffer et me maquiller. À plus, tiens-moi
au courant.

Je raccroche en riant, puis reste hypnotisée devant la
dernière photo de Ryan : un portrait en noir et blanc
d'Anna, emmitouflée dans une grande couverture près d'un
feu, comme en adoration devant l'objectif. Je me répète que
je ne suis pas jalouse mais ne peux nier le minuscule pincement non identifié qui revient me titiller plusieurs fois au
cours de la journée, me forçant à retourner sur la page
Facebook de Ryan pour l'éplucher encore et encore. Vers
17 heures, il n'a toujours pas répondu à mon message, mais
a changé sa mise à jour, qui dit maintenant : « Ryan remercie sa femme pour sa prévoyance. »

Tout en me demandant quel peut bien être l'objet de
cette prévoyance, je reviens une fois de plus à la photo près
du feu et finis par mettre le doigt sur la cause de mon
malaise. Il ne s'agit pas de jalousie, tout au moins pas asso-
ciée à Ryan ou à son couple. Plutôt de nostalgie à propos
de celui que je forme avec Nick, des souvenirs de notre
rencontre, de nous deux à l'époque. Sans aller jusqu'à la
jalousie, je parlerais davantage d'envie : celle que m'inspire
l'expression de totale satisfaction sur le visage d'Anna. Ce
sourire, sans doute Ryan en est-il l'origine ; puis il a pris la
photo à partir de laquelle il a créé ce portrait évocateur en
noir et blanc qu'il a ensuite posté sur Facebook – un scénario

inimaginable dans mon foyer. À l'heure actuelle, en tout cas.

Ce soir-là, après avoir enfin reçu une réponse de Ryan (« C'est sympa de te revoir aussi. Beaux enfants. Enseignes-tu encore ? »), je parle à Nick de notre échange, espérant une réaction possessive gratifiante. Ou peut-être un brin de nostalgie sur les origines de notre relation : après tout, c'est grâce à Ryan que nous sommes ensemble.

Mais il se contente de dodeliner du chef.

– Ça ne m'étonne pas que ce type ait une page Facebook.

Puis il prend la télécommande et zappe sur CNN. Anderson Cooper présente une rétrospective sur le tsunami et des images terrifiantes de destruction défilent à l'écran.

– Quel est le problème avec Facebook ? demandé-je, sur la défensive – davantage pour moi que pour Ryan.

– Eh bien, pour commencer, c'est une perte totale de temps, décrète-t-il, montant légèrement le volume quand un touriste britannique se lance dans son récit de la tragédie.

Je me hérisse à cette remarque qui sous-entend que moi j'ai du temps à perdre, tandis que lui, le chirurgien occupé, a des choses tellement plus intéressantes à faire.

– Pas du tout, m'empressé-je d'objecter. C'est un moyen formidable pour reprendre contact avec d'anciens amis.

– C'est ça. Si c'est ce que tu crois… Ou plutôt, si c'est ce que Machinchose croit, rétorque-t-il avec un clin d'œil amusé.

Puis il regarde de nouveau l'écran, aussi sûr de lui qu'au tout début de notre relation, quand j'ai rompu mes fiançailles avec un autre juste pour tenter ma chance avec lui. Avant, c'était ce que je préférais chez Nick : cette assurance inébranlable. Mais aujourd'hui elle m'apparaît comme une marque d'indifférence. Et tandis que je feins de suivre le documentaire avec autant d'intérêt que lui, les souvenirs se bousculent dans mon esprit.

« Bonjour, Nick. C'est Tessa Thaler. Du métro. »

Je me rappelle avoir écrit les mots et rassemblé tout mon courage pour lui téléphoner. Je me suis même entraînée avec Cate, variant les intonations du lugubre au guilleret, en passant par le sensuel.

— Recommence, m'ordonna Cate, assise sur mon futon, son perchoir favori — en fait le seul endroit pour s'asseoir depuis que Ryan avait déménagé avec notre canapé six semaines plus tôt. Et ne fais pas la Castafiore cette fois.

— Pardon ? lui demandai-je, les paumes moites.

— Tu termines toujours tes phrases avec une inflexion aiguë. Tu donnes l'impression de ne pas savoir qui tu es… C'est Tessa Tha-ler ? Du mé-tro ?

— Je n'y arriverai jamais, lui dis-je, arpentant la chambre le long du panneau d'inspiration asiatique qui la séparait de l'espace salon.

— Tu veux qu'il sorte avec une autre ? Ou pire : qu'il t'oublie complètement ? me secoua Cate, championne du terrorisme psychologique. Je te jure, le timing, c'est primordial.

De son fourre-tout géant, elle sortit une lime à ongles, un flacon de dissolvant et plusieurs boules de coton, puis entreprit une méticuleuse manucure.

— Je ne suis pas prête pour une autre relation, dis-je.

— Qui t'a parlé d'une relation ? Au moins tu tomberas peut-être sur un bon coup une fois dans ta vie. Où serait le mal ?

— Une fois dans ma vie ? Alors selon toi, Ryan ne serait pas un bon coup ?

Elle frissonna comme si je parlais de son frère — ce n'était pas très loin de la vérité puisque nous avions formé un trio inséparable durant presque toutes nos études universitaires.

— Alors ? Il l'était ?

— Pas mal, je répondis avec un haussement d'épaules.

Elle secoua la tête, tout en se limant les ongles en un carré arrondi digne d'une pro.

– Notre objectif est beaucoup plus ambitieux que « pas mal ». Alors, décroche ce maudit téléphone et appelle-le. Tout de suite.

Je m'exécutai donc et composai le numéro inscrit sur sa carte de visite. J'inspirai un grand coup pendant les sonneries et, lorsque je reconnus son allô sans une hésitation, je débitai mon texte, réussissant par miracle à finir toutes mes phrases par un point.

– Qui ça ? demanda Nick.

– Euh… on s'est rencontrés dans le métro ? bredouillai-je avec une inflexion digne d'une soprano, complètement déstabilisée.

– Je plaisante… dit-il soudain. Bien sûr, je me souviens de toi. Comment vas-tu ?

– Bien, répondis-je, regrettant de ne pas m'être entraînée au-delà des trois premières phrases.

D'un regard perdu, je cherchai du secours du côté de Cate, qui m'encouragea, les pouces levés, et m'incita d'un geste de la main à relancer la conversation.

– Et toi… tu vas bien ?

– Je ne peux pas me plaindre. Alors, c'était comment, la lune de miel ?

Il n'y avait pas une once d'humour dans sa question, même si quelques semaines plus tard il m'avait avoué que c'était une boutade pour tenter de rompre la glace – mais qu'il l'avait trouvée d'une grande indélicatesse à peine les mots sortis.

Je laissai échapper un rire nerveux et lui appris qu'il n'y avait pas eu de lune de miel. Et pas de mariage non plus.

– Oh ! Que dois-je dire alors ? Je suis désolé ? Félicitations ?

– Merci, dis-je – une réponse qui semblait convenir à l'un et l'autre.

– Alors ? Tu m'appelles juste pour m'annoncer la nouvelle ? poursuivit-il, beau parleur. Ou pour m'inviter ?

– Pour t'annoncer la nouvelle, répondis-je, enhardie par son badinage. M'inviter, c'est à toi de le faire.

Cate haussa les sourcils avec un sourire approbateur, à l'évidence fière de ma repartie.

– Dans ce cas, que dirais-tu de ce soir ? Tu es libre ?

– Oui.

Mon cœur faisait des sauts de carpe. Une réaction que je n'avais jamais eue avec Ryan, même pas juste avant notre première fois.

– Tu es végétarienne ? demanda-t-il.

– Pourquoi ? C'est rédhibitoire ?

Il éclata de rire.

– Non… C'est juste que j'ai envie d'un hamburger avec une bière.

– Ça me va.

Des germes de soja et du tofu m'auraient tout aussi bien convenu. N'importe quoi du moment que c'était avec Nick Russo.

– Parfait. Alors on se retrouve à la Boîte à burgers, au Parker Meridien ? Tu connais ?

– Non.

Aurais-je dû connaître cet endroit ? m'inquiétai-je. Je redoutais qu'il me prenne pour la pantouflarde que j'avais été avec Ryan – une habitude que je m'étais juré de changer.

– L'hôtel se trouve dans la 56ᵉ Rue, entre la VIᵉ et la VIIᵉ Avenue, plus près de la VIᵉ… Entre dans le hall et, juste entre la réception et la loge du concierge, il y a un petit rideau et une enseigne où il est écrit « La Boîte à burgers ». Je serai là à nous garder une table.

Je griffonnai les instructions avec frénésie au dos de mon texte, les mains moites et tremblantes. Je lui demandai à quelle heure et il proposa 20 heures.

– D'accord. À tout à l'heure.

– À tout à l'heure, Tessa du métro, répondit-il avec un sourire dans la voix.

Je raccrochai, fermai les yeux et poussai un cri de fille écervelée.

– Nom de Dieu, Tess ! Bien joué ! me félicita Cate. Bon, d'accord, en principe tu aurais dû lui dire que tu avais déjà quelque chose de prévu. La prochaine fois, fais au moins semblant de consulter ton agenda… Et n'accepte jamais un rendez-vous pour le jour même !

– Par pitié, Cate ! m'écriai-je en me précipitant sur ma penderie. Épargne-moi tes principes ! Nous n'avons pas le temps ! Je dois décider de ce que je vais mettre !

Cate arbora un sourire expert.

– Soutien-gorge rembourré, string et talons aiguilles.

– D'accord pour le soutien-gorge et le string… Mais nous avons rendez-vous dans un endroit qui s'appelle La Boîte à burgers. Je ne suis pas sûre que les talons aiguilles soient très appropriés.

Atterrée, Cate me rejoignit devant ma penderie.

– La Boîte à burgers ? Mon Dieu, j'espère que ce n'est pas trop minable. À quoi bon sortir avec un médecin, sinon ?

– Il est encore à la fac, objectai-je. Et j'adore les hamburgers.

– Bon, eh bien, s'il est aussi craquant que tu le dis… pourquoi pas ?

– Je te jure qu'il l'est.

– Dans ce cas, dit Cate, qui passa ma garde-robe en revue, au travail !

Quelques heures plus tard, je me retrouvai dans le hall climatisé du Parker Meridien, vêtue d'un haut noir sans manches sur un jean et portant des sandales rehaussées de strass. En temps normal, cette tenue n'aurait pas obtenu l'assentiment de Cate, mais elle avait fait une exception pour ce soir, à cause de l'endroit peu reluisant et de l'invitation de dernière minute.

J'avais encore trop chaud après mon trajet dans un taxi étouffant et je m'éventais d'une main, inhalant mon nouveau parfum acheté un peu plus tôt dans l'après-midi spécialement pour Nick – bien décidée à ne pas mélanger anciennes senteurs et nouveau départ. Après avoir repéré l'entrée du restaurant, j'inspirai un grand coup, puis écartai les épais rideaux qui, du sol au plafond, séparaient La Boîte à burgers du hall. Et il m'apparut, debout devant moi, encore plus beau que dans mon souvenir. Sa beauté contrastait à l'extrême avec l'éclairage pisseux, les banquettes en vinyle et les coupures de journaux scotchées au petit bonheur sur les lambris en faux bois.

Il s'avança vers moi, le sourire aux lèvres, puis jeta un regard à ma main gauche.

– Plus de bague ?

– Plus de bague.

Je m'en tins là, me rappelant l'avertissement de Cate : surtout ne pas parler de Ryan.

Son sourire s'élargit un peu plus.

– Tu me plais encore mieux comme ça.

Je souris à mon tour, passant mon pouce sur mon annulaire nu, confortée dans ma conviction d'avoir pris la bonne décision. Puis il me demanda ce que je désirais sur mon hamburger et quand je lui répondis « Juste du ketchup », il hocha la tête et désigna du doigt l'unique table libre dans le coin.

– Tu devrais peut-être aller t'asseoir. Cet endroit se remplit vite.

J'allai me glisser sur la banquette, tout en gardant le regard rivé sur son dos, essayant de décider ce que j'admirais le plus chez lui : son attitude entreprenante ou la coupe parfaitement ajustée de son jean délavé.

Quelques minutes plus tard, il me rejoignit avec deux hamburgers enveloppés dans du papier alu et un pichet de bière. Il servit deux verres, puis leva le sien.

– Aux meilleurs hamburgers de ta vie.

Au meilleur premier rencard de ma vie, me dis-je en lui rendant son sourire.

Puis son expression se fit grave.

– Je suis content que tu aies téléphoné... Je n'imaginais pas avoir un jour de tes nouvelles... Je pensais que tu avais sauté le pas.

– Pourquoi ça ? demandai-je, vaguement déçue qu'il ait si peu confiance en moi.

– Parce que c'est ce que font la plupart des gens.

Je hochai la tête, pensant à mon frère, mais je choisis de ne pas mettre mes histoires de famille sur le tapis. Encore une des nombreuses règles de Cate... À proscrire absolument : les phrases telles que « Mes parents viennent de divorcer », « Mon père a trompé ma mère » ou toute autre allusion à une famille dysfonctionnelle. Je veillai aussi à respecter le reste de sa liste : pas de questions sur ses ex, ne pas trop parler de la fac ou du travail, s'intéresser à lui mais sans donner l'impression d'un interrogatoire en règle.

Trois heures de conversation, deux pichets de bière et un brownie pour deux plus tard, il m'amena à la station de métro de Columbus Circle et me fit descendre jusqu'au tourniquet. Il y inséra deux jetons et m'invita à passer la première.

– On va où ? criai-je pour couvrir le vacarme d'une rame à l'approche, un peu pompette à cause de la bière.

– Nulle part, répondit-il avec un sourire. On va juste se balader en métro.

Le wagon dans lequel nous montâmes était vide, mais nous choisîmes de rester debout, agrippés tous les deux à la barre en acier.

– Tu crois que c'est le même ? demanda-t-il au bout d'un moment.

– Le même quoi ?

213

– Le même wagon ? La même barre ? dit-il juste avant de se pencher vers moi pour notre premier baiser.

– Je crois...

Je fermai les yeux et savourai le contact de ses lèvres contre les miennes. Douces, assurées, enivrantes.

Plus tard, j'appelai Cate pour lui faire mon rapport. Elle calcula le coût de la soirée, trouva la somme ridicule, mais la considéra quand même comme un succès à cause du retour romantique.

Je crois que c'est un signe, murmura-t-elle dans le combiné.

– De quoi ?

J'espérais avoir embrassé l'homme que j'épouserais un jour.

– Que ce sera un bon coup, répondit Cate, hilare.

Je ris avec elle en croisant les doigts pour que nous ayons toutes les deux raison.

En l'espace d'un mois, j'en eus la certitude. Aux yeux de Cate, c'était un miracle : j'avais déniché le seul homme de tout New York à la fois attentionné, fiable et en prime un vrai canon au lit. Sincèrement, il était parfait en tous points. Un garçon simple et réaliste de Boston, qui aimait les hamburgers, la bière et le base-ball. Mais aussi un futur chirurgien diplômé de Harvard, à l'aise dans les restaurants les plus huppés de Manhattan. Il était beau sans être vaniteux. Scrupuleux, mais pas catégorique dans ses jugements. Sûr de lui, mais dénué d'arrogance. Il faisait exactement ce qu'il disait, sans exception, tout en conservant une aura de mystère qui me tenait en haleine. Il se moquait pas mal de ce que les autres pensaient de lui, et pourtant gagnait le respect de tous. Il avait une froideur quelque peu distante, mais n'en restait pas moins passionné. Très vite, je tombai éperdument amoureuse, convaincue plus qu'il n'était possible de la sincérité partagée de nos sentiments.

Puis, six mois plus tard, au milieu de l'hiver, Nick m'invita de nouveau dans notre fast-food, au Parker Meridien. Après avoir mangé, bu et évoqué nos souvenirs, il sortit ses clés de sa poche et grava nos initiales sur le coin de la table couverte de graffitis. Des sillons nets et profonds qui clamaient notre amour. Je n'aurais pu imaginer geste plus adorable jusqu'à ce qu'une heure plus tard, dans un wagon de métro vide, il sorte une bague de sa poche et me demande en mariage avec la promesse de m'aimer pour toujours.

22
Valerie

À mesure que le froid s'installe et que les jours raccourcissent, tous deux persistent à faire semblant. Ils font comme si les visites, les conversations téléphoniques et les textos faisaient partie du cours normal d'un suivi médical. Ils font comme si leur amitié était convenable et anodine. Ils font comme s'ils n'avaient rien à cacher – alors qu'ils se cachent littéralement chez Valerie. Et par-dessus tout, ils font comme s'ils pouvaient rester à jamais dans cette parenthèse ténue entre leur existence à l'hôpital et le retour officiel de Valerie à la réalité.

Cette situation rappelle presque à la jeune femme les journées où elle manquait l'école alors qu'elle n'était pas vraiment malade. Elle avait toujours l'impression que Rosemary l'avait percée à jour mais faisait semblant de croire à ses symptômes simulés, afin de pouvoir rester tranquille à la maison avec sa fille. Ce sont parmi ses plus beaux souvenirs d'enfance : pelotonnée sur le canapé dans son sac de couchage Wonder Woman, plongée dans les séries à l'eau de rose et les jeux télévisés avec sa mère qui lui apportait du bouillon de poule et de la glace vanille au soda racinette sur un plateau laqué orange. Ces jours-là, l'école, les devoirs et les histoires à la cantine étaient à des années-lumière. C'est cette même envie de fuir le réel qu'elle éprouve lorsque

Nick vient avec des vidéos et de la musique pour Charlie, du vin et des plats à emporter de Chez Antonio pour eux. Elle a l'impression de déconnecter et de vivre dans l'instant, oubliant le monde tout autour – surtout la famille de Nick, à quelques kilomètres à peine.

Mais la veille de Thanksgiving, la réalité les rattrape durement, quand Nick passe à l'improviste en rentrant de l'hôpital – quelques minutes après l'arrivée de Jason, venu chercher une table de jeu pour la fête qui a lieu chez lui le lendemain. Dès le coup de sonnette, Valerie sait qu'elle est dans de beaux draps, d'autant que Jason se trouve dans le salon, plus près de l'entrée qu'elle. Elle se pétrifie devant la purée de patate douce qu'elle prépare, consciente qu'il n'y aura d'autre explication possible que la vérité. La vérité vraie, pas celle que Nick et elle se sont fabriquée.

– Nick, entend-elle son frère dire d'un ton qui trahit à la fois la surprise, la désapprobation et l'inquiétude.

Elle arrive dans l'entrée à l'instant où Nick serre la main de Jason.

– Je passais juste voir Charlie.

Le front plissé, troublé comme Valerie ne l'a encore jamais vu, il consulte sa montre une seconde de trop, comme s'il cherchait à gagner du temps afin de se ressaisir.

– À moins qu'il ne soit déjà couché…

– Il est déjà couché, confirme Jason.

– Mais il a passé une très bonne journée, enchaîne Valerie qui s'enferre dans cette comédie ridicule de la visite à domicile. Voudriez-vous entrer… quand même ?

Nick s'apprête à décliner l'invitation, mais elle hoche la tête avec un sourire plaqué, les yeux écarquillés, comme pour lui faire comprendre que partir maintenant ne ferait qu'aggraver la situation en rendant la comédie plus évidente et qu'il n'a d'autre choix que de rester.

– Bien sûr. Juste une minute.

Valerie lui prend son manteau et le suspend dans la penderie de l'entrée, puis le mène au salon où il prend place dans un fauteuil qu'il n'a encore jamais choisi : une bergère qu'elle a héritée de sa grand-mère, qui la tenait de la sienne. Ce n'est pas une antiquité de valeur, juste un fauteuil vieillot tendu d'un tissu mauve à motif cachemire peu attrayant que, pour des raisons sentimentales, elle ne peut se résoudre à faire recouvrir. Les yeux rivés au motif, elle prend place sur le canapé qui lui fait face. Jason s'installe dans un autre fauteuil et complète le triangle. Son visage reste impénétrable, mais Valerie devine une critique dans son silence et se demande si c'est à cause de la présence de Nick, ou du secret qu'elle lui a caché. Jusqu'à présent, ils n'avaient jamais eu de secret l'un pour l'autre, sauf celui qu'elle a gardé trois jours à la suite de son test de grossesse positif.

— Alors, comment allez-vous ? demande Nick, qui regarde les jumeaux tour à tour.

— Bien, répondent-ils tous deux, et Valerie se lance dans un récit détaillé de la journée de Charlie : ce qu'ils ont fait, ce qu'il a mangé, combien de fois elle a changé son pansement.

— Il retourne à l'école lundi, conclut-elle, comme si Nick ne le savait pas, alors que c'est lui qui a donné cette instruction.

Il approuve d'un hochement de tête.

— Que faites-vous demain ? Pour Thanksgiving ?

— Toute la famille se réunit chez Jason, répond Valerie, ce que Nick sait bien sûr déjà. Hank, son compagnon est un excellent cuisinier.

— C'est un chef professionnel ? demande Nick.

— Non, c'est un tennisman, explique Jason, mais il s'y connaît en cuisine.

— Ah, d'accord… sympa comme à-côté.

Valerie devine que son frère se retient d'une repartie vacharde, sans doute du style « Sympa aussi comme à-côté de sortir avec un médecin. » Puis il se lève et se frotte les mains.

– Bon, eh bien, j'adorerais rester bavarder avec vous, mais Hank et moi avons une dinde à farcir.

À l'évidence soulagé, Nick se lève aussi et serre à nouveau la main de Jason.

– J'ai été content de vous revoir, lui dit-il avec une vigueur un peu trop appuyée.

– Moi aussi, Doc, répond Jason, qui remonte le col de son blouson en cuir. C'était une… bonne surprise.

Sur le seuil de l'entrée, il lance un regard perplexe à sa sœur.

– Appelle-moi, articule-t-il en silence.

Valerie hoche la tête et, après avoir refermé derrière lui, s'arme pour la conversation délicate à venir.

– Catastrophe, dit Nick, toujours assis droit comme un I dans le fauteuil de la grand-mère de Valerie, les mains crispées sur les accoudoirs. Je suis vraiment désolé.

– Pourquoi ? demande-t-elle, regagnant sa place sur le canapé.

– D'être venu ce soir… sans avoir téléphoné d'abord.

– Ce n'est pas grave.

– Que vas-tu lui raconter ?

– La vérité, répond Valerie. Que nous sommes amis.

Il la dévisage longuement.

– Amis… Oui, c'est ça.

– C'est ce que nous sommes, insiste-t-elle, s'accrochant avec l'énergie du désespoir à cette version de leur histoire.

– Je sais, Val, mais…

– Mais quoi ?

Il secoue la tête.

– Tu sais bien.

Le cœur affolé, Valerie réfléchit à une ultime tentative pour détourner la conversation. Et si elle se précipitait à la

219

cuisine pour terminer son plat ? Mais elle se contente de murmurer :

– Je sais.

Nick expire lentement.

– C'est mal, dit-il.

Les poings serrés sur ses genoux, elle l'écoute poursuivre, une note de panique dans la voix.

– C'est mal à plusieurs niveaux. Au moins deux.

Elle sait exactement ce qu'il va dire, mais le laisse parler.

– Pour commencer, je suis le médecin de ton fils, ce qui pose un problème déontologique. L'éthique médicale est destinée à protéger les patients… Il serait abusif de ma part de… profiter de tes émotions.

– Tu es le médecin de Charlie, d'accord… mais là n'est pas la question, objecte-t-elle d'un ton catégorique.

Elle y a réfléchi souvent et, en dépit de l'immense gratitude qu'elle éprouve, elle est certaine de ne pas la confondre avec un autre sentiment.

– Et puis, je ne suis pas ta patiente.

– Tu es la mère de mon patient. En fait, c'est sans doute encore pire. Je ne devrais pas être ici. Jason le sait. Tu le sais. Et moi aussi.

Elle hoche la tête, les yeux rivés sur ses mains, consciente qu'il fait référence au deuxième point qu'il lui faut encore affronter. Le petit souci de son mariage.

– Donc, tu veux dire que tu pars ? finit-elle par demander.

Nick vient s'asseoir auprès d'elle sur le canapé.

– Non, je ne pars pas. Je vais rester assis là près de toi à me torturer.

Son regard est intense, presque furieux, mais aussi déterminé. Comme s'il détestait cette mise à l'épreuve et refusait de perdre.

Valerie le regarde, folle d'angoisse, puis, reniant toutes ses valeurs, tous ses principes, l'attire contre elle en une étreinte passionnée qu'elle a imaginée tant de fois. Après quelques secondes, il prend le contrôle de la situation. Il l'allonge doucement sur le canapé et la couvre du poids de son corps, puis leurs jambes se mêlent, leurs joues se touchent.

Après un long moment où ils restent ainsi enlacés, Valerie ferme les yeux et se laisse gagner par le sommeil, bercée par la respiration régulière de Nick, la chaleur rassurante de ses bras qui l'enserrent, leurs poitrines qui se lèvent et s'abaissent en harmonie.

Soudain, elle est réveillée par *Slim Shady*, d'Eminem, la sonnerie que Jason a programmée sur son portable uniquement pour ses appels. Nick sursaute si fort qu'elle devine qu'il s'est endormi lui aussi, une pensée qui la ravit au plus haut point.

— C'est ton téléphone ? murmure-t-il, son souffle chaud dans son oreille.

— Oui. C'est Jason.

— Dois-tu le rappeler tout de suite ?

Il se redresse un peu, juste assez pour la regarder dans les yeux, puis lui caresse les cheveux à l'implantation, avec tant de tendresse et de naturel qu'ils semblent avoir été ensemble ainsi un millier de fois et avoir fait tout le reste aussi.

— Non, pas tout de suite, répond-elle, espérant qu'il ne va pas interrompre leur étreinte. Qu'il ne va pas bouger du tout.

— Quelle heure est-il à ton avis ? demande-t-il après un nouveau silence.

— Neuf heures, estime Valerie, bien qu'à son avis il puisse être plus tard. Peut-être 10, ajoute-t-elle à contrecœur, soucieuse de se montrer sincère.

Nick se rassoit avec un soupir et lui soulève les jambes qu'il pose sur ses genoux. Puis il consulte sa montre.

— Bon sang… marmonne-t-il, laissant retomber sa manche sur son poignet.

– Quoi donc ?

Elle lève les yeux vers lui, admire son profil, meurt d'envie d'effleurer sa lèvre inférieure du bout des doigts.

– Il est 10 h 10. Je ferais mieux d'y aller, dit-il.

Mais il ne bouge pas.

– Oui…

Valerie analyse ce qui vient de se passer et se demande ce qui va suivre. Elle devine qu'il se pose les mêmes questions qu'elle. Vont-ils faire marche arrière ou aller de l'avant ? Seraient-ils capables de sauter le pas ? De prendre une mauvaise décision juste parce qu'ils en ont envie ?

Nick fixe le vide droit devant lui avant de tourner la tête vers elle, ses yeux noirs telles deux billes d'obsidienne sous l'éclairage tamisé du salon. Il soutient son regard, lui prend la main, comme pour lui donner la réponse. De son côté, c'est oui.

Puis il se lève et reprend son manteau dans la penderie. Elle le regarde, toujours incapable de bouger, jusqu'à ce qu'il vienne lui prendre les mains pour la remettre debout. Sans un mot, il la conduit jusqu'à la porte d'entrée, qu'elle déverrouille et ouvre pour lui.

– Je t'appelle demain, dit-il, une habitude dont ni l'un ni l'autre ne peut plus se passer.

Il l'enlace et l'étreint avec la même fougue que tout à l'heure, sur le canapé. Ses mains lui soutiennent l'arrière de la tête, puis se glissent dans ses cheveux. Ils ne s'embrassent pas, mais pourraient tout aussi bien, car en cet instant, dans un silence presque solennel, tous deux cessent de faire semblant.

23
Tessa

C'est le matin de Thanksgiving et je suis dans ma cuisine, occupée à préparer le dîner avec la femme de mon père, Diane, et la mère de Nick, Connie. Les années précédentes, cet effort de collaboration m'aurait agacée, tant à cause des airs de chef étoilé qu'arbore Diane que de la tendance de ma belle-mère à s'approprier ma cuisine. Mais cette année, bizarrement, pour mon premier Thanksgiving dans mon rôle de mère au foyer, je ne ressens nulle envie de revendiquer un quelconque droit de propriété sur le repas : je suis en réalité reconnaissante d'être postée devant l'évier à éplucher les pommes de terre, la tâche la moins glorieuse, tout en bas du mât totémique des préparatifs culinaires. Alors que mon regard se perd par la fenêtre dans notre jardin clôturé, il me vient à l'esprit que je souffre peut-être de dépression. Pas comme ces femmes dans les publicités télévisées qui ne parviennent plus à sortir de leur lit et donnent l'impression d'avoir été battues avec un sac de pierres. Non, plutôt une sorte de morosité insidieuse qui me perturbe, m'épuise et me rend le plus souvent indifférente. Indifférente au choix de l'aromate qui parfumera la dinde, romarin ou thym… Au fait que les enfants se promènent en jogging au lieu des pantalons en velours brun chocolat et pull-overs assortis que leur a offerts ma mère. Que Nick ait travaillé tard hier soir…

une fois de plus. Et que nous nous soyons accrochés ce matin. Pour une broutille, franchement : la plus insignifiante des disputes quand tout va bien dans un couple, la pire du genre dans le cas contraire.

— Tessa, ma chère, dis-moi que tu as du poivre blanc.

Diane me tire brutalement de mes pensées avec son habituelle insistance pressante et son accent affecté à la Jackie O. Plus tôt dans la semaine, elle m'a fait parvenir une longue liste d'ingrédients pour les divers accompagnements qu'elle comptait préparer. Le poivre blanc n'en faisait pas partie.

Je désigne un placard de l'index.

— Il me semble que oui, lui réponds-je. Là en principe, sur la deuxième étagère.

— Dieu merci ! s'exclame Diane. Du poivre noir ne ferait absolument pas l'affaire.

Je m'arrache un sourire compréhensif. À mon avis, Diane est une snob au sens classique du terme, victime d'un sentiment de supériorité à peu près sur tous les fronts. Elle est née avec une cuillère en argent dans la bouche, puis a épousé un homme encore plus aisé avant d'en divorcer ; et bien qu'elle fasse de son mieux pour s'en cacher, je vois bien qu'elle n'éprouve que condescendance pour la classe moyenne ou, pire encore, les nouveaux riches – qu'elle appelle dans un murmure dédaigneux les parvenus[1]. Elle n'est pas à proprement parler d'une beauté classique, mais frappe au premier regard par son allure, comme souvent les grandes blondes intellectuelles, et paraît une bonne décennie de moins que ses cinquante-huit ans grâce à un arsenal de soins de beauté, des entraînements de tennis intensifs – à la limite de l'obsessionnel –, plus quelques coups de bistouri de-ci de-là dont elle parle ouvertement avec fierté. Elle possède aussi une grâce naturelle, du genre qui

—————

1. N.d.T. : En français dans le texte.

s'acquiert au pensionnat de jeunes filles, avec des années de danse classique, sans oublier sa mère, qui la forçait à marcher avec des encyclopédies en équilibre sur la tête.

Bref, elle représente tout ce qu'une première épouse peut craindre : la quintessence du raffinement et de la sophistication, sans que l'on puisse en aucune manière la taxer de bimbo. Et à ce titre, je m'emploie de mon mieux à la dédaigner au nom de ma mère. Toutefois, Diane ne me rend pas la tâche facile, car elle se montre toujours d'une parfaite courtoisie et d'une gentillesse irréprochable à mon égard, peut-être parce qu'elle n'a jamais eu d'enfants. Elle ne ménage pas non plus ses efforts avec Ruby et Frank, qu'elle couvre de cadeaux et accompagne de bon cœur dans leurs jeux, parfois à quatre pattes sur le tapis, à la différence de leurs grands-mères qui s'en passent très bien. Dex, qui fête Thanksgiving avec Barbara à Manhattan, la soupçonne de vouloir se faire mousser auprès de mon père et rabaisser notre mère. Mais Rachel et moi sommes d'avis qu'ici la motivation compte moins que le résultat – que nous apprécions.

Par-dessus tout, grâce à Diane, mon père se tient tranquille et a l'air heureux. Même lorsqu'elle se plaint, ce qui lui arrive souvent, il ne semble pas demander mieux que de remédier à la contrariété qui l'afflige, presque inspiré par le défi. Je me souviens qu'un jour April m'a demandé s'il m'était arrivé de me sentir en rivalité avec elle – si, d'une certaine façon, elle n'avait pas ébranlé mon statut de « fille à son papa ». Jusqu'à ce qu'elle me pose cette question, je n'avais pas vraiment réalisé que mon père et moi n'avions jamais eu ce genre de relation. C'était un bon père : il donnait la priorité à notre éducation, nous emmenait en Europe pour de magnifiques vacances, nous apprenait à manœuvrer un cerf-volant, à faire des nœuds de marin et à passer les vitesses en voiture. Mais il ne se montrait jamais particulièrement affectueux, encore moins gâteux, comme Nick avec Ruby ; et j'ai le sentiment que cette attitude était liée à ma mère et au fait qu'enfant déjà je me rangeais sans condition dans son camp. C'était comme s'il sentait ma désapprobation, mon parti pris pour une femme qu'il trompait, avant même que j'apprenne ses frasques. Bref, le débarquement de la flamboyante Diane sur le front familial n'avait guère eu d'influence sur nos relations père-fille.

Je la regarde maintenant plonger la main dans un de ses nombreux sacs Goyard à monogramme personnalisé et en extraire une paire de lunettes yeux de chat rouge cerise ornée de strass – une excentricité que seule une femme telle que Diane peut se permettre. Elle les chausse avec délicatesse et se penche sur son livre de cuisine, également exhumé de son sac, fredonnant un air indéfinissable avec une moue coquette qui semble vouloir dire « Ne suis-je pas adorable ? » Et elle en rajoute une couche quand mon père fait un saut dans la cuisine et lui adresse un clin d'œil.

– David chéri, viens donc par ici, susurre-t-elle avec des minauderies de chatte.

Il s'exécute et l'enlace par derrière. Elle pivote dans ses bras et l'embrasse sur la joue avant de reporter toute son attention sur son velouté de courge musquée.

Pendant ce temps, Connie coud la dinde avec une dextérité toute rustique. En contraste extrême avec le tailleur-jupe ultra féminin et les élégants escarpins en crocodile de Diane, elle porte un pantalon à taille élastiquée, un pull-over couleur feuillage d'automne orné d'une broche représentant un pèlerin et des chaussures à lacets qui sont soit orthopédiques, soit le modèle avec lequel elle tente de gagner le concours des chaussures les plus hideuses. Je devine qu'elle désapprouve le livre de cuisine de Diane, car elle se range avec conviction dans le camp « sans chichis ni recettes », surtout pour Thanksgiving. À ce titre, comme à tous les autres d'ailleurs, elle est d'un traditionalisme sans concession, une épouse soumise persuadée que Nick, son fils unique, marche sur l'eau. Elle en parle vraiment comme d'un miraculé, né tel le divin enfant alors que son médecin lui affirmait qu'elle ne pouvait concevoir. En ces circonstances, auxquelles s'ajoute la réussite de Nick qui a atteint et surpassé tous les espoirs que ses parents avaient placés en lui, c'est un autre miracle que Connie et moi soyons à même de nous entendre un tant soit peu. Le plus souvent en tout cas, elle fait semblant de m'approuver, même si je sais qu'au fond elle a du mal à encaisser que je n'élève pas nos enfants dans la religion catholique, ou toute autre religion d'ailleurs. Que mon père soit juif, ce qui, dans son esprit, fait que je le suis à moitié, et ses petits-enfants pour un quart. Que j'utilise de la sauce bolognaise en pot. Qu'en dépit de mon amour pour Nick, je ne le considère pas comme un héros capable de décrocher la lune. En fait, la seule fois où elle a paru sincèrement contente de moi, c'est quand je lui ai annoncé ma décision de quitter mon emploi – un contrepoint plutôt ironique à l'opinion de ma propre mère sur le sujet.

La main douloureuse à force de peler les pommes de terre, je remplis d'eau un grand faitout en écoutant d'une oreille distraite deux conversations parallèles : une sur la voisine de Connie qui se bat contre un cancer des ovaires, l'autre sur la récente thalasso de Diane. Inutile de préciser que le lien thématique entre les deux est plus que ténu. C'est là un des rares points communs entre Diane et Connie : ce sont deux incorrigibles pies jacasses qui me rebattent les oreilles de leurs papotages sur des personnes que je ne connais ni d'Eve ni d'Adam, se référant à elles par leur nom comme si je les avais déjà rencontrées. Une manie agaçante, mais qui rend leur compagnie facile à gérer, sans presque aucun effort de ma part à l'exception d'une petite question de temps à autre, histoire de relancer la machine.

Les deux heures suivantes continuent dans la même veine, avec un volume sonore en nette hausse quand les enfants investissent la cuisine avec leurs jouets les plus horripilants, jusqu'à ce que je succombe à une tournée de bloody mary. Entre parenthèses, c'est le seul autre point commun entre Diane et Connie : toutes les deux ont une bonne descente. Si bien que pour 16 heures, quand nous nous réunissons tous à table, au moins trois d'entre nous sont pompettes, peut-être quatre en incluant le père de Nick, Bruce : il a sifflé plusieurs rhum-Coca, mais ne parle jamais assez pour trahir le moindre signe d'ébriété. Il se contente de rester assis là avec son air bourru et, après un coup de coude de Connie, fait le signe de croix et débite d'un ton monocorde son bénédicité standard : « Bénissez-nous, Seigneur, et tous ces bienfaits que nous nous apprêtons à recevoir par votre miséricorde. Amen. »

Nous marmonnons tous « Amen », tandis que les parents de Nick se signent à nouveau, imités par Ruby avec quelques touches en trop – ce qui, comme je m'en amuse, ressemble davantage à une étoile de David qu'à une croix.

– Bien ! dit mon père, aussi mal à l'aise avec la religion qu'avec les parents de Nick. Tout ceci me paraît délicieux !

Il adresse ce compliment à Diane, qui lui répond par un sourire radieux et se sert une portion ridiculement petite de purée, puis refuse avec ostentation la sauce de la dinde, qu'elle passe au père de Nick.

La conversation s'enlise juste après, réduite aux murmures approbateurs d'usage – comme tout à l'air beau et bon – et aux protestations de Frank et Ruby, qui ne veulent pas de ceci ou de cela dans leur assiette.

Puis, deux minutes après le début du repas, Diane me lance un regard alarmé.

– Oh, Tess ! Sais-tu ce que nous avons oublié ?

Je jette un coup d'œil à la table et constate que rien ne manque, pas même les petits pains que j'ai pensé à sortir du four – mon oubli récurrent.

– Les chandelles ! s'exclame Diane. Il nous faut absolument des chandelles.

Nick me décoche un regard agacé qui me donne un sentiment fugace de complicité entre nous. Comme si nous étions du même bord, amusés par la même blague.

— Je vais les chercher, propose-t-il.

— Laisse, je m'en occupe, dis-je, certaine qu'il n'a pas la moindre idée de l'endroit où nous rangeons ce genre de chose.

Et puis je sais que Connie n'apprécie pas que ses hommes soient forcés de se lever de table durant le repas, quelle qu'en soit la raison.

Je retourne donc à la cuisine et monte sur un escabeau pour descendre d'un placard en hauteur une paire de bougeoirs en étain avec encore dedans deux chandelles à peine entamées depuis la dernière Saint-Valentin. Puis j'ouvre le tiroir près de la cuisinière où nous avons l'habitude de ranger les allumettes de ménage. Pas une seule en vue : il fallait s'y attendre, vu le désordre qui règne dans la maison ces derniers temps. Je ferme les yeux, m'efforçant de visualiser où j'en ai vu une boîte pour la dernière fois — un de ces objets, comme les épingles de sûreté ou les trombones, qu'on trouve éparpillés dans tous les coins sauf quand on en a besoin, et je me rappelle avoir allumé une bougie dans notre chambre un soir de la semaine dernière. Je cours à l'étage, ouvre le tiroir de ma table de nuit et trouve les allumettes où je les ai laissées. Un peu essoufflée par cet effort physique, le plus intense depuis des semaines, je m'assois sur le bord du lit et passe la main sur la pochette imprimée d'une inscription en lettres roses : « Amanda et Steve : l'Amour est roi ».

Steve était l'un des meilleurs amis de Nick en faculté de médecine. Aujourd'hui, il exerce comme dermatologue à Los Angeles. Amanda, elle, est mannequin. Ils se sont rencontrés lorsqu'elle est venue à son cabinet pour une épilation au laser. « L'Amour est roi » était le thème de leur mariage hawaïen, une folie somptueuse de trois jours à laquelle Nick et moi avons été conviés quand j'étais enceinte de Frank. Cette devise était inscrite partout : sur les cartons d'invitation, sur le site Web, sur les sacs marins en toile, les bouteilles d'eau et les serviettes de plage offerts à tous les invités à leur arrivée à l'hôtel. La devise s'étalait même sur une banderole tirée par un avion qui volait au-dessus de la plage juste après l'échange des consentements. Je me souviens que Nick, regardant vers le ciel d'un air goguenard, une main en pare-soleil, s'était moqué de ce déploiement branché en singeant l'accent californien.

Je lui avais souri en retour, me sentant un peu idiote de m'être laissé impressionner un court instant par un spectacle dont il se moquait ouvertement, et fière à la fois que notre mariage ait été à l'opposé de ce show à l'américaine. Nick s'en était remis à moi pour son organisation, tout en émettant le souhait d'une cérémonie simple et sans chichis. Je m'étais pliée à son désir, en partie à cause de mon embarras au sujet de mon précédent mariage annulé, avec toutes les dépenses occasionnées pour rien, et aussi parce que, entre-temps j'avais eu la révélation et m'étais convaincue qu'un mariage était une affaire de sentiments entre deux êtres et non un déploiement festif destiné à en mettre plein la vue au plus grand nombre. En conséquence, nous avions opté pour une cérémonie en petit comité à la Bibliothèque publique de New York, suivie d'un élégant dîner dans un restaurant italien à Gramercy avec pour seuls convives la famille et nos amis proches. C'était une soirée magique et romantique et, bien qu'il m'arrive parfois de penser que j'aurais aimé porter une robe un peu plus sophistiquée et ouvrir le bal avec Nick, je n'éprouve pas de réels regrets quant à nos choix.

L'Amour est roi.

Je me lève avec lenteur et prends sur moi pour redescendre, me remémorant toutes les raisons que j'ai d'être reconnaissante. Puis, au moment de quitter notre chambre, je remarque le BlackBerry de Nick sur sa commode et me sens céder à une tentation que je m'étais pourtant interdite.

Je me dis que je suis ridicule, que je ne veux pas être une épouse fouineuse et paranoïaque, que je n'ai aucune raison d'être soupçonneuse. Une petite voix intérieure me souffle alors : « Aucune raison à part son attitude distante, ses horaires à rallonge à l'hôpital, notre vie intime inexistante. » Je chasse ces doutes. Nick n'est pas parfait, mais il n'a rien d'un menteur. Jamais il ne me tromperait.

Pourtant, je m'approche de son téléphone, comme attirée par une force aussi étrange qu'irrésistible. Je le prends dans le creux de ma main, fais défiler le menu jusqu'à l'icône de sa boîte mail et constate qu'il a un nouveau message en 617, l'indicatif local. Il s'agit d'un numéro de portable de Boston. *Sûrement un collègue,* je me dis. Un souci professionnel qui ne peut attendre demain, tout au moins de l'avis d'un autre chirurgien tout aussi obsédé que mon mari par son métier.

Je clique dessus avec une part égale de culpabilité et de crainte : « Pense à toi aussi. Dommage que j'aie raté ton appel. Serons rentrés vers 7 heures si tu veux réessayer. D'ici là, joyeux Thanksgiving… PS. Bien sûr que non, il ne te déteste pas. Comment quelqu'un pourrait-il te détester ? »

Je fixe les mots, essayant de déterminer qui peut bien être leur auteur, et qui est donc ce mystérieux quelqu'un qui ne le déteste pas. Je tente de me rassurer : il y a sûrement une explication logique et innocente, même pour le « Pense à toi aussi. » Pourtant, ma tête tourne et mon cœur s'emballe à la pensée d'hypothèses angoissantes, de scénarios catastrophe. Je relis le texte deux fois encore. J'entends une voix de femme et distingue le vague contour d'un visage. Diane, en plus jeune. Je ferme les yeux et ravale la panique qui me noue la gorge, tout en m'ordonnant d'arrêter de délirer. Puis je marque le message comme non lu, repose le téléphone sur la commode et regagne la salle à manger, les bougeoirs et les allumettes à la main.

– Et voilà ! m'exclamé-je avec un sourire radieux, flanquant de mes trouvailles le centre de table automnal.

J'allume les bougies l'une après l'autre et m'emploie de mon mieux à empêcher mes mains de trembler. Puis je m'assois et mange dans un silence virtuel, ne le rompant que pour reprendre les enfants sur leurs manières ou alimenter de temps en temps le babillage de Diane et Connie.

Et pendant tout ce temps, je passe et repasse le texto dans ma tête et glisse des regards à la dérobée vers Nick, taraudée par cette effroyable question : serais-je un jour capable de haïr cet homme ?

24
Valerie

Valerie et Charlie passent Thanksgiving chez Jason, avec son ami Hank et Rosemary. Bien qu'il s'agisse d'une fête tranquille, en toute simplicité, ce n'en est pas moins une étape qui marque le premier contact officiel de Charlie en dehors de la famille proche et du personnel de l'hôpital. Hank assure la transition à la perfection et gagne l'affection de Valerie à chaque fois qu'il regarde son fils droit dans les yeux et, sans le traiter comme un bébé, lui pose des questions sur son masque, les interventions, la rééducation, ou lui demande comment il se sent avec le retour à l'école qui approche.

De son côté, Valerie évite soigneusement de se retrouver seule avec son frère, ignorant ses regards appuyés et ses remarques lourdes de sous-entendus. Elle y parvient jusqu'à la fin de la journée, où il finit par la coincer dans la cuisine tandis que les autres mangent leur deuxième part de tarte au potiron.

– Crache le morceau ! lui souffle-t-il en lançant des regards furtifs vers la porte, soucieux de sauvegarder la vie privée de sa sœur, même envers leur mère.

Surtout envers leur mère.

– Ce n'est pas ce que tu crois, répond-elle, toujours sous l'effet enivrant du texto qu'elle a lu dans les toilettes juste avant le début du repas.

Il était de Nick… son troisième de la journée. Elle lui a répondu qu'elle aussi pensait à lui, même si le mot « obsession » convenait davantage à son état d'esprit. Elle a rêvé de lui toute la nuit dernière et il n'a pas quitté ses pensées un seul instant.

— Alors, comme ça, tu ne fricotes pas avec le toubib ? s'enquiert Jason à voix basse.

— Non, répond Valerie, tandis qu'une vision de Nick sur le canapé lui coupe les jambes.

Les questions fusent en salve :

— Mais il te rend toujours visite chez toi ? Tard le soir ? À l'improviste ? Cocottant l'eau de toilette ?

— Il n'en portait pas, proteste-t-elle avec un peu trop d'empressement, puis elle tente de masquer sa maladresse par une remarque accessoire sur le fait qu'elle n'a jamais eu confiance dans les hommes qui se parfument. Lion mettait de l'eau de toilette, conclut-elle.

— Aha ! s'exclame Jason, comme s'il tenait enfin la preuve qui lui manquait.

Pourquoi, sinon, sa sœur comparerait-elle ce type à Lion, le seul amour de sa vie jusqu'à présent ?

— Épargne-moi tes « Aha ! », se défend Valerie à l'instant où Rosemary entre dans la cuisine.

— Que signifient ces messes basses, tous les deux ? s'étonne-t-elle, ouvrant le réfrigérateur.

— Rien, répondent-ils avec un bel ensemble qui les trahit.

Leur mère secoue la tête. À l'évidence, elle n'en croit pas un mot, mais ne semble guère s'en soucier et retourne au salon avec un pot de crème fouettée et une grande cuillère.

— Continuez donc, lâche-t-elle par-dessus son épaule.

Jason ne s'en prive pas, passant en mode d'attaque frontale.

— Val, dis-moi la vérité. Y a-t-il quelque chose entre vous ?

Elle hésite, puis décide en une fraction de seconde qu'elle n'a pas envie d'ajouter un mensonge à tout le reste.

– Oui, finit-elle par répondre. Mais ce n'est pas physique.

Elle repense à leurs corps enlacés, un moment d'intimité comme elle en a peu connus dans sa vie, mais estime qu'elle est encore dans les limites la vérité. En théorie.

– Tu es amoureuse de lui ? insiste son frère.

Le sourire timide qu'elle lui adresse est plus éloquent que n'importe quelle réponse.

Jason laisse échapper un sifflement sidéré.

– Dis donc… Il est marié, exact ?

Elle confirme d'un hochement de tête.

– Séparé ?

– Non.

Elle lui répond comme elle a l'habitude d'informer ses clients : le plus simplement possible, sans entrer dans les détails.

– Enfin, pas à ma connaissance, ajoute-t-elle, entretenant l'espoir que tel pourrait être le cas.

– Et… ?

– Et rien.

Elle a pensé à sa femme un millier de fois, bien sûr, et s'est posé une foule de questions sur elle, sur leur couple. À quoi ressemble-t-elle ? Pourquoi Nick est-il tombé amoureux d'elle ? Et, plus important, pourquoi il ne l'est plus ? À moins que ce ne soit pas le cas. Peut-être s'agit-il seulement d'eux, des sentiments qu'ils partagent, de cette force incontrôlable qui les rapproche – et de rien d'autre.

Valerie ne sait quel scénario a sa préférence : être une réaction à une histoire qui a tourné au vinaigre, ou un éclair dans un ciel serein qui a pris Nick au dépourvu et balayé son existence rangée avec la promesse d'une vie meilleure. Elle n'a qu'une certitude : Nick n'est pas le genre d'homme à être coutumier du fait. Elle serait prête à le jurer.

Pour l'instant, elle s'en tient aux faits.

— Il est marié, a deux enfants. Et il est le médecin de Charlie. C'est un problème sur toute la ligne, énonce-t-elle succinctement.

— D'accord, dit Jason, on progresse. Je craignais que ce soit juste moi.

— Ce n'est pas juste toi. J'ai parfaitement conscience que cette situation n'a rien de correct, murmure-t-elle, résignée. Et pour information, il le sait aussi. Mais...

— Mais tu ne vas pas cesser de le voir pour autant, termine Jason, qui cumule le rôle de frère, meilleur ami et thérapeute. N'est-ce pas ?

— J'en suis incapable.

25
Tessa

Ce soir-là, peu après le retour des parents de Nick chez eux et le départ de mon père et Diane pour le Fifteen Beacon, leur hôtel favori à Boston, où ils descendent toujours lorsqu'ils viennent en visite, Nick passe la tête par la porte de la salle de bains des enfants où je suis occupée à les déshabiller.

– Je vais être à court, m'annonce-t-il. J'en ai pour deux minutes.

Le cœur serré, je jette un coup d'œil à ma montre et note qu'il est presque 19 heures.

– À court de quoi ?

– De Coca cerise.

Il a toujours affirmé que le Coca cerise est plus efficace que le tylenol contre le mal de tête, dont il se plaint ce soir. Peut-être est-ce la simple vérité. J'espère de tout mon corps qu'il est au bord de la migraine la plus carabinée de tous les temps.

– Tu veux quelque chose ? me demande-t-il.

– Non, merci.

Avec un froncement de sourcils, je règle la température du bain. J'ajoute encore un peu de savon liquide et une montagne de bulles s'élève de l'eau. Ruby grimpe dans la baignoire et j'y dépose Frank, qui se tortille comme un ver en gloussant. Assise sur un tabouret, je regarde mes enfants jouer, admirant leurs corps roses parfaits : leurs ventres ronds, leurs petites fesses rebondies, leurs membres fins comme des brindilles. Lorsque Nick se détourne et s'en va, je garde les yeux fixés sur mes enfants et me dis que jamais il ne pourrait leur faire du mal ou mettre notre famille en péril.

Pourtant, à la seconde où j'entends la porte du garage s'ouvrir, je me précipite dans notre chambre et, le cœur lourd, ai la confirmation de ce que je sais déjà : le BlackBerry de Nick n'est plus sur la commode. Je tente de me persuader qu'il est naturel de prendre son téléphone même pour une course rapide, mais ne peux chasser de mon esprit l'image de mon mari, dans sa voiture, qui compose le numéro abrégé d'une autre femme.

– Je crois que Nick a une aventure, annoncé-je à Cate le lendemain après avoir enfin réussi à la joindre à ma quatrième tentative. Ou au moins il l'envisage.

Je suis assise sur le sol de la buanderie, au milieu de trois piles de linge sale – au lieu des cinq que j'aurais dû faire normalement, si je n'étais pas prête à bourrer la machine au maximum.

À la seconde où les mots sortent de ma bouche, un immense soulagement m'envahit, presque comme si le fait d'énoncer mes craintes à voix haute rendait leur réalité moins probable.

– Impossible ! décrète Cate comme je l'aurais parié.

Voilà sans doute pourquoi, inconsciemment, c'est elle que j'ai appelée de préférence aux autres candidats : Rachel, mon frère, April ou ma mère. Rachel et Dex s'inquiéteraient trop, April risquerait de trahir ma confiance. Quant à ma mère, j'imagine déjà ses débordements de cynisme.

– Qu'est-ce qui te fait croire ça ? demande Cate.

Je lui expose tous mes indices : les soirées qui s'éternisent à l'hôpital, le texto, et l'excursion pour le Coca cerise qui a duré près de trente-huit minutes.

– Voyons, Tess, tu déraisonnes de tirer une conclusion pareille. Il avait peut-être juste envie de prendre l'air. De tirer un peu au flanc en profitant d'un moment de tranquillité. De là à imaginer qu'il aurait une liaison, il y a un pas…

– Et le texto ? Le « Pense à toi aussi » ?

– Il pense à quelqu'un ? Et alors ? Il n'a pas pour autant des vues sur ce quelqu'un.

– De qui pourrait venir ce message à ton avis ?

Je réalise que ce qui me donne le plus à réfléchir, le fait que Nick ait si peu d'amis et soit si rarement enclin à nouer de nouvelles relations, est aussi ce qui me rassure.

– De n'importe qui, je dirais. Un collègue qui divorce et s'est retrouvé seul pour Thanksgiving. Un vieux copain, un ancien patient, qu'est-ce que j'en sais ? Ce que je veux dire, c'est que Nick n'est pas du genre à avoir une aventure.

– D'après ma mère, tous les hommes sont à mettre dans le même panier.

– Je n'y crois pas. Et toi non plus.

– Ces derniers temps, je ne sais plus que croire.

– Tess, tu traverses juste une petite déprime, voilà tout. Écoute, j'ai une idée. Si tu venais ici le week-end prochain ? Je te remonterais le moral et te renverrais chez toi gaie comme un pinson. Rien ne vaut un peu de bon temps entre copines…

– Pour laisser le champ libre à Nick ? plaisanté-je.

Enfin, à moitié.

– Pour lui laisser le temps de regretter ton absence. Et te rappeler que tu as le meilleur mari du monde. La plus belle vie.

– D'accord, dis-je, sans conviction, mais pleine d'espoir. Vendredi, ça te va ? J'arriverai en fin d'après-midi.

– Parfait. On sortira le soir. Tu pourras me regarder

draguer des inconnus dans les bars. Tu comprendras que tu ne rates rien et quelle chance tu as d'avoir un mari loyal.

– D'ici là, quelle est ma stratégie ?

Je ne connais pas plus fin stratège que Cate.

– Ta stratégie ? répète-t-elle avec animation. Eh bien, pour commencer, arrête de fouiner. Crois-moi, je connais. Il n'en sort jamais rien de bon.

Je coince le téléphone sous mon oreille et fourre les couleurs dans la machine. Un caleçon de Nick en coton écossais rouge tombe du tas sur le carrelage. En le ramassant, je me convaincs que personne à part moi n'a vu ses sous-vêtements.

– D'accord. Quoi d'autre ?

– Fais de l'exercice. De la méditation. Mange sainement. Dors beaucoup. Ravive tes mèches. Achète-toi une nouvelle paire de chaussures, répond-elle comme si elle m'égrenait les dix commandements du bonheur conjugal. Et surtout, n'asticote pas Nick. Sois juste… gentille avec lui.

– Pour l'inciter à ne pas me tromper ?

– Non. Parce que tu sais qu'il ne te trompe pas.

J'arbore mon premier vrai sourire depuis des jours, heureuse de m'être confiée à Cate et de la voir bientôt. Heureuse d'avoir épousé un homme à qui ma meilleure amie accorde sans une hésitation le bénéfice du doute.

26
Valerie

La veille du retour de Charlie à l'école, Nick passe dans la soirée lui souhaiter bonne chance, mais finit par rester préparer le dîner. Roi des hamburgers autoproclamé, il fait cuire les steaks hachés sur le gril. Malgré la dizaine d'appels et de textos que Valerie et lui ont échangés, c'est la première fois qu'elle le revoit depuis Thanksgiving et elle éprouve une étourdissante griserie à se tenir ainsi à ses côtés, l'unique remède qui puisse apaiser sa nervosité à la perspective de la rentrée de Charlie.

Elle observe son fils, qui joue avec ses figurines de *La Guerre des étoiles* sur la table de la cuisine, tout en questionnant Nick au sujet de son masque posé à côté de lui.

– Je dois vraiment le porter à l'école ? demande Charlie.

– Oui, mon grand. Surtout en sport et à la récréation. Tu peux l'enlever de temps en temps s'il te gêne, te donne chaud ou te chatouille, mais c'est une bonne idée de le garder.

Le front plissé, Charlie semble réfléchir à la question.

– À ton avis, je suis plus beau avec ou sans ? questionne-t-il en rejoignant Valerie et Nick.

Ils échangent un regard alarmé.

– Tu es très beau avec ou sans, lui assure sa mère.

– Ta peau cicatrise très bien, renchérit Nick, qui transfère les steaks cuits sur les petits pains coupés en deux. Mais le masque est cool.

Le sourire ravi dont Charlie le gratifie réchauffe le cœur de Valerie.

– C'est vrai, dit-elle. Tu pourras dire à tes copains que tu es un soldat impérial.

Nick hoche la tête.

– Et que tu connais Dark Vador en personne.

– C'est vrai, je peux ? demande-t-il à sa mère, le regard plein d'espoir.

Elle approuve d'un ton catégorique. Ce soir, se fait-elle la réflexion, elle dirait oui pour ainsi dire à n'importe quoi. Après tout, il a bien mérité qu'elle lui fasse plaisir, bien qu'au fond de son cœur elle sache pertinemment que le malheur ne justifie ni les mensonges ni même les demi-vérités.

Plongée dans ses pensées, Valerie porte deux des trois assiettes sur la table. Nick lui emboîte le pas avec la troisième, Charlie à leur suite. Tous trois prennent place autour de la petite table ronde balafrée de profonds sillons, d'éraflures et de traces de marqueur indélébile – séquelles des projets d'arts plastiques de Charlie qui contrastent avec les serviettes en lin bleu et jaune raffinées et les sets de table assortis que Jason a rapportés à Valerie de son voyage en Provence l'été dernier, celui qu'il a entrepris avec son précédent petit ami.

– Nous sommes contents de t'avoir ici, murmure Valerie à Nick, sa version personnelle du bénédicité.

Elle baisse les yeux sur sa serviette posée sur ses genoux, tandis que Charlie prononce des grâces plus classiques, puis se signe juste après, comme sa grand-mère le lui a appris.

Nick se joint au rituel.

– J'ai l'impression d'être chez ma mère, fait-il remarquer.

– C'est une bonne chose ? demande-t-elle.

– Oui, mais sache que tu ne lui ressembles pas du tout...

Ils échangent un sourire, puis entament une conversation enjouée, tout en mangeant leurs hamburgers accompagnés de frites et de haricots verts. Ils parlent des grosses chutes de neige attendues pour le milieu de la semaine. De Noël, qui n'est plus très loin. De l'envie de Charlie d'avoir un chiot, un désir auquel Valerie se sent peu à peu céder. Pendant ce temps, elle s'emploie de son mieux à ignorer la pensée qui la tarabuste : celle de deux autres enfants, qui dînent à la maison avec leur mère.

Après le repas, d'humeur joyeuse, ils débarrassent la table ensemble, rincent assiettes et couverts, chargent le lave-vaisselle jusqu'à ce que Nick leur annonce brusquement qu'il doit partir. Il s'agenouille pour offrir un cadeau à Charlie, une pièce en or porte-bonheur, sous le regard ému de Valerie, qui aurait aimé passer un peu de temps seule avec lui mais aime encore plus le regarder avec son fils.

– Elle était à moi quand j'étais petit, dit-il à Charlie. Maintenant, c'est à ton tour de l'avoir.

Charlie hoche la tête avec solennité, puis prend la pièce dans le creux de sa main. Son visage s'illumine, aussi beau et parfait qu'elle l'a toujours connu. Elle se retient de lui demander de dire merci – sa réaction instinctive à chaque fois qu'on lui offre un cadeau –, soucieuse de ne pas interrompre ce moment, certaine que le sourire de son fils vaut tous les mercis du monde.

– Si quoi que ce soit te tracasse, tu la prends dans ta main au fond de ta poche, explique Nick, qui lui glisse ensuite un morceau de papier dans l'autre main. Apprends ce numéro par cœur. Si tu veux me parler, pour n'importe quelle raison, à n'importe quel moment, appelle-moi.

Charlie hoche la tête avec gravité puis, les yeux baissés sur le papier, répète les chiffres à voix basse, tandis que Valerie raccompagne Nick à la porte.

– Merci, lui dit-elle, la main sur la poignée.

Pour les hamburgers, la pièce, le numéro de téléphone. Pour tout ce qu'il a fait pour eux jusqu'à ce soir.

Il secoue la tête, comme s'il lui signifiait que tout le plaisir est pour lui, du début à la fin, et qu'il est inutile de le remercier. Il jette un coup d'œil vers Charlie et, constatant qu'il ne peut les voir, prend le visage de Valerie entre ses mains. Avec douceur, il effleure ses lèvres d'un baiser, un seul. Plus tendre que passionné, ce n'est pas le premier baiser qu'elle a imaginé tant de fois, mais un frisson lui parcourt le dos et elle en a les jambes en coton.

– Bonne chance pour demain, lui murmure-t-il.

Elle lui sourit. De la chance, jamais elle n'en a eu autant besoin.

Le lendemain matin, Valerie se lève avant l'aube. Elle prend sa douche puis va à la cuisine, où elle entreprend de préparer du pain perdu pour la rentrée de Charlie et son propre retour officiel au cabinet. Elle dispose tous les ingrédients sur le plan de travail : quatre tranches de brioche tressée, des œufs, du lait, de la cannelle, du sucre en poudre et du sirop de mélasse. Et même des fraises fraîches. Elle sort un petit saladier, un fouet et une bombe de spray anti-adhésif. Elle est nerveuse et calme à la fois, comme avant une affaire importante, lorsqu'elle sait s'être préparée de son mieux mais s'inquiète quand même de détails qui pourraient échapper à son contrôle. Elle resserre la ceinture de son peignoir blanc en polaire et monte le thermostat du chauffage à 23 °C. Elle veut que Charlie ait bien chaud quand il descendra pour le petit déjeuner. Elle tient à ce que tout soit parfait pour ce matin crucial. Puis elle retourne à la cuisinière, bat les ingrédients et pulvérise sa poêle de spray antiadhésif, l'esprit hanté par des visions angoissantes : Charlie chutant de la cage à poules, déchirant sa nouvelle

244

peau. Ou victime des quolibets de ses petits camarades à cause de son masque ou, pire, après avoir décidé de l'enlever.

Valerie ferme les yeux et se répète ce que Nick lui assure depuis des jours : tout va bien se passer. Elle a pris toutes les dispositions en vue de cette journée. À l'école, elle a prévenu tout le monde : le directeur, l'infirmière, la conseillère pédagogique et le professeur principal de Charlie savent qu'il revient aujourd'hui, qu'elle l'accompagnera jusqu'à sa classe et tient à être mise au courant au moindre souci, d'ordre émotionnel ou physique.

– Du pain perdu ! s'exclame Charlie dans son dos.

Surprise qu'il se soit réveillé seul, alors que d'ordinaire elle doit le tirer du lit, elle se retourne et le découvre en pyjama, pieds nus, son masque dans une main et la pièce en or dans l'autre. Il arbore un sourire radieux qu'elle lui rend, priant pour qu'il garde cette belle humeur toute la journée.

C'est le cas durant tout leur rituel du matin – petit déjeuner, habillage, toilette – et aussi dans la voiture sur le chemin de l'école, tandis qu'ils écoutent le CD de musique relaxante que Nick a gravé pour lui la semaine dernière.

À leur arrivée sur le parking, Charlie met rapidement son masque en silence et Valerie se demande si elle doit lui parler. Sans être solennelle, au moins quelques mots de réconfort. Mais elle choisit de suivre son exemple et de se comporter comme s'il s'agissait d'une journée ordinaire : elle contourne la voiture jusqu'à l'arrière, lui ouvre la portière et résiste à l'envie de défaire sa ceinture à sa place ou de lui prendre la main.

Lorsqu'ils franchissent l'entrée principale, un groupe d'élèves plus âgés – d'une dizaine années, estime-t-elle – lèvent les yeux et fixent Charlie.

– Bonjour, Charlie ! lui lance une jolie fillette aux longues nattes blondes.

Charlie murmure un « Bonjour » à peine audible, se colle à sa mère et lui prend la main. Valerie se crispe mais, lorsqu'elle baisse les yeux vers son fils, elle le voit sourire. Il est heureux de reprendre l'école. Il est plus courageux qu'elle.

Quelques bonjours plus tard, ils arrivent dans la classe. L'institutrice, son assistante et une douzaine d'élèves se rassemblent autour de Charlie avec effusion. Tous, sauf Grayson, qui se tient près de la cage du hamster avec une expression que Valerie ne parvient pas à déchiffrer. L'expression d'un enfant qui a entendu trop de conversations d'adultes.

Elle s'attarde aussi longtemps que possible, glissant de temps à autre un regard vers Grayson, jusqu'à ce que la maîtresse, Martha, du genre grand-mère bienveillante, éteigne la lumière, le signal pour les enfants qu'ils doivent aller s'asseoir sur le tapis dans le coin lecture. À ce moment, Valerie hésite, puis se penche pour embrasser Charlie avant de partir.

— Sois gentil avec Grayson aujourd'hui, lui souffle-t-elle à l'oreille.

Les yeux du garçon papillonnent avec perplexité.

— Pourquoi ?

— Parce qu'il est ton ami, se contente-t-elle de répondre.

— Tu es toujours fâchée contre sa maman ?

Elle le dévisage, choquée et mortifiée. Comment a-t-il pu tirer cette conclusion ? Quelle conversation a-t-il donc entendue, lui aussi ? Qu'a-t-il surpris d'autre à son insu, ces dernières semaines ?

— Je ne suis pas fâchée contre sa maman, ment-elle. Et j'apprécie vraiment Grayson.

Charlie ajuste son masque et médite l'information avec un hochement de tête.

— Bon, j'y vais, chéri, finit par dire Valerie, la gorge nouée comme au premier jour de maternelle de son fils, mais pour des raisons très différentes. Fais bien…

– Je ferai attention, maman, l'interrompt-il. Ne t'inquiète pas… Tout va bien se passer.

Puis il se détourne et va s'asseoir en tailleur sur le bord du tapis, le dos droit, les mains posées l'une – la valide – sur l'autre.

27
Tessa

Je ne sais pas trop pourquoi j'attends jusqu'à jeudi soir pour annoncer à Nick mon week-end à New York, ou pourquoi je me sens si anxieuse. Incapable de le regarder dans les yeux, je m'applique avec concentration à ouvrir l'enveloppe de notre relevé American Express qui vient d'arriver au courrier. *Triste journée*, me dis-je, quand on préfère regarder un relevé de carte de crédit au lieu de son mari.

— J'ai décidé d'aller à New York ce week-end, dis-je avec toute la nonchalance dont je suis capable.

Nick tombe des nues.

— Ce week-end ?

— Oui.

Je parcours la colonne débit, sidérée pour la énième fois de la vitesse à laquelle les dépenses s'envolent quand bien même on essaie de les limiter.

— Ce vendredi ?

— Ce vendredi, confirmé-je avec un regard en coin, enhardie par sa mine sidérée.

Pour une fois, c'est moi qui le prends au dépourvu, me dis-je avec satisfaction. *C'est moi qui lui dicte mon emploi du temps.*

— Merci quand même de me l'apprendre, ironise-t-il, bon enfant.

Je me hérisse, focalisée sur le sarcasme plutôt que sur son sourire, pensant au nombre de fois où lui a oublié de me prévenir, changé ou annulé nos plans au dernier moment, ou carrément abandonnée au milieu d'un repas ou d'un week-end. Mais, fidèle au conseil de Cate, je veille à ne pas déclencher les hostilités et feins un ton prévenant, digne d'une bonne épouse.

– C'est soudain, je sais… Mais j'ai vraiment besoin d'un peu de temps pour moi. Tu n'es pas de service, au moins ?

Il fait non de la tête, tandis que nos regards se croisent, teintés l'un comme l'autre d'une lueur de scepticisme. Je me rends soudain compte que pour la première fois il sera seul une nuit avec les enfants. La toute première fois.

– C'est bon, alors ?

– Bien sûr, accepte-t-il à contrecœur.

– Formidable ! m'exclamé-je joyeusement. Merci pour ta compréhension.

Nick hoche la tête.

– Tu vas chez Cate ? Ou Dex et Rachel ?

– Chez Cate, réponds-je, contente qu'il me donne l'occasion d'entrer dans les détails. Bien sûr, je verrai mon frère et Rachel. Mais je suis davantage d'humeur à sortir, à faire la fête. Décompresser un peu comme seule Cate sait le faire.

Traduction : « redevenir celle que j'étais avant mon mariage, la fille dont tu n'étais jamais rassasié et pour laquelle tu te précipitais tous les soirs à la maison après l'hôpital, tant tu étais pressé de la retrouver ».

Nouveau hochement de tête de Nick, qui prend le relevé d'American Express et écarquille les yeux, comme à chaque fois qu'il épluche nos factures.

– La vache ! marmonne-t-il. Au moins, ne fais pas de shopping…

– Trop tard, dis-je, désignant le sac de chez Saks dans le couloir, histoire de l'aiguillonner un peu plus. Il me fallait des nouvelles chaussures pour sortir à…

– Oh, je vois, m'interrompt-il, les yeux au ciel. Je suppose qu'aucune des trente paires que tu possèdes déjà ne convenait pour une sortie entre filles ?

Je lève les yeux au ciel à mon tour et sens mon sourire se crisper quand je pense à la collection de Cate. À celle d'April. Et même, dans une moindre mesure, à celle de Rachel, certes limitée pour une épouse de banquier à Manhattan mais plus grande que la mienne. Au contraste entre les innombrables rangées de modèles de designers tous plus branchés les uns que les autres – en satin rehaussé de strass, en cuir noir sophistiqué, aux talons aiguilles vertigineux – et à la mienne, plutôt discrète et sage.

– Tu n'as aucune idée de ce que signifie posséder beaucoup de chaussures, fais-je remarquer avec une pointe de défi. Sérieusement, j'ai une garde-robe dérisoire.

Il hausse un sourcil critique.

– Dérisoire ? Tu plaisantes ?

– Enfin, pas en comparaison d'une villageoise somalienne… mais dans ce contexte, précisé-je avec un arc-de-cercle qui désigne nos voisines dépensières. Je ne suis pas une accro du shopping, moi. Tu sais, Nick, tu devrais être content de m'avoir épousée.

Je retiens mon souffle, escomptant qu'il se radoucisse, m'adresse un vrai sourire et pose une main affectueuse sur moi – n'importe où – avec une phrase du genre : « Évidemment, je suis heureux de t'avoir épousé. »

Au lieu de cela, songeur, il passe du relevé à un catalogue de chez Barney qu'entre parenthèses je n'ai jamais commandé.

– Crois-tu qu'il soit trop tard pour trouver une baby-sitter pour ce week-end ? Il se peut que j'aie envie d'aller boire quelques bières de mon côté…

– Avec qui ?

Je regrette aussitôt ma question et tente d'en atténuer le côté soupçonneux par un sourire candide.

Mon stratagème semble fonctionner, bien que son hésitation me transperce le cœur. Je l'observe, consciente que je me rejouerai plus tard cette seconde de silence, sa mine perplexe, tout comme les quelques mots qu'il me bredouille :

– Oh... je ne sais pas... peut-être tout seul...

Sa phrase reste en suspens et je ne peux m'empêcher de combler le silence gênant avec nervosité :

– Je vais appeler Carolyn pour voir si elle est disponible.

Je me fais soudain l'impression de ces gens qui se rendent complices de l'alcoolisme de leurs proches.

Je tourne les talons et emporte mes chaussures neuves à l'étage. *En tout cas, me dis-je, si mon mari est sur le point de me tromper, le moins qu'on puisse dire, c'est qu'il n'est pas très doué.*

Le jeudi matin, April me convainc de remplacer sa partenaire de double habituelle, restée chez elle à cause de troubles gastriques, dans un match d'entraînement contre Romy et sa partenaire de longue date, Mary Catherine – connue dans les cercles tennistiques sous ses initiales MC parce qu'il lui arrive comme au rappeur MC Hammer de s'exclamer *Hammer time !* lorsqu'elle inflige un ace à ses adversaires. Bref, toutes les trois prennent le tennis très au sérieux et je suis persuadée que mes prouesses dans l'équipe de mon lycée ne seront pas à la hauteur des dix heures hebdomadaires qu'elles y consacrent religieusement. Et j'en suis encore plus persuadée quand je vois Romy et MC faire leur entrée sur le court couvert du Dedham Golf & Polo d'un air important, avec maquillage intégral et tenues parfaitement coordonnées jusqu'aux bandeaux de poignet et aux chaussures, Romy en bleu ciel et MC en lavande.

– Bonjour, mesdames, dit MC de sa voix rauque.

Elle ôte sa veste et s'échauffe les bras en vigoureux moulinets qui font onduler ses biceps, tels ceux d'une nageuse olympique.

– Désolée pour le retard, ajoute Romy, qui attache son carré blond en une courte queue-de-cheval, puis s'étire les mollets. Quel cauchemar, ce matin ! Grayson a encore craqué sur le chemin de l'école. Ma décoratrice est arrivée une demi-heure en retard, avec des échantillons de tissu carrément hideux. Et j'ai renversé un flacon de dissolvant sur notre tapis de salle de bains tout neuf. Je savais bien que je n'aurais pas dû essayer de faire ma manucure moi-même !

– Ma pauvre ! compatit April. Comme c'est affreux !

En présence de Romy, c'est systématique : son ton gagne en préciosité, comme si elle cherchait à l'impressionner ou à gagner son approbation. Une étrange réaction, car April me semble plus intelligente, et par bien des côtés plus intéressante que son amie.

– Alors, Tessa, intervient MC, à l'évidence pressée d'en venir aux choses sérieuses. April nous a dit que vous étiez une excellente joueuse.

Matriarche et capitaine de l'équipe, elle cherche apparemment à en compléter les rangs. En d'autres termes, je passe une audition aujourd'hui.

– Vous avez joué au niveau universitaire ?

– Non ! me récrié-je, effarée par cette déformation des faits.

– Bien sûr que si, intervient April qui passe une main sur le tamis de sa raquette retendue récemment, puis ouvre une boîte de balles.

– Non, j'ai joué au lycée. Et je n'avais pas touché à une raquette depuis des années jusqu'à ce que j'arrête de travailler l'année dernière – je la corrige, bien décidée à rétablir la vérité et à faire retomber les attentes de tout le monde, y compris les miennes.

Cependant, je me sens animée par un surprenant esprit de compétition que je n'ai pas éprouvé depuis bien longtemps. Aujourd'hui, je veux réussir. Je dois réussir. Ou tout au moins faire preuve d'un minimum de compétence.

Durant quelques minutes, nous bavardons à quatre de choses et d'autres et nous échauffons en échangeant quelques balles au rebond, tandis que je me remémore les conseils de mon prof lors d'une leçon récente : animer le jeu de jambes, raffermir la prise, monter au filet au deuxième retour de service. Mais à peine le match débute-t-il que toute ma compétence s'envole ; et à cause de mon incapacité à défendre mon service ou à marquer le moindre point, April et moi nous retrouvons vite menées d'un set blanc et de trois jeux à zéro dans le deuxième.

— Désolée, bredouillé-je après un retour de balle particulièrement embarrassant, un coup facile que j'expédie droit dans le filet.

Je m'adresse en premier lieu à April, mais aussi à Romy et à MC, car j'ai conscience de ne les aider en rien à affiner leur technique ou à élever leur niveau de jeu.

— Pas de souci ! crie Romy, à peine essoufflée, son maquillage toujours impeccable. Tu t'en sors très bien !

Tout condescendante qu'elle soit, je décide néanmoins de prendre sa remarque comme un encouragement.

Pendant ce temps, ahanant comme un phoque, j'essuie mon visage dégoulinant dans ma serviette et bois au goulot de longues lampées d'eau minérale avant de regagner le court avec une détermination retrouvée.

Par bonheur, mon jeu semble s'améliorer quelque peu et je marque même quelques points ; mais une demi-heure plus tard, nous affrontons une nouvelle balle de match que MC annonce comme si elle hurlait dans un micro sur le court central de Wimbledon.

Une intense nervosité m'étreint brusquement, comme si le point suivant pouvait bouleverser ma vie. Les deux mains crispées sur le manche de ma raquette, en position d'attente, je regarde MC se placer derrière la ligne de fond de court et faire rebondir sa balle trois fois sans me quitter des yeux

– méthode personnelle de prévisualisation ou tentative flagrante d'intimidation.

– Décide-toi… entends-je marmonner April, alors que MC lance enfin sa balle en l'air, repliant sa raquette dans son dos avant de frapper un service slicé avec un cri digne de Monica Seles.

La balle siffle par-dessus le filet, prend un effet latéral, franchit la ligne de simple et me force à sortir du court. Je repère sa trajectoire et m'étire en une version tennistique de la posture du guerrier 3 au yoga, le bras en extension maximale avec une torsion du poignet. Le cadre de ma raquette entre à peine en contact avec la balle, mais je réussis quand même un coup droit long en hauteur. Avec satisfaction, je regarde la balle redescendre en lob vers Romy qui s'écrie « Je l'ai ! Je l'ai ! » – une instruction cruciale quand on fait équipe avec MC.

D'une volée haute, Romy renvoie la balle au centre.

– À toi ! me crie April.

À nouveau, je m'étire de tout mon long pour atteindre la balle et, d'un revers malhabile, parviens par miracle à la renvoyer par-dessus le filet.

Avec une volée haute en coup droit, MC la ramène à April qui la retourne d'un coup droit lifté. Mon cœur s'emballe quand la demi-volée de Romy renvoie la balle vers moi. Je réussis de justesse un lob long qui retombe au fond du carré de MC.

Et ainsi de suite jusqu'à ce que le point culmine en une démonstration de volées réflexes au filet que MC conclut par un smash puissant droit sur moi.

Hammer time.

– Jeu, set et match ! hurle-t-elle avec jubilation.

Je m'arrache un sourire, tandis que nous regagnons le bord du court où nous buvons à grands traits et reconstituons le dernier point… enfin, surtout MC. Puis elle se tourne vers moi et m'annonce qu'elles sont à la recherche d'une nouvelle joueuse pour l'équipe.

– Seriez-vous intéressée ? me demande-t-elle, tandis qu'April rayonne, fière de son dernier projet en date : faire de moi une des stars de Wellesley.

Je lui réponds par l'affirmative. Oui, je crois que je pourrais m'habituer à cette vie. Cette pensée me traverse à nouveau l'esprit quand nous nous retrouvons après la douche pour un verre d'après-match au bar à jus, où nous sirotons un cocktail protéiné tout en papotant. Les sujets abordés sont rigoureusement réservés aux filles : chaussures, bijoux, Botox et chirurgie esthétique, dernier régime ou programme d'exercice physique en date (ou, pour moi, leur absence), assistantes maternelles, baby-sitters et femmes de ménage. La conversation est le plus souvent superficielle et bêtifiante, mais j'en savoure chaque minute ; elle me permet de m'évader du réel, comme la lecture d'un tabloïd. Penaude, je m'avoue aussi que j'apprécie le sentiment d'appartenance à leur clique élitiste. Il me vient à l'esprit que je n'ai plus eu un vrai groupe d'amies depuis que Cate et moi avions rejoint une association d'étudiantes à l'université, peut-être parce que je préfère les amitiés individuelles, mais plus probablement parce que maintenant j'ai une famille. Je me dis aussi que Nick tiquerait s'il entendait la teneur de notre conversation – ce qui, en retour, me met sur la défensive et avive d'autant mon ressentiment.

Pour cette raison peut-être, je reste imperturbable lorsque Romy aborde le sujet qui fâche.

– Charlie Anderson est de retour à l'école depuis lundi, annonce-t-elle, sirotant son cocktail à la mangue.

Je sens qu'elle marche sur des œufs.

– C'est une excellente nouvelle ! commente April d'une voix anormalement haut perchée.

Je lui fais écho en murmurant quelques mots évasifs qui

l'assurent néanmoins de mon soutien – ma façon de lui accorder ma permission de poursuivre.

– Oui, je sais, dit Romy avec un profond soupir.

– Raconte-leur pour Grayson, l'incite MC.

Romy fait mine de regimber.

– Je ne veux pas mettre Tessa mal à l'aise, répond-elle en secouant la tête, les yeux baissés sur la table.

– Ce n'est pas un problème, lui assuré-je en toute franchise. Quoi que tu dises, je le garderai pour moi.

Elle me lance un sourire timide et reconnaissant.

– Grayson en voit de rudes en ce moment à l'école, explique-t-elle. Il souffre toujours du syndrome de stress post-traumatique et, à mon avis, le fait de revoir Charlie a ravivé tout un tas de mauvais souvenirs.

– Ça doit être dur, compatis-je, sincère.

– Et pour couronner le tout, ajoute Romy, Charlie n'est pas très gentil avec lui.

– C'est vrai ? dis-je, surprise, et un peu sceptique quant à l'impartialité de la source.

– Enfin, je ne veux pas dire qu'il est méchant en soi. C'est juste qu'il... l'ignore. Ils ne sont plus du tout aussi proches qu'avant.

Je hoche la tête, songeant à la classe de Ruby, où le syndrome de « la méchante fille » a déjà commencé à sévir : la courbe de popularité évolue de semaine en semaine, au gré des lubies de ces demoiselles, qui élisent leur nouvelle reine des abeilles de quatre ans et se réalignent en conséquence. Jusqu'à présent, Ruby a réussi à se maintenir quelque part au milieu : ni souffre-douleur, ni bourreau. Comme moi à son âge, et j'espère bien qu'elle y restera.

– Il est peut-être juste un peu timide. Ou gêné.

– Peut-être, dit Romy. Il porte un masque : tu le sais déjà, j'en suis sûre.

– Non. Nick et moi n'avons pas vraiment parlé de son cas.

— Eh bien, en tout cas, je suis d'avis que le retour de Charlie ne fait qu'aggraver l'état de Grayson… Peut-être se sent-il même un peu coupable, puisque c'est arrivé à sa fête.

— Il n'a pas à se sentir coupable, fais-je remarquer, ce qui est l'évidente vérité.

— Et toi non plus, dit April à Romy.

Je hoche la tête, bien que je ne sois pas certaine de vouloir aller aussi loin.

— Tu as revu Valerie Anderson ? demande MC. Depuis l'autre jour à l'hôpital ?

— Non, et c'est heureux, répond Romy, qui se mord la lèvre inférieure, apparemment perdue dans ses pensées, avant de secouer la tête. Franchement, je ne comprends pas cette femme.

— Moi non plus, dit April.

Soudain, le visage de Romy s'illumine.

— April t'a-t-elle dit que nous avions vu ton adorable mari à l'hôpital ce jour-là ? Quel amour !

Je confirme d'un hochement de tête et lui souris, soulagée de ne pas avoir à m'appesantir sur la responsabilité de Romy.

— Je craque devant un homme en blouse blanche, avoue-t-elle.

— C'était aussi mon cas avant, fais-je remarquer avec une pointe de cynisme dans la voix.

— Plus maintenant ? s'étonne Romy avec un sourire. Que s'est-il passé ?

— Je l'ai épousé, réponds-je en riant, mais je ne plaisante qu'à moitié.

— Tu parles… objecte April, qui se tourne vers Romy. Tessa a une vie de couple parfaite. Ils ne se disputent jamais. Et il va garder les enfants tout le week-end pendant qu'elle va s'amuser à New York.

— Il sait s'occuper seul des enfants ? s'étonne Romy, sidérée.

Je m'apprête à lui répondre que je me suis arrangée avec Carolyn pour qu'elle assure la transition entre mon départ demain après-midi et son retour du travail, plus quelques heures le samedi soir, mais April répond à ma place avec exubérance.

– Il est génial avec les enfants ! C'est le père idéal. Le couple parfait, je te dis.

Je lui glisse un regard perplexe. Pourquoi tant d'efforts pour me faire mousser – mes enfants, mon tennis, et maintenant mon couple ? J'apprécie, mais j'ai le sentiment qu'elle en fait un peu trop, peut-être à cause de mon incapacité à susciter un délire immédiat au premier abord. Même s'il est rassurant d'apprendre que Nick y parvient très bien, lui. Avec sa blouse blanche.

Romy et MC me couvent d'un regard dégoulinant d'envie qui, quand je réfléchis aux semaines qui viennent de s'écouler dans mon foyer prétendument idéal, me donne l'impression d'avoir usurpé le rôle de June Cleaver.

– Un couple parfait, ça n'existe pas, fais-je remarquer.

– Exact, approuve MC d'un ton catégorique, semblant parler d'expérience.

Un silence tombe entre nous, comme si nous réfléchissions à nos mariages respectifs. Romy le rompt :

– À propos... êtes-vous au courant pour Tina et Todd ?

– Ne m'en parle même pas ! dit April, qui couvre ses chastes oreilles.

Romy marque une pause théâtrale, puis murmure :

– Avec une call-girl...

– Mon Dieu, tu plaisantes ! s'effare April. Il semble si gentil et convenable. Il est placeur dans notre paroisse, quand même !

– Oui. Si ça se trouve, il vole aussi dans le panier de la quête.

MC demande s'il s'agissait juste d'une aventure d'un soir.

– Ça fait une différence, tu crois ? lui lance Romy d'un ton cassant.

– J'imagine que non, répond MC, qui termine son cocktail d'une longue aspiration peu discrète.

– Mais pour info, poursuit Romy, sachez que ce n'était pas une aventure d'un soir. En fait, il entretenait cette liaison depuis des années. Tout comme… comment s'appelle-t-il déjà ? Ce gouverneur de New York ?

– Eliot Spitzer, réponds-je.

Je me souviens qu'à l'époque ce scandale avec une prostituée m'avait passionnée. L'attitude de son épouse, Silda, avait retenu mon attention. Je n'en revenais pas qu'elle se tienne derrière lui sur l'estrade, les yeux rougis et bouffis, abattue et humiliée au plus haut point, tandis qu'il faisait sa confession publique et présentait sa démission à la télévision nationale. Je m'étais demandé combien de temps elle avait réfléchi ce matin-là à la tenue qu'elle porterait. Si elle avait fait une recherche sur la prostituée en question sur Google, regardé ses photos en ligne ou dans les tabloïds. Ce qu'elle avait dit à ses amis. À ses trois filles. À sa mère. À *lui*.

– Au moins Tina ne doit pas faire face à la nation, dis-je. Vous imaginez ?

– Non, dit Romy. Je n'arrive pas à croire que ces femmes puissent se présenter ainsi à la télévision.

– C'est vrai, approuve April. Moi, j'aurais déjà pris mes cliques et mes claques.

MC et Romy acquiescent dans un murmure, puis toutes trois braquent leurs regards vers moi, attendant mon opinion sur le sujet sans me laisser d'autre choix que celui d'abonder en leur sens..

– Que trouverais-tu le plus dur à pardonner ? Une pute ou une histoire d'amour ? me demande April, qui semble lire dans mes pensées.

MC pouffe de rire.

259

– Autant demander si l'on préfère mourir noyé ou carbonisé, dit-elle avant de se tourner vers Romy. Désolée, l'expression est mal choisie. Bon sang, j'ai toujours le chic pour mettre les pieds dans le plat !

Romy secoue tristement la tête et tapote la main de son amie.

– Ce n'est pas grave. Je comprends ce que tu veux dire, lui assure-t-elle, avant de faire tourner son alliance en diamant sur son annulaire. Jamais je ne pourrais pardonner à Daniel s'il couchait avec une prostituée. C'est tellement vulgaire. Je ne pourrais pas supporter une trahison aussi répugnante. Je préférerais encore qu'il tombe amoureux d'une autre.

– Vraiment ? s'étonne MC. Moi, je crois que je pourrais supporter une aventure physique, peut-être pas une prostituée, mais une passade d'un soir purement sexuelle… Par contre, si Rick tombait amoureux d'une autre… ce serait tout à fait différent.

April reste pensive un instant.

– Qu'est-ce qui te dérangerait le plus, Tess ? Que ton mari s'envoie en l'air juste pour le sexe ou tombe amoureux ?

Je réfléchis une seconde.

– Ça dépendrait.

– De quoi ? veut savoir Romy.

– S'il s'envoie en l'air avec quelqu'un dont il est amoureux.

Toutes les trois éclatent de rire, tandis que je repense au texto de Nick, l'estomac noué, espérant que jamais je n'aurai à me poser cette question en réalité.

28
Valerie

« Charlie Anderson a une tête violette d'extraterrestre. »

Ces mots, Valerie le sait, resteront à jamais gravés dans la mémoire de son fils, un épisode ineffaçable de sa vie, tout comme le nom de Summer Turner, la fillette qui l'a convaincu d'ôter son masque et de lui montrer ses cicatrices, juste avant cette proclamation cruelle qui a bien fait rire trois autres enfants, dont Grayson.

L'incident s'est produit le vendredi de la première semaine, juste quand Valerie commençait enfin à se laisser gagner par l'optimisme. Pas tranquillisée, loin de là, mais se sentant hors de la zone de turbulences. Elle venait de plaider avec succès en référé devant un juge connu pour sa misogynie et quittait le palais de justice avec une assurance retrouvée, la satisfaction gratifiante d'être douée pour quelque chose que la réussite inspire. *La vie reprend son cours normal*, se dit-elle, sortant ses clés de son sac. Elle vérifia son portable : quatre appels manqués, deux de Nick, deux de l'école. Elle n'avait éteint son téléphone qu'une heure – c'était le règlement au tribunal – et, sans avoir exclu qu'un problème puisse se produire durant ce court laps de temps, elle ne pensait pas que ce serait réellement le cas. Imaginant un nouvel accident et consciente que les informations seraient plus rapides à obtenir par Nick que par l'administration de l'école, elle monta dans sa voiture en toute hâte et fit défiler son répertoire jusqu'à son numéro préenregistré, se préparant au pire.

– Bonjour, je suis content que tu rappelles.

À la voix de Nick, Valerie comprit que les appels concernaient Charlie et qu'un problème grave était bel et bien survenu, mais pas aussi dramatique qu'elle le redoutait. Sa panique reflua quelque peu.

– Charlie va bien ?

– Oui, ne t'en fais pas, il va bien.

– Il n'est pas blessé ?

– Non… Enfin, pas physiquement… Mais il y a eu un incident, lui apprit Nick d'une voix calme. L'école a d'abord essayé de te joindre…

– Je sais. Je plaidais au tribunal.

La culpabilité l'envahit d'avoir été indisponible, et plus encore de s'être autorisée, ne serait-ce que brièvement, à prendre son travail à cœur.

– Tu as gagné ? voulut savoir Nick.

– Oui.

– Félicitations.

– Nick, quel genre d'incident ?

– Un incident… de cour de récré.

Le cœur de Valerie se serra.

– Une élève s'est moquée de lui, poursuivit-il. Quelques enfants ont ri. Charlie s'est énervé et l'a fait tomber de la cage à poules. Elle a quelques égratignures, rien de méchant. Ils sont tous les deux dans le bureau du directeur.

– Et toi ?

– Je suis avec Charlie. Je me suis éclipsé un instant dans le couloir pour prendre ton appel. Quand ta secrétaire a appris au directeur que tu étais au tribunal, Charlie leur a donné mon numéro. Il était tout retourné à cause de cette histoire, et aussi pour s'être attiré des ennuis.

– Il pleure ? demanda-t-elle,

– Plus maintenant. Il s'est calmé. Il va vite s'en remettre, ne t'inquiète pas.

– Je suis désolée, dit Valerie, surprise que Charlie n'ait pas donné le numéro de Jason ou de sa grand-mère avant celui de Nick. Je sais combien tu es occupé.

– S'il te plaît, ne t'excuse pas. Je suis content qu'il m'ait fait appeler. Et d'avoir pu venir.

– Moi aussi, dit-elle, appuyant sur l'accélérateur avec un sentiment diffus de déjà-vu. J'arrive aussi vite que possible.

– Prends ton temps et sois prudente. Je suis là.

– Merci.

Valerie faillit raccrocher, puis rassembla le courage de lui demander ce que la fillette avait dit à Charlie.

– Pardon ? J'entends mal.

À l'évidence, il cherchait à éluder sa question.

– La fillette. Qu'a-t-elle dit à Charlie ?

– Oh… un truc ridicule. C'est sans importance.

– Dis-le-moi.

Nick hésita, puis s'exécuta d'une voix si basse et étouffée que Valerie ne fut pas sûre d'avoir bien entendu. Pourtant, si. Elle secoua la tête, vibrant de colère, presque effrayée par le venin qu'une gamine de six ans était capable de sécréter.

– Val ?

La tendresse dans la voix de Nick lui fit monter les larmes aux yeux.

– Oui ?

– Cette épreuve ne peut que l'endurcir.

Quelques minutes plus tard, une secrétaire fait entrer Valerie dans le bureau du directeur, une pièce majestueuse décorée de tapis orientaux, de meubles anciens et d'une grande statue équestre en bronze. Elle aperçoit d'abord Summer, perchée sur une bergère à oreilles en cuir. Elle tient son bras contre elle en reniflant. Avec ses longs cheveux blond platine, ses yeux verts en amande et son petit nez délicat en trompette, elle lui fait penser à une poupée Barbie préadolescente. À l'évidence, elle fait très en avance pour son âge, avec sa minijupe en jean beaucoup trop courte à son goût, ses Ugg roses et son brillant à lèvres. Le jour de la rentrée, Valerie se souvient avoir pensé qu'elle serait source d'ennuis en observant un trio de petites souris ternes suivre Summer à travers la classe avec l'empressement de demoiselles d'honneur. Elle se rappelle aussi le soulagement qu'elle avait éprouvé d'avoir un garçon. Quelle ironie ! *Les garçons*, s'était-elle dit alors, *sont beaucoup moins compliqués, surtout tant qu'ils ne sont pas encore sensibles aux amourettes.* Pour l'instant tout au moins, Charlie était immunisé contre les filles du genre de Summer.

Enfin, avant.

« Tête violette d'extraterrestre. »

Son regard croise celui de Summer et elle s'emploie de son mieux à lui transmettre sa haine par télépathie. En avançant dans la pièce, elle découvre Charlie, Nick et M. Peterson, le directeur, un homme élancé au visage poupin, les cheveux argentés avant l'âge, avec des lunettes rondes à monture d'acier qui le font ressembler à une chouette.

– Merci d'être venue, l'accueille-t-il avec chaleur, se levant derrière son imposant bureau en noyer.

Il a un léger zézaiement et une attitude modeste qui nuisent quelque peu à sa position d'autorité.

– C'est tout naturel, répond Valerie, qui lui présente ses excuses pour son indisponibilité au moment de son premier appel.

– Mais je vous en prie… Cela nous a donné l'occasion de bavarder. C'était un plaisir de faire la connaissance du Dr Russo, assure le directeur.

À cet instant, Nick se lève.

– Je t'attends dehors, murmure-t-il à Valerie.

Puis il échange quelques civilités avec M. Peterson avant de faire une sortie discrète.

Valerie prend son fauteuil et pose une main sur le genou de Charlie. Elle le regarde, mais il fuit son regard et fixe le double nœud de ses lacets. Il a remis son masque.

– Nous n'attendons plus que la mère de Summer, dit M. Peterson, qui pianote sur le bord de son bureau. Elle vient de son travail, elle aussi, et ne devrait plus tarder.

Après quelques minutes de conversation à bâtons rompus, une femme plus âgée et corpulente, avec un carré court sévère et un tailleur à épaulettes mal ajusté, fait irruption dans le bureau, essoufflée. Sans attendre que le directeur fasse les présentations, elle tend la main à Valerie avec un mélange inhabituel d'assurance et de timidité.

– Je suis Beverly Turner. Vous devez être la mère de Charlie. J'ai appris ce qui est arrivé. Je suis sincèrement navrée.

Puis elle s'agenouille devant Charlie et lui présente des excuses, tandis que Summer fond en larmes, mais cette tentative pour susciter la compassion reste sans effet. Beverly lui décoche un regard féroce qui désarme Valerie encore un peu plus. Elle se sent même s'attendrir envers la fillette, ce qui lui aurait paru impossible seulement quelques secondes plus tôt.

– As-tu présenté tes excuses à Charlie ? demande Beverly Turner à sa fille, le visage sévère.

– Oui, dit Summer, la lèvre tremblotante.

Imperturbable, Beverly se tourne vers Charlie pour en avoir la confirmation.

– C'est vrai ?

Il hoche la tête, les yeux toujours rivés sur ses baskets.

– Mais lui, il ne s'est pas excusé pour ce qu'il m'a fait, pleurniche Summer.

– Charlie ? l'encourage Valerie.

Il ajuste son masque, puis fait non de la tête.

– On ne répare pas une injustice par une autre, le sermonne sa mère, presque persuadée du contraire dans le cas présent. Dis à Summer que tu es désolé de l'avoir poussée.

– Je suis désolé de t'avoir poussée, répète Charlie.

– Eh bien, voilà. Très bien, très bien… dit M. Peterson, l'air satisfait.

Il joint les mains, et Valerie se concentre sur sa chevalière. Elle feint d'écouter le discours éloquent avec lequel il enchaîne : des paroles bien-pensantes sur l'entente et le respect entre membres d'une même communauté ; mais elle ne cesse de penser à Nick qui les attend dehors, à la fois ravie et effrayée de se sentir aussi dépendante de lui.

M. Peterson conclut, se lève et libère tout le monde après une dernière poignée de mains aux deux mères. Dans le couloir, Valerie pousse un soupir de soulagement, tandis que Beverly s'excuse une fois encore à mi-voix, la mine peinée et sincère. Plus sincère que Romy ne l'a jamais été.

– Je suis au courant de ce que vous avez supporté… Je suis désolée que Summer vous ait infligé cette épreuve supplémentaire.

Elle se détourne de sa fille et baisse encore la voix.

– Je me suis remariée récemment… J'ai deux belles-filles maintenant, des adolescentes, et je crois que la transition a été vraiment rude pour Summer. Non pas que je cherche à excuser son comportement…

Valerie hoche la tête avec compréhension, et dans son esprit la petite peste se métamorphose presque en petite victime. Presque.

– Merci.

Elle aperçoit Nick qui les attend à la sortie. À sa vue, son pouls s'accélère. Charlie s'élance vers lui, le prend par la main et l'entraîne vers le parking.

Valerie prend congé de Beverly Turner avec le sentiment étrange qu'elles pourraient devenir amies. Un instant plus tard, près de sa voiture, elle regarde Nick ouvrir la portière de Charlie, l'aider à s'installer dans son siège auto et boucler sa ceinture.

– Tu vois, mon grand, tout est arrangé.

Charlie hoche la tête, comme s'il le croyait, avant d'ajouter :

– Je déteste ma figure.

– Eh, attends une minute… Tu me dis que tu détestes mon travail ? proteste Nick, qui lui enlève doucement son masque et caresse sa joue gauche. Cette peau, c'est mon œuvre. Tu n'aimes pas mon travail ? Mon projet artistique ?

Charlie esquisse un petit sourire penaud.

– Si, j'aime bien ton projet artistique.

– Eh bien, tant mieux. Je suis content, parce que moi, j'aime bien ta figure. Je l'aime même beaucoup !

Le sourire du garçon s'épanouit. Nick claque sa portière, puis se penche vers Valerie.

– Et la tienne aussi, lui murmure-t-il à l'oreille.

Valerie ferme les yeux et inspire l'odeur de sa peau, submergée par une bouffée de désir, et l'adrénaline, pendant quelques secondes déconcertantes, lui fait oublier l'endroit où elle se trouve. Le vertige dissipé, une silhouette attire son regard à l'autre bout du parking. Assise dans une Range Rover noire, une femme les observe. Aveuglée par le soleil, Valerie cligne des yeux et reconnaît Romy Croft, qui croise son regard, affichant une expression de surprise et de franche jubilation.

29
Tessa

Une sortie avec Cate vaut toutes les thérapies du monde, me dis-je, tandis que nous descendons Bank Street en flânant et passons devant les paparazzis massés sur le trottoir juste devant Waverly Inn, où mon amie me garantit pouvoir entrer sans réservation grâce, dit-elle pour plaisanter, à sa célébrité de catégorie D[1].

– Ils savaient que tu venais ? lui demandé-je, désignant les cameramans qui patientent, cigarette au bec, dans leur doudoune North Face, le bandana noir de rigueur noué sur le crâne.

– Ne sois donc pas ridicule, me répond-elle. Il doit y avoir une vraie célébrité à l'intérieur.

À cet instant, deux filles d'une vingtaine d'années aux cheveux longs dégradés et ébouriffés avec art confirment d'un hochement de tête.

– Jude Law, dit la brune qui hèle un taxi d'une main, tandis que la blonde rafraîchit son gloss d'une main experte et sans miroir.

– Il est trop craquant, soupire celle-ci, rêveuse. Et son copain n'est pas mal non plus.

---

1. Allusion à la classification des célébrités en quatre catégories selon l'échelle d'Ulmer, la dernière et la plus obscure étant la D. *(N.d.T.)*

– Je ne les chasserais de mon lit ni l'un ni l'autre, c'est sûr, ajoute la brune, juste avant qu'elles s'engouffrent dans un taxi, en route pour leur prochaine destination festive.

Avec un sourire, je me dis que c'est exactement ce dont j'ai besoin ce soir : un dîner fin dans un restaurant à la mode de West Village, entourée de célébrités et d'une clientèle branchée. Le contraste absolu avec ma vie de tous les jours. Depuis que je suis devenue mère, ce genre d'endroit pourrait m'intimider, me donner l'impression d'être ringarde et décalée, mais ce soir j'ai le sentiment de n'avoir rien à perdre. Que pourrais-je bien avoir à perdre, assise sur la banquette voisine de celle de Jude Law, où Cate et moi nous retrouvons placées ?

Nous commandons deux verres de syrah, et juste après je consulte ma montre, songeant aux enfants et à l'emploi du temps de Carolyn. J'ai tout programmé en détail pour m'assurer que le week-end se déroule sans anicroche en mon absence. Nick devrait être sur le point de rentrer de l'hôpital et je jubile à l'idée qu'il va se coltiner le rituel du soir à la maison, tandis que je m'amuse à Manhattan.

Je jette un coup d'œil à la ronde. La salle de restaurant est un peu vieillotte, mais affiche une élégance décontractée.

– Alors comme ça, dis-je, c'est le nouveau lieu branché de Manhattan ?

– Nouveau ? Tu rigoles ? Tess, tu es vraiment partie depuis longtemps… Mais branché, oui, ça l'est toujours. Notre présence ici en est la preuve, non ? dit-elle par-dessus l'agréable brouhaha avant de rejeter en arrière sa chevelure aux riches reflets blond vénitien. Consciente des quelques regards appuyés qui lui sont destinés, elle la joue cool, lançant sans vergogne des regards désinvoltes en direction de Jude Law. Soudain, un sourire illumine son visage, faisant apparaître ses fossettes, puis elle se penche vers moi par-dessus la table.

– Surtout ne regarde pas maintenant, mais devine qui vient de nous mater ?

– Je ne sais pas qui vient de te mater, toi, réponds-je, mais je te garantis que je ne fais pas partie du lot.

– Bien sûr que si. Cette fille dehors avait raison… son ami est vraiment mignon. Peut-être encore plus que Jude. Imagine un croisement entre Orlando Bloom et… Richard Gere.

Je me tourne et jette un coup d'œil par-dessus mon épaule, davantage parce que j'ai du mal à imaginer le résultat d'une telle combinaison que pour me rincer l'œil.

– Pas maintenant, je t'ai dit, siffle Cate entre ses dents.

– On s'en moque, Cate. C'est sans importance.

– Ça pourrait l'être.

– Pour toi peut-être.

– Pour toi aussi. Flirter n'a jamais fait de mal à personne.

– Je suis mère de deux enfants. Je suis hors course.

– N'importe quoi. Une MILF, tu sais ce que c'est ?

Je la gratifie d'un regard perplexe, tandis qu'elle balance ses cheveux avec grâce sur l'autre épaule.

– MILF ? Mother I'd like to fuck…[1]

J'écarquille des yeux horrifiés.

– Cate ! Ne sois donc pas si vulgaire.

– Depuis quand es-tu si prude ?

– Depuis que je suis devenue mère, justement. Par deux fois.

J'ai conscience d'être trop coincée en compagnie de Cate, alors que, de son côté, elle dévie franchement vers le style fêtarde invétérée – ce qui est loin de la vérité dans l'un et l'autre cas. Un peu comme si nous caressions le secret espoir que nos extrêmes ramèneront l'autre à un plus juste milieu, d'où nous sommes parties toutes les deux dans nos jeunes années. Peut-être sommes-nous réellement devenues des

---

1. Mère Très Baisable.

270

répliques outrancières de nous-mêmes. Au risque que notre cas s'aggrave avec le temps. Une pensée déprimante, tout au moins pour moi.

Cate hausse les épaules.

– Tu as deux enfants ? Et alors ? Tu n'as pas le droit de t'amuser un peu pour autant ? Tu es condamnée à rester dans ton quartier résidentiel en jean mémère à taille élastiquée, les cheveux attachés avec un chouchou pastel ?

– Spécial ventre plat, s'il te plaît, le jean, je précise, pince-sans-rire, bien que je ne sois pas encore tombée aussi bas. Tu crois que c'est pour ça que Nick me trompe ?

Cate ignore ma boutade, tout comme mes cinq dernières allusions à Nick et à l'infidélité.

– Revenons à Jude, je t'en prie.

– Il n'a pas couché avec sa baby-sitter ?

– Avec la sienne, ça m'étonnerait. Mais avec celle de ses enfants, j'en suis à peu près certaine. Atterris, Tess, c'était il y a un million d'années. Franchement, tu as la rancune tenace… J'imagine que tu en veux encore à Hugh Grant à cause du fameux incident avec Divine Brown. Et à Rob Lowe pour la cassette de ses ébats.

– Pas du tout. Je suis toujours prête à accorder une seconde chance. À tout le monde, sauf à Nick, ajouté-je, catégorique, repensant à ma discussion avec Romy, April et MC.

J'ai finalement tranché : prostituées ou histoires d'amour, y compris toutes les nuances entre les deux, tout, je dis bien tout, est indéfendable. Impardonnable. C'est mon point de vue définitif.

Cate me dévisage avec incrédulité. Elle refuse toujours obstinément de croire que Nick puisse ne pas être le mari modèle qu'elle imagine.

– Arrête ! Dis-moi que tu as laissé tomber cette idée délirante, me souffle-t-elle au moment où notre vin arrive.

– Je ne sais pas, réponds-je, pensant combien Nick s'est montré insaisissable cet après-midi.

En fait, il a été injoignable pour ainsi dire toute la journée, même lorsque j'ai tenté de le contacter à trois reprises de l'aéroport. Je bois ma première gorgée de vin et m'enhardis dans mes commentaires.

– Soit il mijote un mauvais coup, soit il est à côté de la plaque. Le désengagement total. Je te jure, il y a anguille sous roche.

Cate m'adresse un sourire narquois, refusant de prendre le sujet au sérieux.

– D'accord. À supposer qu'il mijote quelque chose, et je sais que ce n'est pas le cas, tu irais jusque-là ? demande-t-elle avec un signe de tête en direction du box voisin.

– Jusqu'où ?

– Tu prendrais un amant, histoire de te venger ?

Je déguste une longue gorgée et décide d'entrer dans son jeu.

– Mais absolument. Qui sait ? Je ne serais peut-être même pas contre un truc à trois.

Je m'applique à la choquer, sans grand succès bien sûr.

– Jude et son ami ?

L'idée semble l'intriguer, ou peut-être repense-t-elle à une péripétie de son passé mouvementé. Ou de son présent, qui l'est tout autant.

– Bien sûr, continué-je. Ou Jude et sa baby-sitter.

Cate éclate de rire, puis repose son menu.

– Je sais déjà ce que je vais prendre.

– Quoi donc ? lui demandé-je, le nez dans le mien.

– La frisée aux lardons, la mousse de foie gras et l'artichaut à la vapeur, débite-t-elle en habituée du lieu.

– Et un petit M. Law en dessert ?

– Tu as tout compris, rétorque-t-elle avec un sourire conquérant.

Mais à peine nos plats sont-ils emportés, juste au moment où Dex et Rachel arrivent pour prendre un verre avec nous au bar, que Jude Law et son ami sont rejoints par deux blondes, mannequins l'une et l'autre semble-t-il. Du haut de leur mètre quatre-vingts, elles sont belles à damner un saint. Je sais que Cate plaisantait en grande partie à propos de Jude, mais je la devine déçue que ses chances soient brusquement passées de très minces à nulles, et encore plus démoralisée par le fait que ces filles affichent une bonne décennie de moins que nous.

— Il fallait s'en douter, lâche-t-elle, un peu acide, tandis qu'à côté les mamours commencent.

— Que se passe-t-il ? demande Rachel.

— Jude Law, je lui souffle. Là-bas dans le coin.

D'un mouvement de tête furtif, elle jette un regard discret, tandis que Dex se retourne carrément à cent quatre-vingts degrés.

— Vous êtes bien de la même famille, bougonne Cate avec un sourire affectueux. Ta sœur aussi s'est tordu le cou tout à l'heure.

Dex se retourne vers nous et enroule un bras autour de mes épaules, trop sûr de lui pour que la remarque de Cate pique son amour-propre.

— Alors, comment était le spectacle ? je m'enquiers, faisant référence à la pièce d'un petit théâtre de Broadway qu'ils viennent d'aller voir, un des nombreux loisirs que Dex partage de bon cœur avec Rachel, à la demande de celle-ci ou parce qu'il en a vraiment envie — deux scénarios qui, l'un comme l'autre, me remplissent d'envie.

— C'était intéressant, j'ai trouvé, répond-il. Mais Rachel a piqué du nez.

— Pas du tout ! s'insurge-t-elle, notant avec un froncement de sourcils un bouton défait à son long cardigan noir. Je me suis juste reposé les yeux quelques minutes.

273

– En ronflant et en bavant, la taquine Dex, qui se faufile jusqu'à un espace libre près du bar où il commande une vodka Martini pour elle et une Amstel light pour lui. Jude Law, hein ? dit-il ensuite avec une grimace. Il n'a pas couché avec la baby-sitter de ses enfants ?

Je pouffe de rire, fière de mon frère incollable en presse à scandales et encore plus de sa réprobation vis-à-vis de ces coucheries.

– Crois-tu que Nick en serait capable ? j'ose demander, le cerveau sérieusement embrumé par les vapeurs d'alcool.

– Je n'en sais rien, répond Dex. Ça dépend si tes baby-sitters sont sexy.

Je m'arrache un sourire qui ne doit pas lui paraître très convaincant, car il me dévisage, troublé, puis interroge Cate du regard.

– Que se passe-t-il ici ?

– Rien, répond Cate, qui me tapote la cuisse. Elle nous fait sa parano.

Dex me regarde à nouveau, attendant une explication. Je sens aussi les yeux de Rachel posés sur moi.

– C'est juste… un mauvais pressentiment que j'ai ces derniers temps, dis-je après une hésitation.

– Comment ça ? insiste Dex. Quel genre de mauvais pressentiment ?

Je déglutis et hausse les épaules, incapable de parler tant je crains de fondre en larmes.

– Elle pense que Nick pourrait avoir une aventure, répond Cate à ma place.

– Sérieux ?

Je confirme d'un hochement de tête. Je regrette de ne pas être restée sur une note plus légère. Avoir cette conversation dans un bar, un peu pompette, ça a quelque chose de déprimant.

– Dis-lui que ça n'arriverait jamais, continue Cate avec sa verve coutumière et sa conviction exubérante.

– Je l'imagine mal, dit Dex, plus sombre, tandis que Rachel garde un silence éloquent. Es-tu vraiment inquiète ? Ou s'agit-il juste d'une de ces élucubrations dont tu as le secret ?

– Je suis... modérément inquiète.

Après une hésitation, je décide qu'il est trop tard pour faire machine arrière. Je vide mon verre, puis confesse mes craintes, répétant mot pour mot le texto mystère.

– Franchement, je conclus, ça ne te paraît pas... louche ?

– Eh bien... j'avoue que le « Pense à toi aussi » ne me plaît pas trop, répond Dex, qui se passe une main dans les cheveux. Ça évoque indubitablement une femme. Mais ce n'est pas non plus si incriminant que ça. C'est tout ce que tu as ?

– Ça et le fait qu'il se montre distant ces derniers temps...

Rachel hoche la tête avec juste un peu trop d'empressement pour me rassurer, comme pour laisser entendre qu'elle aussi a noté ce détail durant leur dernière visite.

– Tu as remarqué, n'est-ce pas ? je lui demande.

– Euh... Je ne sais pas trop...

Je sens bien qu'elle essaie de noyer le poisson.

– Réponds-moi franchement, Rachel, j'insiste, abandonnant mon esprit de compétition coutumier au sujet de nos couples respectifs. T'a-t-il semblé bizarre quand vous êtes venus ?

Elle échange un regard entendu avec Dex. À l'évidence, ils ont déjà parlé de nous.

– Bizarre, non. Il est juste... un peu distrait. C'est son caractère, je dirais... Il est passionné par son métier, ce qui est admirable. Mais je comprends qu'à la longue tu puisses trouver cette attitude frustrante... même si elle ne signifie pas pour autant qu'il te trompe... forcément...

Sa phrase qui reste en suspens me laisse avec une boule au creux de l'estomac.

– Pourquoi ne lui poses-tu pas la question ? suggère Dex, tandis que le serveur apporte leurs boissons et que je commande un autre verre. Ce serait plus simple que d'en être réduite aux conjectures, non ?

– Ah oui ? Tu m'imagines lui sortir de but en blanc « Au fait, tu me trompes ? »

Dex hausse les épaules.

– Pourquoi pas ? Rachel l'a bien fait.

Elle lui frappe l'épaule.

– Bien sûr que non, voyons !

– Oh, c'est vrai. La liaison que j'avais, c'était avec toi…

C'est la toute première fois qu'il admet ouvertement l'origine de leur relation. Il tapote le nez de Rachel, qui lui lance un regard de reproche, le feu aux joues.

Cate, elle, fait semblant d'apprendre le scoop du siècle.

– Vous avez eu une liaison ? demande-t-elle, avide de révélations plus juteuses.

Dex hoche la tête avec nonchalance.

– On peut dire ça.

– Alors que tu étais fiancé à cette autre fille ?

– Ouaip ! confirme-t-il, tandis que Rachel se tortille sur son tabouret, murmurant le prénom de son mari en guise de protestation.

– Voyons, Rachel, la belle affaire ! C'était il y a des années. Nous sommes mariés avec deux enfants… et nous sommes tous à nouveau bons amis.

Rachel agite son cocktail, tandis que Cate écarquille les yeux.

– Vous êtes encore amis avec… comment s'appelle-t-elle déjà ?

– Darcy, répond Rachel qui hoche la tête. Oui… nous sommes amis.

– De bons amis ? insiste Cate, qui n'en revient pas.

Elle a enfin atteint son seuil d'endurance au choc.

– J'imagine qu'on peut le dire, en effet, concède Rachel, la mine penaude.

– Figure-toi qu'elles se parlent tous les jours, lui apprend Dex d'un ton égal.

– Tu rigoles ! s'exclame Cate, sidérée.

– Tous les jours, je te dis. Plusieurs fois même. En ce moment, elles organisent des vacances ensemble : un truc tranquille, à quatre. Je vais faire un séjour à la neige avec mon ex-fiancée.

– Quelle conclusion suis-je censée en tirer ? lui demandé-je avec ironie. Que si Nick a une liaison, j'aurai peut-être une nouvelle meilleure amie ? Une compagne de voyage ?

Rachel décroise les bras, fait glisser l'olive de sa pique et la fourre dans sa bouche. Elle prend le temps de la mâcher, de l'avaler, puis demande :

– Oui, Dex, où veux-tu en venir exactement ?

– Je n'en sais rien, répond-il avec un haussement d'épaules. Puisqu'on en était aux confessions, je me suis mis au diapason. Tess lit les textos de Nick. Et moi... j'ai trompé ma fiancée avec toi...

Rachel s'éclaircit la gorge.

– Ce qu'il veut dire, à mon avis, c'est que même les types bien peuvent être infidèles... mais seulement quand le couple est mal assorti, et seulement pour la bonne personne. Comme Nick et toi formez un couple formidable, tu n'as aucune inquiétude à avoir.

Dex opine du chef.

– Ça peut donner l'impression d'être une excuse... une justification. N'empêche, il y a des couples à qui ça arrive. Mais pas s'ils sont heureux. Pas si leur relation est dans l'ordre des choses.

Je hoche la tête et sors mon portable de mon sac, espérant lire le nom de Nick dans ma boîte vocale. Avec soulagement, je constate qu'il a tenté de me joindre à deux reprises dans l'heure passée. Du coup, je ressens une légère culpabilité de l'avoir débiné.

– Il a appelé ? s'enquiert Cate.

– Oui, deux fois, réponds-je avec une ébauche de sourire.

– Tu vois ? On lui faisait un mauvais procès. Il est tranquillement à la maison à garder les enfants et a envie de te parler...

– On ne garde pas ses propres enfants, lui fais-je remarquer.

Puis, à l'instant où je vais ranger mon téléphone, je remarque un e-mail d'April. L'objet indique « Urgent ». Malgré ma certitude qu'il n'a rien d'urgent, qu'il s'agit d'un de ses messages habituels concernant un de nos banals sujets de conversation – les enfants, la cuisine, le tennis, un achat à faire, un potin du quartier –, je clique dessus et le lis.

Je laisse échapper un juron et, incrédule, relis les mots à l'écran : « Appelle-moi dès que possible. Concerne Nick ».

– Que se passe-t-il ? s'inquiète Cate.

Sans voix, je lui tends le portable, qu'elle passe ensuite à Dex en silence, tandis que Rachel lit par-dessus son épaule. Ils ne disent pas un mot. Je détourne le regard. Ma vue se trouble et des élancements me pilonnent le crâne, comme si je fonçais en accéléré vers la gueule de bois carabinée que je suis sûre d'avoir demain matin.

Mon mari a une liaison, me dis-je, certaine de mon fait maintenant. Quelqu'un a vu Nick en compagnie d'une femme. Quelqu'un sait quelque chose et l'information est remontée jusqu'à April, qui se sent obligée de m'en parler. Il n'y a pas d'autre explication. Pourtant, une infime partie de mon être s'accroche à un frêle espoir, tandis que je regarde Rachel patauger et faire le même raisonnement.

– Il peut s'agir de n'importe quoi, dit-elle, la voix douce et préoccupée.

– Comme... quoi ?

En guise de réponse, j'ai droit à un regard perplexe, tandis que Cate tente un autre angle rassurant :

— April est du genre alarmiste. Elle adore les histoires. Tu l'as dit toi-même… il peut juste s'agir de présomptions. Ne tire pas de conclusions hâtives.

— Appelle-la donc, suggère Dex avec une étincelle dans le regard, les mâchoires crispées.

L'espace d'un instant, je me demande qui, de mon mari ou de mon frère, aurait le dessus dans une bagarre.

— Ou Nick, ajoute-t-il. Mais appelle quelqu'un, Tess.

Mon cœur s'emballe et la pièce se met à tourner autour de moi.

— Maintenant ?

— Oui, tout de suite.

— Dans ce bar ? objecte Rachel. C'est trop bruyant ici.

— Beaucoup trop, approuve Cate avec un regard anxieux vers Dex.

Tous trois se lancent dans une discussion sur la stratégie à adopter : qui je dois appeler en premier, où je dois avoir cette conversation qui pourrait bouleverser ma vie – les toilettes des dames, un autre bar, la rue, l'appartement de Cate ? Je range mon téléphone dans mon sac.

— Qu'est-ce que tu fais ? s'étonne Dex.

— Je ne veux pas savoir, dis-je, consciente à l'extrême de la stupidité de ma réponse.

— Comment ça ? fait-il, incrédule.

— Je veux dire… pas maintenant. Pas ce soir.

Je suis tout aussi surprise que les trois personnes qui me connaissent et m'aiment le plus. À part Nick – enfin, je le croyais.

30

Valerie

Valerie passe le reste de l'après-midi avec Charlie et s'emploie de son mieux à le distraire. Ils font des sundaes à la sauce au chocolat chaud, regardent *La Guerre des étoiles*, lisent à voix haute des extraits d'*Un raccourci dans le temps* et improvisent des duos fantaisistes au piano. Malgré les événements de la journée, ils s'amusent comme des fous – le plus gratifiant des bonheurs entre un parent et son enfant. Mais pendant tout ce temps, Nick lui manque. Il lui tarde de retrouver la chaleur de ses bras. C'est comme un besoin maladif. Et elle compte les minutes jusqu'à ce qu'ils se revoient plus tard, comme ils l'ont prévu.

Maintenant, ils sont enfin seuls à nouveau. Charlie dort d'un sommeil de plomb à l'étage. Au dîner, il a littéralement piqué du nez dans ses nuggets au poulet. Ils viennent de finir leur propre repas, des linguine aux pétoncles de Chez Antonio qu'ils ont mangées aux chandelles, puis se sont retirés au salon, les rideaux tirés et la lumière tamisée. La chaîne diffuse en sourdine *Georgia on My Mind* par Willie Nelson, d'un mix de chansons sentimentales qu'elle a enregistré en pensant à Nick. Ils ne se sont pas encore touchés, mais elle pressent que le moment est proche. Un moment irréversible qui bouleversera peut-être leurs vies à tout jamais. Elle se sait dans son tort, mais croit en ses sentiments, et croit en Nick. Elle se dit qu'il ne l'entraînerait pas dans cette voie s'il n'avait pas un plan, s'il ne croyait pas en elle de son côté.

Il tend le bras vers elle et lui prend la main.

— Je suis content qu'il ait poussé cette petite peste de la cage à poules.

Valerie sourit.

— Je sais… Mais sa mère est très sympa.

— Ah bon ?

— Oui… très étonnant.

— C'est toujours agréable quand les gens vous surprennent en bien, fait-il remarquer, faisant tourner son vin dans son verre avant d'en boire une longue gorgée.

Elle l'observe et se demande à quoi il pense, mais se refuse à poser une question aussi cruche.

— Combien de temps peux-tu rester ? lui demande-t-elle finalement.

Le regard franc, il s'éclaircit la gorge et lui apprend qu'il a une baby-sitter – une jeune fille que ça ne dérange pas de rester jusqu'au petit matin. Puis il reporte les yeux sur son vin.

— Tessa est à New York pour le week-end… Elle rend visite à une amie et à son frère.

C'est la première fois qu'il mentionne directement sa femme depuis des semaines… depuis que l'attirance qu'ils éprouvent l'un pour l'autre s'est muée en tension sexuelle. Et la première fois aussi qu'il prononce son prénom.

Elle s'appelle Tessa.

La sonorité caressante comme un murmure fait apparaître dans l'esprit de Valerie une femme douce et enjouée qui aime les animaux. Le genre de femme qui porte des châles de couleurs vives, crée des bijoux et a allaité ses enfants jusqu'à un an, peut-être plus. Une femme qui patine sur les étangs gelés en hiver, plante des myosotis au printemps, va à la pêche en été et brûle de l'encens toute l'année. Une femme avec une fossette, les dents du bonheur ou toute autre excentricité physique charmante.

Elle réalise soudain qu'inconsciemment elle espérait un prénom plus dur, plus lisse, comme Brooke ou Reese. Ou frivole et gâté, comme Annabel ou Sabrina. Ou vieillot et lourd comme Lois ou Frances. Ou alors tellement commun dans leur génération qu'il a perdu toute connotation, comme Stephanie ou Kimberly. Mais non, Nick a épousé une Tessa, un prénom qui la remplit d'une tristesse inattendue, plus troublante que la culpabilité qui chatouille les confins de sa conscience. Une culpabilité qu'elle se refuse à examiner de trop près, de crainte qu'elle n'interfère avec le plus cher de ses désirs.

Leurs jambes sont étendues sur la table basse et Nick colle son gros orteil nu contre le sien. Elle presse sa main entre ses doigts, comme pour écraser la culpabilité et le choc que son attitude lui inspire. Elle est là, alanguie sur son canapé, avec un homme marié. Elle espère que bientôt ils ne formeront plus qu'un et que peut-être, un jour, il lui appartiendra. C'est un rêve extravagant et égoïste, mais il lui semble pourtant tellement à portée de main que c'en est effrayant.

Mais d'abord elle doit lui parler de l'incident d'aujourd'hui sur le parking, même si elle préférerait l'omettre de crainte qu'il les dévie de la trajectoire sur laquelle ils sont lancés. La main crispée sur la sienne, elle rassemble son courage.

– J'ai quelque chose à te dire.

Il porte sa main à ses lèvres et lui embrasse le pouce.

– Quoi donc ?

– Aujourd'hui après l'école, sur le parking…

– Hum ?

Une trace d'inquiétude se dessine entre les sourcils de Nick. Il fait tourner son vin dans son verre puis boit une gorgée.

Elle se sent hésiter, mais tient bon.

– Quand nous étions près de ma voiture… j'ai vu Romy Croft. Elle nous observait. Elle nous a vus ensemble.

Il hoche la tête, l'air inquiet, mais fait semblant de rien :

– Voilà qui en dit long, n'est-ce pas ?

Valerie ne sait trop ce qu'il veut dire par là.

– Penses-tu que ce soit un problème ?

Nouveau hochement de tête.

– C'est une possibilité.

Ce n'est pas la réponse qu'elle espérait.

– Vraiment ?

– Ma femme la connaît.

– Elles sont amies ? demande-t-elle, horrifiée.

– Pas exactement… C'est plutôt… une connaissance. Elles ont une bonne amie commune.

– Tu crois que ça risque de remonter jusqu'à elle ?

Comment peut-il rester aussi calme ? Pourquoi ne s'est-il pas déjà précipité sur le téléphone pour tenter de limiter les dégâts ?

– Peut-être… Sans doute, comme je connais cette ville. Ces femmes. Oui, Tess finira sans doute par l'apprendre…

Valerie tourne le diminutif du prénom dans sa tête, non moins inquiétant que sa forme complète. *Tess.* Une femme qui lance des frisbees aux chiens, chante des tubes des années quatre-vingt dans sa bouteille de shampooing, fait des roues dans l'herbe fraîche d'été et porte des tresses.

– Es-tu inquiet ? s'enquiert-elle, essayant de deviner ce qui se passe exactement dans sa tête et, plus important, dans son couple.

Nick tourne la tête vers elle et allonge un bras sur le dossier du canapé.

– Romy ne nous a pas vus comme ça, dit-il en se penchant pour l'embrasser, une main sur son épaule. Nous étions juste debout près de la voiture.

– Oui… mais comment expliqueras-tu ta présence là-bas ? À l'école avec nous ?

À peine la question posée, Valerie réalise qu'ils sont désormais devenus des conspirateurs.

– Je serai obligé de dire que nous sommes amis… Charlie m'a fait appeler après s'être fait mal à l'école et je suis venu. Parce que je suis son médecin et ton ami.

– Ce genre de chose s'est-elle… déjà produite avant ? Es-tu déjà devenu proche d'un patient ? Ou d'un membre de sa famille ?

– Non, s'empresse d'assurer Nick. Pas comme ça. Pas du tout.

Valerie hoche la tête, consciente qu'elle devrait laisser tomber. Mais elle insiste :

– Que dira-t-elle… si elle l'apprend ?

– Je n'en sais rien. Je n'arrive même pas à y réfléchir pour l'instant…

– Mais le devrais-tu ? Devrions-nous en parler ?

Nick se mord la lèvre inférieure.

– Oui, peut-être…

D'un regard interrogateur, elle l'incite à commencer.

Il s'éclaircit la voix.

– Que veux-tu savoir ? Je te dirai tout ce que tu veux savoir.

– Es-tu heureux ?

C'est une des questions qu'elle s'était juré de ne pas poser. Elle ne voulait pas que cette soirée soit phagocytée par son couple. Elle voulait qu'il s'agisse d'eux. Eux seuls. Mais ce n'est pas possible. Elle le sait.

– Je le suis maintenant. En ce moment. Avec toi.

Cette réponse la flatte, et même l'enchante. Mais ce n'est pas ce qu'elle lui demande et elle ne peut tolérer cette dérobade.

– Avant notre rencontre, insiste-t-elle, l'estomac noué.

Le soupir de Nick en dit long sur la complexité de la question.

– J'adore mes enfants. Ma famille. Mais si je suis heureux ?

Il lui glisse un regard en biais.

– Non. Probablement pas. La situation est… compliquée en ce moment.

Valerie hoche la tête. Cette conversation, elle ne s'y serait sans doute pas abaissée avant. Elle en a entendu tant de versions rebattues, au cinéma et dans ses relations, qu'aucun exemple précis ne lui vient à l'esprit. Mais elle imagine sans mal « l'autre femme » pleine d'espoir qui pose des questions et feint de s'intéresser, alors qu'en réalité elle ne pense qu'à avancer ses pions. L'homme qui joue la victime, sincèrement persuadé de l'être d'ailleurs, alors qu'il est le seul véritable traître de l'histoire. Et jusqu'à présent, elle a toujours eu un avis tranché en ce qui concerne le mari volage : qu'il soit un homme et cesse de pleurnicher ou qu'il divorce. Mais maintenant tout n'est plus si simple. Maintenant, elle pose des questions, discute les nuances de gris, cherche des explications, des failles dans sa conscience autrefois blindée.

– Et mes sentiments pour toi, je ne peux pas m'empêcher de les éprouver, continue Nick avec gravité.

C'est-à-dire ? demande-t-elle avant d'avoir pu se retenir.

– Je suis en train de…

Il déglutit et prend une grande inspiration avant de poursuivre, une octave plus bas.

– De tomber amoureux de toi.

Valerie le contemple, pleine d'espoir. Tout ceci semble si innocent, si simple. Peut-être est-ce le cas. Peut-être la vie fonctionne-t-elle ainsi pour beaucoup de gens, dont certains sont des gens bien. Son cœur s'emballe et se serre à la fois, tandis qu'elle plonge son regard au fond du sien et se penche vers lui.

La suite restera gravée à jamais dans ses souvenirs, aussi vive que n'importe quel grand événement de sa vie, bon ou mauvais, de la naissance de Charlie au soir de son accident, avec, entre les deux, toutes les étapes chronologiques ou émotionnelles. Leurs visages se rencontrent et leurs lèvres se touchent en un baiser qui commence lentement, timidement, puis devient vite frénétique. Leur baiser dure des heures, ne s'interrompt pas même lorsqu'ils s'allongent sur le canapé, puis roulent sur le tapis et, enfin, montent dans sa chambre. Il ne prend fin qu'au moment où il entre en elle et lui murmure qu'il l'aime sans condition. D'un amour fou. Total.

31

Tessa

– Je regrette d'en avoir parlé à Dex et Rachel hier soir, dis-je à Cate devant nos œufs au bacon et frites maison au Café Luka, un de nos coins de prédilection, dans l'Upper East Side.

J'espère qu'à défaut de me remonter le moral tous ces lipides soigneront ma gueule de bois, ou tout au moins apaiseront un tant soit peu ma nausée.

– Pourquoi ? s'étonne Cate, qui boit une gorgée de jus de pamplemousse.

L'acidité lui arrache une grimace, mais elle vide le verre d'un trait puis passe à celui d'eau glacée. Depuis qu'elle présente son émission, elle fait une fixation sur le fait que son organisme doit rester hydraté, et ce n'est pas tâche facile vu la quantité de caféine et d'alcool qu'elle ingurgite.

– Parce qu'ils vont se faire du souci. Et Dex risque de lâcher le morceau à ma mère. Parce qu'ils n'apprécieront peut-être plus jamais Nick. Et… parce que je ne veux pas que Rachel éprouve de la pitié pour moi.

J'entrevois mon reflet dans le mur vitré près de la banquette. Mes yeux bouffis, injectés de sang. Je détourne le regard avec écœurement. *Moi aussi*, me dis-je, *je me tromperais avec une tête pareille.*

287

– Elle s'inquiète pour toi, répond Cate. Mais je ne crois pas que tu lui fasses pitié.

– Je ne sais pas. J'ai détesté son regard hier soir. Cette façon qu'elle a eue de me serrer dans ses bras avant de monter dans le taxi. Comme si elle préférait être SDF plutôt que de vivre le drame que je vais peut-être connaître...

Cate serre mes doigts entre les siens par-dessus la table et je réalise que je ne lui en veux jamais de sa compassion. Que je suis toujours prête à lui avouer en toute franchise n'importe quelle vulnérabilité ou crainte, n'importe quel défaut, sans jamais me dire que je pourrai toujours nier ou corriger mon histoire par la suite. Du coup, l'image que j'ai de moi colle parfaitement avec la sienne, sans la moindre disparité ; cela fait de sa compagnie un pur confort et un luxe, surtout quand ça va mal.

– Tu n'es pas contente de l'avoir dit à ton frère ?

– Si. Mais j'aurais préféré attendre de savoir exactement de quoi il retourne. J'aurais pu lui téléphoner la semaine prochaine et avoir une conversation à froid avec lui... Il le dirait à Rachel de toute façon, j'en suis sûre, mais au moins je n'aurais pas été obligée de supporter sa commisération.

Cate déchire un sachet d'édulcorant, puis se ravise et opte pour le doseur de sucre en poudre sur la table. Elle mélange le tout puis lève les yeux.

– Rachel est vraiment sympa, mais elle se prend un peu pour la perfection incarnée, non ?

J'approuve avec vigueur.

– C'est vrai. Sais-tu que je ne l'ai jamais entendue dire un seul gros mot ? Jamais critiquer Dex autrement que par une généralité du genre « Tu sais comment sont les hommes... » Jamais vraiment se plaindre de ses enfants, pas même quand Julia avait des coliques.

– Tu crois qu'elle fait semblant ? Ou elle est vraiment heureuse ?

– Je n'en sais rien. Elle est réservée, c'est sûr... À mon avis, elle doit garder beaucoup de choses pour elle. Mais je crois aussi que Dex et elle forment un de ces couples dignes d'une image d'Épinal. Une de ces relations idéales.

Le regard de Cate s'illumine d'espoir. L'espoir que ce miracle reste possible pour elle. Il fut un temps, je crois me souvenir, où c'était mon couple qui lui allumait ces paillettes dorées dans les yeux.

– Ne te méprends pas sur mes paroles, lui dis-je. Je ne veux que le bonheur de mon frère. Et celui de Rachel... Mais ils me fatiguent un peu, tous les deux. C'est vrai, tu as vu comme ils se tenaient la main hier soir ? Sur des tabourets de bar ? Qui se tient la main sur des tabourets de bar ? Franchement, c'était gênant...

Je les singe, la main en l'air avec une expression de pure adoration avant d'ajouter :

– J'ai cru qu'elle allait tourner de l'œil quand Dex a avoué leur liaison.

– Tu veux dire, celle dont tout le monde est déjà au courant de toute façon ? précise Cate, hilare. Tu crois qu'elle lui aura passé un savon après ?

– J'en doute. À mon avis, ils sont rentrés gentiment à la maison et se sont envoyés en l'air. Avec des massages. Enfin, tu vois le genre. Enfin, bref, ça peut être tellement soûlant, les couples comme ça, je bougonne, réalisant combien la jalousie fait des ravages.

– Écoute, Tess, dit Cate avec une soudaine gravité, je sais que tu t'angoisses et que c'est pour ça que tu ne voulais pas rappeler April. Mais Dex a raison, tu dois aborder cette situation de front. Se faire du mauvais sang est bien pire que la vérité. Et puis ce n'est peut-être rien.

– Peut-être...

Comment puis-je être aussi intimement persuadée à un instant donné qu'il a une liaison, et celui d'après être tout aussi certaine que jamais il ne me tromperait ?

– Et s'il est innocent, alors c'est moi la méchante qui fouille dans ses affaires et le traîne dans la boue comme je l'ai fait hier soir.

– N'exagère pas, tu ne l'as quand même pas traîné dans la boue, objecte Cate. Mais il n'est pas impossible que ce soit un cas de paranoïa. Si tu veux mon avis, il est gentiment à la maison à attendre ton retour avec impatience.

Je jette un coup d'œil à ma montre et imagine Nick aux prises avec le petit déjeuner des enfants, croisant les doigts pour qu'il s'implique dans son rôle de père. S'il est mécontent de certains détails de notre vie, j'espère que cette insatisfaction sera passagère et que la situation finira par s'arranger. Tel est mon vœu le plus cher.

– Pourrais-tu appeler April maintenant ? S'il te plaît ? me demande Cate avec insistance.

Je soutiens son regard et hoche lentement la tête. Je pense à toutes les fois où elle m'a encouragée à agir alors que j'étais trop craintive pour me décider, comme pour le premier appel à Nick il y a si longtemps. Qui sait quelle serait ma vie aujourd'hui si je n'avais pas suivi son conseil ? Puis je sors mon téléphone et compose un des quelques numéros que je connais par cœur. April répond à la première sonnerie et prononce mon prénom avec une impatience révélatrice.

– Bonjour, April.

Je retiens mon souffle et cuirasse mon cœur.

– Alors, tu t'amuses bien ? demande-t-elle.

Soit elle cherche à gagner du temps, soit son respect de l'étiquette téléphonique atteint des sommets.

– Oui. C'est toujours agréable de revenir à Manhattan, réponds-je avec un enthousiasme factice.

J'en arrive à regretter que ce ne soit pas Cate qui ait à m'annoncer une mauvaise nouvelle.

De l'autre côté de la table, celle-ci pose sa fourchette sur son assiette. Son visage reflète l'angoisse et l'incertitude qui m'étreignent, moi aussi.

– Alors, continue April, tu as eu mon texto d'hier soir ?
– Oui.

Elle bredouille un préambule préparé, sur son devoir d'amie qui lui impose de me révéler ce qu'elle sait.

– D'accord, dis-je, l'estomac en capilotade. Vas-y.

April exhale dans le combiné, puis lâche d'un trait :

– Romy a vu Nick à Longmere hier après-midi.

Je sens la tension s'envoler de mes épaules, tandis qu'un profond soulagement m'envahit. S'agirait-il en réalité d'une simple rumeur d'école, rien de plus ? Je n'ai jamais confirmé notre intention de faire une demande d'inscription à Longmere pour Ruby et je sais que c'est une source de curiosité chez mes soi-disant amies, peut-être parce qu'elles souhaitent voir leur propre choix validé par mon empressement à y faire entrer ma fille.

Je m'éclaircis la voix.

– Eh bien, je lui ai dit que la balle était dans son camp sur le front de l'école…

Je manque d'ajouter que je savais qu'il allait s'y rendre, mais je ne veux pas risquer de me faire prendre en flagrant délit de mensonge et crains que Nick ait pu dire quelque chose qui viendrait contredire cette histoire.

– C'est bien qu'il prenne des initiatives, dis-je donc avec circonspection. Il a dû prendre rendez-vous pour une visite. Peut-être a-t-il même déposé notre dossier. On peut rêver…

– Oui, mais…

– Mais quoi ? dis-je – avec un sursaut de loyauté intense envers Nick, doublé d'un brusque dédain envers April.

– C'est juste qu'il ne semblait pas là pour une visite, fait-elle remarquer, tandis que je garde un silence qui en dit long. Il était avec Valerie Anderson.

Malgré l'implication claire, j'ai encore les idées totalement embrouillées.

– Que veux-tu dire par « avec » elle ?

— Ils étaient ensemble sur le parking. Avec son fils, Charlie. C'est Nick qui a installé Charlie dans son siège auto.

— D'accord, dis-je, m'efforçant de visualiser l'image et de lui trouver une explication logique.

— Je suis désolée, dit April.

— Comment ça, désolée ? Que cherches-tu à insinuer ? lui demandé-je, sentant mon agacement grimper en flèche.

— Je n'insinue rien du tout, se défend April. J'ai pensé que tu devais savoir, c'est tout… D'après Romy, c'était bizarre… enfin… la façon dont ils étaient ensemble.

— Ah oui ? dis-je d'un ton sec. Comment étaient-ils ensemble ?

— Eh bien… comme un couple, lâche-t-elle à contre-cœur.

— Il me semble que vous tirez toutes les deux des conclusions hâtives, lui réponds-je, faisant de mon mieux pour contrôler ma voix et l'empêcher de trembler.

— Je ne tire aucune conclusion, se défend April. Je réalise qu'il pourrait s'agir d'une situation tout à fait innocente. Il a pu se rendre à l'école, comme tu l'as dis, dans le but de se renseigner pour Ruby, et là-bas il aura rencontré Valerie Anderson… par hasard sur le parking.

L'indignation me gagne.

— Que pourrait-il y avoir comme autre scénario ?

Comme elle garde le silence, je me fais plus véhémente.

— Mon mari aurait eu un rendez-vous inapproprié sur le parking de Longmere ? Je ne suis pas experte en liaisons extraconjugales, mais à mon avis il y a sûrement de meilleurs endroits… Comme un motel, ou un bar.

— Je ne dis pas qu'il a une liaison, proteste April avec une note de panique dans la voix, consciente que je suis hyper remontée. Je suis certaine que Nick n'aurait jamais une relation inappropriée avec la mère d'un patient.

— Évidemment que non, affirmé-je avec assurance. Avec personne, d'ailleurs.

Ragaillardie, Cate m'encourage d'un sourire signifiant :
« Vas-y, fonce ».

Un ange passe à nouveau.

– Tu n'es pas fâchée contre moi, n'est-ce pas ? s'inquiète
April.

– Non, pas le moins du monde, réponds-je d'un ton cassant.

Je tiens à ce qu'elle sache combien je suis furieuse. Que
je trouve odieux de sa part qu'elle répande une telle rumeur
sur mon mari. Qu'elle m'a gâché mon week-end en me
fichant la trouille avec sa manie de fourrer son nez partout.
Je manque lui dire qu'elle ferait mieux d'enlever la poutre
qu'elle a dans l'œil pour regarder sa propre vie d'un peu
plus près, et se demander quel vide elle cherche à combler.

– Ouf ! tant mieux, me voilà rassurée… Parce que je ne
voudrais pas causer des ennuis, jacasse-t-elle. C'est juste
que… j'aimerais que tu me le dises si tu voyais Rob avec
quelqu'un… même si c'était parfaitement innocent… C'est
le rôle des amies, n'est-ce pas ? Nous autres femmes devons
nous tenir les coudes.

– Écoute, j'apprécie ton geste. Et tu peux transmettre
mes remerciements à Romy. Mais il n'y a vraiment aucune
raison de s'inquiéter.

Je conclus par un au revoir un peu sec et raccroche.

– Alors, que s'est-il passé ? veut savoir Cate, les yeux
écarquillés, ses longs cils encore englués du mascara noir
d'hier soir.

Je lui livre le scoop, attends sa réaction.

– À mon avis, il y a sûrement une explication logique.
Ce n'est qu'un tissu de présomptions et ton amie April me
fait l'impression d'être une belle sotte.

Je hoche la tête et repousse mon assiette.

– Et toi, qu'en penses-tu ? me demande-t-elle avec circonspection.

293

– Je pense… que je dois rentrer à la maison, réponds-je, prise d'un soudain vertige.

– Aujourd'hui ?

Cate est déçue, mais me soutient.

– Oui. Je ne crois pas que ça puisse attendre… Je dois avoir une conversation avec mon mari.

32

Valerie

Le lendemain matin, elle se réveille dans une sorte de stupeur bienheureuse, incapable de bouger de l'endroit de son lit que Nick a quitté quelques heures plus tôt après un dernier baiser, puis la promesse de fermer à clé en sortant et de l'appeler dans la matinée – déjà bien entamée.

Les paupières closes, elle se repasse le film depuis le début de la soirée, savourant chaque détail, tous ses sens en éveil. Elle sent encore son parfum musqué sur ses draps. L'entend murmurer son prénom. Revoit les contours puissants de son corps qui s'active dans la pénombre. Chaque fibre de son propre corps vibre encore du souvenir de son contact.

Elle roule sur le flanc vers son réveil, juste au moment où Charlie passe sur la pointe des pieds devant sa chambre, s'efforçant à l'évidence d'être discret.

– Où vas-tu ? lui demande-t-elle, remontant les couvertures sur ses épaules.

Elle a la voix rauque, comme après un concert ou une soirée dans un bar bruyant. Curieux, car elle est à peu près sûre de ne pas avoir fait de bruit cette nuit.

– En bas.

– Tu as faim ?

– Pas encore, répond-il, la main sur la large rampe en acajou, un des détails décoratifs qu'elle préfère dans cette maison, surtout à Noël quand elle l'orne de guirlandes. Je voulais juste regarder la télé. Je peux ?

D'un hochement de tête, elle lui accorde la permission. Charlie lui sourit, puis disparaît de sa vue dans l'escalier. Alors seulement, les yeux rivés au plafond, elle réalise pleinement la portée de ses actes : elle a couché avec un homme marié, père de deux jeunes enfants. De surcroît, elle l'a fait avec son propre fils sous son toit, enfreignant l'une des règles d'or des parents célibataires qu'elle avait respectées à la lettre depuis six ans. Par chance, Charlie est un gros dormeur, se rassure-t-elle, même après une journée moins mouvementée qu'hier. Mais là n'est pas la question. Elle sait qu'il aurait pu se réveiller. Il aurait pu venir jusqu'à sa chambre et pousser la porte, seulement bloquée par une petite ottomane en cuir et leurs vêtements en tas. Il aurait pu les voir ensemble, en pleine action sous les draps, dans tous les coins de la chambre...

Je dois être folle pour oser faire une chose pareille, décide-t-elle. Pour en prendre l'initiative, en fait. C'est elle qui a entraîné Nick à l'étage. Elle qui l'a regardé dans les yeux avant de lui murmurer : « Oui, ce soir, s'il te plaît, maintenant. »

À part la démence, il n'y a qu'une possibilité : elle aussi est en train de tomber amoureuse, même si, comme elle le réalise avec cynisme et espoir à parts égales, il n'y a peut-être pas un gouffre entre les deux. Elle pense à Lion, le dernier homme pour lequel elle a éprouvé des sentiments un tant soit peu approchants. Elle se remémore la folie passagère de cette relation à laquelle elle croyait pourtant de toute son âme. Se pourrait-il qu'elle soit de nouveau dans l'erreur ? Trompée par une attirance passionnée, le besoin de combler un vide dans sa vie, en quête d'un père pour Charlie.

Mais aucune de ces explications ne parvient à la convaincre, tout comme elle ne peut imaginer que Nick puisse lui faire l'amour pour les mauvaises raisons : luxure, soif de conquête ou simple amusement. Elle n'en a pas moins conscience de l'immoralité de leurs actes. Ou des risques encourus : elle comprend avec une douloureuse acuité que cette histoire pourrait très mal se terminer pour elle et pour Charlie. Pour Nick et sa famille. Pour tout le monde.

Cependant, elle reste persuadée qu'il existe une chance de happy end, si ténue soit-elle. Peut-être Nick et sa femme vivent-ils un mariage sans amour qui prendra fin pour le bonheur de tous. Elle n'y croit guère, mais reste convaincue du caractère essentiel de l'amour, ce fondement indispensable qui manque à sa vie. Peut-être Tessa est-elle si malheureuse mariée à Nick qu'elle a une liaison de son côté… Valerie se dit que leurs enfants se porteraient peut-être mieux avec leurs parents séparés mais heureux, plutôt qu'ensemble et seuls. Et par-dessus tout, elle s'adjure d'avoir foi dans le destin. Une foi comme elle n'en a jamais eu.

Son portable sonne sur la table de nuit. Elle sait, sent que c'est Nick avant même que son nom apparaisse à l'écran.

– Bonjour, lui murmure-t-il à l'oreille.

– Bonjour, répond-elle, radieuse.

– Comment te sens-tu ? demande-t-il avec cette timidité qu'elle imagine commune à tous les lendemains de la première fois.

Elle ne sait que répondre, comment traduire la complexité de ses sentiments.

– Fatiguée, dit-elle seulement.

Il laisse échapper un rire déconcerté.

– Mais à part ça… ça va ?

Valerie répond d'un oui laconique, sans offrir d'explication. Quand baissera-t-elle la garde complètement ? se demande-t-elle. Quand laissera-t-elle enfin parler son cœur ? En est-elle capable, d'ailleurs ? Elle a le sentiment qu'elle y parviendra peut-être. Avec lui.

Elle lui retourne la question. Après tout, il y a davantage en jeu de son côté. Davantage à perdre. Et, franchement, beaucoup plus de raisons de culpabiliser.

– Oui, ça va, répond-il avec douceur.

Mais le sourire que ces mots lui inspirent a tôt fait de s'évanouir et la félicité dans laquelle elle baignait se mue en remords pesant lorsqu'elle entend des voix flûtées en fond sonore. Les enfants de Nick. Là, c'est une autre histoire. Après tout, il se peut que Tessa – Tess – soit responsable, tout au moins en partie, du naufrage de son couple. Mais Valerie n'a aucun moyen de concilier son attitude avec ces deux enfants innocents, et encore moins le raisonnement tordu selon lequel la création d'une famille annulerait la disparition d'une autre.

– Papa, plus de beurre, s'il te plaît !

Elle tente d'imaginer la fille de Nick, heureusement sans succès. Elle pense aux photos en noir et blanc dans son bureau à l'hôpital, les seules qu'elle a jusqu'à présent réussi à éviter.

– Bien sûr, ma chérie, répond-il à la fillette.

– Merci, papa, gazouille-t-elle d'une voix chantante. Merci beaucoup, beaucoup !

Sa voix douce et ses bonnes manières font à Valerie l'effet d'un coup de poignard, qui s'ajoute au fardeau de sa culpabilité.

– Qu'est-ce que vous mangez pour le petit déjeuner ? demande-t-elle.

Une question posée avec nervosité dans le but de reconnaître la présence de ses enfants sans l'interroger directement sur eux.

– Des gaufres. Je suis le roi des gaufres, hein, Ruby ?

La fillette pouffe de rire.

– Oui, papa. Et moi, je suis la princesse des gaufres !

– Oh oui, tu es ma princesse à moi !

Puis Valerie entend le petit garçon. Il parle exactement

comme Nick s'en est amusé : un croisement entre Termi-nator et un homosexuel européen. Un trille aigu en staccato.

— Pa-pa ! Ze veux plus de beurre aus-si !

— Non ! Celle-là, c'est à moi ! proteste la fillette.

Une plaisanterie de Nick lui revient en mémoire : Ruby est si dominatrice que les premiers mots de son fils ont été « Au secours ! »

Valerie ferme à nouveau les yeux, comme pour se couper des enfants et de tout ce qu'elle sait sur eux.

— Te sens-tu coupable ? ne peut-elle pourtant s'empêcher de lui demander.

Son hésitation est une réponse éloquente.

— Oui… bien sûr. Mais je ne regrette rien.

— C'est vrai ? insiste-t-elle.

— Évidemment… j'ai envie de recommencer, ajoute-t-il, baissant le ton.

Un frisson parcourt le dos de Valerie.

— Recommencer quoi ? entend-elle Ruby demander à cet instant. Tu parles à qui, papa ?

— Une connaissance.

— Quelle connaissance ? insiste la fillette, et Valerie se demande si c'est de la simple curiosité ou une de ces intui-tions bizarres comme peuvent en avoir les enfants.

— Euh… Quelqu'un que tu ne connais pas, ma chérie, répond-il, veillant à ne pas trahir le genre. Je ferais mieux d'y aller, ajoute-t-il à voix basse à l'attention de Valerie. On peut se voir plus tard ?

— Oui.

Elle a lâché le mot sans réfléchir. Avant de changer d'avis.

33
Tessa

Un peu plus tard, après avoir laissé sans suite deux appels d'April et fait des adieux larmoyants à Cate, je me retrouve sur mon vol de retour pour Boston. Tout en mangeant le sachet de bretzels miniatures offert par la compagnie, j'entends malgré moi la conversation de deux hommes peu discrets dans la rangée derrière moi. D'un rapide coup d'œil par-dessus mon siège, je constate qu'il s'agit de types corpulents, genre piliers de bar, avec des boucs, des chaînes en or et des casquettes de base-ball. Les yeux rivés sur la carte à l'arrière de la couverture du magazine de la compagnie, examinant la myriade de destinations intérieures qu'elle propose, je fais de mon mieux pour ignorer leur discussion au sujet de la Porsche « sympa » que l'un veut acheter et de « l'abruti » de patron de l'autre, jusqu'à ce que la conversation décolle vraiment :

– Alors, tu vas la rappeler, la nana de la boîte ?

– Quelle boîte ? Quelle nana ?

(Rires gras accompagnés d'une claque sonore, soit sur le genou ou sur la paume, style tape m'en cinq.)

– La nana qui se déhanchait à mort sur le dance floor. Comment elle s'appelle déjà ? Lindsay ? Lori ?

– Lindsay ! Et comment que je vais l'appeler ! Un putain de canon, cette gonzesse.

Je grince des dents, comparant ces deux rustauds à mon mari intelligent et respectueux qui, en aucune circonstance, n'alignerait dans la même phrase les mots « putain » et « canon ». Puis je ferme les yeux et me prépare à l'atterrissage, imaginant la scène probable à mon retour : ma petite famille occupée à enfreindre toutes les règles établies, peut-être encore en pyjama, mangeant des cochonneries, avec un bazar innommable dans la maison. Je puise une étrange consolation dans la vision d'un tel chaos, preuve de l'incompétence de Nick en matière domestique, dans la conviction qu'il serait perdu sans moi – à plus d'un titre.

Cependant, quand je pousse la porte de mon domicile moins d'une heure plus tard, je découvre avec désarroi que ma famille est absente, que la maison est propre et bien rangée. La cuisine est nickel, les lits sont faits, il y a même du linge propre déjà plié dans un panier en osier sur les marches. Je déambule sans but de pièce en pièce et me retrouve dans le petit salon, l'espace le plus formel et le moins utilisé de la maison. Mon regard se pose sur le canapé aux courbes baroques que je ne pense pas avoir utilisé depuis le jour où ma mère et moi l'avons choisi dans le show-room d'un décorateur. J'ai encore cet après-midi-là en mémoire, les heures passées à discuter des tissus, du choix de la finition pour ses élégants pieds tournés, à nous demander si le supplément pour le traitement antitaches se justifiait ou non. Comme cette entreprise me paraît futile aujourd'hui…

Je m'y assois avec précaution et m'applique de mon mieux à savourer ce rare moment de tranquillité, mais je n'éprouve rien d'autre qu'une immense solitude dans un silence oppressant. Et j'imagine avec une sombre détermination comment serait ma vie si Nick et moi décidions de nous séparer : tout ce vide à remplir. Je me rappelle lui avoir dit en plaisantant, après une journée particulièrement éprouvante, que je ferais une mère merveilleuse si je m'occupais des enfants seulement les lundis, mardis et un week-end sur deux. « Ne sois donc pas ridicule », m'avait-il répondu en riant, avant d'ajouter que le rôle de parent séparé devait être affreux, que lui, en tout cas, serait malheureux sans moi. Je m'accroche à cette bouée de sauvetage et compose son numéro de portable.

– Salut ! crie-t-il dans le téléphone.

Le simple son de sa voix m'emplit d'un soulagement instantané, quand bien même je ne peux m'empêcher de passer en mode détective et d'essayer de discerner les bruits de fond. On dirait un centre commercial, mais la probabilité que Nick aille faire du shopping de son plein gré est encore plus faible qu'une aventure extraconjugale.

– Salut. Où es-tu ?

– Au musée des Enfants.

– Avec les enfants ?

– Bien sûr, répond-il en riant. Ce n'est pas un endroit où j'aurais l'idée de venir sans eux.

Je souris de ma question idiote et me détends un peu.

– Alors, c'est comment New York ? Qu'est-ce que vous faites de beau ?

J'inspire un grand coup.

– En fait, je suis à la maison.

– À la maison ? Mais pourquoi ? s'étonne-t-il.

– Parce que tu me manquais, dis-je, ce qui n'est pas entièrement faux.

Son silence me trouble au point que je commence à divaguer :

– J'avais juste envie de te voir. Je voulais te parler... de certaines choses.

– Quoi donc ?

Il y a dans sa voix une pointe de malaise, qui pourrait s'expliquer par le fait qu'il ait bel et bien quelque chose à se reprocher. Ou alors il n'a rien à se reprocher et suppose que moi, j'ai un problème.

– Oh… juste des trucs, je marmonne, penaude de rester aussi vague.

Je me demande soudain s'il était judicieux de rentrer à l'improviste et si j'ai choisi la bonne méthode pour entamer une discussion. Après tout, je pourrais avoir une raison légitime de m'inquiéter ; mais est-elle vraiment suffisante pour raccourcir mon séjour d'une journée sans même prévenir Nick avant mon arrivée ? Il me vient à l'esprit qu'il pourrait croire à une véritable urgence – un souci de santé, une affaire personnelle, un brusque accès de dépression – au lieu du scénario probable : April qui fait monter la mayonnaise, moi qui furète dans ses textos. Bref, deux femmes au foyer paranos qui se montent le bourrichon.

– Tessa, s'inquiète-t-il. Que se passe-t-il ? Ça va ?

– Oui, oui, je vais bien, réponds-je, plus honteuse et troublée que jamais. Je voulais juste te parler. Ce soir. Carolyn vient toujours ? J'espérais qu'on pourrait dîner quelque part… et avoir une discussion.

– Oui, elle vient toujours. À 8 heures.

– Oh… Formidable ! Qu'avais-tu prévu ?

– Rien de particulier, s'empresse-t-il de répondre. Je pensais aller voir un film.

– Oh ! dis-je à nouveau. Alors… tu es sorti hier soir ?

– Euh… oui. Un peu.

Je m'apprête à lui demander ce qu'il a fait, mais je me ravise. Je lui dis que j'ai hâte de le voir et me jure intérieurement de ne pas tourner autour du pot quand nous nous parlerons. Je dois être directe, aborder de front les sujets délicats : la fidélité, le sexe, sa carrière, moi qui n'en ai pas, l'insatisfaction latente dans notre couple. La tâche ne sera pas facile, mais si nous n'arrivons pas à avoir une discussion franche, alors nous avons vraiment un problème.

– Moi aussi… mais je vais devoir y aller. Les enfants cavalent dans tous les sens. On finit la visite ici et on sera de retour vers 5 heures. Ça te va ?

Les mots sont inoffensifs, mais le ton est détaché avec une touche presque imperceptible de condescendance. Il me parlait parfois ainsi quand j'étais enceinte et qu'à l'entendre j'avais un comportement irrationnel : je le confesse, c'était souvent le cas... comme la fois où j'ai pleuré à cause de notre sapin de Noël, affirmant qu'il était hideux et d'une insupportable asymétrie, allant même jusqu'à suggérer que Nick enlève la guirlande électrique et retourne l'échanger. En fait, j'ai presque l'impression d'être enceinte en ce moment... pas physiquement, mais émotionnellement, du genre toujours au bord des larmes, en quête extrême d'attention.

– D'accord. Ça me va, réponds-je, la main crispée sur l'accoudoir du canapé, espérant que ma voix ne trahit pas le désespoir qui m'habite. Je serai là.

Je passe l'heure suivante à courir çà et là, à prendre une douche, m'habiller et me pomponner comme pour un premier rendez-vous. Tout ce temps, j'oscille entre désespoir et sérénité. Un moment, je me convaincs que mon intuition ne peut pas me tromper ; l'instant d'après, je me réprimande de manquer à ce point d'assurance, d'avoir si peu foi en Nick et en la solidité de notre relation.

Mais au retour de ma petite famille, il y a une froideur indéniable dans l'étreinte de Nick, son baiser sur ma joue.

– Bienvenue à la maison, Tess, dit-il avec une ironie soupçonneuse dans la voix.

– Merci, chéri, dis-je, m'efforçant de me rappeler comment je dialoguais avec lui avant, de définir avec précision quand tout ça a commencé. Ça me fait tellement plaisir de vous voir, les enfants.

Je m'agenouille pour les serrer dans mes bras. Tous deux ont la bouille propre et les cheveux bien peignés. Ruby arbore même un nœud rose, un petit triomphe.

Frank éclate d'un rire joyeux et réclame un autre câlin.

– Dans. Ses. Bras. Maman ! s'écrie-t-il.

Je ne prends pas la peine de corriger l'article possessif et le soulève avant de l'embrasser sur les joues, puis dans son petit cou, chaud de toutes les couches de vêtements dans lesquelles son père s'est souvenu de l'emmitoufler.

Il glousse quand je le repose et défais la glissière de son manteau. Il porte une tenue dépareillée : un pantalon de velours bleu marine avec une chemise à rayures orange et rouges. Les lignes et les couleurs jurent un peu, le premier indice révélant que leur père était à la manœuvre. Débarrassé de son manteau, Frank tourne comme une girouette en battant des bras, en une danse aléatoire sans rythme. Je ris et, pendant un instant, oublie tout le reste. Jusqu'à ce que je me tourne vers Ruby, qui s'applique de son mieux à bouder, arc-boutée sur le reproche qu'elle me fait de ne pas l'avoir emmenée, alors que, je le sais, elle adore passer du temps avec son papa.

Elle me toise d'un regard glacial.

— Qu'est-ce que tu m'as apporté ?

Je panique, comprenant que je n'ai pas été à American Girl ou au Disney Store comme je l'avais promis.

— Je n'ai pas eu le temps, me dédouané-je sans conviction. Je comptais y aller aujourd'hui.

— Zut alors ! proteste Ruby, qui retrousse sa lèvre supérieure en une moue butée. Papa nous donne toujours un cadeau quand il s'en va.

Je songe aux babioles que Nick a rapportées de conférences, souvent des souvenirs bon marché achetés à l'aéroport, et culpabilise de ne pas avoir au moins gardé les bretzels de l'avion.

— Ruby, sois gentille avec ta mère, la réprimande machinalement Nick, qui enlève sa veste, son pull-over polaire et son écharpe, puis suspend le tout au portemanteau près de la porte d'entrée. Elle est rentrée plus tôt, ajoute-t-il. La voilà, ta surprise. Notre surprise.

– Et la mienne, c'est une maison propre, dis-je avec un regard reconnaissant.

Nick sourit et m'adresse un clin d'œil, s'attribuant tout le mérite, même si mon petit doigt me dit que c'est Carolyn qui s'est occupée de la lessive.

– Rentrer plus tôt, c'est pas une surprise, fait remarquer Ruby.

– Tu auras peut-être droit à quelque chose ce soir. Que dirais-tu d'une glace au dîner ?

Ruby n'a pas l'air emballée. Sa moue trahit sa déception mêlée de dégoût. Elle croise les bras sur la poitrine et tente de négocier.

– Avec du chocolat chaud ?

Je hoche la tête, tandis que Frank continue ses glousse-ments inintelligibles, inconscient du mécontentement de sa sœur et de la tension latente entre ses parents. Je le regarde à nouveau jouer au moulin à vent, éperdue d'affection, d'admiration et d'envie face au bonheur simple de mon petit garçon. Étourdi, il tombe par terre dans un éclat de rire. Et je prie pour que Nick et moi réussissions d'une façon ou d'une autre à retrouver cette insouciance bienheureuse qui nous incite à tout abandonner séance tenante pour profiter de l'instant présent.

34
Valerie

« Salut, Val. C'est moi. J'espère que vous passez une bonne journée. On est au musée des Enfants, dans la salle des Bulles. On s'éclate... Enfin bref, je suis désolé, mais je ne pourrai pas te voir ce soir comme prévu... Appelle-moi si tu as ce message bientôt. Sinon... je ne serai peut-être pas en mesure de parler... Je téléphonerai dès que je pourrai et je t'expliquerai. Je suis désolé. Vraiment... Tu me manques... La nuit dernière était extraordinaire. Tu es extraordinaire. Bon, à plus tard. »

Le cœur serré, Valerie écoute le message sur le parking de Whole Foods, où elle est passée faire quelques achats pour le repas du soir. Sur la banquette arrière, il y a Charlie et trois sacs de courses.

— Maman ! s'impatiente-t-il.

— Qu'y a-t-il, mon chéri ?

Elle jette un coup d'œil à son fils dans le rétroviseur et fait tout son possible pour paraître enjouée, l'exact opposé de son état d'esprit du moment.

— Pourquoi tu ne conduis pas ? Pourquoi on reste là ?

— Désolée... j'écoutais un message.

Elle démarre et recule lentement.

— De Nick ? demande Charlie.

Le cœur de Valerie fait un bond.

– Oui, c'était Nick.

Le risque qu'elle prend se cristallise dans son esprit, tout comme la prise de conscience que Nick est devenu la première supposition de son fils, avant même Jason ou sa grand-mère.

– Qu'est-ce qu'il a dit ? s'enquiert-il. Il vient ce soir ?

– Non, mon poussin, répond-elle en sortant du parking.

– Pourquoi ?

– Je ne sais pas.

Elle passe en revue les explications possibles. Il n'a peut-être pas trouvé de baby-sitter. Sa femme est peut-être rentrée un jour plus tôt. Il a peut-être changé d'avis sur elle, sur eux. Quelle que soit l'explication, elle prend conscience que c'est le sort qui l'attend ; ce genre de déceptions, les messages, les annulations vont de pair avec la situation. Elle peut faire semblant et rêver autant qu'elle veut – et la nuit dernière, elle ne s'en est pas privée –, impossible de se voiler la face : ils ont une liaison et elle est sur la touche, avec Charlie. Ce sera son rôle de le protéger de déceptions tout en lui dissimulant les siennes.

– Maman ? demande-t-il au moment où elle bifurque dans une petite rue, prenant un trajet un peu plus long mais plus pittoresque jusqu'à la maison.

– Oui, mon grand ?

– Tu aimes Nick ?

Ses mains se crispent sur le volant et elle réfléchit à toute vitesse, à la recherche de la bonne réponse. De n'importe quelle réponse.

– C'est un bon ami, à moi comme à toi. En plus d'être un merveilleux docteur.

– Mais tu l'aimes ? insiste Charlie qui donne l'impression d'avoir compris exactement ce qui se passe. Comme quand on veut se marier ?

– Non, ment Valerie qui fait de son mieux pour le protéger, puisque que pour elle c'est trop tard. Pas comme ça, chéri.

– Oh !

À l'évidence, cette réponse le déçoit.

Avec une bonne dose d'appréhension, elle s'éclaircit la gorge et se lance.

– Que penses-tu de Nick ?

Charlie réfléchit un instant.

– Je l'aime bien. J'aimerais… j'aimerais l'avoir comme papa, répond-il avec dans la voix une note mélancolique, mais aussi un soupçon de contrition, presque comme s'il confessait un péché.

Valerie inspire à fond et hoche la tête, ne sachant que répondre.

– Ce serait bien, hein ? finit-elle par dire.

Elle se demande si ce commentaire et son attitude en général font d'elle une bonne mère ou une mère atroce. En tout cas, c'est l'un ou l'autre. Pas de demi-mesure possible, elle en a la certitude. Tout comme elle sait que seul le temps lui permettra de savoir dans quel camp elle se range.

35
Tessa

Une demi-heure avant l'arrivée de Carolyn, et juste après avoir couché les enfants, je trouve Nick dans le salon familial. Vêtu d'un vieux pantalon médical, il dort à poings fermés. J'ai un flash-back de son internat : à l'époque, il avait pour habitude de s'endormir partout sauf dans notre lit : sur le canapé, à table, une fois même debout dans la cuisine. Il se préparait un thé et a piqué du nez au milieu d'une phrase, le choc de son menton contre le plan de travail l'a réveillé. Malgré tout le sang, plus que je n'en avais vu de toute ma vie, il a refusé de retourner à l'hôpital où il venait d'enchaîner trente-six heures de garde d'affilée. Je l'ai aidé à se coucher et suis restée auprès de lui presque toute la nuit à lui plaquer une compresse sur le menton.

Je m'assois sur le bord du canapé et l'écoute ronfler quelques instants avant de le réveiller en douceur.

– Ils sont usants, hein ? dis-je quand ses paupières papillonnent et s'ouvrent.

Il bâille.

– Oh, oui ! Frank s'est levé avant 6 heures ce matin. Quant à ta fille…

Il secoue la tête avec affection.

– Ma fille ?

– Oui, ta fille. C'est un sacré numéro.

Nous sourions tous les deux.

– Le mot est faible, fais-je remarquer.

Nick se passe les mains dans les cheveux.

– Au musée, elle a failli piquer une crise quand ses tranches de pomme ont effleuré son ketchup. Et que d'histoires pour qu'elle accepte d'enfiler des chaussettes ! On aurait dit que je lui imposais une camisole de force.

– Ne m'en parle pas…

– Qu'a-t-elle donc contre les chaussettes ? Ça m'échappe.

– Elle prétend que c'est pour les garçons.

– Franchement bizarre, marmonne-t-il, avant d'ajouter avec un bâillement exagéré : dis, ça t'embêterait si on restait à la maison ce soir ?

– Tu n'as pas envie de sortir ?

Je m'efforce de ne pas prendre son attitude comme un affront, mais ça n'a rien de facile puisqu'il est sorti hier et avait prévu d'aller au cinéma ce soir, seul ou non.

– J'en ai envie… mais je suis si fatigué, répond-il.

Malgré mon propre épuisement et un mal de tête résiduel, je pense que Nick prendra la conversation davantage au sérieux dans un beau restaurant ou, tout au moins, restera éveillé, ce qui n'est pas gagné si nous dînons à la maison. Mais je résiste à l'envie de lui décocher cette remarque incendiaire et invoque plutôt Carolyn : je ne me sens pas à l'aise, je lui dis, d'annuler au dernier moment.

– Donne-lui cinquante dollars en dédommagement, suggère Nick, qui joint les mains sur son torse. Je paierais volontiers cinquante dollars pour ne pas sortir maintenant.

Je le regarde et me demande combien il serait prêt à payer pour éviter notre discussion. Il soutient mon regard, inflexible.

– D'accord, on reste, je cède. Mais pouvons-nous dîner dans la salle à manger ? Ouvrir une bonne bouteille de vin ? Peut-être s'habiller un peu ?

Mon regard se pose à nouveau sur sa tenue d'hôpital, auparavant si excitante. Aujourd'hui, elle me rappelle sans ménagements une des causes possibles de notre mauvaise passe. Si j'ai de la chance, s'entend.

Il me gratifie d'un regard qui exprime à la fois l'agacement et l'amusement... et je ne sais ce qui m'offense le plus.

— Bien sûr. Aimerais-tu que je porte costume et cravate ? Avec peut-être un pull-over sans manches.

— Tu n'as pas de pull-over sans manches.

— D'accord. Comme ça, c'est réglé.

Il se lève avec lenteur et s'étire de tout son long. J'observe les lignes de son dos et ressens le besoin soudain de me jeter à son cou et de lui avouer tous mes soucis. Mais quelque chose me retient. Appréhension, fierté ou ressentiment ? Je ne saurais le dire. Quoi qu'il en soit, je reste à fond dans mon mode femme au foyer hyper efficace : je l'informe que je m'occupe d'appeler Carolyn et de commander le dîner, avant de lui conseiller de monter se changer.

— Détends-toi un peu, ajouté-je avec un sourire d'une indulgence purement stratégique. Reprends des forces.

Il me dévisage d'un œil circonspect, puis se tourne vers l'escalier.

— Des sushis, ça te va ? lui demandé-je, tandis qu'il s'éloigne.

— Comme tu veux, répond-il avec un haussement d'épaules.

Un peu plus tard, nos sushis ont été livrés et nous nous retrouvons dans la salle à manger. Vêtu d'un pull-over à col roulé noir sur un pantalon en flanelle grise, Nick semble de bonne humeur, mais trahit une certaine nervosité lorsqu'il fait craquer ses articulations à deux reprises avant de déboucher la bouteille de vin et de nous servir deux verres.

Il s'assoit et contemple sa soupe miso.

— Alors, parle-moi d'hier soir. Vous vous êtes bien amusées ?

– Oui. Jusqu'à ce que je commence à me faire du souci…

– Du souci pour quoi, maintenant ? demande-t-il avec une pointe de dédain.

J'inspire un grand coup et bois une gorgée de vin.

– Notre relation.

– Mais encore ?

Ma respiration se fait haletante et je prends sur moi pour éviter toute trace d'accusation, tout mélodrame dans ma réponse :

– Écoute, Nick. Je sais que la vie avec de jeunes enfants est épuisante. Que cette étape de la vie dans laquelle nous nous trouvons peut mettre une relation à rude épreuve… même dans les couples les plus unis… mais… je ne me sens plus aussi proche que nous l'étions. Et cette situation m'attriste…

Comme il n'y a rien dans mes propos qu'il peut réfuter, il approuve d'un faible hochement de tête prudent.

– Je suis désolé que tu sois triste…

– Et toi, comment te sens-tu ?

Il me regarde avec perplexité.

– Es-tu heureux ?

– Comment ça ?

Je sais qu'il sait exactement ce que je veux dire, mais s'il préfère que je mette les points sur les i…

– Es-tu heureux de ta vie ? De notre vie ?

– Assez, oui.

Avec sa cuillère immobile en l'air et son sourire figé, il m'évoque un candidat dans un jeu télévisé qui connaît la réponse, mais prend encore le temps de réfléchir une dernière fois avant d'écraser le buzzer.

– Assez ? je répète, piquée au vif par sa formulation.

La cuillère regagne le bol. L'humeur de Nick s'assombrit à vue d'œil.

– Tessa, à quoi rime cet interrogatoire ?

Je déglutis et prends mon courage à deux mains.

– Il y a un problème. Tu sembles distant… comme si quelque chose te tracassait. Et je n'arrive pas à savoir si c'est le travail ou la vie en général, ou les enfants. Ou moi…

Il s'éclaircit la voix.

– Je ne sais vraiment pas quoi répondre à ça…

Je sens la frustration et les premiers frémissements de colère monter en moi.

– Il ne s'agit pas d'un piège, Nick. Je veux qu'on parle, c'est tout. Acceptes-tu de me parler ? S'il te plaît…

J'attends sa réponse, les yeux rivés sur le creux entre sa lèvre inférieure et son menton, mue par la double envie de l'embrasser et de le gifler.

– Je ne comprends pas où tu veux en venir…

Il soutient mon regard plusieurs secondes avant de baisser les yeux pour préparer son sashimi. Avec précaution, il verse de la sauce soja dans sa soucoupe et ajoute une pointe de wasabi avant de mélanger les deux à l'aide de ses baguettes.

– Je veux que tu me dises ce que tu ressens, dis-je d'une voix qui se fait implorante.

Il plonge son regard droit dans le mien.

– Je ne sais pas ce que je ressens.

Quelque chose se casse net en moi et je tire la première salve de sarcasme, une tactique presque toujours mortelle dans une conversation entre mari et femme.

– Eh bien, essayons sous un angle plus simple. Et si tu me disais où tu étais hier après-midi ?

Il me gratifie d'un regard vide.

– J'étais à l'hôpital. Je suis rentré vers 5 heures, j'ai dîné avec les enfants et je suis sorti quelques heures.

– Tu étais à l'hôpital toute la journée ? j'insiste, avec une ultime prière silencieuse pour que Romy ait un besoin urgent de lunettes et se soit trompée sur l'identité de l'homme sur le parking.

– À peu près.

Je lâche ma bombe :

– Donc tu n'es pas allé à Longmere hier ?

Il hausse les épaules et fait semblant de réfléchir, le regard fuyant.

– Oh... si. Pourquoi ?

– Pourquoi ? je répète, incrédule. Pourquoi ?

– Exactement. Pourquoi ? attaque-t-il d'un ton brusque. Pourquoi me demandes-tu ça ? Pourquoi es-tu rentrée un jour plus tôt pour me bombarder de questions ?

Je secoue la tête, refusant de me laisser berner par sa tactique transparente.

– Que faisais-tu là-bas ? Es-tu allé visiter l'école ? Déposer le dossier d'inscription ? Est-ce que ça a un rapport quelconque avec Ruby ?

Lorsqu'il soupire, je connais déjà la réponse.

– C'est une longue histoire, dit-il.

– Nous avons tout notre temps.

– Je n'ai pas vraiment envie d'en parler maintenant.

– Eh bien, je regrette, mais tu n'as pas le choix. Tu es marié, je te signale.

– Tu vois, tu recommences, dit-il comme s'il venait d'avoir une brusque révélation, un éclair de perspicacité face à ma personnalité mystérieuse et complexe.

– Que veux-tu dire par là ?

– Je veux dire... qu'il ne semble pas y avoir beaucoup de place pour les choix dans notre couple. À moins que ce soit toi qui les fasses.

– Quoi ? j'explose, haussant le ton pour la première fois alors que je m'étais juré de rester posée.

– Il faut toujours que tu planifies tout dans les moindres détails. Le club que nous devons fréquenter. L'école où il est préférable d'inscrire les enfants. Avec qui il faut être amis. Ce que nous devons faire à chaque heure, chaque minute, chaque seconde de notre temps libre.

– Qu'est-ce que tu racontes ? protesté-je, estomaquée.

Il m'ignore et poursuit sur sa lancée :

– Qu'il s'agisse d'une marche forcée à Target, d'une fête d'Halloween chez les voisins ou d'une visite d'école. Bon sang ! tu décides même comment je suis censé m'habiller dans ma propre maison pour manger des sushis à emporter ! Par pitié, stop, Tessa !

J'avale la boule coincée dans ma gorge, à la fois sur la défensive et outrée par sa diatribe.

– Et ça dure depuis combien de temps ? je lui demande, grinçant des dents entre chaque mot.

– Quelque temps.

– Rien à voir donc avec Valie Anderson ?

J'ai conscience de m'aventurer en terrain miné.

Il ne tique pas. Il n'a pas même un battement de cils.

– Dis-le moi donc toi-même, Tessa, puisque tu sembles connaître toutes les réponses.

– Pas celle-là, Nick. En fait, ta petite amitié a été une surprise pour moi. Un grand scoop. Pendant que j'essaie de m'amuser un peu à New York avec mon frère et ma meilleure amie, je reçois un texto m'annonçant que tu passes un moment agréable sur le parking de Longmere en compagnie d'une autre femme.

– Alors, là, c'est le bouquet ! siffle-t-il entre ses dents, sarcastique. C'est le putain de bouquet ! Je suis carrément espionné… suivi… comme si j'avais des choses à me reprocher.

– C'est le cas ? je lui balance à la figure. As-tu quelque chose à te reprocher ?

– Je n'en sais fichtrement rien. Demande-le plutôt à ta clique de copines. Fais donc un sondage auprès de toutes les femmes au foyer de Wellesley !

J'encaisse l'injure, puis redresse le menton avec fierté.

– Pour ton information, j'ai assuré à April que jamais tu ne me tromperais.

Je scrute son visage et n'y discerne que de la mauvaise conscience.

– Comment se fait-il que tu parles de moi avec April ? En quoi notre couple la concerne-t-elle ?

– Ce n'est pas d'elle qu'il s'agit, Nick, j'objecte, déterminée à ne pas me laisser écarter du sujet. À part le fait que c'est elle qui m'a appris que tu étais à Longmere avec Valerie Anderson, alors que c'était toi qui aurais dû m'en informer.

– J'ignorais que tu voulais un compte-rendu détaillé de tous mes faits et gestes.

Il se lève d'un bond et part à la cuisine. Un long moment plus tard, il revient avec une bouteille de Perrier et remplit son verre, tandis que je reprends exactement là où nous nous sommes arrêtés.

– Je n'ai jamais demandé un compte-rendu. Je n'en voulais pas.

– Alors pourquoi t'entoures-tu de fouineuses qui se font un plaisir de moucharder ?

La question se tient, mais n'a selon moi rien à voir avec le fond du problème qu'à l'évidence il s'applique à esquiver.

– Je n'en ai aucune idée. Il se peut que tu n'aies pas complètement tort au sujet d'April. Mais là n'est pas la question et tu le sais.

Il s'enferme dans un silence exaspérant. Je soupire.

– Bon, d'accord, essayons autrement. Maintenant que nous avons abordé le sujet, ça te dérangerait de m'expliquer ce que tu faisais à Longmere ?

– Mais pas le moins du monde, répond-il posément. Charlie Anderson, mon patient, m'a fait appeler.

– Il t'a fait appeler ?

Il hoche la tête.

– C'était une urgence médicale ?

– Non.

– Alors pourquoi t'a-t-il fait appeler ?

– Il y a eu un incident à l'école. Une élève s'est moquée de lui et il était bouleversé.

– Pourquoi n'a-t-il pas appelé sa mère ?

– Il a essayé, mais n'a pas réussi à la joindre. Elle était au tribunal pour son travail et avait éteint son portable.

– Et son père ? je demande.

Pourtant, je sais pertinemment qu'il n'y en a pas. C'est peut-être ce qui me perturbe le plus dans cette histoire.

Comme pour me donner raison, Nick s'exalte soudain bien plus que durant toute notre conversation.

– Il n'a pas de père. C'est un petit garçon qui a connu l'enfer et a fait appeler son médecin parce qu'il était effrayé, voilà.

– Il n'a pas d'autre famille ? demandé-je, bien décidée à n'avoir de compassion que pour moi-même… et mes enfants. Grands-parents ? Tantes ou oncles ?

– Tessa, écoute. J'ignore pourquoi il m'a fait appeler. Je ne lui ai pas posé la question. J'y suis allé, un point c'est tout. J'ai pensé que c'était la réaction qui s'imposait.

Quelle noblesse d'âme, ironisé-je intérieurement.

– Tu es ami avec elle ?

Après une hésitation, Nick hoche la tête.

– Oui, on pourrait dire qu'on est amis, je suppose.

– Des amis proches ?

– Tessa, arrête…

Je secoue la tête avec obstination et répète ma question.

– Où veux-tu en venir, à la fin ?

Je repousse mon assiette, me demandant comment j'ai pu imaginer un seul instant être d'humeur à manger du poisson cru.

– Je veux comprendre pourquoi nous ne sommes plus proches, nous. Pourquoi tu ne m'as pas dit que Charlie Anderson t'avait fait appeler. Que tu es ami avec sa mère…

Il hoche la tête, comme s'il me concédait une petite victoire. Du coup, je me radoucis.

– Peut-être, je dis bien peut-être, cette inquiétude persistante qui me taraude… eh bien, si ça se trouve, elle n'est que dans ma tête et je dois me faire prescrire des antidé-presseurs, reprendre un travail ou je ne sais quoi.

Je saisis mes baguettes et les manie avec dextérité, comme mon père me l'a appris quand j'avais à peu près l'âge de Ruby.

Nick hoche à nouveau la tête.

– Oui. C'est peut-être toi qui n'es pas heureuse. En fait… je ne me rappelle pas la dernière fois où tu m'as semblé l'être. Au début, tu disais que tu travaillais trop, que tu étais débordée. Tu en voulais aux profs sans enfants qui ne comprenaient pas ta situation. Alors je t'ai dit de démissionner, que nous arriverions à nous en sortir avec un seul revenu, et tu l'as fait. Et maintenant tu donnes l'impression d'être accablée d'ennui, de frustration et d'agacement au contact de ces mères qui se préoccupent trop de leur tennis, postent des mises à jour ineptes sur Facebook ou attendent de toi que tu prépares des goûters maison pour une classe entière à l'école. Et pourtant, tu recherches leur compagnie. Tu continues de jouer leur jeu.

J'essaie de l'interrompre, de me défendre, mais il poursuit avec davantage de conviction.

– Tu voulais un autre bébé. Désespérément. Tant et si bien que faire l'amour est devenu la fin qui justifie les moyens. Une mécanique bien rodée. Sans répit, sans relâche. Puis Frank est né et tu paraissais à cran. Malheureuse. La dépression post-partum.

– Je n'ai pas souffert de dépression post-partum, protesté-je, piquée au vif par sa description de nos relations intimes, submergée par le remords, l'incompétence, la peur. Juste un peu de *baby-blues*.

– D'accord, d'accord. Et je comprends que c'était dur. Voilà pourquoi je m'occupais du premier biberon. Et pourquoi nous avons engagé Carolyn.

– Je sais. Personne ne t'a jamais accusé d'être un mauvais père.

– J'espère bien, mais, là où je veux en venir, c'est que moi, je n'ai pas l'impression d'avoir changé. Je suis resté le même. Un chirurgien qui aime son métier, voilà ce que je suis.

– D'accord, mais pas seulement. Tu es aussi mon mari. Le père de Ruby et de Frank.

– C'est vrai, je sais. Mais pourquoi devrais-je pour autant m'infliger des obligations mondaines à la pelle ? Pourquoi mes enfants seraient-ils obligés de fréquenter une école privée huppée ? Et ma femme de se prendre la tête avec ce que les autres pensent de nous ?

– C'est comme ça que tu me vois ? m'insurgé-je, au bord des larmes. Un stupide mouton de Panurge ?

– Bien sûr que non, Tess. Tu es une femme belle et intelligente qui…

Je fonds en larme et il me caresse la main.

– Qui quoi ?

– Qui… je ne sais pas… Tess… Quelque chose a peut-être changé dans notre vie, je te l'accorde. Mais je ne crois pas que ce soit de mon côté.

Je le regarde à travers mes larmes, prise de vertige, oppressée par le poids de ses paroles. Voilà. C'est la réponse que je cherchais. Et maintenant que je l'ai, je ne sais qu'en faire.

– C'est peut-être en partie de ma faute, je parviens à articuler, trop effrayée pour l'interroger sur le texto ou quoi que ce soit d'autre concernant Valerie Anderson. Mais je t'aime encore.

Plusieurs secondes s'égrènent – des secondes qui semblent des heures – avant qu'il réponde : « Je t'aime aussi, Tess. »

Je le regarde, agrippée au bord de la table et à ses mots comme à une bouée de sauvetage et me demande, la mort dans l'âme, de quel sorte d'amour nous parlons.

36
Valerie

Elle attend. Attend. Et attend encore. Dix longs jours insoutenables, d'une lenteur presque aussi atroce que les premiers temps à l'hôpital, juste après l'accident. Elle ne quitte pas son BlackBerry des yeux, le garde sur son oreiller la nuit, la sonnerie à fond. À chaque portière qui claque, elle entrouvre les rideaux dans l'espoir de voir sa voiture. Et lorsqu'elle ne supporte plus cette attente, ce questionnement incessant, une seconde de plus, elle craque et lui envoie un texto qui dit simplement : « J'espère que tu vas bien ? » Elle ajoute le point d'interrogation dans le seul but de susciter une réponse, mais reste toujours sans nouvelles. Pas un mot, rien.

Au début, elle lui accorde le bénéfice du doute qu'à son avis il mérite et lui trouve toutes sortes d'excuses. Il a eu une urgence à l'hôpital ou chez lui. Quelqu'un est blessé. Lui est blessé. Ou, scénario le moins plausible entre tous, il a avoué à sa femme qu'il est amoureux d'une autre et s'occupe des formalités du divorce, soucieux d'une rupture claire et nette, avant qu'ils poursuivent leur chemin ensemble, en toute honnêteté.

Elle se sent idiote d'avoir une idée pareille, encore plus d'en rêver et même, une fois, dans un moment de pur désespoir, de prier pour qu'elle se réalise… alors qu'elle connaît l'explication de loin la plus probable : il regrette. Ou, pire, il n'était pas sincère.

Ce chaos émotionnel la ramène en arrière, à l'époque de ce qu'elle a coutume d'appeler ses années stupides, avant qu'elle apprenne à se mettre à l'abri sous une carapace de méfiance mêlée de cynisme et d'apathie. Les blessures que Lion lui a infligées, des blessures qu'elle croyait cicatrisées depuis longtemps, se retrouvent soudain à vif. Elle le déteste à nouveau, parce que c'est plus facile que de détester Nick. Mais par-dessus tout, elle s'en veut d'être le genre de femme à se fourrer dans ces situations.

Un mardi après-midi morne, au travail, elle craque et téléphone à son frère. Elle lui confesse son aventure avec Nick et lui apprend qu'elle n'a plus la moindre nouvelle depuis le coup de fil réglementaire du lendemain matin.

– C'est quoi, mon problème ?

– Ce n'est pas toi qui as un problème, répond son frère, qui semble à moitié endormi, défoncé, ou les deux.

– Je dois bien en avoir un, insiste Valerie, qui regarde par sa fenêtre dans un bureau de l'immeuble d'en face où deux hommes rient près d'une fontaine à eau. Il a couché avec moi une fois, et a rompu.

– Il n'a pas rompu à proprement parler. Il n'a pas… donné suite, c'est tout…

– C'est du pareil au même. Et tu le sais.

Le silence de Jason détruit le mince espoir qu'il pouvait lui rester.

– Alors c'est quoi, à ton avis ? Je ne suis pas assez jolie ?

Elle a conscience d'avoir l'air d'une adolescente angoissée en plein chagrin d'amour. Elle ne veut à aucun prix être cataloguée parmi ces femmes qui mesurent leur estime de soi à l'aune de l'amour d'un homme et placent tous leurs espoirs dans le premier venu. Pourtant, c'est exactement ce qu'elle a fait… et continue de faire avec ces questions ineptes.

– Tu plaisantes ? Tu es sublime, voyons ! la détrompe Jason. Tu as tout pour toi !

– Alors, c'est quoi ? Le sexe, tu crois ? Je suis peut-être nulle au lit.

Elle revoit les traits de Nick, déformés par le plaisir, au moment où il jouit en elle. Ses doigts qui lui caressent les cheveux après. Ses baisers sur ses paupières. Ses mains se promenant sur son ventre et ses cuisses. Il s'était endormi en la serrant dans ses bras, tout contre lui.

Jason claque la langue.

– En général, le sexe n'est pas en cause, Val.

– Quoi, alors ? Je suis ennuyeuse ? Trop négative ? J'ai un vécu trop lourd ?

– Rien de tout ça. Ce n'est pas toi, Val. C'est lui... La plupart des mecs sont des salauds. Homos, hétéros. Hank est un diamant brut, dit-il avec chaleur, comme à chaque fois qu'il parle de son petit ami – comme elle aurait pu le faire à peine quelques jours plus tôt. Mais Nick... pas tant que ça.

– Il était si extraordinaire avec Charlie, fait-elle remarquer, des instantanés plein la tête. Il y avait un lien entre eux, c'est évident. On ne peut pas simuler ça.

– Ce n'est pas parce qu'il est un grand chirurgien et s'est attaché au meilleur gamin du monde qu'il est fait pour toi. Ça n'en fait pas un mec bien non plus. Mais je comprends pourquoi on peut confondre les deux. N'importe qui se ferait avoir, ce qui aggrave encore plus son cas. C'est comme si... s'il avait profité de son statut.

Elle soupire en signe d'approbation, même si elle ne parvient pas tout à fait à se convaincre que Nick puisse être aussi manipulateur et sournois. Ce serait plus facile, pourtant. Alors elle pourrait abonder dans le sens de son frère et imputer la rupture aux défauts de Nick, et non aux siens.

– Charlie a rendez-vous avec lui la semaine prochaine. Et une nouvelle intervention est programmée pour février, dit-elle, pensant au nombre de fois où, les yeux rivés sur son agenda, elle s'est demandé ce qu'elle lui dirait en entrant dans son cabinet. On devrait changer de médecin, tu crois ?

— C'est le meilleur, non ?

— Oui, assure-t-elle avec empressement. Nick est le meilleur.

Valerie a le cœur brisé, mais sa loyauté reste intacte. Elle se rappelle avoir loué le talent de Lion des mois après leur rupture.

— Alors garde-le.

— D'accord.

Que va-t-elle dire à son fils ? Comment va-t-elle lui expliquer pourquoi Nick ne vient plus, pourquoi ce n'est pas une bonne idée de lui téléphoner de l'école ou d'ailleurs. Pourquoi ils ne se verront plus désormais qu'à l'hôpital ou en consultation.

— À quel point dois-je me sentir coupable ? demande-t-elle, pensant à Charlie et à ses questions dans la voiture, son souhait que Nick soit son papa.

— À quel sujet ? Tessa ? demande Jason.

Elle se pétrifie dans son fauteuil.

— Je parlais de Charlie. Pas de la femme de Nick... Et puis d'abord, comment connais-tu son prénom ?

— Euh... tu ne me l'as pas dit ? bafouille-t-il.

— Non, affirme-t-elle avec une certitude absolue.

— Tu as dû me le dire pourtant.

—Jason ! Je sais que non. Je n'ai jamais prononcé son prénom à voix haute. Comment le connais-tu ?

— D'accord, c'est bon... Tu vas être surprise... En fait, Hank est son prof de tennis.

Elle se prend la tête dans sa main libre.

— C'est une blague !

— Non.

— Alors Hank est au courant ? Pour Nick et moi ?

— Non, je ne lui ai rien dit, je te jure.

Elle n'est pas sûre de pouvoir le croire, car Jason est un livre ouvert même quand il n'est pas amoureux. Mais au point où elle en est, c'est le cadet de ses soucis et elle écoute d'une oreille distraite l'explication de son frère.

— Elle prend des cours avec lui depuis quelque temps… Hank savait que son mari était un chirurgien de haut vol, mais n'avait pas fait le rapprochement jusqu'à la semaine dernière, quand elle a mentionné un de ses patients – un garçon qui avait eu le visage brûlé à une fête d'anniversaire.

Le cœur de Valerie s'emballe.

— Qu'a-t-elle raconté sur Charlie ?

— Rien. Elle a seulement dit que son mari travaillait beaucoup. Hank lui a demandé sa spécialité et elle a répondu en citant l'exemple de Charlie. Le monde est petit, hein ?

— Oui, mais je ne voudrais pas avoir à y poser de la moquette, répond-elle, une des blagues favorites de leur père.

— Exact, approuve Jason, un sourire dans la voix.

Avec un soupir, Valerie intègre ce nouveau profil de Tessa, imaginant une rentière mondaine. Une blonde botoxée aux membres déliés qui s'accorde un petit match de tennis à l'heure du déjeuner, fait son shopping chez Neiman Marcus et mange au champagne dans des restaurants chics.

— Alors, comme ça, elle joue au tennis ? Tant mieux pour elle.

— Tu devrais apprendre, dit Jason dans le but évident de dévier la conversation. Hank m'a dit qu'il te donnerait des cours gratuitement.

— Non, merci.

— Pourquoi ?

— Je travaille, tu te souviens ? Je ne suis pas mariée avec un chirurgien plasticien. Je couche juste avec lui quand sa femme n'est pas en ville.

Jason se racle la gorge et prononce son prénom d'un ton réprobateur qui signifie « Reprends-toi, sœurette. »

– Quoi ?

– Ne laisse pas cette histoire t'aigrir.

– Trop tard.

– Le bonheur est la meilleure des revanches, tu sais. Sois heureuse. C'est un choix.

– Comme la femme de Nick, c'est ça ? rétorque Valerie. Que t'a dit Hank ? Qu'elle nageait dans le bonheur ?

– En fait, répond Jason après une hésitation, il dit qu'elle est très sympathique. Du genre qui a les pieds sur terre.

La culpabilité et le remords du samedi matin cèdent le pas à une jalousie dévorante.

– Génial ! Fantastique ! Et elle est superbe, en prime ?

Valerie se cuirasse, consciente qu'aucune réponse de Jason ne la satisfera. Si la femme de Nick n'est pas jolie, elle en conclura qu'il s'est servi d'elle. Si Tessa est une beauté, elle en éprouvera un sentiment d'infériorité.

– Superbe, non. D'après lui, c'est une femme séduisante, mais pas superbe, loin de là.

Valerie étouffe un gémissement, au bord de la nausée.

– N'oublie pas, Val, elle est mariée à un type qui la trompe. Tu devrais la plaindre au lieu d'être jalouse.

– Hum…

Elle s'efforce de se convaincre que son frère a raison, qu'elle sera mieux sans lui. Sans homme du tout. C'est le problème de Tessa, pas le sien. Mais au fond de son cœur, elle sait que le seul changement depuis samedi matin, c'est que Nick a cessé de l'appeler. Elle savait depuis le début qu'il était marié. Qu'elle convoitait quelqu'un qui ne lui appartenait pas, et ne lui appartiendrait sans doute jamais. Voilà, elle l'a bien cherché. Elle n'a là que ce qu'elle mérite.

Jason se mouche, puis lui demande si ça va aller. Elle lui répond que oui et raccroche. Elle pivote sur sa chaise et fixe une auréole au plafond, s'adjurant de ne pas pleurer.

Quelques secondes plus tard, le téléphone sonne à nouveau. « Appel privé », indique l'écran. Elle répond, supposant que c'est Jason qui la rappelle pour casser du sucre sur le dos de Nick ou lui livrer une pépite de sagesse sur les relations amoureuses.

– Oui ?

– Bonjour, Val, c'est moi.

Elle retient son souffle. C'est toujours la voix qu'elle préfère au monde.

– Bonjour, Nick, répond-elle, tandis qu'en elle la colère et le soulagement s'affrontent.

– Comment vas-tu ? lui demande-t-il.

– Bien, répond-elle avec le plus de conviction qu'elle peut.

Sa voix est glaciale. Trop pour exprimer l'indifférence.

– Je suis désolé de ne pas avoir appelé...

– Ce n'est pas grave. Je comprends, ment-elle.

– C'est juste que... je ne savais plus où j'en étais. Il fallait que j'essaie de réfléchir...

– Tu n'as pas à t'expliquer, dit-elle, espérant qu'il le fera quand même.

– Val...

L'angoisse dans la voix de Nick apporte à Valerie un soupçon de réconfort.

– Est-ce que je peux te voir ? demande-t-il. Puis-je te retrouver quelque part ? Il faut que je te voie. Que je te parle.

L'esprit de Valerie s'emballe. Elle sait qu'elle devrait dire non. Elle doit protéger son fils à défaut d'elle-même. Le mal est sans doute fait, mais si elle continue de voir Nick la déception n'en sera que plus douloureuse pour Charlie. Le cœur serré, elle s'apprête à répondre que ce n'est pas une bonne idée, que la nuit de vendredi était une erreur et qu'elle ne peut se permettre d'en commettre une autre. Mais elle ne parvient pas à se résoudre à fermer la porte complètement. Alors elle lui dit qu'elle allait justement sortir faire un tour au Common et qu'il est le bienvenu s'il souhaite se joindre à elle.

– Dans quel endroit du parc ?

– Près de l'étang aux Grenouilles, répond-elle avec toute la nonchalance dont elle est capable, comme s'il ne s'agissait pas d'un choix sentimental délibéré.

Ce n'est pas parce qu'elle veut se promener avec lui dans un endroit qu'elle adore pour qu'ils respirent ensemble l'air hivernal. Ce n'est pas parce qu'elle a imaginé y emmener Charlie faire du patin à glace et boire un chocolat chaud après. Ce n'est pas pour créer une toile de fond pittoresque au souvenir que, comme elle l'espère, il veut garder. L'explication, l'affirmation, la promesse d'un avenir commun.

Quelques minutes plus tard, après s'être donné un coup de brosse, avoir rafraîchi son maquillage, et prévenu sa secrétaire qu'elle a un rendez-vous à l'extérieur, Valerie sort emmitouflée dans son épais trench-coat noir et longe les quais désertés de leurs bateaux pour l'hiver. Elle inspire l'air vif et glacial, le regard rivé sur South Station, qui se dresse droit devant dans le ciel terne. Elle traverse et se retrouve dans le centre-ville un peu glauque, passant devant les boutiques d'électronique et les laveries, les bouges et restaurants ethniques, les baraques de falafels et les vendeurs de marrons grillés. Elle poursuit son chemin dans la foule des promeneurs qui font leurs courses de Noël et les touristes flânant sans but ; puis elle tourne dans Franklin Street, bordée de ses immeubles gris majestueux, et débouche enfin dans Tremont Street, avec sa vue sur le Vieux Capitole et le quartier historique de la ville aux rues pavées. À chaque pas, les rafales qui soufflent du port lui coupent la respiration et la transpercent.

Alors qu'elle traverse la rue juste devant Boston Common, elle aperçoit le sans-abri tristement célèbre du quartier, connu par beaucoup sous le nom de Rufus. Il traîne depuis toujours dans le coin, aussi loin que remontent ses souvenirs, mais l'âge ne semble pas avoir de prise sur lui : sa peau sombre n'a pas plus de rides qu'il y a une dizaine d'années et ses cheveux grisonnent tout juste aux tempes. Elle croise son regard et pense la même chose qu'à chaque fois durant les rudes mois d'hiver : « Pourquoi pas la Floride, Rufus ? »

Il lui sourit comme s'il se souvenait de son dernier passage dans le coin.

– Eh, mignonne… T'es très en beauté aujourd'hui… T'as pas un dollar ? Un peu d' monnaie ?

Sa voix grave et rocailleuse a un effet étrangement réconfortant. Elle s'arrête et lui tend un billet de cinq dollars. Il le prend et lui dit qu'elle a de beaux yeux.

Elle le remercie, choisissant de croire qu'il est sincère.

– Que Dieu te bénisse ! lui lance-t-il, un poing sur le cœur.

Valerie hoche la tête, puis tourne les talons et reprend son chemin. Ses bottines noires à bout pointu ne sont guère adaptées à la marche et ses orteils s'engourdissent. Son optimisme déjà en berne ne résiste pas au froid. Elle allonge le pas, s'avançant vers Nick et son destin. *Ne dramatise pas*, s'adjure-t-elle, *il n'est qu'un chapitre de plus dans ta vie amoureuse sans relief.* Elle se convainc qu'elle préfère savoir plutôt que rester dans l'expectative. Se poser des questions, c'est toujours le pire.

La voilà dans le parc de Boston Common. Elle approche de l'étang aux Grenouilles, qui grouille de patineurs, certains accomplis, la plupart peu à l'aise sur la glace, tous radieux. Le soleil perce soudain à travers les nuages et se réfléchit sur l'eau gelée. Ayant oublié ses lunettes de soleil, Valerie se protège les yeux d'une main et cherche Nick sur le pourtour de l'étang, et même sur la glace, comme s'il pouvait avoir pris le temps de chausser des patins pour faire un tour rapide. Elle le repère enfin dans son manteau bleu marine, une généreuse écharpe grise enroulée plusieurs fois autour du cou. Il cligne des yeux dans sa direction, mais ne l'a pas encore aperçue. Elle l'observe une bonne minute avant que leurs regards se croisent. Le visage de Nick s'éclaire sans aller jusqu'au sourire et il se dirige vers elle, les yeux baissés, les mains au fond des poches.

Elle l'attend sur place, change plusieurs fois d'expression, puis adopte la plus neutre possible.

– Bonjour, Val, dit-il quand il l'a rejointe.

Son regard brille, autant que des yeux marron peuvent briller, mais la lueur que Valerie y discerne lui laisse entendre qu'il va lui briser le cœur. Pourtant, lorsqu'il ouvre les bras pour l'étreindre, elle ne résiste pas. La joue posée contre sa large épaule, elle lui dit bonjour et sa voix se perd dans une soudaine bourrasque.

Ils s'écartent et Nick plonge son regard dans le sien.

– Ça me fait plaisir de te voir.

– À moi aussi, répond-elle, la gorge nouée par l'appréhension.

Il pince les lèvres, puis sort de sa poche une cigarette et une pochette d'allumettes. Elle ne l'avait jamais vu fumer, et aurait parié sans la moindre hésitation qu'il ne touchait pas au tabac, mais elle ne lui demande pas si c'est une nouvelle habitude ou la résurgence d'une ancienne. Il replie la pochette et craque une allumette d'une main sans gant, d'un geste qui rappelle à Valerie son extraordinaire dextérité de chirurgien.

– Tu en as une pour moi ? demande-t-elle, tandis qu'ils marchent ensemble.

– Désolé, c'était ma dernière, répond-il d'une voix tendue, inégale.

Il la lui offre.

– Non, merci, refuse-t-elle en secouant la tête. C'était une plaisanterie. Je ne fume pas… sauf quand je bois.

– Tu veux qu'on aille boire un verre quelque part ? demande-t-il avec un petit rire nerveux.

Comme elle garde le silence, il essaie une autre question.

— Comment va Charlie ?

— Bien, répond Valerie, qui se hérisse et se retient d'en dire davantage.

Nick hoche la tête et porte la cigarette à ses lèvres. Les paupières closes, il inhale, puis tourne la tête sur le côté. Il ne souffle pas la fumée, se contente d'ouvrir la bouche et la laisse s'échapper en volutes qui ont tôt fait de s'évanouir au-dessus de sa tête. Puis il jette un regard à la ronde et marmonne quelque chose au sujet d'un banc. Elle secoue la tête et dit qu'elle préfère marcher, qu'il fait trop froid pour s'asseoir.

Alors ils continuent et font le tour de l'étang en regardant les patineurs, qui tournent joyeusement sur la glace dans le sens contraire des aiguilles d'une montre en une masse confuse de couleurs vives.

— Tu sais patiner ? demande-t-il.

Leurs coudes se frôlent. Valerie rectifie son pas et s'écarte un peu.

— Oui.

Puis elle soupire, afin de lui faire comprendre qu'elle n'est pas là pour bavarder. Après un tour complet de l'étang, Nick rompt le silence.

— Val... notre nuit ensemble... c'était merveilleux.

Elle approuve d'un hochement de tête : c'est une vérité qu'il lui sera à jamais impossible de le nier.

— Tu es extraordinaire.

Elle se crispe et sa gorge se noue. Elle n'a que faire de compliments, qu'ils soient sincères ou seulement destinés à la consoler. Elle devine où cette conversation va les mener et veut en venir au fait.

— Merci. Toi aussi, répond-elle, le plus platement possible.

Il s'arrête soudain et lui attrape le bras.

— Pouvons-nous aller parler quelque part ? Au chaud ?

Valerie ne sent plus ses pieds et son nez commence à

couler. Elle accepte à contrecœur d'un signe de tête et le suit au 75 Chestnut, un café dans la rue du même nom. Ils trouvent une table au fond et la serveuse vient prendre leur commande.

– Rien pour moi, merci, dit Valerie avec un geste vers Nick.

Sans tenir compte de sa décision, il commande deux cidres chauds aux épices.

– Dis-moi juste ce que tu as en tête, lui dit-elle après le départ de la serveuse.

Il se gratte la mâchoire, ombrée d'une barbe de plusieurs jours.

– Beaucoup de choses.

– Par exemple ?

– Par exemple, que je suis fou de toi.

Il se penche vers elle par-dessus la table et leurs visages ne sont plus qu'à quelques centimètres l'un de l'autre.

– J'adore tout chez toi, continue-t-il dans un souffle, tandis que le cœur de Valerie s'emballe. Ta beauté, ton corps quand nous faisons l'amour... le son de ta voix, ces regards ensorcelants dont tu me couves. J'adore aussi ta façon d'être avec Charlie. Ta façon d'être tout court.

– C'est peut-être juste physique ? suggère-t-elle d'une voix posée, feignant de ne pas être touchée au plus profond par ses paroles.

Il secoue la tête avec vigueur.

– Non, ce n'est pas physique. Rien à voir avec une simple passade. Je t'aime, Val. C'est la vérité. Et je ne pourrai jamais rien y changer, je le crains.

Voilà. Elle a sa réponse. Son « Je le crains » le trahit. Il l'aime, mais préférerait ne pas l'aimer. Il a envie d'elle, mais ne peut l'avoir. Telle est sa décision. Au moment où la serveuse arrive avec leurs boissons, Valerie se sent s'effondrer à l'intérieur. Elle tient le mug chaud à deux mains et inhale le parfum de pomme musqué.

– Je sais quand c'est arrivé, continue Nick, presque pour lui-même. Le soir où nous sommes allés Chez Antonio et que tu m'as appris que Charlie n'avait pas de père.

– C'est ça, l'explication ? demande-t-elle, faisant de son mieux pour garder son calme et bannir toute trace d'amertume dans sa voix. Un acte héroïque ? Tu as sauvé Charlie et tu voulais me sauver, moi aussi ?

– J'y ai réfléchi.

Le fait qu'il ne réfute pas d'emblée l'hypothèse confère davantage de foi à sa réponse.

– Mais je sais que ce n'est pas ça, et pas davantage l'attirance que tu éprouves pour moi, conclut-il après une longue gorgée. Pas complètement en tout cas.

– À mon avis non plus, approuve-t-elle, et dans son esprit c'est ce qui se rapproche le plus d'une déclaration d'amour. Je n'ai pas besoin d'être sauvée.

– Je le sais bien, Val. Tu n'as besoin de personne. Tu es la personne la plus forte que je connaisse.

Elle s'arrache un sourire, comme pour lui prouver la justesse d'une théorie à laquelle elle ne croit pas elle-même.

– Tu ne te trouves pas forte, fait-il remarquer, comme s'il lisait dans ses pensées. Et le fait que tu t'imagines à peine capable d'y arriver, c'est si... je ne sais pas, Val. C'est encore une chose que j'adore chez toi. Tu es forte et vulnérable à la fois.

Il tend une main vers elle et coince une mèche de cheveux derrière son oreille. Elle en frissonne.

– Mais ?

Elle sait qu'il y a un mais – il y en a toujours un.

– Mais... je ne peux pas, ajoute-t-il, la voix brisée. Je ne peux pas faire ça...

– D'accord.

Dans l'esprit de Valerie, c'est son dernier mot. Inutile de se lancer dans une explication pénible sur les raisons de sa décision.

– D'accord ? Val, par pitié, ne me laisse pas m'en tirer à si bon compte.

– Tu ne me dois rien.

– Tu sais bien ce que je veux dire… Je veux juste dire que j'ai commis une erreur en m'engageant dans cette voie avec toi. Je pensais que mes sentiments pour toi suffiraient à justifier nos actes. Que je n'étais pas comme ces hommes qui ont des aventures pour les mauvaises raisons… Puis Tessa est rentrée de New York et… Je ne peux pas faire une exception pour moi, Val. Pour nous. Pas sans incidence sur tout le monde autour de moi. Mes enfants… Charlie…

– Et ta femme, finit-elle à sa place.

Il hoche la tête avec tristesse.

– Et Tessa, oui. Ça ne va pas très fort entre nous en ce moment et je ne sais pas ce que l'avenir nous réserve… mais je la respecte et elle compte encore beaucoup pour moi… Alors, à moins d'être prêt à tirer un trait sur toutes ces années, sur le foyer et la famille que nous avons fondés… à moins d'être prêt à le faire aujourd'hui même, à cette seconde, dit-il en tapotant la table, je ne peux pas être avec toi. J'ai beau le souhaiter de toutes mes forces, ce n'est pas honorable.

Valerie se mord la lèvre et hoche la tête, tandis que des larmes lui piquent les yeux.

– Crois-moi, Val, j'y ai réfléchi sous tous les angles. J'ai essayé de trouver le moyen de réaliser mon rêve le plus cher… de te ramener de ce pas dans ton lit et de te faire l'amour… d'être avec toi, tout simplement.

La respiration de Valerie s'accélère, et elle se mord la lèvre encore un peu plus fort dans un suprême effort pour ne pas pleurer.

– Je suis désolé, s'excuse-t-il. Tellement désolé de te faire souffrir ainsi. C'était mal et égoïste de ma part… Je voudrais pouvoir te dire qu'un jour peut-être nous pourrons être ensemble… qu'un jour peut-être la situation sera différente… mais ce serait tout aussi égoïste… une fausse promesse… une façon de te faire patienter pendant que j'essaierais de réparer les pots cassés chez moi.

— Tu dois essayer de réparer, dit Valerie, qui se demande si elle est sincère et, si ce n'est pas le cas, pourquoi elle lui dit une chose pareille.

Il hoche la tête avec gravité, accablé de douleur.

— Je vais m'y employer.

— Tu n'as pas le choix.

Comment compte-t-il s'y prendre ? Fera-t-il l'amour à sa femme ce soir ? ne peut-elle s'empêcher de s'interroger. *L'a-t-il déjà fait depuis vendredi soir ?*

— Y a-t-il un autre médecin que nous pouvons consulter ? demande-t-elle, la voix cassée par l'émotion, s'efforçant de son mieux d'encaisser le choc. Je ne pense pas que ce soit une bonne idée que Charlie continue à te voir…

Nick sort une carte de visite de sa poche et la glisse sur la table.

La vue brouillée, Valerie y jette un vague coup d'œil et n'écoute que d'une oreille ses louanges au sujet de l'autre chirurgien.

— Le Dr Wolfenden est formidable. Une grande partie de ce que j'ai appris, c'est à elle que je le dois. Tu vas l'adorer. Charlie aussi.

— Merci, dit-elle, refoulant ses larmes.

Nick cligne des yeux, lui aussi.

Elle prend la carte.

— Je dois y aller.

Il lui agrippe le poignet.

— Val, attends. Je t'en prie…

Elle secoue la tête et lui répond qu'il n'y a plus rien à ajouter. Qu'entre eux tout est fini.

— Adieu, Nick, dit-elle.

Puis elle se lève et disparaît dans le froid mordant.

37
Tessa

À mesure que les jours passent, tandis que s'enclenche le compte à rebours de Noël, j'ai l'impression d'être prisonnière d'un cauchemar. Je me vois de loin, j'observe mon couple qui implose avec tous les clichés de la dépression. Je bois trop. J'ai du mal à trouver le sommeil, et encore plus à sortir du lit le matin. Je ne parviens pas à rassasier mon appétit vorace, quelles que soient les doses de glucides que j'engloutis pour me réconforter. Je me sens seule et pourtant j'évite mes amies, même Cate, et surtout April, qui n'arrête pas de me relancer au téléphone. Je mens à ma famille : je leur poste des mises à jour bavardes sur Internet, des instantanés des enfants sur les genoux du Père Noël, des clips vidéo amusants dénichés sur YouTube avec des commentaires du genre : « C'est trop mignon ! » ou « Tu vas adorer ! », toujours avec des points d'exclamation, et parfois des emoticons. J'en fais trop avec mes enfants : un sourire de façade plaqué sur la figure, je fredonne des chants de Noël à longueur de journée et ouvre les cases de notre calendrier de l'Avent avec un enthousiasme débridé. Je mens à Nick : blottie contre lui tous les soirs, portant son parfum favori, je fais semblant d'avoir passé encore une journée productive et festive. Et, surtout, je me mens en me persuadant que si je fais semblant je réussirai à changer le cours de ma vie.

Mais je ne peux échapper à cette femme qui m'obsède et que je n'ai jamais vue. Je ne connais pas les détails avec certitude. J'ignore si le texto que j'ai lu était d'elle, ou si Nick se trouvait en sa compagnie le soir où j'étais à New York. Je ne sais pas exactement ce que Romy a vu sur le parking. Si c'était innocent ou non. J'ignore si Nick lui a fait l'amour, l'a embrassée, lui a tenu la main ou l'a seulement regardée au fond des yeux d'un air enamouré. Je ne sais pas davantage s'il lui a parlé de nos problèmes ou m'a trahie d'une autre façon.

Cependant, je sais que mon mari est amoureux de Valerie Anderson, la seule autre femme avec qui il se soit jamais lié d'amitié à part moi. La femme pour laquelle il a quitté son travail au milieu de la journée, afin de se rendre dans une école que je voulais qu'il visite depuis des mois, avec qui il a tenu un conciliabule sur le parking, sous les yeux de Romy et du monde entier, risquant sa carrière, sa réputation, sa famille. La femme qu'il a rencontrée le soir étoilé de notre anniversaire de mariage. Je le sais à cette façon qu'il a d'ouvrir le réfrigérateur et de fixer l'intérieur, le regard vide, comme s'il avait oublié ce qu'il venait y chercher. Ou de faire semblant de dormir quand je murmure son nom dans le noir. À l'air lugubre avec lequel il borde les enfants le soir, comme s'il imaginait à quoi ressemblerait sa vie s'il était séparé d'eux. Je le sais avec la certitude absolue qui accompagne la perte imminente de ce qu'on ne veut perdre à aucun prix.

Et puis, un bel après-midi froid et ensoleillé, dix jours avant Noël, alors que je ne me sens plus capable de tenir une autre seconde, il franchit le seuil de la maison avec un regard qui me dit que lui non plus n'en peut plus. Il a le visage irrité par le froid, le nez rouge, les cheveux en bataille. Il frissonne quand je m'approche et déroule l'écharpe de son cou.

— Où étais-tu ? lui demandé-je, espérant qu'il est allé faire les achats de Noël pour les enfants. Ou pour moi.

337

– Au Boston Common.

– Que faisais-tu là-bas ?

– Je me suis promené.

– Seul ?

Il fait non de la tête, la mine sombre.

– Tu étais avec qui ? je m'enquiers, l'estomac crispé.

Il me regarde et j'entends le nom de cette femme dans ma tête à l'instant même où il le prononce à voix haute.

– Valerie Anderson. La mère de Charlie.

Sa voix se casse et il a les yeux vitreux comme s'il était au bord des larmes, ce qui m'horrifie car je n'ai jamais vu mon mari pleurer.

– Oh… je parviens à dire, ou un autre monosyllabe quelconque indiquant que je comprends ce qui se passe.

– Tessa… j'ai un aveu à te faire.

Je secoue la tête, horrifiée. Je sais que ce n'est pas une bonne nouvelle. Au fond de moi, je la connais déjà, mais me refuse à l'entendre confirmée une fois pour toutes. Puis il met un genou à terre, comme le jour où il m'a demandée en mariage.

– Non, dis-je, tandis qu'il me prend les mains et presse mes articulations contre ses joues froides. Ne me dis pas que tu as fait ça.

Nick me regarde, immobile, puis confirme d'un hochement du menton à peine perceptible.

– Non, je répète.

Il m'attire par terre près de lui et me murmure que si, il l'a fait.

Je le regarde au fond des yeux.

– C'était juste un baiser ?

Il murmure que non, ce n'était pas juste un baiser.

– Tu as couché avec elle ?

Ma voix est si calme qu'elle m'effraie et je me demande alors si j'aime cet homme. Si je l'ai jamais aimé. Si même

338

j'ai un cœur. Parce que rien ne se brise en moi. Je ne ressens pas la moindre douleur.

– Une fois, répond-il. Une seule fois.

Mais il aurait pu tout autant me dire dix, cent ou mille. Ou toutes les nuits depuis le jour de notre mariage. Et maintenant ses yeux s'embuent de larmes et il pleure. Ce qu'il n'a pas fait la dernière fois qu'il se tenait un genou à terre devant moi. Ce qu'il n'a pas fait le jour de notre mariage ou celui où je lui ai montré la ligne bleue sur le bâtonnet en plastique et lui ai annoncé que nous attendions un bébé. Ce qu'il n'a pas fait au moment où il a tenu Ruby pour la première fois dans ses bras et est devenu officiellement père, ni lorsqu'il a appris qu'il allait avoir le fils tant désiré.

Mais là il pleure. Pour elle. Pour Valerie Anderson.

J'essuie une larme qui roule sur sa joue et me demande pourquoi je le fais, si ce sera le dernier geste de tendresse entre nous.

– Je suis désolé, Tessa. Tellement désolé.

– Tu me quittes ? lui dis-je avec un détachement qui me sidère, comme si je lui demandais son avis avant de cocher « Viande » ou « Poisson » sur le carton-réponse d'une invitation.

– Non. Je viens de rompre.

– Maintenant ? Pendant ta promenade ?

– Oui. Maintenant. Tessa… j'aimerais pouvoir revenir en arrière. Je le ferais si je pouvais.

– Mais c'est impossible, dis-je, davantage pour moi-même.

– Je sais… Je sais.

Je le regarde, prise de vertige, et pense au nombre de fois où j'ai vu ce scénario se dérouler, toujours le même. Jeunes filles en fleur persuadées qu'elles n'aimeront plus de leur vie, mamies ridées au brushing argenté qui n'ont plus le temps pour un nouvel amour, femmes au foyer ordinaires, ou certaines des plus belles et célèbres femmes au monde. Presque sans effort, une liste me vient, comme si mon subconscient s'attendait à cet instant : *Rita Hayworth, Jacqueline Kennedy, Mia Farrow, Jerry Hall, la princesse Diana, Christie Brinkley, Uma Thurman, Jennifer Aniston.* Pourtant, cette liste ne m'apporte aucun réconfort, ne me rassure en rien quant à l'angoissante question qui m'obsède : le comportement de Nick n'est-il pas l'expression du rejet de ma personne, de tout ce que je suis ?

Je repense à la conversation théorique que j'ai déjà eue tant de fois, très récemment encore avec Romy et April, à un moment où, pour ce que j'en sais, Nick avait peut-être déjà couché avec cette femme. *Et moi, que ferais-je ?*

Maintenant, je suis sur le point de l'apprendre. À nouveau, je m'observe – comme de l'extérieur.

Je me rends compte que je ne pleure pas, ne crie pas. Je ne craque pas non plus. Je ne hausse pas le ton, pensant à mes enfants dans la salle de jeux à l'étage, consciente que ce sera le jour fatidique sur lequel ils m'interrogeront plus tard. Et je me demande ce que je leur dirai. Je pense à ma mère, puis à mon père, et de nouveau à ma mère. Je pense aux disputes que j'ai entendues, à celles dont je n'ai jamais eu connaissance. Puis je me dresse de toute ma hauteur et demande à Nick de partir.

– Tess, je t'en prie…

Loin de m'attendrir, cette supplication me remplit de haine. Une haine qui, à ma grande surprise, me donne de la force.

– Pars !

À peine ce mot prononcé, je me dis que je préférerais être celle qui s'en va, que je veux être seule, loin de cette maison. Que si je reste peut-être mes forces vont-elles m'abandonner. Je risque de m'effondrer sur le carrelage de la cuisine, incapable de réchauffer les nuggets de poulet au micro-ondes ou de regarder avec les enfants le Spécial Charlie Brown de Noël que je leur ai promis. Peut-être la vue de Linus entourant le sapin maigrichon de sa couverture bleue sera-t-elle trop pénible à supporter pour moi.

— Va-t-en !

— Tessa...

— Va-t-en tout de suite ! Je ne veux plus te voir.

Puis je m'écarte de lui à reculons comme pour garder mon ennemi à l'œil. Le seul ennemi de toute mon existence. Alors que je le regarde reprendre son écharpe et l'enrouler autour de son cou, je revois le jour de notre rencontre dans le métro, le jour où j'ai compris qu'épouser Ryan, si gentil et si simple, était une erreur. À la pensée que c'est Nick qui m'a sauvée, je suis comme lacérée par cette cinglante ironie et accablée de regret. Je regrette le moindre détail de notre vie ensemble. Notre premier rendez-vous, notre mariage, notre installation à Boston, notre maison et tout ce qu'elle contient, jusqu'à la conserve de lentilles la plus poussiéreuse au fond de notre garde-manger.

L'espace d'un instant, je regrette même mes enfants – une pensée qui me pétrifie aussitôt de culpabilité et de chagrin, et fait redoubler ma haine envers l'homme que j'ai autrefois aimé plus que quiconque. Je la chasse dans la panique, assurant à Dieu que je n'étais pas sincère, que Ruby et Frank sont les seules bonnes décisions que j'aie jamais prises. Les seuls bonheurs qu'il me reste.

— Je suis désolé, dit Nick, effondré et perdu. Je ferais n'importe quoi pour réparer.

— Il n'y a rien que tu puisses faire, je lui réponds.

— Tessa, c'est fini avec elle...

— C'est fini entre nous, Nick. Il n'y a plus de nous... Et maintenant, va-t-en.

38

Valerie

Valerie pense d'abord héler un taxi pour retourner à son travail, puis décide de marcher dans l'espoir que le froid engourdira son cœur avec le reste. Mais quand l'immeuble abritant le cabinet est en vue, elle sait que sa stratégie n'a pas fonctionné, loin de là. Elle envisage d'y aller, au moins pour éteindre son ordinateur et récupérer son porte-documents – elle en a besoin pour un rendez-vous le lendemain en début de matinée ; mais elle ne peut supporter l'idée de croiser ses collègues, certaine qu'ils la perceraient à jour et devineraient qu'elle vient d'avoir le cœur brisé. « Pauvre Valerie », la plaindraient-ils entre eux, tandis que la nouvelle se propagerait à la vitesse de l'éclair entre associés et employés. « Elle ne sait vraiment pas encaisser une rupture. »

Alors elle se dirige vers sa voiture, au quatrième sous-sol du parking, et écoute l'écho de ses pas sur le sol en ciment. Sans gants, elle a les doigts si engourdis qu'elle a du mal à déverrouiller sa portière, au point qu'elle se demande si elle risque des engelures. C'est le genre de question qu'elle aurait posée à Nick à peine quelques jours plus tôt – « Comment sait-on si on a des engelures ? » –, non seulement à cause du sujet vaguement médical, mais aussi parce qu'elle avait pris l'habitude de discuter de presque tout avec lui, jusqu'aux détails les plus insignifiants de sa journée. À la pensée qu'elle ne pourra plus jamais l'appeler, elle a l'impression de recevoir un coup de poing au creux de l'estomac.

Avec un frisson, elle se glisse au volant et met le contact, les yeux rivés sur le mur miteux en parpaing qui ne cesse de passer du flou au net au gré de ses larmes. Après un moment, elle cesse de les refouler et sa vision se brouille davantage, les épaules secouées de petits sanglots étouffés. Quelque temps plus tard, quand elle n'a plus une larme en elle, elle inspire profondément, se mouche et essuie le mascara qui a coulé sur ses joues. Ensuite, elle sort en marche arrière de sa place, suit les méandres fléchés jusqu'à la sortie et passe devant le gardien aux dents en or, un dénommé Willie, qui la salue comme à son habitude.

Voilà, c'est fini, se dit-elle en se rendant chez Jason pour chercher Charlie en avance. *Il est temps de tourner la page.*

Mais le lendemain matin, elle se réveille dans un état effroyable, comme si le choc avait eu besoin de la nuit pour faire son chemin. La prise de conscience que Nick est parti, qu'il n'y a plus de possibilité d'un avenir commun, ou même d'une seule nuit ensemble, lui donne des courbatures dans tout le corps, comme si elle avait la grippe. Elle s'arrache de son lit, va sous la douche, puis accomplit toutes les tâches de sa journée au radar, accablée par un vide bien plus grand qu'elle ne l'aurait imaginé pour quelqu'un présent dans sa vie depuis si peu de temps. Un vide qu'elle ne comblera jamais, elle le sait – elle n'essaiera même pas de le combler. Ça n'en vaut pas la peine. Une citation lui revient en mémoire : « Mieux vaut avoir aimé et perdu ce qu'on aime plutôt que de n'avoir jamais connu l'amour. » Qui a bien pu énoncer pareille niaiserie ? Jamais elle n'a été davantage en désaccord.

Elle a beau s'efforcer de chasser Nick de ses pensées, il lui manque de plus en plus – et tout avec lui. Son nom sur l'écran de son téléphone, sa voix, ses mains, son sourire, et, par-dessus tout le sentiment que quelque chose d'exceptionnel se passait dans sa vie. Qu'elle-même était exceptionnelle.

Le seul point positif, décide-t-elle, c'est le moment. Car même si l'approche de Noël rend son chagrin plus tangible, elle lui donne un but, celui d'organiser comme chaque année les traditions à la Norman Rockwell qui constitueront pour Charlie ses plus beaux souvenirs d'enfance. Elle l'emmène chanter avec la chorale de la paroisse de sa mère, confectionne une maison en pain d'épices avec lui, l'aide à écrire sa lettre au Père Noël. Pendant tout ce temps, elle retient son souffle, espérant que son fils ne posera pas de question sur Nick, déterminée à créer assez de magie dans sa vie pour qu'il ne se rende pas compte du vide laissé.

Deux jours avant Noël – la veille de la veille de Noël, comme dit Charlie –, Valerie se sent particulièrement satisfaite de ses efforts. Assise avec lui près du sapin, buvant du lait de poule, elle pense être la seule à ressentir l'absence de Nick, persuadée que son fils est heureux. De fait, il lève les yeux vers elle et déclare que leur arbre de Noël est le plus beau de tous, mieux que celui dans le hall de son école et même que celui du centre commercial, à côté du Père Noël.

– C'est vrai ? Comment ça ? demande-t-elle, savourant le compliment avec fierté, émotion même.

– Le nôtre a plus de décorations de toutes les couleurs, des branches plus fournies... et plus de lumières.

Elle lui sourit. Illuminer le sapin a toujours fait partie dans son esprit des tâches paternelles, comme sortir la poubelle ou tondre la pelouse, un détail d'autant plus crucial pour un enfant. Elle a donc toujours veillé à s'en acquitter mieux que ne pourrait le faire un homme, passant des heures à entrelacer avec patience des mètres de guirlandes lumineuses aux branches et à améliorer la disposition des ampoules colorées comme si une armée de lutins était à l'œuvre.

– Tu as raison, je suis obligée de le reconnaître, répond-elle, sirotant son lait de poule généreusement arrosé de rhum. Notre sapin est drôlement beau.

Un instant plus tard, Charlie s'étend sur le tapis, le menton posé dans ses mains avec une soudaine mélancolie.

– Quand Nick va venir nous voir ? demande-t-il.

Valerie se pétrifie. C'est la première fois qu'elle entend son prénom depuis leur rupture, la fois où Jason lui a demandé des nouvelles. Elle lui a simplement dit que c'était fini et qu'elle ne souhaitait pas en parler – une réponse que son frère a acceptée sans insister.

Mais elle ne peut tenir le même discours à son fils.

– Je n'en sais rien, mon chéri, répond-elle évasivement.

Elle s'en veut de le bercer de fausses espérances, mais reste déterminée à ne pas lui gâcher son Noël et à repousser l'inévitable explication jusqu'à janvier.

– Quand va-t-on le voir ? insiste Charlie, qui semble détecter que quelque chose cloche dans la voix ou l'expression de sa mère.

– Je n'en sais rien, répète Valerie avec un sourire forcé.

Elle s'éclaircit la voix et tente de dévier la conversation sur le sapin, lui faisant remarquer un bonhomme de neige qu'elle a confectionné de ses mains quand elle était enfant.

– On doit le voir avant Noël, dit Charlie. Pour se donner les cadeaux.

Valerie se crispe, mais garde le silence.

– Tu n'as pas de cadeau pour lui ? insiste-t-il.

Elle pense aux cartes postales d'époque de Fenway Park qu'elle a achetées pour Nick sur eBay, maintenant glissées dans son tiroir à chaussettes, et aux billets pour la symphonie qu'elle avait pris avec l'idée que Charlie les lui offrirait, imaginant qu'ils y assisteraient à deux.

Elle secoue la tête.

– Non, ment-elle. Je n'en ai pas.

Dans la lueur rougeâtre du sapin, elle devine à peine la

brûlure sur la joue de son fils. Que de progrès accomplis en deux mois ! Elle en éprouve un réconfort fugace, jusqu'à ce qu'elle pense aux dégâts émotionnels que l'absence brutale de Nick pourrait causer. Des dégâts bien plus profonds et durables qu'une cicatrice sur sa figure.

– Comment ça se fait ? s'étonne-t-il, troublé.

– Je ne sais pas, répond-elle avec circonspection, le ventre noué. Parce qu'il n'est pas de la famille.

– Et alors ? C'est notre ami.

– Oui… mais je ne fais des cadeaux qu'à la famille, dit-elle sans conviction.

Charlie semble méditer sa phrase un instant.

– Il en aura un pour nous, tu crois ?

– Je ne sais pas, chéri. Sans doute que non… mais ça ne veut pas dire qu'il ne pense pas à toi…

– Oh ! fait-il, l'air peiné, puis son visage s'éclaire. Pas grave, moi, j'ai quelque chose pour lui.

– Quoi donc ? demande Valerie avec nervosité.

– C'est un secret, répond-il d'une voix mystérieuse de petit garçon.

– Ah bon…

Il regarde sa mère comme s'il redoutait de l'avoir vexée.

– C'est un truc de *La Guerre des étoiles*. Tu ne comprendrais pas, maman.

Elle hoche la tête. Une ligne de plus à la liste de ce qu'elle ne peut pas comprendre – et ne comprendra sans doute jamais.

– Maman ? dit Charlie après un instant de silence.

– Oui ?

Elle espère que les prochaines paroles de son petit garçon concerneront *La Guerre des étoiles* et non Nick.

– Tu es triste ?

Elle cligne des yeux, puis secoue la tête avec un sourire.

– Non. Non… pas du tout, répond-elle avec toute la

conviction qu'elle peut rassembler. C'est Noël. Et je suis avec toi. Comment pourrais-je être triste ?

Charlie semble l'accepter et aligne les personnages de la Nativité au pied du sapin, les têtes de Joseph et de Marie l'une contre l'autre comme un symbole.

– Vous avez rompu, Nick et toi ? Comme Jason avec ses petits amis ?

Valerie le dévisage, sidérée, puis cherche les mots justes dans la panique.

– Mon grand, nous n'étions pas ensemble comme ça. Nick est marié.

C'est la première fois qu'elle aborde cette vérité de base avec son fils, ce qui accroît encore son sentiment de culpabilité.

– Nous étions juste amis, conclut-elle.

– Et vous n'êtes plus amis maintenant ? demande Charlie d'une voix tremblante.

Elle hésite, puis esquive la question.

– J'aurai toujours de l'affection pour lui, dit-elle. Et lui pour toi.

Mais il n'est pas dupe et la fixe au fond des yeux.

– Vous vous êtes disputés ?

Valerie a conscience qu'elle ne peut louvoyer éternellement. Elle n'a pas d'autre choix que de lui briser le cœur. Deux jours avant Noël.

– Non, Charlie, nous ne nous sommes pas disputés... Nous avons juste décidé que nous ne pouvions plus être amis, bafouille-t-elle, certaine d'avoir mal choisi ses mots, une fois de plus.

Il la regarde comme si elle venait de lui annoncer que le Père Noël n'existe pas. Ou qu'il existe, mais ne visitera pas leur maison cette année.

– Pourquoi ?

– Parce que Nick est marié et a deux enfants à lui... et qu'il n'est pas de notre famille.

347

— Il est encore mon docteur ? s'inquiète Charlie, une pointe de panique dans la voix.

Elle fait non de la tête et lui annonce de sa voix la plus enjouée qu'il a un nouveau docteur maintenant : une dame qui a appris à Nick tout ce qu'il sait.

À cette nouvelle, Charlie suffoque et ses yeux écarquillés s'embuent de larmes.

— Alors, moi non plus je ne peux pas être ami avec lui ? demande-t-il.

Valerie secoue à peine la tête avec lenteur.

— Pourquoi ? crie-t-il, éclatant en sanglots. Pourquoi ?

— Charlie…

Elle prend conscience qu'elle n'a aucune explication logique à lui donner. Si seulement elle s'était montrée moins égoïste…

Charlie s'agenouille et se relève en hâte.

— Je veux l'appeler tout de suite ! Il m'a dit que je pouvais l'appeler quand je voulais !

Ivre de culpabilité et de chagrin, Valerie essaie de le rattraper. Il lui résiste en gesticulant et repousse sa main avec colère.

— Il m'a donné son numéro ! J'ai un cadeau pour lui !

Cette fois, elle parvient à l'agripper et l'attire entre ses bras.

— Ça va aller, mon chéri, lui murmure-t-elle en le serrant avec fermeté contre elle.

Il s'abandonne dans ses bras.

— Je veux un papa, sanglote-t-il.

— Je sais, mon ange…

Le cœur de Valerie se brise un peu plus encore, ce qu'elle n'aurait jamais cru possible. Les sanglots de Charlie s'apaisent enfin, se muent en gémissements plaintifs.

— Pourquoi je n'ai pas de papa ? Où est mon papa ?

— Je ne sais pas, chéri.

— Il nous a abandonnés, dit Charlie. Tout le monde nous abandonne.

Le visage enfoui dans les cheveux de son fils, Valerie pleure à son tour.

— C'est moi qu'il a quittée. Pas toi, dit-elle avec force, ne sachant plus trop de qui elle parle.

— Je voudrais avoir un papa, murmure Charlie. J'ai envie que tu trouves mon papa.

Elle ouvre la bouche pour lui tenir son sempiternel discours : les familles sont toutes différentes et il y a tellement de gens autour de lui qui l'aiment. Mais elle sait que cette consolation ne suffira pas. Pas cette fois. Peut-être plus jamais. Alors elle se contente de murmurer son nom, encore et encore, en le serrant contre son cœur sous leur sapin décoré à la perfection.

39
Tessa

Je lui ai dit de partir. Je voulais qu'il parte. Mais je lui en veux encore de m'avoir écoutée. De ne pas être resté pour me forcer à me battre. Je le déteste pour avoir marché si calmement vers la porte et pour son regard quand il s'est tourné vers moi, les lèvres entrouvertes comme s'il avait une dernière phrase à me dire. J'attendais quelque chose de profond, une déclaration inoubliable que je pourrais me repasser durant les heures, les jours, les années à venir. Des paroles qui m'aideraient à donner un sens à l'implosion de notre famille. Mais il n'a pas prononcé un mot. Peut-être parce qu'il s'était ravisé. Plus probablement parce qu'il n'avait rien à dire. Puis il a disparu à l'angle. Quelques instants plus tard, j'ai entendu la porte d'entrée s'ouvrir et se refermer avec un claquement mat, définitif – le bruit de quelqu'un qui part. Un bruit qui m'attriste toujours vaguement, même quand la personne revient tout de suite, même quand c'est un invité que je suis disposée à voir partir. Je n'aurais donc pas dû m'étonner que ce moment et le calme sinistre qui s'ensuivit soient pires que les aveux de Nick.

Je restai plantée au milieu du salon, seule et hébétée, avant d'aller m'asseoir sur le canapé, attendant que la rage me submerge, le besoin incontrôlable de détruire quelque chose, n'importe quoi. Lacérer ses chemises préférées, casser les cadres de ses souvenirs des Red Sox, ou brûler nos photos de mariage. Bref, réagir comme les femmes sont censées réagir dans cette situation. Comme ma mère quand elle avait démoli la voiture neuve de mon père avec une batte de base-ball. J'avais encore dans les oreilles le fracas du verre qui explosait. Et les traces du carnage restèrent visibles dans l'allée bien longtemps après le passage de mon père venu balayer la scène de crime et la nettoyer au jet d'eau, ces éclats de verre épars qui luisaient au soleil les jours de beau temps et me rappelaient notre famille brisée.

Mais j'étais beaucoup trop épuisée pour chercher vengeance et, plus important, je voulais me croire au-dessus de ce genre de bassesse. Et puis j'avais des enfants à nourrir, des tâches domestiques à accomplir et il me fallut toute mon énergie pour me diriger vers la cuisine, dresser la table avec les sets à l'effigie du Dr Seuss, les préférés des enfants, préparer deux assiettes de nuggets au poulet avec des petits pois, peler des mandarines et verser deux verres de lait avec un trait de lait chocolaté. Quand tout fut prêt, je me tournai vers l'escalier et remarquai les blancs de poulet que j'avais sortis à décongeler juste avant le retour de Nick. Je les remis dans le freezer, puis appelai les enfants. Aussitôt, une cavalcade résonna à l'étage. Cette réponse immédiate était rare, surtout de la part de Ruby, et je me demandai s'ils avaient détecté l'urgence dans ma voix. Lorsque leurs visages apparurent sur le palier, je réalisai combien j'avais besoin d'eux – avec une intensité qui m'effraya et me culpabilisa. Je me souvins combien ma mère avait besoin de Dex et moi à la suite de son divorce – et du fardeau que représentait pour nous cette responsabilité. *Pourvu que je sache me montrer plus forte*, me dis-je en une rapide prière. Je me rassurai en me disant que mes enfants étaient trop jeunes pour comprendre la tragédie qui se déroulait dans leurs vies ; cela me procura un peu de consolation, jusqu'à ce que je réalise qu'en soi, c'était déjà une tragédie.

– Coucou, maman, dit Frank qui traînait son doudou derrière lui et me sourit au milieu de la volée de marches.

– Coucou, Frankie, répondis-je, le cœur brisé pour lui.

Je regardai Ruby dévaler l'escalier. Elle dépassa son frère et jeta un coup d'œil dans la cuisine.

– Il est où, papa ? me demanda-t-elle d'un ton accusateur dont l'ironie me frappa.

Je déglutis, mal à l'aise, et répondis que papa avait dû retourner au travail, me demandant pour la première fois où Nick était parti. À l'hôpital ? Roulait-il sans but ? Ou était-il retourné la voir ? Peut-être était-ce son objectif depuis le début. Peut-être voulait-il que ce soit moi qui tranche en jouant mes cartes de cette façon. Peut-être supposait-il que je réagirais exactement comme ma mère.

– C'était une urgence ? insista Ruby, les sourcils froncés, son père tout craché.

– Oui, c'était une urgence, répondis-je avec un hochement de tête, avant de poser mon regard sur Frank – qui, lui, ne ressemble pas du tout à son père, ce que je trouvai soudain réconfortant. Bon, les enfants, allez vous laver les mains ! m'exclamai-je d'un ton enjoué, en un pilotage automatique des plus étranges, comme s'il s'agissait d'une journée ordinaire. Comme si ma vie – et la leur – ne venait pas d'être cabossée et défoncée telle la Mercedes de mon père, des années plus tôt.

Plus tard ce soir-là, pelotonnée sur le canapé en position fœtale, je me demande comment j'ai réussi à tenir le coup toutes ces heures sans verser une seule larme, trouvant même la force de raconter une histoire rigolote aux enfants avant qu'ils s'endorment. Je veux croire que c'est révélateur de mon caractère, mon essence même de femme et de mère. Je veux croire que c'est la preuve de ma capacité à être courageuse dans une crise, digne face au désastre. Que je suis maîtresse de moi à défaut de ma vie. Peut-être y a-t-il là-dedans une part de vérité.

Mais, plus probablement, je suis juste en état de choc ; et il ne commence à s'estomper que maintenant, quand je décroche le téléphone pour appeler Cate.

— Salut, ma grande, dit-elle, le brouhaha de Manhattan en fond sonore – Klaxons, crissement de freins d'un bus, un homme vociférant en espagnol. Qu'est-ce qui t'arrive ?

J'hésite, puis m'écoute prononcer les mots à voix haute.

« Nick m'a trompée. »

Et c'est à cet instant que ma nouvelle réalité m'apparaît avec une netteté parfaite. Nick est, et sera à jamais un de ces hommes. Et en vertu de son choix, je suis devenue une de ces femmes. Mari adultère et épouse trompée. C'est ce que nous sommes maintenant.

— Tessa… Oh, mon Dieu… tu es sûre ?

J'essaie de répondre, mais pas un mot ne sort et la digue des larmes cède enfin.

— Tu es sûre ? répète-t-elle.

— Oui, sangloté-je, étreignant une boîte de mouchoirs en papier contre ma poitrine. Il me l'a avoué.

Elle étouffe un juron.

— Oh, Tessa… Je suis désolée. Tellement désolée.

Elle m'écoute pleurer longtemps, me murmure des paroles de soutien, maudit le nom de Nick puis me demande si je veux bien lui donner quelques détails.

— Ce n'est pas grave si tu ne veux pas… si tu n'es pas prête…

— Il n'y a pas grand-chose à raconter, réponds-je, luttant pour m'arracher chaque mot. Il est rentré ce soir. M'a dit qu'il venait de faire une promenade au Common avec elle.

— Elle ? insiste doucement Cate.

— La femme que nous soupçonnions. Celle que Romy a vue avec lui.

Je me sens incapable de dire son nom, me jure même de ne plus jamais le prononcer. Et je comprends soudain avec une terrifiante acuité ce que ma mère éprouve depuis toutes ces années.

– Il t'a dit qu'il avait une liaison… comme ça ?

– Pas dans ces termes. Juste qu'il avait couché une fois avec elle.

Les mots me transpercent le cœur comme une lame et mes larmes coulent à flots.

– Il a ajouté qu'il avait rompu aujourd'hui. Enfin, c'est ce qu'il raconte. Comme si sa parole avait la moindre valeur…

– D'accord ! m'interrompt-elle avec un optimisme qui me laisse perplexe.

– Comment ça, d'accord ?

– Alors il ne part pas ?

– Oh, il est parti, tu peux me croire. Je l'ai mis à la porte.

Le regain de colère apaise temporairement mes pleurs.

– Je veux dire, il ne te quitte pas ? Il ne veut pas… être avec elle ?

– À l'évidence, il ne demandait que ça !

– Une seule fois, objecte Cate. Et maintenant il regrette. Il regrette, n'est-ce pas ?

– Cate, essaies-tu de me dire que ce n'est qu'une broutille ?

– Non. Pas du tout… Le fait qu'il ait avoué me donne juste un certain espoir. Par opposition à s'être fait prendre.

– Où est la différence ? Il l'a fait ! Il a baisé une autre femme ! m'emporté-je, au bord de l'hystérie.

– Je sais, Tess, je sais… Je ne minimise pas son acte, pas du tout… Mais au moins il te l'a dit. Et il a rompu avec elle.

– À ce qu'il prétend. Si ça se trouve, il recommence en ce moment même. À cette seconde même.

Des images écœurantes se matérialisent dans ma tête. Je visualise une blonde, puis une brune, puis une rousse.

De gros seins généreux, puis de petits haut perchés, puis un buste parfait entre les deux. Je ne veux pas savoir à quoi elle ressemble... et en même temps je veux désespérément tout savoir d'elle. Je veux qu'elle me ressemble. Je veux qu'elle n'ait pas le moindre point commun avec moi. Bref, je ne sais plus ce que je veux. Pas plus que je ne connais, apparemment, l'homme que j'ai épousé.

— Il n'est pas avec elle, affirme Cate. Impossible.

— Qu'est-ce que tu en sais ?

J'ai envie qu'elle me rassure en dépit de la résistance que j'oppose à sa théorie optimiste.

— Parce qu'il regrette. Parce qu'il t'aime, Tessa.

— N'importe quoi... bougonné-je en me mouchant. Il n'aime que lui. Il aime ce maudit hôpital. Il aime ses patients et, apparemment, leurs mères.

Cate soupire. Autour d'elle, le vacarme disparaît, comme si elle venait de quitter la rue ou de sauter dans un taxi.

— Que comptes-tu faire ? me demande-t-elle.

Pendant quelques secondes, sa question me donne de la force, comme quand j'ai ordonné à Nick de partir. Mais cette ivresse s'évanouit vite et se mue en peur.

— Tu me demandes si je vais le quitter ?

C'est la question à un million de dollars, restée jusqu'ici théorique. *Et toi, que ferais-tu... ?*

— Oui, confirme Cate avec douceur.

— Je n'en sais rien.

Je me rends compte que j'ai sans doute le choix. Je pourrais le reprendre et vivre dans l'imposture. Ou faire ce que j'ai toujours affirmé : le quitter. Je pourrais faire asseoir les enfants et leur annoncer la nouvelle qui bouleverserait leur enfance et marquerait chaque événement important de leurs vies d'adultes. Examens, mariages, naissances de leurs enfants. Je nous imagine, Nick et moi, gardant nos distances, seuls ou accompagnés, provoquant dans l'un comme l'autre

355

cas une tension latente qui gâcherait ces moments où ne devraient en principe régner que bonheur et joie.

– Je n'en sais rien, répété-je, réalisant dans un mélange de colère, de chagrin et de panique que je n'ai aucune option valable. Aucune possibilité de *happy end*.

Durant les jours qui suivent, chaque heure, pour ainsi dire chaque minute est une torture, marquée par un éventail d'émotions trop diverses pour être cataloguées, mais toutes plus sombres les unes que les autres. J'ai honte de ce qui m'est arrivé, je suis humiliée par l'infidélité de Nick, même quand je contemple mon reflet dans le miroir, seule. Je suis furieuse quand il appelle (six fois), m'envoie des e-mails (trois) et dépose des lettres dans la boîte (deux). A *contrario*, je suis dans tous mes états, en proie à un profond désespoir, lorsqu'il ne se manifeste pas. J'analyse son silence, les imagine ensemble, ivre de jalousie. Je dissèque chacun de ses mots, ses excuses, ses proclamations d'amour pour moi et notre famille, les supplications qu'il m'adresse afin que je lui accorde une seconde chance.

Mais, grâce au soutien de Cate, je reste vigilante et forte. Je ne le contacte pas une seule fois. Pas même lors de mes pires moments de faiblesse, tard le soir, quand ses messages se font doux et tristes, et que la solitude me ronge le cœur. Je le punis, bien sûr : à chaque message laissé sans réponse, j'ai l'impression de remuer un peu plus le couteau dans la plaie. Mais je m'applique aussi de mon mieux à me prouver que je peux survivre sans lui. Je suis fin prête pour lui annoncer officiellement que j'étais sérieuse. Que tout est fini entre nous et qu'il n'a plus de place ni dans mon foyer, ni dans mon cœur. Désormais, il sera le père de mes enfants, rien de plus.

C'est dans cet état d'esprit qu'a lieu mon premier rapprochement avec lui deux jours avant Noël, un e-mail d'instructions précises concernant les enfants et la visite que je lui accorde l'après-midi du 24 décembre. Je déteste devoir lui accorder autant, déjà avoir le moindre contact avec lui pour commencer ; mais je sais qu'il a le droit de voir les enfants et, plus important, qu'ils ont le droit de le voir. Je lui dis qu'il peut venir à la maison à 15 heures, que Carolyn sera là pour lui ouvrir. Je la paie quatre heures, mais il est libre de la laisser partir, tant qu'elle est là à 19 heures, à mon retour. Je ne veux pas le voir. Je lui dis que je veux trouver les enfants nourris, baignés et vêtus de leurs pyjamas de Noël ; je m'occuperai de les coucher. Il peut récupérer les affaires dont il a besoin pour les quelques semaines à venir. Nous conviendrons d'un week-end en janvier, afin qu'il vienne chercher le reste. Je suis distante et glaciale. Je me relis, corrige une erreur typographique et appuie sur envoi. Quelques secondes plus tard, sa réponse apparaît : « Merci, Tessa. Pourrais-tu me dire ce que tu as dit aux enfants, par souci de cohérence ? »

L'e-mail me fait l'effet d'un coup de poignard dans le cœur, non pour ce qu'il contient mais pour ce qu'il ne contient pas. Il ne demande pas à me voir. Il ne demande pas à ce qu'on soit réunis tous les quatre. Il ne demande pas à venir le matin de Noël voir les enfants ouvrir leurs cadeaux. Je suis furieuse qu'il semble jeter l'éponge puis me dis que j'aurais refusé de toute façon, que je ne lui ai pas laissé la moindre ouverture. Parce qu'il n'y a pas d'ouverture. Rien de ce qu'il peut dire ou faire ne me fera changer d'avis. Les mains tremblantes, j'écris : « Je leur ai dit que tu travaillais très dur à l'hôpital à cause d'un petit garçon gravement blessé qui a besoin que tu le soignes. Ils semblent se satisfaire de cette explication pour l'instant. Nous aviserons après les fêtes. Je ne veux pas que leur Noël soit gâché. »

Aucune méprise possible sur le petit garçon auquel je fais référence. Et pas davantage sur les sous-entendus : « Tu as

357

placé un autre enfant avant les tiens. Et par ta faute, notre famille est brisée à tout jamais. »

Plus tard cet après-midi-là, on sonne à la porte. Attendant le livreur d'UPS avec une dernière commande pour les enfants, je vais ouvrir et tombe sur April, un sourire hésitant aux lèvres.

– Joyeux Noël, dit-elle.

Son sourire s'élargit, mais reste toujours aussi crispé.

– Joyeux Noël, réponds-je en m'arrachant un sourire, tiraillée entre deux sentiments contradictoires.

D'un côté, je lui en veux toujours de la façon dont elle a agi et ne peux réprimer la conviction irrationnelle que quelque part Romy et elle ont provoqué mon malheur. De l'autre, elle tombe à un moment de grande solitude et je ne peux m'empêcher d'être soulagée, et même vaguement contente de voir mon amie.

– Puis-je te proposer d'entrer ? lui demandé-je, à mi-chemin entre le formel et l'amical.

Elle hésite, car les visites à l'improviste, même entre amies proches, figurent en bonne place sur sa liste des faux pas.

– Avec plaisir, répond-elle toutefois.

Je m'efface et la conduis à travers le vestibule dans ma cuisine très désordonnée, où elle me tend un sac de cadeaux magnifiquement emballés.

– Merci… tu n'aurais pas dû.

Cette année, pour la toute première fois, j'ai décidé que les cadeaux aux amis et voisins n'étaient tout simplement pas d'actualité. Et pour une fois, je me suis laissée aller sans culpabiliser.

– C'est juste mon habituel quatre-quarts, rien d'extraordinaire, assure-t-elle, bien que ses gâteaux soient de petites merveilles. Et une bricole pour les enfants.

Elle jette un coup d'œil à la ronde et me demande où ils sont.

Je montre l'escalier.

— Ils regardent la télévision dans ma chambre.

— Ah…

— En ce moment, ils passent pas mal de temps devant la télé, lui avoué-je.

— La télévision, c'est indispensable à cette période de l'année, admet-elle, une confession rare de sa part. Mes enfants ne tiennent plus en place. Et la menace du Père Noël qui ne va pas venir a franchement perdu de son efficacité.

J'approuve en riant.

— Ça ne marche pas trop non plus avec Ruby. Pour réussir à la berner, elle, de toute façon…

Puis, après un silence gêné, je lui demande si elle veut un café.

— Avec grand plaisir, accepte-t-elle. Merci.

Elle s'assoit à l'îlot, tandis que je me tourne pour allumer la cafetière et sortir deux tasses assorties du placard. Réalisant que la plupart sont encore sales dans le lave-vaisselle ou empilées dans l'évier, j'en prends deux dépareillées sans me préoccuper ni des soucoupes ni des sets de table.

S'ensuivent quelques minutes pesantes. Contente de m'occuper de la préparation du café, je réponds aux questions d'April sur mes achats de Noël et où j'en suis de mes diverses listes. Mais au moment où je lui tends une tasse de café noir, je trouve le courage d'aborder la véritable raison de sa visite.

— Tu avais raison au sujet de Nick, dis-je, la prenant au dépourvu. Et aussi au sujet de cette femme… Je l'ai mis dehors la semaine dernière.

Elle abaisse sa tasse et son visage se plisse en une grimace de compassion.

— Mon Dieu… je ne sais quoi dire… Je suis sincèrement désolée.

Je hoche la tête et la remercie machinalement, tandis que son expression se teinte d'angoisse.

– Je te promets de ne le dire à personne. Jamais.

Je lui lance un regard incrédule.

– April... Nous sommes séparés. Il ne vit plus ici. Les gens l'apprendront tôt ou tard. Et de toute façon... ce que les gens disent de moi, franchement, c'est le cadet de mes soucis en ce moment.

April opine du chef, le nez dans son café auquel elle n'a pas encore touché. Puis elle inspire un grand coup.

– Tessa, j'ai... un aveu à te faire...

– Par pitié, plus de mauvaise nouvelle, dis-je sur le ton de la plaisanterie.

Elle secoue la tête.

– Ce n'est pas au sujet de Nick et toi. Ça me concerne, moi. Et Rob.

Nous échangeons un regard furtif, puis elle se lance.

– Tessa, je voulais juste que tu saches... je comprends ce que tu vis en ce moment. Je suis passée par là moi aussi.

Je la dévisage avec de grands yeux, décryptant ses paroles. C'est la dernière chose à laquelle je m'attendais de sa part.

– Rob t'a trompée ? lui demandé-je, sous le choc.

Elle confirme d'un hochement de tête imperceptible, avec une mine qui trahit la même honte que la mienne. Comme si les actes de Rob étaient son échec personnel.

– Quand ?

Je me remémore notre récent match en double et l'assurance avec laquelle elle avait affirmé qu'elle prendrait ses cliques et ses claques si jamais son mari la trompait. Elle s'était montrée si convaincante.

– L'année dernière.

– Avec qui ? Excuse-moi, m'empressé-je d'ajouter. Ce ne sont pas mes affaires. Et puis c'est sans importance.

Elle se mord la lèvre.

– Son ex-petite amie.

– Mandy ?

Je me souviens de l'obsession d'April sur Facebook à propos de l'ancienne copine de lycée de Rob et à quel point je la trouvais ridicule à l'époque.

— Oui. Mandy, confirme-t-elle d'une voix qui chute d'une octave.

— Mais... elle ne vit pas dans le Dakota ?

Elle hoche la tête.

— Ils ont repris contact à la réunion des vingt ans, explique-t-elle avec des guillemets au mot « contact ». Cette traînée à l'accent de Fargo.

— Comment le sais-tu ? Tu en es sûre ?

J'imagine une scène semblable à celle qui a suivi la promenade de Nick au Common.

— J'ai lu une correspondance d'une cinquantaine d'e-mails. Disons... qu'ils laissaient très peu de place à l'imagination. Ils auraient tout aussi bien pu publier des photos...

— Oh ! April...

Toute trace de ressentiment envers elle m'abandonne – pour son appel, sa condescendance lorsqu'elle m'a annoncé que Romy avait aperçu Nick (sans doute le fruit de mon imagination). À toute vitesse, j'essaie de me rappeler une fois, une seule, l'année dernière, où April se serait montrée moins sûre d'elle et sereine qu'à son habitude. En vain.

— Je ne m'en doutais pas.

— Je ne l'ai dit à personne.

— Personne ? Pas même ta sœur ? Ou ta mère ?

Elle fait signe que non.

— Pas même à ma psy, répond-elle avec un rire nerveux. J'ai juste cessé d'aller la voir... J'étais trop gênée à l'idée de le lui raconter.

Je soupire avec force.

— Mince alors ! Sont-ils donc tous infidèles ?

April regarde par la fenêtre qui donne sur le jardin et hausse les épaules avec découragement.

– Comment avez-vous surmonté cette épreuve ? demandé-je dans l'espoir de trouver une voie alternative à celle de ma mère.

– Nous n'avons rien surmonté du tout.

– Mais… vous êtes encore ensemble.

– D'accord, mais à quel prix. Nous n'avons pas de rapports depuis presque un an. Nous faisons lit à part. Nous ne sortons même pas dîner à deux. Et pour tout dire… je le méprise.

Je pose une main sur la sienne.

– April, ce n'est pas une vie… Avez-vous… est-ce qu'il regrette ? As-tu jamais envisagé de lui pardonner ? je lui demande, comme si c'était une simple question de choix.

Elle secoue la tête.

– Il regrette. Oui. Mais je n'arrive pas à lui pardonner. C'est juste… impossible.

– De le quitter alors ? dis-je après une hésitation, pensant à mon père, puis à Rob, puis à Nick.

April se mordille la lèvre.

– Non, je ne le ferai pas. Mon couple est une mascarade, mais je ne veux pas perdre toute ma vie à cause de lui. Et je ne veux pas non plus infliger ça à mes enfants.

– Tu pourrais prendre un nouveau départ, je suggère, consciente que l'entreprise n'a rien d'aussi facile que je veux bien le laisser entendre.

En fait, la fin d'un mariage est une des pires épreuves qu'on puisse avoir à traverser. Je le sais pour avoir assisté aux premières loges à ce qu'ont vécu mes parents… et parce que j'imagine le remake pour ainsi dire en continu depuis que Nick a lâché sa petite bombe.

– C'est ce que tu comptes faire, toi ? demande-t-elle.

Je hausse les épaules, aussi démoralisée et amère qu'elle en a l'air.

– Je n'en sais rien. Franchement, je n'ai aucune idée de ce que je vais faire.

– Eh bien, moi, je ne peux pas recommencer à zéro, dit-elle, secouant la tête avec tristesse. Je n'en ai pas la force.

Je contemple mon amie, plongée dans un abîme de perplexité. Que devrait faire April ? Que devrais-je faire, moi ? Comment une femme forte est-elle censée réagir ? En fait, ma seule certitude, c'est qu'il n'y a pas de réponses faciles – et ceux qui prétendent le contraire n'ont jamais été à notre place.

C'est le soir de Noël, je roule dans les rues sombres et pour la plupart désertes, observant les nuées de flocons qui dansent dans le faisceau de mes phares. Il me reste une heure à tuer avant de pouvoir rentrer et j'ai déjà terminé mes courses : acheter quelques dernières bricoles à mettre dans les chaussettes de Noël des enfants, rendre les pullovers que j'avais achetés pour Nick, passer à la pâtisserie chercher les gâteaux que j'avais commandés quelques minutes seulement avant le retour de Nick de sa balade au Common – dont celui à la crème à la noix de coco, qu'il avait osé demander la veille, sachant ce qu'il savait.

J'essaie de ne pas y penser, de me vider complètement l'esprit tout en me faufilant dans la circulation à travers les jardins publics, avant de bifurquer dans Beacon Street, puis de franchir Mass Avenue Bridge. Alors que j'arrive en vue du Mémorial, mon téléphone sonne sur le siège du passager. Je sursaute, me demandant si c'est Nick, ou peut-être même espérant que ce soit lui – ne serait-ce que pour ne pas lui répondre une fois de plus. Mais ce n'est pas Nick ; c'est mon frère, qui n'est pas encore au courant des derniers événements. Je m'adjure de ne pas décrocher parce que ce n'est pas mon genre de mentir, et que je n'ai pas envie de lui infliger mes soucis à Noël. Mais je ne peux pas résister à l'appel de sa voix. De n'importe quelle voix d'ailleurs. Alors j'attrape mon kit mains libres et je réponds.

– Joyeux Noël ! s'exclame-t-il d'une voix guillerette.

Avec un regard à la Hancock Tower dont la flèche est illuminée en vert et rouge, je lui souhaite un joyeux Noël, à lui aussi.

– J'ai reçu ta carte aujourd'hui, lui dis-je. Quelle superbe photo des filles !

– Merci. Tout le mérite en revient à Rachel.

– J'imagine, fis-je avec un sourire.

– Alors, que faites-vous de beau ? demande-t-il avec l'enthousiasme enjoué et bienheureux qu'on est censé ressentir le soir de Noël.

J'entends Julia chanter la version kitsch de *Rudolph, le renne au nez rouge*, d'une voix de fausset haut perchée, puis le rire cristallin de ma mère, et j'imagine la scène – le genre de scène qui dans mon esprit allait de soi, avant.

– Euh… pas grand-chose, réponds-je, traversant Salt-and-Pepper Bridge pour revenir dans Beacon Hill. Juste… tu sais… le soir de Noël…

Je réalise l'incohérence de mes propos. Je ne suis même pas capable de construire une phrase qui se tient.

– Ça va ? s'inquiète Dex.

– Ça ira.

J'ai conscience d'en avoir trop dit : il est trop tard pour faire machine arrière. Mais j'ai beau culpabiliser de lui gâcher sa soirée, j'en ressens aussi du soulagement. Je veux que mon frère sache.

– Que s'est-il passé ? exige-t-il de savoir, comme s'il connaissait déjà la réponse.

À la différence de Cate, il y a dans sa voix davantage de colère que d'appréhension.

– Nick avait une liaison.

C'est la première fois que j'emploie le terme depuis que quelques heures plus tôt, à la pâtisserie, j'ai décidé que même « une fois » c'est une liaison, au moins quand elle est le fruit d'un attachement sentimental.

Dex ne demande pas de détails. Je lui en livre néanmoins quelques-uns : Nick m'a fait des aveux, je l'ai mis à la porte et ne l'ai pas revu depuis, et à l'exception des quelques heures qu'il passe avec les enfants en ce moment même, il sera seul pour Noël.

– Je sais que tu vas vouloir en informer Rachel, j'ajoute. Et je n'y vois aucun inconvénient. Mais s'il te plaît, ne dis rien à maman. Je tiens à la prévenir moi-même.

– Tu peux compter sur moi, me promet Dex avant de laisser échapper un bruyant soupir. Bon sang !

– Je sais.

– C'est dingue. Je n'arrive pas à croire qu'il ait fait ça.

Sa loyauté farouche et inébranlable me fait monter les larmes aux yeux. Je m'adjure de ne pas pleurer. Pas juste avant de rentrer à la maison. Pas le soir de Noël.

– Ça va aller, dis-je, passant devant l'église de l'Avent où des familles sont rassemblées sur le trottoir, à la fin d'un service ou juste avant le suivant.

– Je peux l'appeler ? demande Dex.

Je ne vois pas trop ce qui pourrait sortir de bon de cette conversation.

– Je ne sais pas… Que comptes-tu lui dire ?

– Juste deux mots.

J'imagine un truand touchant « deux mots » à un « client », un calibre glissé dans son ceinturon.

– C'est inutile, vraiment, dis-je, longeant les vitrines éteintes et les rideaux baissés de Charles Street. De toute façon, j'ai pris ma décision, je crois.

– Laquelle ?

– Je pense que je vais le quitter… Je ne veux pas vivre dans le mensonge.

Je pense à April et décide soudain que son choix n'est pas envisageable pour moi.

– Bien. C'est ce qu'il y a de mieux à faire.

Sa réponse catégorique me surprend, d'autant qu'il a toujours apprécié Nick.

– À ton avis, il pourrait recommencer, c'est ça ? lui demandé-je, songeant à notre père, certaine qu'il pense aussi à lui.

– Je ne sais pas. Mais d'après moi, tu ne devrais pas rester pour le découvrir.

J'en ai la gorge nouée. Comment puis-je me sentir aussi indécise face à un conseil si affirmatif ? Bien que réconfortée par sa position tranchée, je ressens néanmoins le besoin d'arrondir les angles et de l'amener à reconnaître qu'il s'agit d'un terrain délicat.

– Tu ne ferais jamais ça à Rachel, n'est-ce pas ?

– Jamais ! affirme-t-il avec toute la certitude du monde. Absolument jamais.

– Mais… tu…

– Je sais, me coupe-t-il. J'ai déjà été infidèle. Mais pas avec Rachel.

Il se tait soudain, réalisant l'implication douloureuse de sa réponse. Jamais il ne tromperait sa femme, l'amour de sa vie. On ne trompe pas l'amour de sa vie.

– D'accord.

Dex se lance dans un exercice périlleux de rétropédalage.

– Écoute, je ne dis pas que Nick ne t'aime pas… Je suis sûr qu'il t'aime… mais là… c'est franchement…

Je me cuirasse de mon mieux.

– C'est franchement quoi ?

– Impardonnable.

Mes yeux s'embuent de larmes, tandis que mon cerveau décline le mot dans toutes ses formes : *impardonnable, pardon, pardonner.* C'est ce dernier mot qui résonne dans ma tête, tandis que mon frère et moi nous disons au revoir et que je rentre à Wellesley. Quand je passe devant la maison d'April, aux fenêtres décorées de couronnes avec des nœuds rouges, puis en m'engageant dans mon allée où j'aperçois la

Saab blanche de Carolyn garée à l'emplacement habituel de Nick. Je l'entends encore lorsque les enfants et moi mettons des biscuits et un verre de lait de poule dehors pour le Père Noël et pendant que je suis au sous-sol occupée à emballer les cadeaux, lire les notices en caractères minuscules et assembler les pièces en plastique. *Suis-je capable de pardonner à Nick ?* Telle est la question qui me taraude à chaque ruban que je frise, à chaque tour de vis.

Il y en a d'autres... plus que je ne puis garder en tête, certaines qui semblent importantes, d'autres pas du tout, sans pouvoir être tues pour autant. *Que feraient mes amies ? Que dira ma mère ? Est-ce que j'aime encore mon mari ? M'aime-t-il, ou cette autre femme, ou les deux ? L'aime-t-elle ? Ses regrets sont-ils sincères ? Était-ce vraiment juste une fois ? Recommencerait-il ? En a-t-il envie ? Qu'a-t-elle que je n'ai pas ? A-t-il avoué par loyauté ou sentiment de culpabilité ? A-t-il vraiment rompu – ou elle ? Veut-il sincèrement rentrer à la maison ou souhaite-t-il seulement maintenir la cohésion de la famille ? Quelle est la meilleure solution pour les enfants ? Pour moi ? Quels seraient les changements dans ma vie ? Est-ce que je serais heureuse ? Pourrai-je un jour être heureuse à nouveau ?*

40
Valerie

Le soir du nouvel an, Valerie n'arrive jamais à décider s'il est davantage question de regarder en arrière ou vers l'avant ; mais cette année, dans l'un ou l'autre cas, elle pense à Nick, ce qui la rend tout aussi malheureuse. Il lui manque terriblement et elle a la certitude de l'aimer encore. Mais une colère sourde l'anime aussi, surtout ce soir. Elle est sûre qu'il n'a rien avoué à sa femme et ne peut chasser de son esprit les images romantiques et intimes du couple inaugurant la nouvelle année par des toasts au champagne, de longs baisers langoureux et de grands projets d'avenir – peut-être un nouveau bébé, afin que Nick puisse repartir sur une bonne base.

À un moment, elle est tellement convaincue qu'il l'a complètement oubliée qu'elle craque presque et manque lui envoyer un texto – un message inoffensif d'une ligne pour lui souhaiter la bonne année, ne serait-ce que pour gâcher sa soirée et lui rappeler ce qu'il a fait.

Mais elle s'en abstient, parce qu'elle a sa fierté et aussi parce que ce ne serait pas vraiment sincère. Elle n'a aucune envie qu'il passe une bonne année. Elle veut qu'il souffre autant qu'elle. Honteuse, elle se demande si c'est vraiment l'aimer que lui souhaiter du malheur. Elle n'est pas sûre de la réponse, mais décrète que ce n'est pas très important, car la réponse n'y changera rien. Rien n'y changera rien.

Assise à la table de la cuisine avec Charlie, elle suggère qu'ils notent des résolutions pour l'année à venir.

– C'est quoi, une résolution ? demande-t-il, tandis qu'elle glisse une feuille de cahier à lignes vers lui.

– C'est comme un but… une promesse à toi-même.

– Comme promettre de travailler mon piano ?

Ce qu'il n'a guère fait depuis l'accident.

– C'est ça. Ou ranger ta chambre. Ou te faire de nouveaux amis. Ou t'appliquer vraiment fort en rééducation.

Il hoche la tête, prend son stylo et lui demande comment s'épelle « rééducation ». Elle l'aide à prononcer le mot, puis écrit sur sa propre feuille : « manger moins d'aliments préparés, plus de fruits et légumes ».

Durant une demi-heure, ils se concentrent, épèlent les mots, discutent jusqu'à trouver chacun cinq résolutions – toutes pratiques, prévisibles et parfaitement réalisables. Cependant, tout en placardant leurs listes sur le réfrigérateur, Valerie sait que l'exercice, tout productif qu'il soit, n'est qu'une imposture ; en ce moment, une seule résolution leur importe vraiment à tous les deux : réussir à surmonter l'absence de Nick.

À cette fin, elle s'efforce de rendre la soirée aussi amusante et festive que possible. Ils font d'interminables parties de Sept Familles, regardent *La Guerre des étoiles*, et elle laisse Charlie veiller jusqu'à minuit pour la première fois de sa vie. Au moment où la boule arrive au pied de la tour à Times Square, ils trinquent avec du jus de pomme pétillant dans des flûtes et lancent des poignées de confettis maison qu'ils ont découpés à l'aide d'une perforatrice dans des feuilles de papier à dessin de couleur. Pourtant, tout au long de la soirée, elle sent la joie creuse et forcée dans ses efforts et, pire encore, chez Charlie aussi, surtout quand elle le borde dans son lit après leur petite fête. Il a la mine trop grave et lui serre le cou trop fort quand il lui dit avec solennité qu'il s'est bien amusé, et même la remercie.

– Oh ! mon chéri, lui dit-elle, pensant qu'elle doit être la seule mère au monde à souhaiter que son fils oublie de dire merci. Tu sais bien que j'adore passer du temps avec toi. Plus que tout.

– Moi aussi.

Elle remonte les draps jusqu'à son menton, puis l'embrasse sur les joues et le front. Et après lui avoir souhaité bonne nuit, elle se retire dans sa chambre et vérifie une dernière fois son téléphone avant d'éteindre.

Valerie a toujours détesté janvier pour toutes les raisons habituelles : le contrecoup des fêtes de fin d'année, les jours courts et sombres, le temps exécrable de Boston auquel, bien que n'ayant jamais vécu ailleurs, elle est sûre de ne jamais parvenir à s'habituer. Elle déteste les tempêtes du nord-est, la neige fondue qui forme une gadoue grise dans laquelle on s'enfonce jusqu'aux chevilles, les longues périodes de températures négatives – un froid si glacial et mordant que les jours à zéro sont comme un répit, un avant-goût du printemps, jusqu'à ce que, avec l'arrivée de la pluie, le mercure chute en flèche et que le gel pétrifie la ville à nouveau.

Mais ce début d'année lui est plus insupportable que tout et elle commence à désespérer de réussir un jour à émerger de son mal-être, qu'elle sent dégénérer en amertume corrosive – un état dont elle s'est pourtant toujours gardée, même dans ses pires moments d'abattement.

Un après-midi vers la fin du mois, la mère de Summer lui téléphone au cabinet. Elle décroche avec une pointe d'appréhension, craignant d'avoir à affronter le récit d'un nouvel incident.

Mais la voix de Beverly est chaleureuse et enjouée.

– Bonjour, Valerie ! Je ne vous dérange pas, au moins ?

Valerie jette un coup d'œil découragé à la pile de dossiers sur son bureau.

– Non, pas du tout. Dans l'univers fascinant du recouvrement d'assurance, une petite pause est toujours la bienvenue.

– Ça n'a l'air guère mieux que l'univers fascinant de la comptabilité, plaisante Beverly avec un rire sonore, qui rappelle à Valerie que, contre toute attente, elle apprécie cette femme. Alors, comment allez-vous ? Avez-vous passé de bonnes fêtes ?

– Oui, très bonnes, ment-elle. Et vous ?

– Oh... c'était sympa, mais le chaos absolu. Cette année, nous avions les enfants de mon mari, tous les quatre, plus ses premiers beaux-parents. Une longue histoire tout à fait bizarre que je vous épargne. Alors, pour vous dire la vérité, j'avais vraiment hâte de reprendre. Et je n'aime même pas mon travail, c'est vous dire.

Elle éclate à nouveau de rire et Valerie se dit que s'il y a eu un souci à l'école aujourd'hui, ce n'est sûrement pas dramatique.

– Alors, vous connaissez la nouvelle ? demande Beverly, une note d'amusement dans la voix.

– La nouvelle ?

Elle se retient de lui dire qu'elle n'est guère intégrée, à l'école pas plus qu'ailleurs.

– La dernière amourette en date ?

– Non, répond Valerie qui ne peut s'empêcher d'imaginer Nick.

– Summer et Charlie sont ensemble.

– Summer et Charlie ? répète-t-elle, certaine que Beverly se trompe, ou qu'il s'agit d'une sorte de mauvaise blague.

– Oui. Apparemment, c'est du sérieux... En fait, nous devrions déjà commencer à organiser la cérémonie et le dîner de mariage. Quelque chose de simple, qu'en dites-vous ?

Valerie sourit, un peu désarmée.

— La simplicité me convient toujours… même si, je dois l'avouer, je n'ai pas beaucoup d'expérience en organisation de mariage.

Elle ne ferait pas une telle réflexion en temps ordinaire, c'est le genre d'information personnelle qu'elle n'a pas pour habitude de divulguer. Mais Beverly dissipe vite son malaise.

— Ne vous inquiétez pas. J'en ai déjà trois derrière moi. À nous deux, nous sommes dans la norme.

Pour la première fois de l'année, Valerie rit de bon cœur.

— La norme, voilà qui serait sympa.

— Très sympa, même si j'ai du mal à imaginer, répond Beverly avec une approbation joyeuse. Mais revenons à nos moutons. Charlie et Summer… Je suis vraiment contente… d'autant que son dernier petit copain ne me plaisait pas trop. Enfin, surtout sa mère… et c'est tout ce qui compte, n'est-ce pas ?

Valerie lui demande qui était le garçon en question et ressent une joie un peu mauvaise quand Beverly répond qu'il s'agissait de Grayson. Mais elle se retient de tout commentaire désobligeant envers Romy.

— Ils se sont fâchés ?

— Je ne suis pas sûre des détails. Tout ce que je sais, c'est qu'ils ont cassé juste avant Noël… enfin, elle. Je crois que le cadeau de Grayson n'était pas à la hauteur… ou tout au moins n'a pas pu rivaliser avec le bracelet en perles que Charlie lui a offert.

Valerie en reste bouche bée. Elle se souvient du bracelet que Charlie a fabriqué en ergothérapie, celui qu'elle croyait pour elle mais qui n'est jamais apparu au pied du sapin.

— Vraiment ? Il ne m'a rien dit, lui avoue-t-elle, choquée, mais dans le sens agréable du terme.

— Un bracelet violet et jaune, les couleurs préférées de Summer… À l'évidence, vous l'avez bien élevé.

Toujours en quête d'approbation, surtout en matière d'éducation, Valerie sourit, touchée par le compliment.

– J'essaie.

– Alors, voilà… je vous appelais pour savoir si vous auriez envie de venir chez nous tous les deux samedi. Les enfants pourraient jouer ensemble, propose Beverly. Une sorte de premier rendez-vous avec chaperons.

Valerie se tourne vers la fenêtre et regarde le grésil tomber sur la ville enveloppée dans le crépuscule.

– Ça me paraît une excellente idée. Avec grand plaisir, répond-elle, surprise de sa sincérité.

Plus tard ce soir-là, tandis qu'ils mangent des tacos chez Jason, elle décide d'apprendre la nouvelle à Charlie. Elle se réjouit pour son fils, même si au fond d'elle-même elle se demande encore si le coup de foudre n'a pas été téléguidé par Beverly, engendré par la culpabilité maternelle.

– Charlie… dit-elle avec nonchalance, tout en déposant dans son assiette une cuillerée de tomates en dés, puis d'oignons que Hank a disposés avec les autres ingrédients en ligne sur le plan de travail. La mère de Summer m'a téléphoné aujourd'hui.

Du coin de l'œil, elle voit son fils la regarder avec un haussement de sourcils qui trahit sa curiosité.

– Qu'est-ce qu'elle a dit ?

– Elle t'a invité à jouer samedi. Elle nous a invités tous les deux. J'ai accepté. Ça te plaît d'y aller ?

Elle se tourne vers lui, attend sa réaction.

Un sourire illumine son visage, confirmant tout.

– Oui.

Valerie sourit à son tour, heureuse de le voir heureux, mais prise au dépourvu par une attitude protectrice dont elle n'a pas l'habitude – celle qu'on ressent quand tout va bien.

– Attends un peu. Qui est Summer ? demande Jason, même si Valerie est sûre qu'il le sait pertinemment.

– Une fille de ma classe, explique Charlie, trahi par ses oreilles qui virent au rose vif.

Hank et Jason échangent un regard entendu.

– Charlie ! s'exclame Hank avec un enthousiasme chaleureux. Tu as une copine !

Le garçon cache son sourire radieux derrière sa coquille à taco et hausse les épaules.

Jason lui décoche un léger coup de poing à l'épaule.

– Bien joué ! Elle est jolie ?

– Elle est super jolie ! s'enflamme Charlie, d'une sincérité si pure et angélique que Valerie en a un inexplicable nœud dans la poitrine – un sentiment qu'elle ne peut tout à fait définir comme bon ou mauvais.

De retour à la maison, alors qu'elle applique la pommade à la vitamine E sur la joue de Charlie, ce sentiment l'étreint à nouveau lorsqu'il ouvre de grands yeux et lui dit :

– Tu sais, maman, Summer regrette ce qu'elle a dit.

Elle se crispe au souvenir des paroles prononcées, de ce jour-là.

– Tu sais que j'avais une tête d'extraterrestre, ajoute-t-il comme elle garde le silence.

– Ah bon ? fait-elle, ne sachant que dire.

– Oui, elle regrette et elle retire ce qu'elle a dit. Elle a dit aussi qu'elle aime bien ma figure comme elle est… Alors… je lui ai pardonné. Et maintenant c'est ma copine.

– Je suis si contente, dit Valerie, submergée par une émotion brute.

Elle observe son fils un instant. Veut-il juste l'informer ou lui demande-t-il la permission d'éprouver ce qu'il ressent ?

– Le pardon est une bonne chose, dit-elle, une réponse qui semble couvrir les deux hypothèses.

Et à cet instant, le regard posé sur le visage ravi de son fils, elle se sent comme libérée d'un peu de son amertume et se dit que son cœur commence peut-être imperceptiblement à cicatriser, lui aussi.

41
Tessa

Les jours suivants, je découvre que la colère est plus facile à gérer que le chagrin. Quand je suis furieuse, je peux tout coller sur le dos de Nick : c'est son erreur, son échec, tant pis pour lui. J'arrive alors à concentrer toute mon énergie sur la punition que je lui inflige : refuser de le voir et, au bout du compte, le quitter. Dans un moment très sombre, j'envisage même de le dénoncer au Comité d'éthique de l'hôpital. Les contours nets et précis de ma colère, tel l'itinéraire d'une carte routière, me rassurent. Elle me permet de croire que mon frère a raison : il ne devrait y avoir ni pardon ni seconde chance. Une fois la page tournée, la vie sera différente, mais elle continuera.

Avec le chagrin, c'est plus compliqué, car je suis moi aussi impliquée. Et les enfants. Notre famille et tout ce que j'ai autrefois chéri, tout ce en quoi j'ai cru. Il comporte une part de peur et de regret. J'aimerais tant pouvoir remonter le temps et faire les choses différemment, préserver mon couple avec plus de vigilance. Être une meilleure épouse. Lui accorder davantage d'attention. Faire l'amour plus souvent. Être plus séduisante. Quand le chagrin m'accable, je regarde en moi et me reproche d'avoir d'une certaine façon laissé ce drame arriver, de n'avoir rien vu venir. La peine provoque aussi la désorientation. Elle ne propose aucune stratégie et

376

n'offre qu'une option : souffrir ici et maintenant, jusqu'à ce que la colère reprenne le dessus.

Le matin de mon trente-sixième anniversaire, un lundi de tempête maussade en janvier, je suis à fond du côté de la colère qui monte encore d'un cran quand Nick téléphone, juste après l'arrivée de Carolyn venue garder Frank et mon retour de l'école où je viens de déposer Ruby. Je manque décrocher puis, voyant que c'est lui, je laisse la boîte vocale s'enclencher et prends même une douche avant d'écouter son message. Lorsque je daigne enfin en prendre connaissance, je détecte une pointe de désespoir dans sa voix quand il me souhaite un bon anniversaire, puis me supplie avec insistance d'accepter de le voir, ne serait-ce que pour partager un gâteau en famille. J'efface aussitôt le message ainsi que l'e-mail m'annonçant que, si je refuse de le voir, il laissera mon cadeau sur la terrasse de devant, comme il l'a fait avec celui de Noël que je n'ai toujours pas ouvert : une boîte trop petite pour contenir autre chose qu'un bijou. Je repense à notre anniversaire de mariage raté et une bouffée de ressentiment envers lui m'envahit – pour ne pas m'avoir offert de cadeau ce soir-là, pas même une carte. Et ne pas avoir activé le transfert d'appel en premier lieu. Pour tout. Je m'accroche à cette colère, bien décidée à ne pas m'appesantir sur Nick ou sur ma situation le jour de mon anniversaire.

Et puis il y a mes parents divorcés, que je n'ai pas encore prévenus. Comme par une ironie du sort, tous deux se trouvent à Boston. La visite de ma mère était prévue, car elle ne manque presque jamais l'occasion de nous voir, mon frère ou moi, « le jour anniversaire de notre naissance », selon sa propre expression. Mon père, lui, est en ville pour un rendez-vous de dernière minute. Il m'appelle pour me souhaiter un bon anniversaire, puis m'informe qu'il a plusieurs heures avant son vol de retour à New York.

– Et si j'invitais ma petite fille à déjeuner ? suggère-t-il d'un ton guilleret.

Je griffonne sur un bloc-notes « Papa est en ville » et montre le mot à ma mère, qui s'arrache un sourire forcé. Je lis en elle comme dans un livre ouvert et me sens stressée à la seule pensée de me retrouver à table avec eux deux.

– Pas de chance, papa, j'ai déjà des projets. Je suis désolée…

– Avec ta mère ? demande-t-il, sachant que cette journée lui appartient, qu'il a renoncé à ses droits d'anniversaire en même temps qu'aux meubles, aux albums photo et à Waldo, notre basset adoré (par toute la famille, sauf ma mère). Il a toujours été clair pour Dex et moi que notre mère avait gardé Waldo par dépit, une réaction qui m'agaçait autrefois mais que je comprends aujourd'hui.

– Oui, avec maman.

Je suis saisie par deux émotions en apparence contradictoires. D'un côté, je ressens une intense loyauté envers ma mère, et une toute nouvelle empathie pour tout ce qu'elle a enduré. De l'autre, elle m'inspire de la frustration. Je souhaiterais qu'elle parvienne à surmonter l'amertume qui, je le sais, l'habite encore. Cette amertume n'augure rien de bon pour mon avenir, ni pour celui de Ruby et de Frank d'ailleurs.

– D'accord. C'est bien ce que je pensais. Mais moi aussi, j'espérais te voir, fait-il remarquer, une note d'exaspération dans la voix, comme pour dire : « Ça fait des années depuis le divorce. Ne pourrions-nous pas nous comporter tous en adultes et tourner la page ? »

– Tu es… seul ? lui demandé-je avec précaution, consciente que la présence de Diane serait rédhibitoire dans le scénario que je suis en train d'échafauder.

– Elle est à New York. Allez, ma grande, dis oui ! Ce serait sympa si tes deux parents t'invitaient ensemble à déjeuner pour ton trente-cinquième anniversaire, tu ne trouves pas ?

— Trente-sixième, je le corrige.

— On fera comme si, rétorque-t-il avec un sourire dans la voix.

Mon père déteste vieillir encore plus que moi — ou n'importe quelle femme de ma connaissance —, ce que ma mère impute à ce qu'elle appelle son insondable vanité.

— Alors, qu'en dis-tu, ma puce ?

— Attends un instant, papa, lui dis-je, couvrant le combiné. Il veut se joindre à nous, murmuré-je à ma mère. Qu'en penses-tu ?

Elle hausse les épaules et sourit à nouveau.

— C'est toi qui décides, chérie. C'est ta journée.

— Tu pourras supporter ? lui demandé-je, pas dupe du calme olympien qu'elle affiche.

— Évidemment, voyons, proteste-t-elle, l'air vaguement insultée.

Après une hésitation, je reprends mon père et lui donne les instructions pour nous retrouver au restaurant. Du coin de l'œil, j'observe ma mère, qui sort son poudrier et, d'un geste précis mais nerveux, retouche avec soin son rouge à lèvres.

— Extra, dit mon père.

— Super extra, je renchéris, de marbre.

Parviendrai-je un jour à atteindre l'indifférence qui reste à l'évidence hors de portée de ma mère ? Ou dans des années, serai-je encore dans tous mes états à la seule évocation du nom de mon mari, bien décidée à donner la meilleure image de moi-même ? Histoire de montrer à Nick ce qu'il aura raté, ce qu'il aura détruit et perdu il y a si longtemps.

Une demi-heure plus tard, je suis attablée avec mes deux parents au Blue Ginger, un restaurant asiatique au décor épuré en bambou, devant les rouleaux au homard servis en amuse-gueule. De temps à autre, mon père fredonne un air que je ne parviens pas à identifier, tandis que ma mère pianote du bout des ongles sur son verre à vin et s'extasie sur les bonsaïs qui ornent le bar. Bref, ils sont nerveux l'un comme l'autre, voire carrément tendus, et le fait que nous ne nous soyons pas retrouvés tous les trois ensemble dans la même pièce depuis mon mariage avec Nick n'échappe à aucun de nous. Une ironie de plus à classer au chapitre des infidélités familiales.

Après quelques menus propos sur les enfants et autres sujets neutres, je m'efforce de trouver le courage d'annoncer ma nouvelle. Je me rends compte qu'il est injuste de procéder ainsi, au moins vis-à-vis de ma mère ; mais au fond de moi, j'ai le sentiment que cela m'aidera à récupérer dans une certaine mesure la dignité et la fierté que j'ai perdues. Car j'ai beau tenter de me persuader du contraire, malgré l'insistance de Cate et de Dex pour me convaincre que l'infidélité de Nick ne me porte pas atteinte, je la ressens toujours comme mon humiliation personnelle. J'ai profondément honte de mon mari, de mon couple, de moi-même.

Je profite du creux qui s'installe dans la conversation pour me lancer. Je me sens stoïque, voire forte.

– J'ai quelque chose à vous dire.

Je regarde tour à tour ma mère puis mon père. Leurs mines inquiètes, presque craintives, me font monter les larmes aux yeux. Pressentant ce qu'ils peuvent imaginer, je m'empresse de les rassurer : les enfants vont bien et personne n'est malade.

Cette pensée me permet de relativiser, même si par certains côtés je préférerais presque être malade : il y aurait un diagnostic, un traitement et l'espoir d'une guérison. J'inspire un grand coup, cherche les mots justes, tandis que mon père pose sa fourchette et me prend la main.

– Ma chérie, ce n'est pas la peine. Nous sommes au courant. Nous savons.

Je le dévisage avec de grands yeux, m'efforçant de digérer l'information.

– Dex vous l'a dit ?

Je suis trop soulagée de ne pas avoir à expliquer ma situation pour être fâchée contre mon frère. Et puis, au rayon des promesses rompues, il y a pire que lui.

Ma mère confirme d'un hochement de tête et prend mon autre main dans la sienne. Elle serre aussi fort que mon père.

– On va se mettre à chanter *Kumbaya*, plaisanté-je en riant pour ne pas pleurer. Sacré Dex ! j'ajoute, il ne sait vraiment pas tenir sa langue.

– N'en veux pas à Dexter, dit ma mère. Il nous l'a dit parce qu'il t'aime et s'inquiète pour toi... Rachel et lui se font tellement de souci.

– Je sais.

Ces derniers jours, ils ont cherché à me joindre à maintes reprises, mais j'étais trop bouleversée pour les rappeler.

– Comment vont les enfants ? demande ma mère. Ils ont compris ?

– Pas encore. Drôlement révélateur, non ? C'est bien la preuve que son métier l'accapare... Il ne les a vus que quatre ou cinq fois depuis Noël et ils ne semblent même pas remarquer la différence.

– Et toi... tu l'as revu ? continue ma mère, allant à la pêche aux informations.

Je fais non de la tête.

Mon père s'éclaircit la voix, s'apprête à parler, puis se ravise, recommence.

– Je suis désolé... Contessa, ma chérie, tellement désolé.

Contessa, c'est le surnom qu'il me donne depuis que je suis petite, mais seulement dans les moments chargés

381

d'émotion. Et même sans le regarder, je comprends qu'il me présente ses excuses à plus d'un titre.

Je me mords la lèvre et libère mes mains que je pose sur mes genoux.

— Je m'en remettrai, dis-je d'un ton beaucoup plus convaincu que je ne le suis réellement.

Ma mère redresse la tête, plus souveraine qu'à son habitude.

— Bien sûr, tu t'en remettras.

— Quelle que soit ta décision, ajoute mon père.

— Dex nous a fait part du conseil qu'il t'a donné, dit ma mère.

— Et je suis sûre que tu es sur la même longueur d'onde, lui réponds-je.

Je me moque qu'elle y voie une allusion personnelle. Les parallèles sont évidents, et je suis trop abattue et épuisée pour feindre le contraire.

Ma mère secoue la tête.

— Chaque couple est différent. Chaque situation est différente.

Je me fais la remarque que c'est ce que je lui répète depuis des années. Elle est enfin d'accord avec moi maintenant que sa théorie s'est révélée correcte. J'ai quitté mon emploi, donné la priorité à mon mari et à ma famille, et je finis comme elle, exactement comme elle l'avait prévu.

Le serveur vient remplir nos verres, puis se dépêche de s'éclipser, comme s'il sentait le malaise diffus qui règne à notre table.

— Tessa, ma chérie, dit mon père, quand nous sommes à nouveau tranquilles. Je ne suis pas fier de ce que j'ai fait...

— Voilà qui est réconfortant, ironise ma mère entre ses dents.

Il laisse échapper un soupir penaud et fait une nouvelle tentative.

– C'est peu de le dire... mais je regretterai toujours de m'être comporté comme je l'ai fait... de façon si déshonorante...

Pour autant que je sache, c'est la première fois qu'il reconnaît un quelconque tort, et pour moi, c'est un choc. Pour ma mère aussi, sans doute, car c'est elle qui maintenant semble au bord des larmes.

– J'aurais aimé agir différemment, poursuit-il d'une voix radoucie. Ça n'allait pas très fort entre ta mère et moi... je crois qu'elle sera d'accord pour le reconnaître, ajoute-t-il avec un regard dans sa direction. Mais je me suis fourvoyé dans les solutions.

– Oh ! David, par pitié... lâche ma mère dans un souffle, les yeux embués.

– C'est vrai, j'ai été stupide. Et Nick l'est aussi.

Ma mère lui glisse un regard entendu et je comprends soudain que non seulement leur intervention était préméditée mais peut-être aussi préparée.

– Même si, à l'évidence... nous ignorons ce qui lui est passé par la tête... ou pourquoi il a agi ainsi.

– Tu as raison, c'est vrai, acquiesce mon père. Mais ce que j'essaie de dire... c'est qu'à mon avis ta mère et moi...

– Avons commis beaucoup d'erreurs, termine-t-elle à sa place, tandis qu'il hoche la tête.

Une bouffée de nostalgie m'envahit au souvenir des conversations au dîner quand nous étions enfants. Nos parents avaient l'habitude de toujours s'interrompre, davantage d'ailleurs quand tout allait bien entre eux ; lorsque leurs relations étaient orageuses, ils s'évitaient et se muraient dans le silence.

– J'étais une épouse déprimée, frustrée et difficile à vivre. Quant à lui, dit ma mère, l'index pointé sur mon père avec un demi-sourire, c'était un salaud de coureur de jupons.

Mon père hausse les sourcils.

– Eh bien, merci, Barbara.

– C'était le cas, insiste-t-elle avec un rire nerveux haut perché.

– Je sais, concède-t-il. Et tu m'en vois désolé.

– J'en prends bonne note.

Jamais elle n'a été aussi proche de ce qui ressemble à un pardon.

Je regarde mes parents tour à tour. Je ne sais si je me sens mieux ou plus mal, mais une question me plonge dans un abîme de perplexité : où veulent-ils en venir exactement avec leur numéro ? Sous-entendent-ils que j'ai, d'une façon ou d'une autre, contribué au naufrage de mon couple ? Que Nick a eu une liaison parce qu'il n'était pas heureux ? Que le mariage relève davantage de la gestion de crise que de l'engagement et de la confiance mutuelle ? Ou se sont-ils seulement laissé gagner par l'euphorie de leurs retrouvailles bizarres ?

Mon père a dû sentir mon trouble.

– Écoute, Tess, me dit-il, ta mère et moi essayons juste de te faire partager un peu de la sagesse que nous avons accumulée à la dure. Ce que nous essayons de te dire, c'est que, parfois, ce n'est pas la liaison elle-même le fond du problème...

– Mais tu as épousé Diane ! j'objecte, évitant le regard de ma mère.

Il balaie mon argument d'un revers de main, comme si sa femme actuelle n'avait strictement rien à voir avec la question.

– Juste parce que ta mère m'a quitté...

Ma mère, qui apprécie à l'évidence cette version de leur histoire, sourit : un vrai sourire chaleureux, qui invite mon père à poursuivre.

– Vois-tu, ma grande, le mariage est une chose étrange, compliquée, mystérieuse... qui fonctionne par cycles, avec des hauts et des bas, comme tout le reste... Son fondement ne devrait pas être remis en cause par un acte unique, si effroyable soit-il.

— Unique, unique, c'est vite dit, fait remarquer ma mère, incapable de résister à cette pique. La même erreur, je dirais plutôt, répétée ou non.

Mon père lève les mains, paumes en l'air, comme pour lui signifier qu'il est indéfendable, puis poursuit son raisonnement.

— Cela dit, tu n'as pas à être d'accord avec sa transgression. Tu n'as pas à pardonner Nick. Ou à lui faire confiance.

— Le pardon et la confiance, ce n'est pas pareil, intervient ma mère.

Le message est clair : elle avait peut-être pardonné à mon père la première fois, mais ne lui a plus jamais fait confiance par la suite. D'où son travail de limier et la découverte de Diane, brutale mais peu surprenante.

— Je sais, Barbara, approuve-t-il en opinant du chef. Je veux juste dire que Tess a une décision à prendre. Et que c'est sa décision. Pas celle de Nick… ni celle de son frère, la mienne ou la tienne.

— Exact.

— Et quoi qu'il advienne, nous sommes de ton côté, ajoute mon père. Comme nous l'avons toujours été.

— Oui, confirme ma mère. Absolument. À cent pour cent.

— Merci.

C'est peut-être le plus douloureux de tout : avant, j'étais persuadée que Nick serait toujours, quoi qu'il advienne, à cent pour cent de mon côté. En fait, je me trompais à cent pour cent.

D'un coup ma colère s'évanouit, et je sombre à nouveau dans une lourde et poisseuse affliction.

De retour à la maison, après le déjeuner, nous nous retrouvons tous les trois dans l'allée pour l'au revoir à mon père avant son départ pour l'aéroport. Mes parents semblent l'un comme l'autre parfaitement à l'aise. À leur langage corporel détendu, on imaginerait deux vieux amis, et non un couple marié pendant presque vingt-cinq ans qui s'est déchiré dans un divorce brutal.

— Merci d'être venu à Boston, papa, dis-je, pressée d'échapper au froid. J'apprécie vraiment.

Mon père me serre dans ses bras pour la troisième fois depuis que nous avons quitté le restaurant, mais ne semble pas vouloir regagner sa voiture de location. Au contraire, il lance l'idée de retarder son vol.

Je regarde ma mère, qui hausse les épaules et sourit en guise de permission.

— Tu veux entrer un moment ? proposé-je à mon père. Les enfants vont bientôt arriver. Carolyn est partie chercher Ruby à l'école.

Il s'empresse d'accepter et, quelques instants plus tard, nous nous retrouvons dans la cuisine à discuter de son récent séjour au Vietnam et en Thaïlande. C'est le genre de voyage dont rêve ma mère sans jamais l'entreprendre, parce qu'elle est trop occupée ou ne veut pas y aller seule. Elle ne semble toutefois pas prendre ombrage de cette expérience et lui pose des questions amicales et ouvertes. Il y répond de bonne grâce, évitant les pronoms au pluriel ou toute mention de Diane, même si je sais qu'elle l'accompagnait – ma mère aussi, j'en suis sûre.

— Vraiment, tu devrais y aller, Barbara. Tu adorerais, dit mon père, qui remarque une bouteille de vin rouge sur le plan de travail et suggère que nous buvions un dernier verre.

Pas convaincue que ce soit une bonne idée, j'accepte néanmoins avec un haussement d'épaules et le regarde remplir généreusement trois verres. Il m'en tend un et un autre à ma mère, qui trinque avec nous en toute décontraction. Elle ne porte pas de toast, fait juste un clin d'œil et un sourire, comme pour souligner le côté bizarre, quoique agréable, de la situation. Alors que je bois une longue gorgée, Ruby et Frank font irruption dans la maison, Carolyn à la traîne dans leur sillage.

– Nana et papy ! s'exclament-ils à l'unisson, sans avoir l'air perturbés de voir leurs grands-parents ensemble.

Je les regarde tous les quatre s'embrasser, puis me détourne de cette scène surréaliste et douce-amère pour m'occuper de questions plus terre à terre : payer Carolyn, ramasser le cadeau de Nick – encore une petite boîte – déposé sur la terrasse, essuyer la table encore couverte des miettes du déjeuner de Frank. Puis, tandis que mon père fait des tours de magie pour les enfants et que ma mère ajoute ses commentaires animés, je prends discrètement congé, soulagée que personne n'y voie d'objection ou même ne semble le remarquer.

Seule dans ma chambre, je vide mon verre et me pelotonne sur mon lit fait. Après quelques minutes le regard perdu dans le vague, je ferme les yeux et écoute les rires assourdis de mes parents et mes enfants au rez-de-chaussée, songeant à l'étrangeté de l'après-midi : à la fois surprenant, triste et réconfortant.

Sur le point de m'endormir, je pense aux paroles de Dex le soir de Noël : qu'il ne tromperait jamais Rachel et que, s'il avait été infidèle, c'était uniquement par amour pour elle. Puis je repense au commentaire de mon père sur Diane au déjeuner, son sous-entendu sur le fait que, loin d'être le catalyseur de la rupture de mes parents, elle n'était qu'un symptôme de leurs problèmes. Ensuite, je me force à penser à elle – Valerie. Je me demande dans quelle catégorie elle se place. Nick et elle pourraient-ils finir ensemble si jamais je sortais pour de bon de l'équation ? J'imagine mes enfants avec elle. Et leur demi-frère. Puis le sommeil m'emporte et j'imagine la nouvelle famille dans un cyclo-pousse à Hanoi, tandis que je reste à la maison, balayant les miettes sous la table de la cuisine, aigrie et solitaire.

À mon réveil, je trouve ma mère assise au bord du lit, qui me regarde.

— Quelle heure est-il ? murmuré-je, tandis que mes paupières papillonnent.

— Il est 6 heures passées. Les enfants ont mangé, et ton père leur a donné leur bain. Ils sont dans la salle de jeux.

Surprise, je me redresse, réalisant que j'ai dormi plus de deux heures.

— Il est encore là ?

— Non, il est parti depuis un moment. Il n'a pas voulu te réveiller. Il m'a demandé de te dire au revoir… et m'a dit aussi qu'il t'aime.

Je me frotte les yeux, encore sous le coup du rêve que je viens de faire sur Nick et Valerie, plus visuel et troublant que la vision d'eux deux dans le cyclo-pousse.

— Maman ! dis-je, saisie par une conviction aussi brusque qu'inébranlable. Je dois savoir.

Elle hoche la tête, comme si elle avait compris exactement de quoi je parle.

— Il faut que je sache.

Je suis incapable de chasser de mon esprit les images de mon rêve. Nick qui la fait rire dans la cuisine, tandis qu'ils préparent ensemble le repas de Thanksgiving. Nick qui lit des histoires à son fils le soir avant de dormir. Nick qui lui savonne le dos et l'embrasse dans une magnifique baignoire à pattes de lion.

Ma mère me prend dans ses bras, tandis que le film obsédant continue de se dérouler. J'essaie de l'arrêter, ou tout au moins de le rembobiner, de reconstituer l'intrigue. Était-ce un coup de foudre ? Une amitié qui, peu à peu, s'est muée en attirance physique ? Une brusque révélation d'un soir ? Cette relation est-elle née d'un problème dans notre couple, du plus sincère et profond des amours, ou d'une simple empathie vis-à-vis d'un enfant blessé et de sa mère ? J'ai besoin de savoir avec précision ce qui s'est passé entre le début et la fin. Et pourquoi cette fin ? Pourquoi et comment ? Je veux savoir à quoi cette femme ressemble. Entendre sa voix, la voir bouger, la regarder au fond des yeux. J'ai besoin de tout savoir. La douloureuse vérité de A à Z.

Alors, sans me laisser le temps de changer d'avis, je prends mon portable et compose le numéro que j'ai mémorisé à Thanksgiving. Tétanisée par la peur, mais bien décidée à sauter le pas, je ferme les yeux, agrippe la main de ma mère et me prépare à affronter l'instant de la découverte.

42
Valerie

Valerie parcourt les rayons de la librairie de Wellesley pendant que Charlie est à son cours de piano, quand elle entend son téléphone vibrer dans son sac. Son cœur bondit, mu par l'espoir ténu et irréaliste que ce pourrait être lui. Elle coince sous son bras les trois romans qu'elle a choisis et sort le portable de son sac pour vérifier l'identité du correspondant. Un numéro inconnu s'affiche à l'écran et, bien qu'il puisse s'agir de n'importe qui, elle a le pressentiment glaçant que c'est elle. Tessa.

Son premier réflexe est la fuite. Tout en elle lui souffle de ne pas répondre. Pourtant, elle décroche et murmure un « Allô » timide.

À l'autre bout de la ligne, une voix de femme assourdie et nerveuse dit « Allô » à son tour ; et là, plus de doute possible. Valerie inspire un grand coup comme si elle manquait soudain d'oxygène, tandis qu'un de ses livres tombe et s'ouvre sur la tranche, écornant des pages. Une adolescente présente à proximité se penche pour le ramasser et le lui tend avec un sourire.

– Valerie Anderson ? demande la voix au téléphone.

– Oui, répond celle-ci, pétrifiée par la peur et la culpabilité. Elle jette un coup d'œil à la ronde à la recherche d'un fauteuil et, n'en voyant pas, s'assoit en tailleur sur la moquette élimée, prête à affronter le pire, qu'elle sait mériter.

– Nous ne nous connaissons pas… Je m'appelle Tessa, continue la femme. Tessa Russo. L'épouse de Nick Russo.

Le mot épouse se répète en boucle dans l'esprit de Valerie, qui ferme les paupières de toutes ses forces et, aveuglée par un kaléidoscope de couleurs, se concentre sur sa respiration.

– Je… je me demandais… si nous pourrions nous rencontrer ?

Il n'y a dans sa voix ni menace ni méchanceté. Seulement une pointe de mélancolie, qui aggrave encore le malaise de Valerie. Elle s'efforce d'avaler la boule qui lui obstrue la gorge.

– D'accord, répond-elle, la mort dans l'âme. Quand ?

– Vous êtes libre maintenant ?

Valerie hésite, certaine qu'elle devrait se préparer à ce face-à-face avec le soin et la minutie qu'elle apporte aux affaires qu'elle plaide au tribunal. Mais elle sait que l'attente serait insoutenable, pour l'une comme pour l'autre. Alors elle répond simplement oui.

– Merci, dit Tessa. Où ?

– Je me trouve à la librairie de Wellesley. Voulez-vous m'y rejoindre ?

Elle se surprend à regretter de ne pas être mieux habillée, ou de ne pas avoir au moins pris la peine de se passer un coup de brosse dans les cheveux, puis réalise que c'est sans doute mieux ainsi.

Au silence complet qui s'ensuit, elle se demande si Tessa a raccroché ou coupé le son jusqu'à ce qu'elle entende :

– D'accord. J'arrive.

Et maintenant Valerie attend. Elle attend près de la devanture de la boutique, à côté d'un présentoir de cartes de vœux et de papier cadeau, avec vue sur Central Street par la vitrine, l'esprit en proie à un tourbillon de pensées décousues. Un quart d'heure s'écoule, puis vingt minutes, puis trente. Une bonne douzaine de femmes ont déjà franchi le seuil de la librairie, et elle sait avec certitude qu'aucune d'elles n'est Tessa jusqu'à la seconde où cette autre femme entre. Une femme qui, à l'évidence, ne vient pas dans l'intention d'acheter des livres.

Valerie l'observe avec avidité. Elle mémorise la façon dont elle déboutonne son long manteau en cachemire fauve, révélant l'ensemble à la fois élégant et simple que forment son pull-over ras-du-cou ivoire et son pantalon noir sur des ballerines or mat. Elle admire son épaisse chevelure aux reflets de miel qui tombe sur ses épaules en douces ondulations, ainsi que ses traits vifs et affirmés, avec bien plus de caractère que toutes ces beautés formatées qui peuplent Wellesley. Si elle porte du maquillage, il est d'une discrétion absolue, à part une touche de brillant pêche sur les lèvres.

La nouvelle venue jette des coups d'œil furtifs à la ronde et, malgré leur proximité, ne la remarque d'abord pas. Soudain, leurs regards se croisent. Le cœur de Valerie s'arrête net et elle est prise d'une brusque envie de s'enfuir. Mais elle se ressaisit et avance d'un pas, abandonnant l'abri que lui offrait le rideau de cartes postales.

– Tessa ? demande-t-elle avec un frisson dans le dos.

La femme hoche la tête, puis lui tend la main. Valerie la serre avec un pincement au cœur au contact de sa peau chaude et douce, encore renforcé par les effluves d'agrumes de son parfum.

Lorsque leurs bras retombent le long de leurs flancs, Tessa déglutit et demande :

– Y a-t-il un endroit où nous pourrions nous asseoir ?

Valerie a déjà repéré une table au fond du rayon enfants, qu'elle a réservée avec sa parka matelassée et une pile de livres. Elle s'y dirige et, quelques secondes plus tard, les deux femmes sont assises l'une en face de l'autre.

– Eh bien, bonjour, dit Tessa.

– Bonjour, répond Valerie, la gorge sèche et les paumes moites.

Tessa s'apprête à parler, puis se reprend.

– Comment va Charlie ? demande-t-elle avec une sollicitude si sincère que, l'espace d'une seconde d'espoir fou, Valerie pense s'être trompée… que Tessa n'est là que pour prendre des nouvelles du jeune patient de son mari.

Mais lorsqu'elle lui répond qu'il va beaucoup mieux et la remercie de lui demander de ses nouvelles, elle remarque le tremblement révélateur de sa lèvre inférieure. Et Valerie comprend qu'elle sait.

– Tant mieux, parvient à articuler Tessa. Je suis contente de l'apprendre.

Puis, quand Valerie ne peut supporter le suspense une seconde de plus, Tessa inspire un grand coup et se lance :

– Écoutez, je crois que nous savons toutes les deux pourquoi je suis ici… pourquoi je tenais à vous rencontrer.

Valerie hoche la tête, la gorge de plus en plus nouée et cartonneuse, les joues en feu.

– Je suis ici parce que je sais, dit Tessa d'un ton si naturel que, l'espace d'un instant, Valerie en est déconcertée.

– Vous savez ? demande-t-elle, regrettant aussitôt sa question.

De quel droit chercherait-elle à faire l'innocente ? Des droits, elle n'en a aucun dans cette histoire.

– Oui, je sais, répond Tessa, un éclair dans les yeux. Je sais tout.

43
Tessa

Elle est jolie, c'est indéniable. Très jolie, même. Mais elle n'a rien d'un canon. Menue et longiligne, avec des hanches et un buste pour ainsi dire dépourvus de courbes, elle ressemble davantage à un garçon manqué qu'à une bombe sexuelle. Son teint pâle ressort avec ses cheveux raides noir ébène ramassés en une queue-de-cheval basse sans originalité. Bref, lorsqu'elle prononce mon prénom et que j'opine du chef, j'éprouve un étrange soulagement à l'idée que ce soit elle. Je suis soulagée par sa poignée de main timide, sa voix fluette et les regards de biche apeurée qu'elle lance autour d'elle au moment où je la fixe droit dans les yeux.

– Y a-t-il un endroit où nous pourrions nous asseoir ? dis-je, bien décidée à mener la rencontre, à garder la main.

Elle hoche la tête et alors que je la suis au fond de la librairie, je m'adresse à Nick. *C'est elle que tu as choisie ? Cette femme que je croiserais dans la rue sans me retourner ? Cette femme que je ne remarquerais même pas dans un dîner ?*

Et pourtant, c'est vrai. Il l'a choisie. Ou tout au moins l'a laissée le choisir. Il a couché avec cette femme assise maintenant en face de moi à une table qu'elle avait apparemment réservée pour notre conversation.

Mal à l'aise, nous échangeons un bonjour emprunté et je me force à lui demander des nouvelles de son fils. Plusieurs longues secondes s'écoulent, et quand il devient évident qu'elle attend que je prenne la parole, je m'éclaircis la voix.

– Écoutez, dis-je, je crois que nous savons toutes les deux pourquoi je suis ici… pourquoi je tenais à vous rencontrer.

Je me lance, alors même je ne suis pas complètement sûre de ma mission : s'agit-il de découvrir la vérité, de sauvegarder ma fierté, ou de tourner la page d'une façon ou d'une autre ? Quel qu'en soit le but, je suis soulagée d'en finir avec cette confrontation inévitable, prête à encaisser tout ce que cette femme pourrait me dire, même le pire.

Elle me regarde et attend.

– Je suis ici… parce que je sais, je lui annonce en me penchant contre la table, les yeux au fond des siens, afin qu'elle ne se méprenne en aucun cas sur le sens de mon message et n'ait aucune échappatoire.

– Vous savez ?

Son regard faussement innocent m'exaspère et je résiste à l'envie soudaine et violente de la gifler. Mais je continue posément, déterminée à garder ma dignité et ma contenance.

– Oui, je sais… je sais tout.

Là, je m'avance un peu. Je connais quelques faits, certes, mais rien en détail. Cependant, je persiste dans mon mensonge dans l'espoir de l'empêcher d'en faire autant.

– Nick m'a tout raconté.

Elle s'apprête à parler, puis se ravise. Il y a dans son regard une indéniable douleur mêlée de surprise qui m'apporte un certain réconfort. Sans doute croyait-elle jusqu'à cet instant que j'étais ici par simple intuition ou à la suite d'un solide travail d'enquête – ou tout au moins l'espérait-elle. À son expression, il est clair qu'elle ignorait la confession de Nick. Alors que je fixe le contour joliment dessiné de son menton, mémorisant les facettes de son visage en forme de diamant, il m'apparaît soudain que jamais je n'aurais pu lui téléphoner et encore moins me retrouver face à elle si j'avais appris la vérité d'une autre façon. C'est presque comme si ma découverte nous mettait à égalité. Elle a couché avec mon mari, mais il m'a avoué leur secret. Au bout du compte, il l'a trahie, elle aussi.

– C'était juste une fois – dit-elle d'une voix presque inaudible.

– Ah bon, juste une fois... Ce n'est pas grave, alors...

Ses joues s'empourprent encore d'un ton sous le coup de l'humiliation provoquée par mon sarcasme.

– C'était une fois de trop, je sais... mais...

– Mais quoi ? je la presse, cassante.

– Mais avant tout nous étions juste amis.

Elle me fait penser à Ruby quand elle invente une excuse après avoir enfreint de façon flagrante une règle élémentaire.

« Oui, maman, je sais que j'ai gribouillé partout sur les murs, mais il est joli, mon dessin, hein ? »

– Amis ?

– Il était si.... si gentil envers Charlie, bredouille-t-elle, et c'est un chirurgien formidable. Je lui étais tellement... reconnaissante.

– Au point de coucher avec lui, je siffle entre mes dents.

Ses yeux s'embuent de larmes.

– Je suis tombée amoureuse de lui. Je ne l'ai pas voulu. J'ignore exactement comment ou pourquoi c'est arrivé. Peut-être parce qu'il avait sauvé mon fils... Ou je suis juste tombée amoureuse de lui... comme ça. Je n'ai jamais connu un homme tel que lui, continue-t-elle d'une voix rêveuse, comme pour elle-même. Il est... exceptionnel.

Un nouveau sursaut de colère m'étreint. Comment ose-t-elle me parler de mon mari, qu'elle connaît depuis trois mois à peine ? Trois petits mois de rien du tout face à nos sept années de vie commune. Mais je m'abstiens de lui lancer cette remarque à la figure.

— Les hommes exceptionnels ne trompent pas leur femme, objecté-je. Ils ne font pas passer une aventure dérisoire avant leurs enfants.

Alors même que je prononce ces mots, le paradoxe de la situation m'apparaît. Si cette femme n'était qu'une aventure dérisoire, Nick ne vaudrait pas la peine que je me batte pour lui. Mais si elle est une personne de qualité pour laquelle il éprouve des sentiments sincères, alors je me retrouve où, moi ?

— Je ne pense pas que ce soit ce qu'il a fait, le défend-elle, mais je vois qu'elle s'interroge sur ce qu'il y a eu entre eux.

— Vous a-t-il dit qu'il vous aimait ? contre-attaqué-je, réalisant que c'est la raison de ma présence ici.

À mes yeux, c'est le pivot sur lequel tout le reste s'organise. Il a couché avec elle ; à l'évidence, il a des sentiments pour elle et je suis persuadée, au fond de mon cœur, qu'il était – est peut-être encore – amoureux d'elle. Mais s'il lui a dit qu'il l'aimait, ou qu'il ne m'aimait plus, tout est fini à jamais entre nous.

Je retiens mon souffle et attends. Lorsqu'elle secoue lentement la tête en un non catégorique, je relâche l'air bloqué dans mes poumons.

— Non. Il n'a jamais été amoureux de moi. C'est vous qu'il aime.

Prise de vertige, je me repasse ces mots dans la tête. Est-ce la vérité ? Je ne demande qu'à croire cette femme. Je veux désespérément la croire. En fait, je la crois peut-être déjà.

— Je suis désolée, Tessa, poursuit-elle, la voix cassée par l'émotion, je suis désolée pour ce que je vous ai fait. À vous. À vos enfants. À mon propre fils. C'était mal, et je m'en veux terriblement.

Je prends une profonde inspiration, l'imaginant avec Nick. Les yeux clos, elle le serre dans ses bras, lui dit qu'elle l'aime. Pourtant, j'ai beau vouloir la blâmer et la détester, je n'y arrive pas. En réalité, j'éprouve de la pitié pour elle.

Peut-être parce qu'elle est mère célibataire. Peut-être à cause de son fils blessé. Peut-être parce qu'elle est amoureuse d'un homme qu'elle ne peut pas avoir. Mon mari.

Puis je la regarde dans les yeux.

– Merci, dis-je, un mot que je n'aurais jamais imaginé prononcer à cet instant.

D'un hochement de tête imperceptible, elle accepte ma gratitude et, tandis qu'elle rassemble ses affaires et se lève pour partir, j'ai un choc en réalisant que je suis sincère.

44
Valerie

Le temps guérit toutes les blessures. Valerie le sait mieux que quiconque. Pourtant, elle en est la première surprise et s'émerveille de l'effet apaisant qu'exerce comme par enchantement le simple défilement des jours. Elle n'a pas encore oublié Nick, mais il ne lui manque plus avec la même acuité douloureuse. Et elle a fait la paix avec ce qui s'est passé entre eux, bien qu'elle n'ait pas encore tout compris. Elle pense à ce qu'elle a dit à sa femme – qu'il ne l'a jamais aimée – et se demande si c'est la vérité, car une petite partie d'elle-même s'accroche à la conviction qu'ils partageaient une passion réciproque.

Mais plus le temps passe, plus cet espoir se dissipe. Et elle commence à considérer leur relation comme un simple rêve impossible, une illusion née de l'absence et du besoin. Ce n'est pas parce que deux personnes croient à quelque chose, même avec la plus intense conviction, que ce quelque chose est vrai.

Et puis il y a Tessa, la femme qu'elle envie et plaint, craint et respecte tout à la fois. Elle se repasse leur conversation une centaine de fois, la répète même à Jason, avant de réussir à saisir ce qui s'est produit au fond de la librairie par cet après-midi glacial de janvier. La femme de Nick l'a remerciée… Elle l'a écoutée avouer être tombée amoureuse de son mari, avoir fait l'amour avec son mari, et au bout du compte lui a dit merci, acceptant apparemment ses excuses, ou tout au moins ne les rejetant pas. Le scénario est si improbable, si tiré par les cheveux qu'il en finit presque par devenir logique, tout comme il semble parfaitement logique que Charlie en vienne à aimer Summer, la fille qui l'avait pourtant tourmenté dans la cour de récréation.

C'est une question de bonté, décide Valerie, quelque chose qui manque à sa vie. Soit elle est née avec un déficit en la matière soit elle l'a perdue en cours de route, elle n'en sait rien. Mais aujourd'hui elle veut être le genre de personne capable de faire preuve de gentillesse gratuite envers autrui, de remplacer l'amertume par l'empathie, de pardonner pour le simple bonheur de pardonner.

Elle y tient si désespérément qu'elle fait ce qu'elle s'était autrefois interdit. Elle passe un coup de téléphone – de la salle d'attente à l'hôpital pendant la deuxième heure d'opération que subit Charlie avec son nouveau chirurgien. Elle écoute les sonneries s'égrener et sa gorge se noue lorsqu'elle entend un « Allô » teinté d'appréhension à l'autre bout de la ligne.

– C'est Romy ? demande-t-elle, le cœur battant.

La femme répond par l'affirmative et Valerie se sent hésiter. Elle repense au soir de l'accident et à la négligence de cette femme dont elle reste persuadée. Elle la revoit faire irruption à l'improviste dans cette même salle d'attente, puis l'après-midi fatidique, sur le parking de l'école.

Malgré ces images qui l'assaillent, elle garde le cap.

– Bonjour, c'est Valerie Anderson.

– Oh ! Bonjour ! Comment allez-vous ? Comment va Charlie ? demande Romy avec dans la voix une douceur absente lors de leurs conversations précédentes – ou que Valerie a tout bonnement ignorée.

– Il va bien. En ce moment même, il est en chirurgie, explique-t-elle.

– En chirurgie ? Mais…

– Non, non… Ce n'est pas ce que je voulais dire… Tout va bien. Il s'agit d'une simple intervention de routine destinée à retoucher sa greffe. Il se porte comme un charme, la rassure-t-elle.

Elle réalise qu'elle n'est plus nerveuse au sujet de son fils. Plus comme avant en tout cas.

– Dieu merci… soupire Romy. Je suis si heureuse de l'entendre. Si heureuse, vous ne pouvez pas savoir.

– Voilà, dit Valerie, la gorge nouée par l'émotion, je voulais juste vous dire que Charlie va bien… et que…

– Oui ?

– Je ne vous en veux pas pour ce qui est arrivé.

Ce n'est pas l'exacte vérité, mais pas loin.

La suite de la conversation se perd dans le flou, et Valerie ne sait pas exactement où elle en reste avec Romy ; mais lorsqu'elle raccroche, son cœur est libéré d'un poids énorme.

C'est à cet instant que Valerie décide qu'elle a un autre appel à passer, avec six ans de retard. Elle ignore encore ce qu'elle dira, si elle sera même capable de le trouver, ou si le pardon sera réciproque. Mais elle sait qu'elle lui doit d'essayer. Et à Charlie. À elle-même aussi.

45
Tessa

À mon retour de la librairie, je trouve ma mère assise sur le canapé lisant un magazine, flanquée de ma boîte de chocolats Godiva.

Je m'assois auprès d'elle et choisis avec soin un chocolat noir en forme de cœur.

— Tu vois un peu ce que je suis devenue ? j'ironise. Une femme au foyer furieuse qui se gave de sucreries.

Ma mère laisse échapper un ricanement amusé, puis retrouve aussitôt son sérieux et me demande comment s'est passée la rencontre.

Avec un haussement d'épaules, je lui fais comprendre que je ne tiens pas à entrer dans les détails, puis je dis :

— Elle n'était pas comme je l'avais imaginée.

— Ce n'est jamais le cas, répond-elle avec un long soupir.

Nous dégustons notre chocolat en silence et ma mère reprend le fil de son raisonnement.

— Mais il ne s'agit pas vraiment d'elle, n'est-ce pas ?

Je me rends compte que j'ai enfin cessé d'être obsédée par « l'autre femme » depuis que je l'ai rencontrée.

— Non, en effet. Pas du tout.

Le visage de ma mère s'illumine comme si elle se réjouissait de cette avancée dans mon cheminement personnel. Puis elle me glisse un regard en coin et m'annonce qu'elle emmène les enfants à New York pour le week-end, qu'elle en a déjà discuté avec mon frère.

— Tu as besoin de temps pour toi, argumente-t-elle.

— Non, maman, ce sera trop fatigant pour toi.

Je l'imagine déjà dans le train, débordée par mes deux zouaves.

Elle insiste, affirmant qu'elle a la situation sous contrôle ; et Dex viendra la chercher à Penn Station, afin qu'elle n'ait pas à circuler seule en ville avec les enfants.

Je veux protester à nouveau, mais elle m'interrompt :

— Dex a déjà dit à Julia et Sarah que leurs cousins venaient pour le week-end. Et j'ai déjà prévenu Frank et Ruby. Nous ne pouvons pas décevoir les enfants, n'est-ce pas ?

Je me mords la lèvre inférieure et acquiesce.

— Merci, maman, dis-je, me sentant plus proche d'elle que depuis bien longtemps.

— Ne me remercie pas, ma chérie. Je veux juste que tu puisses aborder la situation de front et décider en connaissance de cause de la solution qui te convient.

Je hoche la tête, toujours effrayée et très furieuse, mais finalement prête. Enfin, presque.

Le lendemain matin, après le départ de ma mère et des enfants pour New York, alors que je bois un café dans la cuisine, je me rends compte peu à peu, l'angoisse au ventre, qu'il ne reste plus rien à faire. Plus de famille à prévenir, plus d'opinions à glaner, plus de faits nouveaux à découvrir. Il est temps d'appeler Nick. Je décroche donc mon téléphone et contacte l'homme avec lequel je suis mariée depuis sept ans, plus nerveuse que la veille quand j'ai composé le numéro d'une parfaite inconnue.

Il répond dès la première sonnerie, comme s'il attendait mon appel à cette seconde même. L'espace d'un instant, je me demande si ma mère – ou Valerie – l'a prévenu.

Mais lorsqu'il me demande si tout va bien, je remarque sa voix un peu pâteuse et comprends que j'ai dû le réveiller.

J'inspire profondément et me force à poursuivre, assaillie par la vision involontaire de Nick torse nu dans le lit, quel qu'il soit, où il a dormi ces dernières semaines.

– Ça va... Je voulais juste parler... Peux-tu venir à la maison ?

– J'arrive tout de suite.

Un quart d'heure plus tard, il frappe à la porte de sa propre maison. Je lui ouvre et découvre un Nick pas rasé, le regard ensommeillé. Il porte un vieux pantalon médical et une casquette de base-ball délavée.

Je le fais entrer, évitant son regard.

– Tu es affreux... je marmonne.

– Tu es superbe, réplique-t-il, aussi sincère qu'on puisse l'être, même si je suis en jean et en T-shirt et que j'ai les cheveux encore mouillés depuis ma douche.

– Merci.

Je le conduis à la cuisine et prends ma place habituelle à table, désignant la sienne en face de moi.

Il s'assoit et enlève sa casquette, qu'il lance sur la chaise de Ruby. Puis il se passe une main dans les cheveux, plus longs que je ne les ai jamais vus.

– Je sais, je sais, j'ai besoin d'une coupe. Tu ne m'as pas vraiment laissé le temps...

Je secoue la tête, histoire de lui faire comprendre que son apparence est le cadet de mes soucis.

– Je l'ai rencontrée hier, je lâche tout à trac. Je lui ai téléphoné. Il fallait que je la voie.

Il plisse le front, se gratte la mâchoire.

– Je comprends, dit-il.

Puis il se retient de poser une seule question, ce qui semble exiger de lui une bonne dose de maîtrise.

– Je ne l'ai pas trouvée antipathique, ajouté-je.

– Tessa…

Son regard me supplie d'arrêter.

– Non, c'est vrai. Elle s'est montrée… honnête aussi. Elle n'a pas essayé de nier, comme je l'imaginais… En fait, elle a reconnu qu'elle était amoureuse de toi, dis-je sans trop savoir si c'est pour lui tendre un piège, le punir ou par simple souci de vérité. Tu le savais ? Elle te l'a dit, à toi aussi, j'en suis sûre…

Il fait non de la tête et se frotte les yeux avec les paumes des mains.

– Elle n'est pas amoureuse de moi.

– Si.

– Non, elle ne l'a jamais été.

– Elle me l'a dit, Nick.

Comme sur les montagnes russes, ma colère monte et descend à chacun de ses mots, à la plus fugace de ses expressions.

– Elle le croyait, objecte-t-il. Mais elle ne l'était pas. L'amour, ça ne marche pas comme ça.

– Ah bon ? Comment ça marche, alors ?

Il se lève et vient s'asseoir à la place de Frank, plus près de moi. Il veut me prendre la main. Je refuse d'un signe de tête, mais il insiste et je cède à contrecœur. À son contact, les larmes me montent aux yeux.

– L'amour, c'est partager une vie à deux, répond-il, pressant mes doigts entre les siens. L'amour, c'est ce que nous avons.

– Et qu'avais-tu avec elle ?

– C'était… autre chose.

Je le dévisage

– Alors tu ne l'aimais pas ?

Il soupire, fixe un moment le plafond, puis baisse à nouveau les yeux vers moi. Je prie pour qu'il ne me mente pas, qu'il ne nie pas en bloc alors que je sais qu'il l'aimait – ou tout au moins le croyait.

– Je ne sais pas, Tess, se lance-t-il. Vraiment pas... Je n'aurais pas agi ainsi si je n'avais pas éprouvé des sentiments profonds pour elle. Quelque chose qui avait l'apparence et la saveur de l'amour. Mais ces sentiments... ils ne sont rien en comparaison de mon amour pour toi. Je l'ai compris à l'instant même où je t'ai avoué la vérité. J'ai compris le terrible gâchis dont j'étais responsable. J'ai tout mis en péril... notre couple, notre foyer, mon travail. Je ne sais toujours pas comment j'ai pu laisser une chose pareille se produire. Si tu savais comme je me déteste...

Je dégage ma main de la sienne.

– Tu ne l'as pas laissée se produire, Nick. Si c'est arrivé, c'est à cause de toi. À cause de vous. Il fallait être deux.

À la seconde où je prononce ces mots, je réalise avec stupeur combien ils s'appliquent aussi à notre situation. Il fallait être deux pour en arriver là. Il faut toujours être deux : pour former un couple, pour rompre, pour recoller les morceaux.

– Je sais, dit Nick, tu as raison. Je n'essaie pas de me défausser sur quiconque... Je veux seulement que tu comprennes à quel point je t'aime.

– Alors comment as-tu pu ? lui demandé-je d'une voix radoucie.

C'est une question, pas une accusation.

Il me regarde, cherche ses mots.

– En fait... je crois... je devais être dans l'attente de quelque chose dont j'imaginais avoir besoin.

– Quoi donc ? Qu'est-ce que tu n'avais pas ici ? Qu'est-ce que je n'étais pas capable de te donner ?

À peine la question posée, je commence à y répondre par moi-même. Je refuse d'endosser le moindre reproche pour son infidélité, et pourtant je ne peux nier que les choses ont changé entre nous. J'ai changé. De bien des façons, je ne suis plus la femme qu'il a épousée. Je me remémore les récentes accusations de Nick, tout comme les remarques de ma mère. Je ne suis jamais heureuse, au fil du temps, ma passion s'est émoussée, je me focalise sur des détails sans importance.

— Qu'est-ce qu'elle te donnait que je n'avais pas ? j'insiste.

Nick secoue la tête.

— Ce n'était pas ça... c'était plutôt...

Il cherche à nouveau l'inspiration au plafond, puis son regard revient sur moi.

— Ce que je ressentais quand j'étais avec elle... me rappelait nous deux au début.

Mon cœur se brise qu'il puisse ainsi nous comparer. Pourtant, je puise un certain réconfort dans son honnêteté, dans la peine qui se lit sur son visage. Comme s'il souhaitait, lui aussi, que ce ne soit pas arrivé.

— Et puis il y a aussi ce besoin que je ressentais d'arranger les choses pour ce petit garçon – un besoin qui, d'une façon ou d'une autre, a dérapé et fini par s'étendre à sa mère. C'était sans doute en partie une histoire d'ego... le désir de redevenir jeune, de savoir qu'on a besoin de moi, qu'on a envie de moi...

Je me remémore combien j'étais vulnérable le jour de notre rencontre dans le métro.

— Moi aussi, j'avais besoin de toi, j'avais envie de toi.

J'utilise le passé, même si, de toute mon âme, j'ai encore besoin de lui, envie de lui.

— Mais peut-être, continué-je, n'éprouves-tu plus... d'attirance pour moi ?

Je sais qu'il va nier cette accusation. J'espère qu'il le fera avec conviction.

Son poing s'abat sur la table.

— Non, ce n'est pas ça ! Ça n'a rien à voir avec le sexe. À part peut-être le sentiment de complicité que le sexe inspire... C'est juste... ce n'est pas si simple, Tess... Il ne s'agit pas d'une seule cause qu'on peut pointer du doigt.

J'approuve d'un signe de tête, pensant à la difficulté de la vie conjugale, à l'effort nécessaire pour entretenir les sentiments dans le couple – des sentiments dont jamais on n'aurait imaginé qu'ils puissent faiblir, tant ils allaient de soi au début. *L'un doit à l'autre de trouver son bonheur personnel,* me dis-je. Même dans une vie partagée. C'est à mon avis le seul véritable moyen d'en préserver la cohésion et l'épanouissement.

– La vie n'est pas toujours facile, continue Nick comme s'il lisait dans mes pensées. Elle peut être monotone… et épuisante. Rien à voir avec la flânerie romantique qu'on imagine au début… Mais ce n'est pas pour autant que j'avais le droit d'agir comme je l'ai fait… Écoute, Tessa, quelle que soit la raison, elle était mauvaise. Et au bout d'un moment, je crois qu'il n'y a plus eu de raison du tout, ce qui est peut-être encore pire. Mais c'est la vérité et je n'en ai pas d'autre à te donner.

Nouveau hochement de tête, la gorge nouée. Puis, en dépit de ma détermination à ne pas focaliser cette conversation sur elle, je lui demande s'il lui a parlé depuis le jour de sa balade au Common.

– Non, répond-il.

– Tu n'es plus son médecin ?

Je me sens incapable de prononcer le nom de ce garçon, ni celui de sa mère.

– Non.

– Et tu ne la verras plus ?

– Non.

– Plus du tout ?

– Plus du tout.

– Ça te rend triste ?

Il soupire, puis fait la grimace.

– Je mentirais si je te disais que non… que ce petit garçon ne me manque pas et que je ne suis pas rongé par la culpabilité d'être entré dans sa vie pour en partir aussi brutalement. Je m'en veux d'avoir fait souffrir un enfant. D'avoir enfreint la première règle de la médecine.

Ne nuire en aucune façon à son patient, me dis-je, puis je pense à tout le mal qu'il a fait.

— Mais je culpabilise bien plus encore envers toi. Mes enfants. Notre famille. Le plus souvent, je ne suis même pas en état de réfléchir. Je me laisse porter par les sensations, les souvenirs, les souhaits...

En moi quelque chose se radoucit.

— Quelles sensations, quels souvenirs, quels souhaits ?

— Eh bien... je me sens comme lorsque je t'ai rencontrée dans le métro. Tu étais là avec cette bague à ton doigt, l'air si triste. Si belle... Et je me souviens des premiers temps, quand on était encore étudiants et fauchés. On partageait une barquette de lasagnes pour le dîner... et quand tu étais enceinte de Ruby, tu en mangeais deux à toi toute seule.

Son regard se perd dans le vague et un sourire nostalgique s'ébauche sur son visage.

— Je mangeais pour deux, dis-je, l'argument que j'avançais toujours à l'époque alors qu'en fait je m'empiffrais comme si j'attendais des triplés.

— Et je souhaite, continue-t-il, le regard lointain, je souhaite de tout mon cœur trouver le moyen de te faire revenir. Je voudrais tant que tu me reviennes, Tessa.

Je secoue la tête, accablée d'une profonde tristesse pour les enfants et moi... mais aussi, et c'est une première, pour Nick.

— Ce ne sera pas pareil, dis-je.

— Je sais.

— Ce ne sera plus jamais pareil.

— Je sais, mais peut-être...

— Peut-être quoi ? demandé-je, pleine d'espoir.

— Peut-être que ça pourrait être mieux, répond-il – exactement les mots que j'attendais. Et si on essayait, tu veux ? Pour Ruby et Frank ? Pour nous ?

Alors que l'émotion commence à me submerger, Nick se lève et me prend les mains pour me relever.

— S'il te plaît... me supplie-t-il.

— Je ne sais pas si j'en suis capable, réponds-je, les joues ruisselantes de larmes. Je ne sais pas si je pourrais un jour te faire confiance. Même si je le voulais.

Il veut me prendre dans ses bras, puis interrompt son geste, comme s'il réalisait qu'il n'en a pas encore mérité le droit.

— Tess, murmure-t-il, laisse-moi t'y aider.

Le flot de larmes ne se tarit pas, mais je ne lui dis pas non. Et, nous le savons tous les deux, cela signifie presque oui.

— Je ne peux rien te promettre, dis-je.

— Moi, si.

— Tu l'as déjà fait, murmuré-je d'une voix qui se brise.

— Je sais. Et je suis prêt à recommencer. À te le prouver chaque jour. Je ferai tout ce qu'il faudra pour me montrer à la hauteur. Je t'en supplie, donne-moi juste une seconde chance.

Une seconde chance.

Ces mots, ma mère les a entendus plus souvent qu'à son tour. Les femmes sont partagées à leur sujet. Peut-on pardonner ? Est-il raisonnable d'accorder à nouveau sa confiance ? Je pense au jugement porté par la société, les amis, la famille. Avec un consensus écrasant, semble-t-il, on vous en dissuade : pas de seconde chance à quelqu'un qui vous a trahi. Seuls les lâches le font. Ou les imbéciles. Et je ne suis ni lâche ni imbécile.

— Je m'en veux tellement, dit Nick.

Je le revois le jour de notre mariage, au moment de l'échange des vœux. Je l'entends encore me jurer fidélité « jusqu'au dernier jour de notre vie ».

C'était le scénario prévu.

Il en a été autrement.

Deux enfants et un vœu rompu plus tard, nous voici de nouveau face à face, comme ce jour-là devant l'autel, vibrant d'amour et d'espoir à parts égales. Et comme ce jour-là, je ferme les yeux, prête à sauter le pas, à m'engager sur la longue route semée d'embûches devant moi. Je n'ai aucune idée de ce que l'avenir me réserve, mais l'ai-je jamais vraiment su ?

— Veux-tu que je te prépare un petit déjeuner ? Des œufs sur le plat ?

Je regarde Nick dans les yeux et accepte d'un signe de tête avec une esquisse de sourire. Non parce que je suis heureuse – ou que j'ai faim. Mais parce que mon mari est de retour à la maison. Parce qu'il sait que les œufs sur le plat sont mon petit déjeuner préféré. Et parce que je crois qu'enfouie sous la déception et la peur, la colère et l'amour-propre il n'est pas impossible que je trouve dans mon cœur la force de pardonner.

Remerciements

Ma plus profonde gratitude à Mary Ann Elgin, Sarah Giffin, Nancy LeCroy Mohler et Lisa Elgin pour leur générosité inaltérable depuis la première page. Sans vous, ce livre n'aurait pu voir le jour. Je ne vous en remercierai jamais assez.

Je dois tant à mon éditrice, Jennifer Enderlin, et à mon publicitaire, Stephen Lee, ainsi qu'à toute l'équipe de St. Martin's Press, en particulier Sally Richardson, Matthew Shear, John Murphy, Matt Baldacci, Jeanne-Marie Hudson, Nancy Trypuc, Mike Storrings, Sara Goodman et l'ensemble des forces de vente de Broadway et de la Ve Avenue. Grâce à vous, je me sens heureuse chaque jour.

Que ne dois-je non plus à mon formidable agent, Theresa Park, et à son équipe : Emily Sweet, Abigail Koons et Amanda Cardinale ! Vous êtes des professionnelles consommées, mais savez aussi rendre le déplacement amusant. Soyez-en remerciées.

Je remercie aussi Carrie Minton, Martha Arias, Stacie Hanna, Mara Lubell, Mollie Smith et Grace McQuade pour leur soutien, ainsi qu'Allyson Wenig Jacoutot, Jennifer New, Julie Portera, Laryn Gardner et Brian Spainhour pour leur contribution. Tous mes remerciements également au Dr Christopher A. Park et à Joshua Osswald, dont les précieuses explications m'ont éclairée respectivement sur la médecine et le tennis.

J'exprime toute ma reconnaissance à mes lecteurs pour leur chaleur et leur enthousiasme, et à mes amis, si débordants d'humour et d'affection.

Enfin, un grand merci de tout mon cœur à Buddy Blaha et à ma famille tout entière, pour bien plus de raisons que je ne pourrais jamais en citer.

Ainsi, bien sûr, qu'à Edward, George et Harriett – vous avez le droit de monter dans mon bureau et d'interrompre mon travail d'écriture quand vous voulez.

Composition PCA
44400 – Rezé

Impression réalisée par Marquis Imprimeur

pour le compte des Éditions Michel Lafon

Imprimé au Canada

Dépôt légal : juin 2012
N° d'imprimeur :
ISBN : 978-2-7499-1638-5
LAF 1451

Marquis imprimeur inc.

Québec, Canada
2012